金融街

JIN RONG JIE

■ 陈一夫 著

陈一夫金融小说

九州出版社 JIUZHOUPRESS | 全国百佳图书出版单位

图书在版编目（CIP）数据

金融街 / 陈一夫著. -- 北京 : 九州出版社, 2013.7
（陈一夫金融小说）
ISBN 978-7-5108-2103-5

Ⅰ. ①金… Ⅱ. ①陈… Ⅲ. ①长篇小说－中国－当代
Ⅳ. ①I247.5

中国版本图书馆CIP数据核字(2013)第085975号

金融街

作　　者	陈一夫　著
出版发行	九州出版社
出 版 人	黄宪华
地　　址	北京市西城区阜外大街甲35号（100037）
发行电话	(010)68992190/2/3/5/6
网　　址	www.jiuzhoupress.com
电子信箱	jiuzhou@jiuzhoupress.com
印　　刷	九洲财鑫印刷有限公司
开　　本	710毫米×1000毫米　16开
印　　张	26.25
字　　数	386千字
版　　次	2013年7月第1版
印　　次	2013年7月第1次印刷
书　　号	ISBN 978-7-5108-2103-5
定　　价	39.00元

人生因金融而多彩

原汇丰银行中国区董事总经理　李树林

陈一夫的金融小说以文学的笔触，全景式地描绘当代中国的金融业，为中国的金融作传，为中国的金融写史，我作为资深的金融从业者，也有了一点颇深的感受。

读大学时修金融专业，亲戚朋友们常问：金融是干什么的？我知他们是寒暄，并不真关心问题的答案，我也不愿多费口舌，通常都简答：是干银行的。一日，一位在国务院下属机构工作的长辈拍着我的肩亲切问：你学金融，要不要练习点钞票，打算盘？我怔住，隔了一会才回答：金融不是会计，更不是银行柜台业务。他看着我不以为然的样子心中不快，喃喃道：金融除了点钱、打算盘、记账外还有什么呢？

这个事情发生在上个世纪70年代末。那时，大部分国人对金融的了解几近空白，金融一词的使用范围也多限于象牙塔中经济类的莘莘学子、学者，以及京城中若干纵横捭阖，誓言改革的高官。我之所以选择金融专业，也并非因为懂金融，而是误打误撞。刚恢复高考的那几年，由于报考人员经过了十多年的积累，人数众多，所以大学录取率奇低，是真正的“百里挑一”，能入大学就是胜利，至于什么学校、什么专业就不重要了。我生恐没有学上，情急之中，便选择“金融”这个当时还是冷门的专业。

倏忽三十年，“昔日王谢堂前燕，飞入寻常百姓家。”金融这个“养在深闺人未识”的丽人走进了千百万普通人的生活之中。炒股票，炒期货，炒黄金，买债券，买保险，做贷款都不再是少数专业人士的专属。于是，有人一夜暴富，赚取数以百万计的财富，也有人瞬间失败，输掉前半生勤苦打拼而来的家当，更有人奋而跻身富豪之列，未及通知好友，荣归故里，就连本带利，输得精光。好在金融这个舞台从来就不乏表演者，永远是“你方唱罢我登场”。1991年国际金融大鳄索罗斯狙击英镑成功，一夜之间净赚数十亿美元；1995

年英国交易员利森投资衍生债券失败,造成英国百年老店霸菱银行亏损十多亿美元,破产倒闭;2008 年荣智健的旗舰公司中信泰富投资外汇产品失败,亏损 14 亿港币,最终需中信总公司注资支持,勉强度过破产危机,而荣先生则黯然下台。

金融是加速器,加速了财富的积累或消融;金融是放大器,放大了人生的苦与乐,人生的舞台因金融而更加多变,更加戏剧化,更加丰富多彩。我不知该为此快乐还是悲伤。

我学金融,做金融,在中资银行、美资银行和英资银行都做过行长。数十年间,经历了金融市场的种种惊涛骇浪,目睹了诸多风云人物的跌宕起伏,深感金融的云诡波谲与商场、政坛相比,丝毫不让。这些本是极好的小说素材,甚至不需太多的加工,因为它们本身已有足够的意外和悬念,足够的震撼和冲击,足够的承转和起伏。我一直期待这有人将这些金融场上的刀光剑影艺术化地再现出来。

好友陈一夫,身兼作家及金融家于一身,在短短几年时间里陆续推出了五部金融长篇小说:《金融街》(《扎钱》)、《资本魔方》(《做赔》)、《钱网》、《错币》、《热钱风暴》,在社会上引起了一定程度的反响。金融业内人士与文艺专家对陈一夫五部金融小说的创作和出版给予了很高的评价。2008 年,春风文艺出版社再版了陈一夫当时已经出版的前四本金融小说,《金融街》改名为《扎钱》,《资本魔方》改名为《做赔》,使陈一夫金融小说成为中国图书的品牌,也使金融小说被公认为新中国文学的一个类别。

在当今国内国际经济形势处于风口浪尖的关键时刻,在今天世界性的金融危机还没有尽头的时候,陈一夫的金融小说再次出版,其本身就是一个备受关注的经济和文学事件。

应该说,我的人生因金融而多彩;陈一夫的文学生涯,也因金融而多彩。金融并不深奥,金融就是运载财富的船,我想,许多读者的人生同样会因金融而多彩。

在此,我预祝陈一夫金融小说取得良好的市场反应,获得金融界和文学界更广泛的关注和好评。

目 录
CONTENTS

引子

这是一个生活在中国经济最发达的京都市，具有本科学历和经济学硕士学位，但却依然潦倒的人。连续三天，在他的E-MAIL里，还接到了死亡威胁信。

第一封信这样写道："死是很好玩的事情，一个生命本来好好的，但在刀子刺入心脏之后，立刻就会变为一块肉，僵硬而毫无知觉。不过，有一点你倒不用担心，你的肉不会腐烂，因为，我们有一个大冰柜，不用对你进行切割，就可以把你的尸体整个放进去冻好。记住：不许你胡说八道，否则，这就是真的。"

第二封信这样恐吓："鉴于你给我们制造了大麻烦，我们可以给你提供选择死亡方式的机会。死的方式如下：第一种，用绳子把你吊死，这样比较体面，大家都会以为你是对迫害你的国商银行总行不满，寻了短见，国商银行还有可能为此而赔偿你一些经济损失，只是这种死法，比较痛苦，你的舌头要伸出来。第二种，直接用锤子敲碎你的天灵盖，这样比较简单，但是，容易弄脏我们的衣服和你的狗窝，因为，你的脑浆可能很多，白花花的，很恶心。第三种最合适，在你的浴缸里放满了水，直接把你的头按在水里，你的力气无法挣脱我们的手，你只需挣扎两分钟，就被呛死了。"

今天早上收到的第三封信最简单："如果你敢胡说八道，我们就来了。听着，门外的脚步声，就是我们的，我们有你的房钥匙。"

他叫常太平，是因被国商银行总行末位淘汰而导致无业的人员！

现在，虽然面对着三封恐吓信，但他还是异常兴奋的！因为，自打被总行末位淘汰以来，虽然没有找到工作，他还是干了一件他一生最为得意的事。他发挥他那经济学硕士的水平，躲在宿舍里深居简出了一年，从互联网上下载了许多材料，再经过自己秘密走访和调查，居然东拼西凑地攒了一本书，书名叫《上市公司黑幕揭秘》，把在媒体上已经曝光和还没有曝光的数十家上市公司的经营和财务问题，抖搂了个底朝天。

为配合M出版社对此书的出版、销售，一个月前，他重操旧技，写了一篇标题为《金融大厦的背后》的经济分析报告。他在报告中，把书中分析最翔实的一个公司——怒潮集团的贷款问题，作为一个典型案例，又加进更翔实的资料，进行了系统分析。结论惊人：目前，怒潮集团公司的净资产早已赔光，该公司已经是一个空壳！但是，该公司目前却有银行贷款余额二十六亿元，而且，十余家银行依然把怒潮集团公司作为优质企业，继续对其发放贷款，大量资金不但不收回，而且依然继续投入！！可见，金融大厦的背后，存在着银行体制缺陷和银行管理上的漏洞，存在着金融腐败行为！！！

但是，他的文章还只是在M出版社，在网络聊天室上谈论一番，便突然收到恐吓信！而且，这篇文章还有可能给他招来杀身之祸，带来灭顶之灾！！

此时，金融街的高楼大厦虽然漂亮，但是，由于街上人少灯稀，再加上京都市初春那还有几分寒冷的气温，依然让常太平产生了恐惧。他不自觉地回头后望，却真的发现身后有三个尾随而来的人影！

那三个黑影，在五十米以外，与自己同向走着！两边的高，中间的矮。

他加快了脚步，急走了几分钟。回头再看，身后的三个黑影依然没有消失！！

常太平以更快的速度急走，终于，他走出了金融街，上了灯火通明的大马路。再回头看时，那三个人却还在后面！！！

借着明亮的街灯，可以把那三个人看得很清楚：两边高个的，是男的，都穿着长大衣，深色；中间矮个的，是女的，也穿着大衣，只是她的大衣是异常鲜艳的大红色。

这大红色，使常太平惊恐的心顿然放松了。他再也不想回头张望、观察是否有人跟踪、尾随了。因为，这大红色为春夜平添了许多暖气，也仿佛使世界充满了和平。

当常太平轻松地哼着小曲，进了金融街公寓，走上了楼梯，打开自己宿舍门的时候，自己进得屋来，还没有来得及关门，门却突然被两个身穿大衣的男人抵住了！

没有等他开口，那两个男人便已经强行闯进来，围住了早已惊慌失措、目瞪口呆的常太平。一个穿大红色羊绒大衣的女人也随后走进门来。

一、文学老青年

常太平工作过的国商银行总行所属营业部位于金融街很醒目的位置上，是一座二十二层巧克力色的摩天大楼。在位于第十九层的信贷业务部的01号办公室里，老板台后面的皮椅上，坐着郝总。

他叫郝逍遥，五十开外的年纪，是一个瘦小枯干的人，一米五几的个头，窄而薄的身板儿，细长而小的脸，下垂的眼皮下，一对圆而亮的小眼睛，纤细的手指上筋骨明显，没有一点肉，头发很密、很黑，大概是染过，没有一丝白发，头型则是三七开的分头。当他正趴在计算机旁上网的时候，忽然有人敲门了。

不等他喊请进，一个西服革履的男人已经快步进来了："郝总，中央银行说有远东投资公司给怒潮家具公司的担保信息不实，他们怀疑天竺支行可能涉及金融诈骗！"

来人叫董大为，是信贷业务部新上任的副总经理。他大约三十六七的年纪，个子不高，算不上魁梧，挺有轮廓的长方脸，皮肤较黑，眼睛不大，鼻子挺括，最扎眼的是他的头发，黑黑的，带着自然卷，留着寸头。

董大为虽然着急，但依然把话说得很是恭敬。

对董大为的到来以及他的话，此时，郝逍遥似乎都没有在意，他依然专注于计算机的显示器，并且用一根细指头，很麻利地按了一下计算机的打印键，老板台上的彩色打印机便开始"呲啦、呲啦"地工作起来。而后，郝逍遥再用细瘦的老手，再很麻利地把打印好的一页纸递给董大为："来！先批判一下我写的小诗一首！"

而后，他从抽屉里熟练地抽出一盒雀巢咖啡来，又熟练地从盒里再抽出两个小袋，走到门口的纯净水饮水机旁，开始沏咖啡。他一边放水，一边摇晃着杯子，以使咖啡均匀冲开。

董大为只好忍耐着金融诈骗的悬念，毕恭毕敬地坐在郝总老板台前的椅子上，拜读郝总的大作：

观海潮——看大雨将至时的弄潮儿

海咆哮，
云重浪滔天。
海鸥狂飞惊展翅，
鱼龟张惶石底钻，
人同海作难。

其实，这董大为对诗歌、音乐等艺术门类，既一窍不通也毫无兴趣。他打小看到的便是华北一成不变的黄土地，感受到的便是父母为了养家糊口而日夜操劳的艰辛，再有就是自己为了出人头地、脱离农门而艰苦卓绝的努力，他还从来没有体会过和领会出的便是生活之中的所谓诗情画意，尤其是现在，他满脑子里都是“金融诈骗”！！

“好，好，很有气魄！”董大为顺口恭维着郝总，而后，又准备言归正传：“中央银行要我们……”

“中央银行，总是中央银行！哪来的那么多金融诈骗啊！”郝逍遥打断董大为的话，他把一杯咖啡放到董大为跟前，一边意犹未尽地收起诗稿，“‘海鸥狂飞惊展翅，鱼龟张惶石底钻，人同海作难。’在我们这个位子上，就是要学弄潮儿，迎着困难上，而不要学海鸥和鱼龟，见到风浪就藏起来。”

“对，对，您说的有道理。”董大为一边喝咖啡，一边附和着。

郝逍遥让老板椅旋转了九十度，又侧身到计算机旁，按了一下打印键，彩色打印机便又开始“吡啦、吡啦”地工作起来。而后郝逍遥回转身，对着董大为颇有几分得意地说：“这诗真的好吗？不过，发表在《榕树下》啦！”

“《榕树下》？这个杂志，我倒没有看过。”董大为继续是一脸的茫然。

“你呀，真是太‘白专’了！看你这样儿，除了金融业务，你对其他的，肯定是不闻不问了。”郝逍遥像老师对初入门的弟子一般，“《榕树下》是中国最著名的网络文学杂志。什么坯子蔡呀，什么安妮宝贝呀，都是这些网络杂志吹起来，再捧红的。”

郝逍遥品一口咖啡，做平淡状，说：“这可不是自己贴上去的！也需要投稿！中稿率也不高。”

董大为也学着郝总的样子，品了一口咖啡，但是，脸上却没有郝总的悠然，反而却面露苦相，他实在不知道这咖啡苦了吧唧有什么好喝的。郝逍遥见状，忙说道：“你不喜欢喝？我这里也有茶，碧螺春、龙井、菊花，喜欢喝哪种？”

“我喝茶也是瞎喝。”董大为答，其实他这倒真不是谦虚。

“你总有一种喜欢喝的吧？”郝逍遥继续追问。

“花茶。”董大为应付着。

“看来，你喝茶，也真正是瞎喝！花茶都是茶树的大叶，而不是茶心；花茶隔年的叶子多，而清明时节采摘的叶子少。没有味道，没有味道的！”郝逍遥一边讲授着茶道，一边从柜子里拿出两盒茶来，推到董大为身边，“西湖龙井！都是朋友送的，我不喜欢喝，马上就要隔年了，你拿去消灭吧。”

那董大为见了包装精美的名茶，急忙推辞，而郝逍遥见状，则正色曰：“我们是换，谁白送给你？你堂堂一个副总，等以后有人给你送咖啡了，就一并通通抱到我房间里来！”

那董大为听郝总这么一说，只得收了茶，便再次准备言归正传：“关于金融诈骗，中央银行……”

郝逍遥则再一次打断了董大为的话，把刚打印出来的一张纸递给董大为：“看看这个，还有一首待发表呢！”

见郝总没有进入工作谈话的意思，董大为只好又硬着头皮，拜读他的第二首诗：

雨中无题

天阴阴，
淡淡白雾飘散；
竹叶上，
雨珠闪闪。

雨珠水中跳，
小溪潺潺弯弯；
独木桥，
架在上边。

清早出门，
走在桥儿上面；
少女挡去路——
在桥那端。

美丽女孩，
是你大胆上前；
还是我，
勇敢向对岸。

“好，真没有想到，工作这么忙，您还有这么好的才情。”董大为这次倒真心地佩服起郝总来了，倒不是感悟了郝总的什么文学才华，而是惊诧诗中那份少年一般的天真！！！

郝逍遥用小圆眼睛审视着董大为：“写得怎么样？”

“写得好。”董大为毫无新意地恭维道。

“怎么个好法？”郝逍遥穷追不舍。

“怎么个好法?”董大为像应付面试的员工一般,自己硬逼迫自己找词赞美:“意境美极了!”之后,他就再找不到词了,只得乖乖地告饶:“再专业的评价吗?我的的确确没有这个本事说了。”

董大为的话语里颇有几分自卑的感慨。

“听说,你没有结婚,还没有女朋友?”郝逍遥见自己新来的属下言语谦卑,心里顿时舒服起来,再品上一口咖啡,关心道:“营业部有的是大姑娘,有几个挺漂亮,比如,我们的骆雪。你堂堂一个副总,每月高薪拿着,这回恐怕不用你主动,大姑娘们也不会让你闲着了!”

“我……这方面……不行,总……”董大为支吾着,脸上竟然有了一点红晕。

此时,郝逍遥已经把一杯咖啡喝完,顺手把纸杯扔进垃圾桶里,突然打断了董大为的支吾,把话题转到工作上来,高声说道:“金融诈骗?什么金融诈骗!我看是中央银行来找我们的麻烦!这很正常。”

“具体情况,我再和您汇报一下。”董大为见郝总开始谈工作了,急忙坐正身子,颇为严肃认真。

“情况我已经知道了,中央银行的梁处长已经给我打了电话,说他们在我外出开会的工夫,已经有人来过。”郝逍遥大声而却平静,“来的是谁?”

董大为窘住了:“我倒没有来得及问……”

见手下如此粗心,郝逍遥的脸上却露出一丝让人难以察觉的笑意,而后,他故作宽厚地安抚道:“没有关系!不过,你一个堂堂的副总,以后可要处处留心呦!”

董大为脸上出汗了,又面露难色:“我感觉这件事情很棘手。”

“棘手吗?其实没有什么了不起,别听他们瞎说!什么诈骗?我看只是信贷人员马马虎虎、惹着企业罢了!”郝逍遥瞥一眼董大为,“我已经想好了,明天你带队到告状的远东投资公司去。就信贷台账误录的事情,做一个赔礼道歉。”郝逍遥点燃了一只烟,又把烟盒递给董大为,见董大为一个劲儿地摆手,才想起这个新来的下属不会吸烟,便摇摇头,又把烟盒放回自己的手边。

“没有诈骗？那最好！”董大为虔诚地讨教，“我为难的是，如果是录入错误，我们部里和支行人的责任，怎么处理？”

郝逍遥吐一口烟圈：“天竺支行的综合员，还有我们这里分管台账的骆雪，每个人写一份检查。”

“写检查？这不会影响她们的前途吗？”

“你知，我知，她们知，一交中央银行就完了。怎么会影响她们的前途呢？你董总，总不至于亲自跑到人力资源部，给她们往档案里放检查材料吧？”郝逍遥玩笑道。

“这样……行吗？”董大为狐疑着。

“这样，有什么不行？不就是我们俩的事吗？”郝逍遥又吐出一个烟圈，“实话跟你说，我还为总行的孔行助背过警告处分呢！”

“您？警告处分？为孔行助背！为什么？”董大为惊愕起来。

“具体原因我就不说了。总之，干我们这一行的，领导的事，要背着；群众的事，还要背着。以后，你就全明白了。”郝逍遥深吸一口烟，倒进老板椅里，“‘海咆哮，云重浪滔天’的时候，还要有‘清早出门，走在桥儿上面；少女挡去路——在桥那端’的好心情呀。”

见郝总一副轻松的样子，董大为内心多少有了一些释然，但是，他的心却依然没有放下：据中央银行的同志说，企业是因为天竺支行拒绝调整台账才到中央银行告状的，如果不涉及金融诈骗，如果写一份检查就可以过关，那天竺支行为什么不主动调整台账而偏要有意把事情搞大呢？而且，这远东投资公司的原管户信贷员就是天竺支行现任副行长韩小飞，这么一个八面玲珑的人，怎么会主动引火烧身呢？

第二天一早，董大为便带着骆雪，心怀着疑惑和忐忑，直接杀奔出事的天竺支行，进行调查来了。

二、“硕士肄业”生

国商银行营业部所属天竺支行的办公大楼，高耸在京都市中央商务区的中心。

这是一个有百余米见方客厅、有一个十几米卧室并带一个卫生间、有落地飘窗的房间。大红色的羊毛地毯铺满了整个办公室，客厅用两扇中式百宝格一分为二，外面会客，里面办公。百宝格上的珍稀物件不知是真是假，反正叫不出名字；会客用的皮沙发也是大红色的，豪华而气派；办公桌自然也是大大的老板台，只是老板台上的计算机比郝逍遥那台又先进了许多，显示器是十七寸液晶的。这个豪华办公室的主人，便是天竺支行新任副行长韩小飞。

说起韩小飞这个名字，大家都以为他一定是一个精明、瘦小的人，但是，与人们的猜测恰恰相反，韩小飞副行长却是一个像当红喜剧演员英达一般模样的大胖子。一米九的大个子，一颗硕大的方脑袋，一对核桃一样大小的大眼睛，方口阔鼻，说起话来不用有意加上膛音，也像洪钟一样响亮。他有一个可疑的学历，虽然没有任何学位，没有读过中专、也没有念过大专，忽然有一天，他却突然有了一个研究生班的毕业证！于是，在学历一栏里他便发明了一个新品种：“硕士肄业”！！

总行来的刘行长上任后，在破格提拔支行行级干部的过程中，营业部其他领导，甚至包括总行领导，都举荐了韩小飞。本来对草台出身的干部抱有成见，对科班出身的干部欣赏有加的他，面对着韩小飞让人怀疑的“硕士肄业”学历和耳边的一片叫好声，也只得在破格提拔的任命书上签批“同意”了。

此时，韩小飞的案头摆放着一沓待批的贷款合同，第一份合同的贷款人位置上赫然写着："中国怒潮集团总公司"，这便是常太平发现的那家空壳公司！！！贷款单位法人代表位置则盖着一个鲜红的名章，名章旁边签着三个秀气的字：兰婉茹。从字体和名字上看，这应该是个女人。

兰婉茹便是中国怒潮集团总公司的董事长兼总经理。韩小飞还记得昨天晚上她与自己会面的情景。

先是在位于中央商务区国际大厦的对面，那叫"极品海鲜"的餐厅。他由穿粉红旗袍的小姐引导着来到了装修豪华的兰花厅。一女两男，房间里面已经有人了！这便是在那个早春的夜晚，在昏暗的金融街上，跟踪、围堵常太平的那一高两矮、一女两男三个人！！！

女人穿一身大红色的裙装，非常扎眼。她大约四十多岁，个子不高，中等身材，略显发胖，一张大大的圆盘脸，皮肤很白，眼睛很大，也很亮，只是上眼皮和下眼睑因为年龄的原因都已经有些松弛了，嘴显得有些大，和善地微笑着。见到韩小飞，她急忙主动迎出来："韩行长，恭喜荣升！"

那两个男人一高一矮，都穿着笔挺的西服。高个的，大约三十出头，留着大背头，一张棱角分明的大方脸，高鼻阔嘴，很英俊，只是脸上的皮肤由于生了几颗麻子，显得比较粗糙。矮个的，大约四十出头的年纪，胖墩墩的，圆头圆脑，光亮亮的一个秃脑袋，戴着眼镜，一副书生模样。

韩小飞也热情地迎上去，握住女人的手，热情地寒暄："兰总，你还是这么年轻、漂亮！"而后，又与高个男人招呼道："朱副总，你也总是这么潇洒！"

矮个男人走上来，拉住韩小飞的胳膊，笑眯眯地玩笑道："韩大行长，也夸我两句嘛！"

韩小飞则勾住丁博士的肩，玩笑道："你个丁大博士，还是胖墩墩的、脑袋亮光光的嘛！"

丁博士叫丁志强，牛津大学的经济学博士，除了兰总这边公司的国内外业务，他还在金融街的国际企业大厦里搞了一家名叫"天诚"的中美合资的会计师事务所，至于美方资本和中方资本是怎么构成的，跟怒潮集团有没有关系，韩小飞没有问过，恐怕只有丁大博士自己心知肚明了。

韩小飞盯着刚端上来的大鲍鱼,说:“自家人,何必点这个破费呢！一个八百八,四个就是三千多块钱呀!”

兰总微笑着说:“我们还不到为吃饭算计的时候呢。只管吃,只管吃!”

酒过三巡,见大家都有一点倦意的时候,韩小飞盼着进入他喜欢的下一个节目,又不好意思直说,便看看自己金色的手表,假意要走。

兰总则把脸贴近韩小飞的耳边,神秘地说:“老弟,我们还有节目呢!”

“兰总还能为我安排什么节目?”韩小飞诧异地问。

“你不是喜欢唱民族歌曲吗？我给你找了一个妹妹,是我的干女儿,专业演员,漂亮,歌唱得好极了！恐怕她已经在楼下的 KTV 包房里等急了!”

于是,韩小飞便不客气地出了兰花厅,带头来到了餐厅下面的豪华 KTV 包房里。

她叫亦萍,是一个标准的美女,京都市 W 歌舞团的职业演员。像所有的舞蹈演员一样,亦萍有着修长而婀娜的身段;像所有的美女一样,亦萍有着白白的脸蛋、俏丽的鼻子和明眸与皓齿;而与一般美女不同之处,也是亦萍最迷人的地方,则是她笑起来时,腮上突现的那一对大大的酒窝。由于兰总在三十岁的时候,患了子宫肌瘤,摘掉了子宫。没儿没女,便以认干女儿为乐了。

四个人加上亦萍刚坐定,便有人轻轻敲门,高个的朱副总走上去,把门刚拉开一条缝,三个袒胸露背、香气扑鼻的靓姐便立刻挤进来。走在最前面的高个小姐,颤悠着一对酥胸,落落大方地问:“先生,要不要我们服务呀?”

“服务？服什么务?”丁博士问,望着高个小姐那一对颤悠的酥胸,装出一副傻乎乎的样子。

“丁博士,不要装傻充愣的！花花肠子回家再用去!”兰总把丁博士一把揪到沙发上,“我们不要什么服务。看看,这里有我,还有这么漂亮的亦萍!”

“我们可以帮助点歌嘛!”第二个走进来的中个小姐说,她的裙子奇短,连黑色的透明内裤都公之于众了。

“帮助点歌？多少钱?”坐在沙发上的丁博士盯住那令人顿生遐想的黑内裤,好奇地问。

第三个走进来的矮个小姐，对男人们抛着媚眼，赶紧回答："不贵，每人才三百。"

"我的妈，还没有干什么，光点歌就三百？你们身上长的那玩意儿，结构与其他女人有什么不同吗？都是金边银角吧！"丁博士听了故意惊叫一声，眼睛却还在审视着女人透明的内裤。

兰宛茹立刻不含糊，在博士的大腿上狠拧一把，那大博士龇龇牙，不由自主地伸出了舌头，而后，就不敢再出声了。

有怒潮公司三个老总的掌声鼓励，有亦萍像歌星宋祖英一样的歌喉陪伴，那韩小飞也拼足了力气，用出了自己十几年泡歌厅的功力，展开了歌喉，挥舞着粗壮的臂膀和大手，像在舞台上演出一般，在 KTV 包房里，着实潇洒了一把，痛快了一回。

当五个人狂欢到深夜一点多钟的时候，亦萍请求告退了。那兰总则借机拉上丁博士，对韩小飞说："老弟，姐姐我送小妹去了，由朱副总陪你。你们多玩玩。"说罢，她便拉了亦萍，扯着丁博士径直走了。

"这兰总，怎么说走就走了！"韩小飞带着几分不满地说。

朱副总诡秘地笑着："我们哥俩也走！兰总是给我们自由了！她在，我们不方便嘛！"

朱副总开着他的白色奥迪 A6 轿车，七拐八转地钻进了一个胡同，在一个两层楼的洗浴中心旁停了下来。

一个年老的侍者迎出门来，见到朱副总就热情地招呼道："王老板，您来啦？"

韩小飞诧异了："你怎么改姓王了？"

朱副总悄声回答："在这种地方，能说实话吗？"

随着年老的侍者上了楼，韩小飞老练地问："安全吗？"

"常来。没有问题。"朱副总回答，而后对年老的侍者，同样声调低低地说："找三个，要最漂亮的。否则，不给钱啊！"

"怎么三个？"老侍者诧异着老眼。

朱副总则不耐烦地小声呵斥："你别管。"

两人在空无一人的浴室里草草地冲了个澡，便很快来到同样空无一人的休息区，没有半刻停留，便分头径直进了各自的按摩室。

韩小飞在身上很习惯地围着一块白浴巾，很习惯地仰卧在了按摩床上。正当韩大行长沉思并渐有睡意的时候，两个美少女推门进来了，你一言，我一语地说：

“先生，您的身体好棒呀！”

“我的妈，这么壮，我好怕呀！”

韩大行长也诧异地问：“怎么两个人？”

一个美女答：“那位先生说你身体好，一个人按摩不行的。”她有意把“按摩”两个字拖得很长。

另一个美女附和：“这样也好，省得我怕嘛。”

那吃进去的八百八一只的鲍鱼，突然在韩大行长的身上起了作用，他的荷尔蒙高涨，精神顿来，感到热血沸腾，他乐了：“好，两朵水莲花儿争奇斗艳，美不胜收！好！好！！好！！！”

当韩小飞还准备作诗人及绅士状，再夸美女几句的时候，却发现那两个美女比自己还着急，已经不管三七二十一地进入了她们的工作程序：衣服已经剥得干干净净，双双赤条条地站在了他的身边，两对大眼虎视眈眈望着他，嘴上带着的，却是莫名其妙的微笑……

三、糊涂的婚姻

正当韩小飞回味着昨夜的温馨之时,有人敲了办公室的门。

韩副行长赶忙整整西服,摆一摆领带,把粗壮的身体在椅子上坐正一些,做足了领导派头之后,他说:“请进!”

一个四十多岁的男同志走进来,低声下气,但一语惊人地说:“营业部来人了!说咱们这里可能出了金融诈骗案!!”

他中等个,长方脸,一脸与年纪不相符合的褶子。他叫关卫兵,是在工业信贷科与韩小飞一起搭档多年的老副科长。这个关科长是个老好人,虽然是一个大老爷们,个头不高,胖乎乎的,但是,性格温顺,说话总是低声下气的;见人,不管是什么事,也总是笑眯眯的。这对虽然表面上八面玲珑,但骨子里却生性固执,甚至有些刚愎自用的韩小飞来说,两人正好性格互补,甚至是相辅相成。因此,他们两个在工作上,一向是配合默契的。这不,随着韩小飞的高升,关卫兵也新任了天竺支行信贷科的科长。

韩小飞惊诧道:“怎么回事!”

关卫兵亲切但依然毕恭毕敬地弯腰站在韩小飞的老板台前,继续低声下气地解释:“营业部派人调查远东投资公司给怒潮家具公司担保的事情来了!”

“什么?”韩小飞心急,没有听清关卫兵的话,“别总是蚊子声,大声点说!”

“营业部来人了,调查远东投资公司!”关卫兵提高了音量,但依然毕恭毕敬地弯腰站着。

“诈骗?他们有证据了吗?”韩小飞故作平静。

“没有。从中央银行那边得来的消息。”

韩小飞心里一沉，而后官腔十足地问：“谁带队？”

“新上任的董总！”

“董总？”

“就是从我们这里出去的那个董大为！”

韩小飞听说是储蓄员出身的董大为，脸上便露出难以抑制的轻视表情：“是他呀！他说远东公司具体有什么事了？”

“说是信贷台账录入有误！怀疑有金融诈骗！说至少也要我们的杨兰兰写检查。”关卫兵依然保持弯腰站立的姿势，依然毕恭毕敬地说。

“没有证据怎么能够说有金融诈骗！你可别传舌传错了！”韩小飞顿了顿，“杨兰兰可是总行信贷业务部段主任的老婆。录入错误，我就敢让她写检查？”韩小飞提高了音量。

“说是中央银行那边找过来的。您是不是还是见他一面。您是支行主管信贷的行长，而他现在是营业部主管信贷的副总经理，还是应该……”

“咳，这种场面上的事，还用你教我！只是一会儿，总行信贷业务部段主任安排几个人，要来查信贷档案！我马上要到总行接他们去呐！”

关卫兵一听，焦急起来，急忙问：“总行信贷业务部来人查信贷档案！还有其他案子？！”

“别大惊小怪的！总行信贷业务部新来了几个博士，学历很高，可根本不知道银行是干什么的，还没有见过信贷档案呢。段主任安排他们来查看一下，学习一下基层的具体业务。”韩小飞解释道。

“哦。那当然是总行的事情重要。”关卫兵终于站直了身体，“那，我就跟董大为说，您不在。我自己去对付对付得了。”

“就这样办。诈骗的问题，没有证据就不要瞎猜！检查也不能写，总行信贷业务部段主任的老婆，怎么能够在我这里——一个小支行写检查。这不是开玩笑嘛！”

“行，行。实在不行，我自己替她写。”关卫兵说罢，退到门口，再转身，出去了。出来之后，再小心地把韩副行长办公室的门轻轻地关上。

在天竺支行位于九层的会议室里，董、骆喝着茶，等待着关科长安排去远东投资公司就台账录入错误赔礼道歉的事。

杨兰兰陪在他们身边，一副忐忑不安的样子。她只有二十四五岁，圆脸大眼，白里透粉的脸蛋，丰满而匀称的身材，说起话来，总是嗲声嗲气的。

她原来在国商银行湖北省荆州市分行工作。前两年，有一次总行段主任到她们分行检查工作，而当时，杨兰兰刚刚分了新房子、结了婚，小日子还算甜蜜。作为信贷员的杨兰兰，中午陪段主任喝酒，连续几大杯白酒下肚，居然没醉，把个段主任给弄愣了，连连称奇；晚上陪段主任跳舞，她三步四步都会，伦巴、探戈不累，又把个段主任给迷住了。

也该着她杨兰兰有富贵命，此时正巧段主任的老婆有外遇，与一个阔佬跑出了国境，到美国定居去了。那段主任平日里本是寂寞难耐，只得靠偷看从国外买回来的三级片外加手淫来打发无聊的夜晚，同时，也渴望着找到一个如花似玉的女人，来报杨花之妻的一弃之仇。因此，在杨兰兰的鼓励和诱导之下，段主任立刻就置领导身份、更置党纪国法于不顾，在一个大白天，在他推脱了公务之后，以参观和体贴下属的名义来到了杨兰兰的家，但是，进得房来，看着窗外长江美景，感受着屋内温馨而静谧的环境，一阵子激情似火、天旋地转之后，床上已是一片狼藉，两人竟有了那种有人说时尚，有人说苟且的事情。

进门是上下级的同事关系，出得门来，这个总行堂堂的段主任便与她杨兰兰成为如胶似漆的情侣了。到底是二十几岁的杨兰兰有手腕，还是大她二十几岁的段主任本性使然、以权谋私，就谁也说不清楚了。但是，两人心怀鬼胎、忐忑不安的时候，是暂时的；天南地北，以公、私电话维系爱情的时候也不长，只有半年，杨兰兰便与前夫离了婚，只有一年，杨兰兰便顺利地调到了这里工作，与段主任合法成婚，而且户口也进了京都市。

只是这好景不长，段主任就宝刀不老，又对别人的老婆感兴趣，又跟别人的老婆激情似火去了！不过这是后话。

关卫兵终于回来了。一进门先对营业部领导同志连哈了五次腰，而后，用他已经习惯的低声下气的语调说："韩行长出去了。总行来人检查，要他去陪。只有我和兰兰陪两位去企业了!”

董大为对官场上的这一套俗礼儿,既不懂、不习惯,也不喜欢,那韩小飞不出场,他不但没有感觉受到冷落,反而觉得轻松了许多。

也难怪韩大行长轻视董大为,也别看董大为现在像个人物,其实,前不久,他还在银行最基层的储蓄柜台上数票子呢!!!

来自河北保定郊区的董大为,一九八五年就从人民大学毕业了,被分配到国商银行营业部天竺支行的储蓄所,在储蓄柜台上接柜、点钞、记账,这项工作一干就是十几年!而前不久,赶上银行信贷部门任务重,同时信贷部门也已经由一个权力部门沦为一个资金推销部门的时候,支行商业信贷科缺人,他才被抽调上来凑个数,当了一名信贷员!眼看一个八十年代的大学生就要步入不惑之年的时候,一没房子,二没钱,而且居然还是一个光棍汉,依然在银行集体宿舍里过着孤独的单身日子!

要说能够让董大为有今天的风光之人,还是从总行新来此上任的刘行长。当刘行长到下属支行视察并与基层员工进行座谈时,才惊愕地发现了董大为,才发现像董大为一样在储蓄柜台上默默无闻工作着的百余名大学生。不久,营业部开始大张旗鼓地从基层招聘营业部处级和支行行长级干部。参加竞聘的员工要具有正规全日制大学本科以上的学历。于是,包括董大为在内的,三十几名大学生在刘行长到任后不到两个月内,便得到了破格提拔,走上了营业部处级和支行行级领导岗位。

此时,董大为再喝了一口茶,便说:“那,我们就先到远东投资公司去,我们几个就算组成国商银行道歉团了。给中央银行交检查的事情,回来再议。希望一切顺利,希望天竺支行真的没有诈骗案存在!”

四、节外再生枝

远东投资公司的注册地点是在中央商务区国际大厦的里面，租用了十六层的五个房间。关卫兵引导着董大为一行来到1601房间，敲响房门之后，出来的，却是一个金发碧眼并有着奶白色长发的欧洲小姐。

“Who are you looking for, sir?”她睁着蓝底、棕眼球的大眼睛问。

关卫兵急红了脸，鼻子上也急出了汗珠，一边赶忙拿出手机，拨打电话，一边支吾着：“来之前，我还跟张梦天总经理联系了，他说在办公室等我们呀！”

终于，关卫兵联系上了张梦天，原来，人家却已经搬到新世纪大厦去了！

董大为问：“你自己没有来过？没有进行过贷后检查？”

关卫兵一边发动桑塔纳轿车，一边说：“这一直是韩行的客户，都是他自己来的，我们都没有介入过！”

“一个客户经理单独与企业接触是没有办法避免员工道德风险的！看来，我们应该推行双人调查、双人核保！”骆雪向董大为建议着，见关卫兵脸色颇为难看，便对自己的话修正道：“当然，我倒不是说你们支行，尤其不是说韩行长已经出现了道德风险。”

远东投资公司新的办公地点比其注册地点已经像个减了肥的大胖子，小了几圈，由租用五间房，改为只租用一间办公室了。不过，这一间办公室倒是蛮大的，面积足有七十几个平方米，并用厚厚的磨砂玻璃隔出了里外间。员工在外面，有十来个显得很现代化的员工隔间，但只有三四个隔间里面有人。

看着该公司眼前的这点资产、这几个员工，大家怎么看，也看不出这家公司具有担保五千万贷款的能力来。

让国商银行道歉团的诸位团员感到诧异的是，老板张梦天并没有用怒不可遏的态度来对待他们，而是很谦卑地迎出来，又很客气地让座，并招呼小姐沏茶倒水。他个子不高，也就有个一米六几，很瘦，脸窄窄的，皮肤红而白，戴一副金丝眼镜，一副书生相。

宾主介绍和自我介绍之后，听董大为说明了来意，张老板让大家坐下喝茶，自己先喝了一口茶，润了一下喉咙，却说出了令在座诸位不解的话：

“我对国商银行的服务质量没有任何意见，没有必要道歉！我已经给天竺支行上报了贷款材料，还想在你们那里贷款呢，还要继续合作呢！”

一听这话，杨兰兰最先沉不住气了，说出了心里话：“那，你为什么还要到中央银行那里……”。她只说了半句话，后半句：“到中央银行告状”，在她嘴里转了几圈，终于没有脱口。

张老板再喝了一口热茶，小瘦脸红彤彤的，又开口了。他的话，刚才令道歉团的诸位同志不解，现在就可以说是令他们吃惊了：

“担保信息，不是录入有误，而是无中生有！我们根本就没有给怒潮家具公司担过保！”

董、骆同时惊呼道：“怎么！你们没有给怒潮家具公司担过保？那担保信息，是怎么录入的？”

“这就是我要问银行的！这就是我要找中央银行讨说法的地方！”张老板说。

董大为充满疑虑地转身问杨兰兰：“你录入担保信息时，有担保合同吗？”

“当然有，没有合同、贷款卡、账号这些基础资料，我怎么能进入中央银行的网上查询系统进行录入呢？”杨兰兰则坚定地解释。

“所以，我怀疑这之中涉及金融诈骗！这对我们公司和国商银行都是非常不利的！”张老板说。

“如果作为借款人的怒潮家具公司，以后，不能够归还这笔贷款，打起官司来就更麻烦了。”骆雪思索着，“合同如果是真的，那张总的公司无论是否承认,都要履行担保责任,代替借款人归还银行贷款。”

“那,合同如果是假的呢?”听骆雪这样分析,张老板赶快问。

“合同如果是假的,单从债务上看,只有银行找借款人讨债了,此笔贷款等于没有担保,跟你张总也就没有关系了。”骆雪解释着。

关卫兵着急了,脸憋得有些红,可话依旧没有说快:“那,以后的责任,怎么处理?”

骆雪毫不客气地说:“肯定得把这个民事事件,转为刑事案件了!这肯定又是京都市一起最重大的金融诈骗案了!”

董大为问张老板:“你们没有这笔贷款的担保合同?”

张梦天坚定地说:“我没有担过保,公司当然没有担保合同!”

董大为接着说:“到天竺支行查一下银行留存的担保合同,不就什么问题都清楚了吗?!”

张梦天苦笑一下:“你们银行不同意呀!!要不我还给中央银行写信干嘛?”

董大为看看关卫兵,再看看杨兰兰,意思是:为什么不给人家企业查合同?

关卫兵见董大为坚持看自己,便用鼻子“吭吭”两声,去了洗手间。董大为明白了关卫兵的意思:他是不愿意当着张梦天的面,说银行内部的事情,于是,也跟着来到了洗手间。

见四周没有人了,董大为便对关卫兵追问道:“为什么不给他们看?否则,人家也不至于告状了!”

关卫兵叹口气说:“韩行长不同意!!行长发话了,我们怎么敢顶着干!”

董大为听罢,也语塞了:自己本来想这事已经躲开了难于对付的韩小飞,可没有想到,还是在韩小飞这里绊住了!怎么办呢?如果不让企业查合同,这件事情就平息不了;如果让企业去银行查,就一定要触及韩小飞!

回到张梦天的办公室,董大为依然不死心,继续追问张梦天:“你们公司财务工作谁具体分管?”

“是钱千慊,钱副总。一个瘦高个!关科长应该认识!”张老板回答。

关卫兵点头回答:“对,我见过。他大概能有一米九几! 像个大虾米似的!”

董大为继续顺着自己的思路问张梦天:“这个钱副总有没有自己办过担保,而您不知道?”

“不可能,公司的法人章,我是自己拿着的,一直在保险柜里锁着!”

“钱千慊? 他人呢?”董大为继续问。

“死了。前年在广西北海游泳时淹死了!”张梦天说,很平静。

“死了!!!”国商银行道歉团的诸位团员们几乎是异口同声地惊呼。

张梦天继续解释:“二○○○年就死了。先是在公司不辞而别,不见了人影,大概过了半年时间,才听说他已经淹死了。他是外地人,我也管不了他什么。好在他走时,倒没有卷走我的钱,也没有带走什么重要物件。”

骆雪则尖声说道:“人失踪时,你们就应该报案呀!”

“对呀,死了也要见尸,要有公安局的证明呀!”董大为也附和着骆雪说道。

张梦天见大家大惊小怪的,自己则没有说话,只顾低头不语。

董大为见状,突然感悟了郝总的诗:“海鸥狂飞惊展翅,鱼龟张惶石底钻,人同海作难。”看来,这回轮到他董大为自己选择了:要么得罪韩小飞,这样可能会给自己带来麻烦;要么帮他扛着这颗骗保之雷,这样以后可能会背个欺瞒组织的处分!

董大为思想斗争了好久,见在座的同志们都没有什么可说,也没有什么可问了,他只好咬咬牙,下定了决心,说:“走,到天竺支行核对担保合同去!”

五、总行要出行

董大为一行忙碌的时候，郝、韩为了应付总行的检查也没有闲着，一早就赶到总行，来接要出行的贾副处长了。

国商银行的总行也坐落在金融街上，这是一座充分体现出现代化理念的豪华建筑，二十几层的大楼有着美国议会大厦一样的造型，金色的金属架构，金色的金属外墙，再配之以金色的镀膜玻璃。

国商银行总行信贷业务部的信贷检查处，处里长期没有正处长，独用1311号房间的贾好运是多年来一直主持工作的副处长，他一个人，带着坐在1312号房间的两个新招聘来的博士撑着这摊工作。

贾好运中等个，中间宽两头尖的脸型，皮肤黑红，嘴巴鸭子一样翘翘着，一副不笑也像笑的模样。那两个博士，一个来自清华大学管理学院，矮个，挺胖，叫一个很直白、很大气的名字：郭安邦。另一个来自北京大学，高个，清瘦，姓李，名励。

贾好运也是八十年代的天之骄子，本科毕业于西南财经大学，大学毕业后，直接考取了中国人民银行总行金融研究所的研究生院，并获得了金融专业的研究生毕业证书和硕士学位。

贾好运平日里不喜欢与人交际，只喜欢像在东北农村一样，老婆孩子热炕头的，日出而作，日落而息，躲在家里过小日子。也不能够说贾好运没有一点想法，两年前，他还鼓动过当时刚从农村进京都市还没有工作的老婆——仇雪自办了一个中介公司，账号开在信用社。只是由于两人都没有多少人际关系，因此也没有什么业务能够中介赚钱罢了。后来，仇雪托朋靠友，到爱农银行总行当了打字员，这个公司虽然没有注销，也只是空放着了。

此时，贾好运夹着个摩托罗拉公司的广告小皮包，带着郭、李两个新来的博士，跟在前来迎接的韩小飞的身后，气宇轩昂地下了楼，再气宇轩昂地来到韩小飞开的黑色奥迪 A6 旁边。

奥迪轿车的前门先开了，一个瘦小的男人率先钻出来，一边与他握手，一边开口寒暄道：

“贾处长，虽然是‘日夜思君不见君’，我们可每天都是共饮京都水呀！很高兴又见面啦！”

贾好运诧异道：“郝总，我一个小小的副处长出行，怎么还敢惊动您这么大个领导呀！”

贾好运对郝总的恭敬，应该说，是发自内心的：据说，郝总的爷爷是辛亥革命时期的英雄，牺牲于黄兴领导的广州起义，是著名的黄花岗七十二位革命烈士之一。还据说，郝总的爸爸是新民主主义革命时期的老革命，是在长征路上，大概在甘孜一带加入共产党的老同志。革命故事里经常可以查到他老爸的光辉革命形象。贾好运虽然没有好意思刨根问底地刺探郝总的爸爸曾经官居几品，现在位居几何，但却知道，郝总的爸爸曾经有过倒霉的时候，住过牛棚；但更多的还是风光的岁月，中国改革开放之后，便重新开始工作，现在依然在京都市的政界里，依然是如日中天的时候。

当然，据说郝逍遥也是有弱点的。他的学历至今是个谜，有人说他是学马列主义专业的工农兵学员，有的说他连工农兵学员也够不上，只是在某省某市的干修所进修过两年马列主义哲学，还有人说郝逍遥压根就没有进过专业学校，只是一个老高中生。但是，人家郝逍遥有老子保驾护航，在银行历次的学历登记表上，只填一个大专，却也没有人考证他这大专的真假，可人家老总的位子依然很牢很稳地坐着。

贾好运话音未落，郝逍遥的手机突然响起来：“谁呀？噢，大为呀。”

董大为在电话对面焦急地说：“远东投资公司的张总说：他们根本没有给怒潮家具公司担过保。看来这个问题，不是我们的服务质量问题，有可能是一起里应外合的金融诈骗案！！”

郝逍遥听了董大为的话，立刻阴沉了脸，见后排总行的三位领导都大眼瞪小眼地望着自己，怕董大为的话被大家听了去，便没有再说话，趁韩小飞还没有开车，赶忙下来，关上了车门。

韩小飞见总行领导呈狐疑状，急忙找个敏感话题打岔："听说总行搞末位淘汰，闹得挺邪乎？"

博士郭安邦听韩小飞提起了他最看不惯的总行末位淘汰工作，便快人快语道："完全是纸上谈兵，害银行、害员工！不知道是什么人出的这个馊主意！"

贾好运见手下当众揭了总行的短，赶紧敷衍："别这么偏激！人力资源部那于主任听到了，可要找你的麻烦！"

李励也附和说："贾处长说的对，末位淘汰可是于主任为应对 WTO 的创举，你可别说不好！"

郭安邦坚持着自己的观点："淘汰的都是不听话的，而不是不能干的！哪里有这么改革的？那常太平就是一个例子！"

郭安邦对常太平被末位淘汰的事情是一清二楚的。常太平原来的领导是上海籍的孔处长。在总行里，跟上级领导保持一致的事情，找不到他；与上级领导对着干的事情总有他的份，特别是用领导身上的一些缺陷和毛病编成故事进行搞笑活动，不但经常有他，而且是他的拿手好戏。但是，被他嘲笑的孔姓领导却是个官运亨通之人，不但不久便成为了他所在部室的主任，没有几年又由主任变成了相当于副行长的行长助理！而自认为才高八斗的常太平，十几年混下来，却依然还是一个科员，老的普通科员。终于，有一天，恼羞成怒的他，竟罗列出国商银行的十大罪状四处宣扬。而不久，国商银行的末位淘汰，便轮上了他。所幸的是常太平与银行的劳动合同还没有到期，国商银行总行答应在合同期间为他继续发基本工资。于是，常太平便在继续租住银行宿舍、总行继续发其基本工资的条件下，流入了社会。

贾好运也知道常太平的底细，继续和着稀泥："常太平这种人，放哪里也不会有人喜欢！"

韩小飞诡秘地一笑："人事上的于主任，我熟！以后，有什么人事上的不愉快，只管找我！"

车里的人争论着，车外的郝逍遥躲开车两米远之后，轻声对话筒对面的董大为说道："别大惊小怪的，担保信息的录入是依据合同进行的。难道天竺支行没有合同？"

对面的董大为急忙说："天竺支行说有合同，但是，企业却说他们没有签过合同。"

"那，你就带他们核对去。真的假不了，假的也真不了。"郝逍遥说，依然很平静。

对面的董大为见郝总的意见与自己不谋而合，便轻松起来："我们现在就带他们去！"

"不行，我马上要跟总行的贾处长到天竺支行检查信贷档案，如果碰上了岂不是自讨没趣。"

"那怎么办？我怎么跟企业说？不带他们去，不是让他们怀疑我们有猫腻吗！非告银行内部有诈骗不可！"

郝逍遥思索着，把没有抽完的烟卷在垃圾筒上捻碎："这样吧，我先带总行的同志去怀密县怒潮度假村吃饭，上午你们核对合同，下午，我再带总行的人过来。不过，你们可不要耽误时间，否则，两拨人碰上了，就麻烦大了！"

"行、行、行，我马上带企业就去，争取在上午搞完。"董大为应承着。

打完电话，郝逍遥以轻松状回到了奥迪车里，对韩小飞说："先到怒潮度假村去，之后，再看档案。我想，这一趟，别搞得那么辛苦，总行同志来一趟很不容易的！"

韩小飞会心地一笑："对，在总行领导看信贷档案之前，让他们先亲自下户，做一次现场贷前调查，到我们的优质客户那里看一看。"他说着，急忙一边开车，一边与怒潮集团的朱副总联系起来。其实他倒不知道郝总是有意要支开贾好运一行，还以为郝总也想像他一样与总行领导套近乎、拉关系呢！

六、高个的女人

再说那准备抓紧时间核对担保合同的董大为一行,却没有郝逍遥们这样潇洒,在拥堵的马路上,正像蜗牛一样地缓行着。

关卫兵向后望望,见张梦天的高级白色凌志车还跟着,便说:“快了,马上就到。”他的话音未落,只听得车后面“咚”的一声巨响,车上的每个人都随着汽车剧烈的摇摆了几下。

本以为是大水冲了龙王庙,张梦天这个老板司机手潮,与关卫兵的桑塔纳追了尾。可大家回头看时,原来是一辆黑色的老奥迪,高速超过了白色凌志车,准备插到关卫兵后面的时候,由于车速太快,刹车不及,不慎与关卫兵的桑塔纳进行了亲密接触——追尾了。

“嘿,谁老实欺负谁!我开这么慢,还被小丫头给撞了!”关卫兵熄火,出车,跑向后面。好脾气的人也有压不住火的时候,他急红了脸,结巴着,准备与不速之客好好理论理论。

老奥迪里却下来一个四十岁左右、高个、大眼、淡妆轻抹、举止端庄而矜持的女人。她满脸微笑着迎着一脸愠怒的关卫兵走上来,嘴上道着歉。

关卫兵见自己桑塔纳的后保险杠已经掉了,车屁股也瘪进去半尺,而老奥迪却安然无恙,又见是个女人,看似不是刁蛮之人,且提前讲和认输,于是便怂人有了怂胆,更加放纵起自己难得发起来的愤怒来:“您……这是怎么开车呢?”他一急就开始口吃,而且口吃得很厉害。

“大哥,对不起。我有一个官司,心里不静,没有注意你刹车!”见前面的桑塔纳和后面的白色凌志车里都下来人,女人没有与男人们争锋,很客气地说:“责任在我,我负责赔。”

董大为注视一会儿女司机，突然，大叫起来："陈淑媛?！怎么是你?！你怎么跑这里来了?!"

女人见了董大为，也眼睛放了光："董大为，老同学，这是你的车!!"

"噢，你们是同学?"关卫兵看一眼董大为，再望两眼女人，见人家与领导认识，便立刻恢复了原形，悻悻的，而后，既温和也真诚地低声下气道："得，既然是老同学，我们就没事儿了。"

"这是我们支行的公车。"董大为对陈淑媛解释道。

"这是我的私车，我一直是自己办公司，这车九四年买的，已经该淘汰了。"此时，陈淑媛心里踏实了许多，她望两眼董大为，再看一眼关卫兵："大哥，我们私了吧！你把车开走，到路边上说。"

关卫兵倒挺仗义，蔫了吧唧地说："您只管走，保险公司那里，我自己说去。"

陈淑媛依然坚持着，让关卫兵在路边稍微宽敞的地方停了车，她没有让董大为们下来，便急忙从皮包里抽出五张百元大票塞给关卫兵："大哥，这个给你，算我陈淑媛的一点小意思。"

"怎么能够这样?"关卫兵倒被女人的慷慨搞懵了。

陈淑媛解释道："我这个奥迪是私车，没有上保险，现在，第三责任险也已经过期了。而你的车是银行的公车，一定是全险，任何损坏，保险公司都得赔。我的车也没有毛病，根本就用不着修。"

关卫兵颇为男子气概地慢声支吾："那，我更不能够要您的钱了。"说着，就把五张钞票塞还给陈淑媛。

陈淑媛继续坚持："这钱，你自己拿着，算辛苦费吧。"

"别，我有什么辛苦的，时间是国商银行的，车子是国商银行的，身体损伤了，还可以百分之百地在国商银行报销。"

"大哥你别客气，我正跟你们国商银行打一场官司，如果赢了，就可以赚你们二百二十万呢！"

"什么官司？我们还能够欠你的钱！"关卫兵诧异了。

陈淑媛得意起来："国商银行盗用我的一张照片作了信用卡的封面。我一张卡,要求国商银行赔一块,国商银行已经发卡二百二十万张,就要赔偿二百二十万元。”

董大为见陈淑媛与关卫兵说起来没完没了,以为还有什么问题没有了结,便下了车。陈淑媛见了,赶忙又把钱塞给关卫兵,而后,对董大为招手道:“老同学,你升了官,也不请我们吃饭。改日罚你到极品海鲜请客啦!”

“行,改日咱们同学们聚一聚!”董大为见陈淑媛与关卫兵没有事情要说了,便站在桑塔纳车旁,对陈淑媛挥了挥手。

已经是中午十一点半的时候,董大为一行才终于赶到了天竺支行的办公大楼。会议室的桌子上,一大堆贷款档案材料正等着张梦天进行真伪辨别呢!

七、读诗也公关

郝逍遥一行的奥迪轿车驶入的是怀密县一个幽静的别墅小区。小区位于怀密水库旁边的一座树木茂密的山上，散建着六七座欧式风格的二层和三层小楼。楼体一概是红墙、蓝顶、白框架，很是洋气和漂亮。

车刚停好，穿着笔挺西服的高个男人——朱副总便从楼里迎出来，跑上两步，主动拉开了奥迪车的前门和后门，洋溢着热情说："欢迎，欢迎领导光临！"

"这是怒潮集团公司的职工培训中心！"郝逍遥走到贾好运的身边解释道。贾好运嘴上则客气着："不要给企业添麻烦呦。"当然，他永远也不会猜出、更不会知道郝总带他们到这里来的实际目的。

"'清早出门，走在桥上面；少女挡去路——在桥那端。'郝总，您的诗，我都背下来啦！"朱副总关好车门，与总行领导寒暄之后，径直走到郝总身边时，对郝总说。

朱副总与郝逍遥不熟悉，也只见过一两次面，这不是他不愿意与郝逍遥交往，只怪那郝逍遥太狡猾，凭他一个三十来岁小青年的手段，三下五下还真是搞不定这个老家伙。他原本就一直想请郝逍遥出来耍耍，只是这老道的郝逍遥却不肯轻易给他这个小青年面子，努力了几次，都被郝逍遥推脱了。没想到此番这大权在握的郝逍遥居然自己送上门来，使得他，不说是大喜过望，也可以说是心里窃喜连连了。这倒也不是他对郝逍遥的身世多感兴趣，也不是对郝逍遥的歪诗及为人有多么敬仰，他只是爱郝逍遥手中的贷款签批权，和在营业部信贷审查委员会上能够投出的对贷款是否发放很有分量的那一票。

"你居然能够背出我的诗？"郝逍遥却为这个后生对自己的执著感到颇

为舒心了:“在哪里看到的?”

“《榕树下》嘛,按照您郝总的大名一搜索,不就找到您的大作了嘛!”几句关于文学与诗歌的对话之后,朱副总此时已经与郝逍遥勾肩搭背,宛若亲弟兄一般了。

其实,搞定一个人不一定非要塞红包、送礼品不可的,关键是要投其所好。这郝逍遥喜欢文学,夸他的作品,就比夸他的人,更令他满足;就比送红包更容易让他上钩。

于是,朱副总又背诵道:“‘海咆哮,云重浪滔天。海鸥狂飞惊展翅,鱼龟张惶石底钻,人同海作难’。多有气魄,多生动形象呀!郝总你这次可要为我们留下点墨宝!”

郝逍遥明知面前这个小青年是在讨好自己,拍自己马屁,说的不一定是真心话,但是,他还是情不自禁地舒服,心甘情愿地自己钻进套子里来:“我还真又写了一首,等喝过酒,再读给你们听!”

郝逍遥一行上了楼,先带着两个博士及贾好运来到了二层的大客厅里,用效果极好的卡拉 OK 音响唱起了歌。没有想到,这郝逍遥不但诗写得好,歌也唱得好生了得,“美声”、“民族”都会,“通俗”唱了十余首也不累。

一两个小时下来,贾好运带着两个博士只得败下阵来,只有那韩小飞在“美声”方面还能够与郝逍遥有一拼,郝逍遥唱一首意大利民歌《我的太阳》,声音很高,很嘹亮;那韩小飞就敢“美声”一把《桑塔露琪亚》,歌声更是浑厚辉煌。

几个人正唱得高兴的时候,一个矮个的,大约四十出头的男人,把一个圆圆的脑袋探进屋来,他戴着眼镜,胖墩墩的,一副书生模样。

“呦,丁大博士!”韩小飞叫道,“快进来,也认识一下我们总行的博士!”

此时,郝逍遥的手机突然响了,他接到了董大为来自天竺支行的第一个电话:“我们已经赶到天竺支行的会议室,贷款档案已经全部找出来,企业的张总正在对担保合同一份一份地进行着核对。你们那边,总行领导怎么样?”

“他们很好,正高兴呢!”郝逍遥对着话筒小声说,“我给你们赢得了很宽裕的时间,头下班前搞完,就行了!”

八、博士为诗强说愁

歌罢，朱、丁二人带着国商银行来自总、分、支三级银行的贵客，在横跨两个小山包修建的廊桥餐厅里落座，一边欣赏湖光山色，一边品尝着烤鱼；几杯五粮液低度酒下肚之后，朱副总又开始了对郝总的炒作：

“山好、水美、鱼香、酒醇，我们搞一个诗歌比赛！郝总还不率先给我们即兴来一首诗。其他的人，除了韩行长，都可以参加！我们设了奖品呢！”

“为什么把我排除了？”韩小飞居然像孩子一样红着大脸膛，不满起来。

“不比。你也是纪念奖了，我还不知道你的两下子！”朱副总玩笑着。

丁博士很吃力地将一个绸面纸盒搬到桌上来，“我把墨宝都带来了，也是这次诗会的奖品样品！”

“你个大知识分子，搞了什么古怪名堂？”郝逍遥好奇地走过去，拍一下丁博士的肩膀，一看，不觉大呼：“歙砚！好东西。”

只见绸面纸盒里面还有一个红木盒，红木盒里面原来是一块二尺多长，一尺多宽的随形歙砚。那歙砚的石料墨黑而油润，石料上天然散布着金色的落叶一般的斑点和银丝一样的数条线纹，而制砚的匠人，则依据石料的纹理，把金色斑点处理成树叶，把银色纹理处理成水波，并在这树叶和水波之间雕出一个“孤舟蓑笠翁”，在独钓秋江鱼。

“这叫歙砚？”贾好运摸着砚台问，“值钱吗？”

“这是我们家乡产的石头，再由当地石匠雕刻而成。不值什么钱。”朱副总说。

把一块价值不菲的砚台愣说成一块破石头，丁博士倒是不甘心，他便接着朱副总的话补充道：“石砚有如玉，本是无价的。无心者，看它一钱不值；

钟情者，视之，则为无价之宝呀！”

“砚虽都是砚，但要分几等，就像诗，同样是诗，却可以分出高下一样。我们就以诸位的诗，来奖励不同的砚。如何？”朱副总在众多知识分子面前，当着郝逍遥这个文学老青年也用词文雅起来。

“好，好！妙，妙！怒潮集团不愧是一个全国闻名的大公司，不但人才济济、实力雄厚，连奖品都这么有品位。”郝逍遥借着酒劲夸奖道，同时用胳膊肘碰碰贾好运，“我们比试比试，只当是玩嘛！”

此时，贾好运已经是喝红了脸，也喝红了脖子，晕晕乎乎地说：“好，比试比试！”

于是，郝逍遥率先上阵了。他没有舍得用那方砚台研墨，而是用毛笔直接从墨水瓶中沾着墨，用一个小碟调笔，在朱、丁铺开的宣纸上，狂草起来：

来了
又是一个秋
天空中有了南飞的大雁：
“呱呱咕、呱呱咕”
草丛里有了秋虫的低鸣：
“嘟嘟啾、嘟嘟啾”

落了
又是一片叶
绿地上多了一点金黄
微风里带来一丝秋凉
沁入了心脾
再抹上弯弯的月亮

众人看罢，拍手叫好，之后，又对贾好运喊道：“贾处长也来一个！”

此时，那贾好运已经是在半醉半醒之间，在众人的簇拥下，也接过郝逍

遥的毛笔,饱蘸浓墨,有生以来第一次为别人题诗一首:

春花秋月何时了,
“事业”知多少?
昨日职位又提升,
愿望不堪压抑酿心中。

兄弟姐妹应犹健
只是吾颜改。
问君能有几多求?
恰似一江春水无尽头!

众人也习惯地鼓起了掌,只是郝逍遥拍着贾好运的肩膀说:“我说,老弟,你堂堂一个研究生,总行领导,怎么这样悲观呀!”

“不过,我们贾处长是有些屈才呀!听说,你们在总行工作,每个月才四千块钱工资,并且也没有配车是吗?”朱副总别有用心地问。

“别说没有车!车呢,也配了,是红旗,不过不是汽车,是自己买的自行车!”贾好运充满怨气地说。

朱副总听了,眼睛里突然亮了起来。怒潮集团巴不得多从银行弄点钱出来,多培养几个为自己搞钱的干部,如果能够把贾好运弄到参股银行当行长,何乐而不为呢!于是,朱副总热情地说:“我有个朋友,姓赵,是参股银行总行的副行长。哪天,我给你说说,到参股银行当支行行长得了,有车,有房,年薪三十万元以上!”

“有这好地方,你也把我推荐过去得了!”郝逍遥玩笑着,而后,又突然板了脸说:“我说,朱总,你可别充当猎头,挖我们的人才!另外,你以后贷款还需要贾处长批呢!他走了,你找谁呀!”

见郝逍遥板了脸,朱副总急忙附和:“对,对,算我没说!算我没说!”之后,他又把精力放到鼓动博士们写诗上面去了。

总行两个博士在大家的起哄下,也分别拿起了毛笔,但是,他们居然合作写起了英文。

此时,郝逍遥的手机又响了,董大为到天竺支行以后,第二次给他打来了电话:"远东投资公司的担保合同真是假的!!"

郝逍遥听了,急忙走出廊桥,到外面之后,依然用阴沉的声调问:"核实了吗?"

董大为在对面焦急地说:"担保合同的公章不符、法人签名也不相符!张总带着公司章,也当场签了字,的确与合同上的不一样!!"

"这说明什么问题呢?"郝逍遥像是问董大为,又像是自言自语。

"第一种可能是怒潮家具公司有人用远东投资公司的假公章、假签字制作了假担保合同,骗取了我们的贷款。第二种可能是远东投资公司的人为了个人获得担保费,私自制作了假担保合同,骗取了我们的贷款,他个人获得了好处;第三种可能是银行、借款人、担保人三方人员沆瀣一气,诈骗银行贷款。"

郝逍遥听罢董大为的分析,问:"客户经理是谁?"

"韩小飞!! 就是现在天竺支行的韩行长!"

郝逍遥沉吟片刻,而后,问:"这事,还有谁知道?"

"企业是张总,银行除了我,还有骆雪和杨兰兰。"

"不要扩散这件事情。没有弄清楚之前,我们也先别下结论!"

"那,怎么对企业交代?"

"他们不是还要贷款呢吗? 稳住他,别说是他们公司骗我们,也别说是我们银行骗他们,更别说是三方的人共同进行金融诈骗。就说,我们抓紧调查,会给他一个答复!"

"那……"对面董大为支吾起来。

"别'那'了! 处理这种事情,我有经验。就这么办吧。把档案整理好,一会儿,我带总行的同志过去。"

郝逍遥一脸平静地回到廊桥雅间,一脸平静地坐回原位,再一脸平静地听丁博士读解总行两位博士的英文诗。在大家起着哄谴责总行两位博士的英文诗有抄袭之嫌的时候，郝逍遥趁着乱，悄悄地靠到韩小飞身边，悄悄地问：“你熟悉京都市远东投资公司担保合同的事情吗？”

韩小飞听了郝逍遥的问话，脸色马上不自然了：“不是担保数据录入有误吗？”见郝逍遥摇头不语，大脸的颜色继而变得铁青：“我知道他们去中央银行告状了。他们到底发现了什么？”

“你当时去没去核保？”郝逍遥声音低沉。

“去了。”韩小飞颇为肯定地回答。

“是你看着他们公司在合同上盖章的吗？”

“好像是……又好像不是，不过……记不太清楚了。但是，营业部并没有要求当面要企业盖章呀！”

“先别把责任在你我之间推！你是自己把担保合同拿回来的吗？”

“不是，是远东的钱副总和怒潮家具的谢云一起拿过来的！”韩小飞肯定地说，“不过营业部也没有要求信贷员必须亲自拿合同呀！”

“关键的问题：合同是假的！”郝逍遥依旧低沉地说。

“假的！！？”韩小飞的大脑门子上，顿时开始冒汗了，大眼珠子狐疑地转动起来。

“假的！这样一来，我有管理上的责任，你难道就比我责任小吗？”郝逍遥的声音带着几许沙哑，“所以，你看看怎么补救吧？靠你的能力，能不能把责任推到远东投资公司或者怒潮家具公司的人身上，说他们骗了我们，诈骗银行？”

“那两个当事人已经没有了！一死一逃，活不见人，死不见尸。可以无限制地推责任。但是，证据不足，没有把握一定能搞定。”韩小飞一脸大汗。

“推给怒潮家具呢？”

“更难了，这个担保公司本来是我帮助他们找的！！现在看来，好心也不一定办好事……”

“我还没有说你个人有问题呢！”郝逍遥说。

“咱们的交情，这么久，我还能……”

“行，你自己没鼓包就好！！”郝逍遥打断了韩小飞的话。

两人正耳语间，几个读解诗歌的人都走回来，朱副总大声叫道："郝总，别开小会！我们的评奖已经出来了！"

贾好运急忙打断朱副总的话："韩行长还没有来一首呢！"

总行郭安邦和李励两个博士也打趣："对，韩行长不来一个不公平嘛！"

韩小飞怕坚决推辞会扫总行领导的兴，便在心里努力抹去骗保之事带来的阴影，用大手握定毛笔，歪歪扭扭地把才从歌厅小姐那里学来不久的一首名叫《爱之乐》的打油诗写出来：

软玉幽香抱满怀，
一枝红杏出墙来。
深林溪水流不断，
"嘿咻嘿咻"冒大汗！

在场的人看罢，无论是对韩小飞顿觉惊诧的，还是心照不宣的，都捧腹大笑起来，只是结过婚的先明白先笑，没有结婚的后明白后笑罢了。

郝逍遥倒颇为认真："韩行长诗作得好，只是场合不对！韩行长字写得也不错，那歪歪扭扭之中，既拙又朴！"

最终，郝逍遥顺理成章地收获了那块他早已经心仪的歙砚。现在他似乎已经忘记了骗保一事，高兴而轻松地说："那，我可当仁不让了。这块歙砚，我就搬走啦！"

"当然，当然，公司为其他同志准备的纪念奖品，一会儿也搬走！"丁博士客气着。

见已经是下午两点多了，郝逍遥急忙招呼："贾处长，那我们就打道回府，到天竺支行看信贷档案啦！"

贾好运回答："可以，不过，我还要去趟卫生间。"

趁大家上卫生间之机，韩小飞贴着郝逍遥的耳朵，说："我发现一个好地方，新玩法！一次两个，像两朵莲花开放一样！一定让你诗兴大发，玩个痛快！晚上，我们一起去，顺便商量骗保……"

郝逍遥此时已经拿定了主意，打断了韩小飞的话："还商量什么?！让借款人赶快还钱，不是什么事情都摆平了吗！"

"只怕是怒潮家具公司没有能力还呐！！"韩小飞憋红了脸说。

"你真糊涂！怒潮家具公司是怒潮集团总公司的子公司。子公司还不了，让兰总帮助还，不就行了吗！"

"怒潮集团总公司正准备在怀密县搞一个绿色食品生产基地，投入了很多，恐怕一时也没有这么多资金。如果给总公司增加贷款，又怕营业部和总行通不过，因为，我们已经给他们发放贷款六个亿了！"

"那就给它在B省的上市公司放，资金再转回来，不是什么事情都没有了吗！"

"那可是异地贷款，不但要向中央银行备案，还要到B省去做贷前调查。我怕来不及！"

"你明天就向我们部里交材料，后天我就让董总和骆雪跟关卫兵一起去搞贷前调查，尽快放款就是！"郝逍遥思路异常敏捷地安排着。

"那晚上……"韩小飞讪笑着问。

"我可没有兴趣跟你出去玩，我老了，连自己的老婆都应付不了了！还什么两朵怒放的莲花！"

两人正说着，却见大门口出现了一辆雪白的宝马轿车，从车里钻出一个穿着大红色西服裙的女人。她有一张大大的白圆脸，大眼睛，饱满的双唇两角上翘，总似和善地微笑着。

"兰总，怎么是您！这么远，您还赶来了！"韩小飞惊诧道。

九、贷款本是嫁衣裳

那天贾好运在怀密水库会了怒潮公司的兰总，再到天竺支行看了信贷档案，回来之后，把下户和翻看档案的过程向总行信贷部段主任做了汇报，当然他略去了唱歌、拿砚台奖品、很晚才到天竺支行的情节。

此时，那段主任正在研究自己新买来的一台数码摄像机。他酷爱摄影，原来喜欢用老式摄像机摄影，最近突然对数码摄像机感起兴趣来了。买了一台新的数码摄像机之后，他甚至打算退休之后，当一个大摄影家了！拍遍祖国大好河山，当然，也不应该放过迷人的女人胴体！他对贾好运的汇报，只是似听非听的，见贾好运停止说话了，才给了几句套话的表扬，也为贾好运的工作细致和深入实际，进行了口头肯定。

心里喜洋洋的贾好运回到办公室，先沏上了一杯茶，而后，再翻看今天的《金融时报》和《京都市青年报》。他发现这两份报纸里面都有参股银行京都管理部招聘支行正、副行长的广告。想起昨天在怀密水库边上，朱副总说在参股银行认识一个总行副行长，并且要举荐他到参股银行当支行行长的话，不觉动了心。

他拨通了怒潮集团公司朱副总的电话，没有想到朱副总满口答应了："没问题，等我从外地回来了，就让参股银行赵副行长和你见面，另外，你们这三个亿贷款批下来，我立刻调两个亿存在你那里！"

于是，贾好运利用在国商银行上班的时间、利用国商银行的计算机和打印纸给自己做了一份简历，又利用国商银行的公用信封和邮资总付的通信渠道，给参股银行京都管理部的人力资源部寄出了简历。

盼星星盼月亮一般地苦等多日，贾好运终于接到了参股银行的面试通知，刚一放下电话，兴奋的劲头还没有过，他却发现一个人影在自己办公室的门口一闪就不见了。莫不是自己尚未出师，就已经走漏了消息吧?!

贾好运急忙追出去，却发现那个人影闪了一下，便消失在不远处郭安邦和李励的1312号办公室里了。贾好运有了疑心，不知道这人影是谁？在搞什么鬼把戏？便直接追了过去。

平日里从不关门的1312号办公室，今天居然关上了门！这更诱发了贾好运的警惕性，他索性没有敲门，攒足了力气，“呼”地把门推开了：里面是郭安邦和一个眉眼清秀的男人，正鬼鬼祟祟的交谈；又心怀鬼胎地被吓，再尴尴尬尬地站起来，望着突然而来的贾好运。

“常太平！你怎么跑我们处里来了!?”贾好运见到眉眼清秀的男人诧异道。当然，贾好运只知道常太平的末位淘汰，却不知道他的《上市公司黑幕揭秘》和他被兰宛如一伙围堵的事情。这事他常太平也不会对任何人提起。

常太平支吾着：“总行不是还给我发工资的吗！我常来的。今天找郭博士，我是来……托郭博士办一点事!”

贾好运继续诧异：“我们郭博士还能够帮助你办事?”

郭安邦倒直言不讳地对老处长照实招供：“常太平对总行的末位淘汰有看法，想请个律师，通过法律讨回公道！我有个同学，叫章朗，是京都市著名的大律师！我帮助引见一下。”

常太平见郭安邦招了，自己也赶紧苦着脸：“结果人家章朗根本就不接我这案子，嫌挣不到钱!!”而后，常太平叹口气，又犯了老毛病，不管三七二十一地攻击道：“这个章朗，身高八尺，一表人才，可心眼却不咋的!”

等常太平悻悻地走了，贾好运又找到郭安邦，不客气地指出：“你可别跟常太平密切来往！惹着孔行助，你恐怕也没有好果子吃!!”

郭大博士不解了：“不会吧?”

十、招聘为存款

一向不喜欢打扮自己的贾好运，为了能够被参股银行录用，今天特地穿上了一件雪白的汗衫，系了一条红领带，穿了一条蓝裤子；一向不喜欢收拾自己的贾好运，今天特地把平日里沾满尘土的黑皮鞋擦出了黑色，并且油光铮亮的；一向不喜欢整容、修饰自己的贾好运，晚上还特地理了一个发，并且焗了油，使自己那偶尔显露出的几根白发，也被染成了黑色。

在距金融街不远处的马路旁，他找到了参股银行。他上了远没有国商银行漂亮的参股银行直耸的办公大楼。先于他，会议室里已经有了七八个人。贾好运对一张张陌生的、充满忐忑的面孔扫视了一遍，并友好地微笑一下，便找了个地方，坐下了。

身边一个陌生的小男生羞怯地望着他，嘴鼓了几次，似乎要同他说什么，似乎又不敢说。他的个子不高，又瘦又小的，窄窄的小瘦脸，戴一副镜片很厚的近视镜。贾好运必然老道一点，便先开了口："你也是来面试的？"

小男生羞怯地点了点头，终于开了口，原来他叫侯山，竟是郝总的手下！真是大水冲了龙王庙，上下级一块叛逃，又一块被招安者审查！并且，现在开始要走他的后门了，"贾处长，如果您真的应聘成功了，就把我要到你们支行去。"

"好，一言为定。"贾好运很开心地说。他没有想到，自己这个行长还八字没有一撇，便先有了一位追随者。

此时，贾好运对自己的存款问题依然不太放心，便又用手机拨通了怒潮集团朱副总的电话："贷款情况怎么样？"他没有好意思提自己正在应聘，也没有好意思直接同朱副总落实存款的事，而只问了贷款。因为，怒潮的三亿元贷款直接关系到自己能不能在参股银行立刻有两个亿的存款。

此时的朱副总已经陪进行贷前调查的韩小飞一行到了位于B省C市的怒潮股份公司，回答道："我们是优质企业，你贾处长在总行多多美言，不应该有问题嘛！"

贾好运索性直截了当了："我这边全力以赴！可……存款……"

朱副总不等贾好运明说，便道："放心！放心！存款没有问题！帮你找总行赵副行长要官、谋位子，也没有问题！"

此时，在参股银行京都管理部会议室里主持招聘工作的，是赖主任。他中等个头，腿短身子长的身材，长条脸，浓眉毛，大眼睛，大嘴巴，牙齿稀松，牙缝被烟熏得很黑，走起路来晃晃荡荡的。在中国已经走进WTO门槛的时候，京都市除了四个国有商业银行之外，还有近十家股份制银行，金融市场的竞争也已经到了白热化的程度。他的这个官，只有两年的任期。如果连续两年在存款、利润和资产质量指标中，有一项没有完成，他就自动被贬为庶民了！只有完成，最好是超额完成总行下达的硬指标，才能够对参股银行的领导有一个交代，获得继续留任的资本。

被指标压得人性扭曲了的赖主任，也制定出了扭曲得近乎冷酷的经营政策。对内，他下达二项免职令和一项下岗令：连续两个季度没有完成全部指标的支行，领导班子全体成员，就地免职；出现新增不良贷款，连续两个季度没有解决的支行，领导班子全体成员，就地免职；客户经理日均存款不足三千万元的，下岗，待合同期满，解除劳动合同。对外，他提出了"增人增效"的口号，意即：通过来人，带来存款，给参股银行带来直接效益，尤其希望通过招聘，来引进与怒潮集团这样的好企业、大企业有关系的人。因此，参股银行每月都在京都各大报纸上刊登招聘启事，并首次把招聘支行正副行长的条件从大学本科，调整为大专。这就是贾好运所看到的招聘启事。

而贾好运在招聘启事上看不到的是：赖主任还在参股银行内部进行了口头宣布："带两个亿存款来的，可以任支行副行长或行助；带一个亿存款来的，可以任支行部门经理或副经理；带五个亿存款以上来的，经过考察，可以任支行正行长。"

现在，让赖主任感觉没有面子的是，在招聘工作中，目前要来和已经来的员工，层次普遍偏低！正当他为这个问题大伤脑筋的时候，贾好运西服革履、神采奕奕地走进了面试会场，大大方方地坐到大家对面的椅子上，微笑着等待参股银行的同志们提问。

于是，一对未来的冤家，一对被怒潮公司拖入泥潭的人，现在开始碰撞了！

人力资源部的阮总唯唯诺诺地小跑着来到赖主任的跟前，递上了贾好运的简历。赖主任用鼻子哼了一声，既算是对阮总办事效率的肯定，又算是对贾好运打招呼。

赖主任只把简历一扫，眼睛就不由得亮起来："你是金融研究所毕业的研究生?"心想：这有可能是一条大鱼，如果他有存款，就一定要钓上来！

"是。一九八八年毕业的。"贾好运作平静状回答。

"你是国商银行总行的?!"

"是。"

"你是总行信贷业务部的副处长!?"

"是。"

"你和怒潮集团公司的老总们熟悉!?"

"没错。"

面对眼前这位浓眉大眼考官的四个一个比一个声音高，一个比一个显得惊诧的问题，贾好运倒不知所措了。他自然不会知道，他在赖主任提出的"进人增效"计划中创了几个第一：所来的衙门最大；初始学历最高；毕业学校最有名；原来的职位最高；原来的技术职称最高；带来怒潮集团这样的公司，客户规模最大。

"你到我们这样的小银行工作，能适应吗? 光靠一个怒潮公司也不行呀！"赖主任手下的一个齐副主任问。目前，他的个人吸存，日均居然已经达到了四十几个亿！他原来也是一个支行的行长，赖主任怕别的银行把他挖走，从而挖走自己的四十几个亿存款，才赶紧把他提拔为副主任了。

"我出来就是想干点事，在国商银行干好干坏一个样，不愿意浑浑噩噩地度一生。除了怒潮，其他大公司老板，我也认识几个。”贾好运回答。

齐副主任听了，和蔼地笑笑：“理想和现实是有差距的！这是目前京都市银行业发展的现实！！”

贾好运以为齐副主任不想要自己，赶紧表态：“我都想好了！如果我在参股银行干不出个名堂来，我自动辞职！”

齐副主任见贾好运如此坚决，一时语塞。

赖主任怕齐副主任把自己的钓鱼计划给搅和了，便不等齐副主任再开口，就想问他一直想问的他最关心的问题：“包括怒潮公司，你能够从国商银行带过来多少存款？”但是，这话在他的嘴里转了十几个圈，却始终没有说出口。因为，他怕这话会打消了贾好运来他手下工作的念头，因为他知道，假如贾好运是一条大鱼，而他赖主任是一个渔翁，那么此时，贾好运这条大鱼只是刚刚碰着鱼饵，还没有最后上钩呢。另外，他也怕这样的话一问出，有损小银行的形象。

见赖主任只顾沉思而不开口，齐副主任不得不先开了口：“你知道股份制银行的运作模式和考核制度吗？”

“知道。机制灵活，效率高，不养庸人。我就是冲着这个来的。”贾好运有了朱副总刚才存款的承诺，便踌躇满志地说。现在，国有国商银行好像是他的媳妇，股份制参股银行则像他的儿子，儿子什么都是好的，而媳妇什么都是不好的了。

“除了怒潮公司，你手里到底有多少客户？没有客户，在我们这里，日子可是不好过的。”齐副主任善意地提醒着。

见齐副主任越来越深地在揭开小银行最不愿意对外人道的私处，赖主任急忙插嘴打断：“人家是总行信贷业务部的处长，还能够没有客户！还能够光认识怒潮的老总！”

贾好运感觉对自己的优势还没有分析足，想起了怒潮朱副总的支持与承诺，又补充说：“我只是对怒潮集团的老总最熟悉！跟兰总吃饭的次数最多！！”

听贾好运这样说，赖主任喜出望外，心想：这真是天上降下一个林妹妹，老天厚爱于我，这个贾好运不但为自己开创了招聘工作的几个第一，而且还能够给自己带来怒潮集团公司这样的一些大客户，于是，便放心地问出了压抑已久的那句话："包括怒潮公司，你的现实存款能够有多少？"

贾好运耳边又响起怒潮集团公司朱副总刚才的承诺，便说："现实存款至少能够达到两个亿。"

"副行长干不干？"齐副主任问，他想起赖主任的按照存款给官爵的内部规定，想他贾好运离五个亿的一把手目标还有三个亿的距离。

"不来。"贾好运斩钉截铁地说，而后又加强了自己立场，"而且，我要新支行的一把手。"

"我希望你回去再好好考虑一下，也找几个在小银行工作的朋友咨询一下再做决定！"齐副主任怕参股银行的经营模式毁了贾好运，便劝慰着。

见齐副主任不断撤火，赖主任赶紧发话了："好。你就等我们通知吧。"

贾好运起立，与诸位考官打个招呼，以胜利者的姿态，凯旋而出了。

贾好运走了，侯山进了来。他局促地走路，局促地坐下，再局促地望着眼前的考官，心口一个劲地"砰砰"乱跳。

"带多少存款来？"赖主任直指参股银行关心的实际问题。

"到参股银行来，还要带存款？"侯山诧异着，又把自己的辉煌描述了一下："我是北京大学国际金融系的本科毕业生，有学士学位，在国商银行已经从业五年了，论文发表了十余篇！而且都是在国家一级刊物上发表的！"说着，真的递上了他发表在国内各家刊物上的论文。可赖主任没有接，齐副主任主动接过去，翻开那一堆杂志看起来。

"听着不错，看着也不错，可这些没有用！我这里又不是招研究生，更不是办研究所。我要经营，要利润，你到我们这里来，就要创造利润，就要带存款来！！"赖主任很不客气地说，他对侯山可没有对贾好运的那种耐心，外面等待应聘的大学生有的是，他不怕侯山之流不来，而且，让没有存款的侯山之流入行，也不是他招聘的目的。他是要挖其他银行的存款和客户的，而不是帮助其他银行解决冗员问题的。

"马上就带来存款，我恐怕没有，只是……"

“好吧，就这样，你回去等我们的通知吧。”赖主任打断了侯山的话，很不客气地下了逐客令，把齐副主任手中的杂志夺过来，一把递与侯山。

侯山感觉就这样结束了自己的参股银行之旅，有些不甘心，便大声说：“我们总行的贾处长有几个亿的存款，几十个亿的贷款，他要我来，我帮助他做下手总可以吧？而且，怒潮集团的兰总我也认识！她叫兰宛茹，大圆脸，白皮肤，真的！！”

十一、调查是包装

那韩小飞为了堵上怒潮家具公司涉嫌骗保问题的五千万元贷款的窟窿，按照郝逍遥的布置，马不停蹄地赶到了怒潮股份公司做贷前调查，以期通过给怒潮股份发放贷款，再转给怒潮集团公司，从而归还怒潮家具的欠账。

怒潮股份公司设立于中国南方的B省。B省有一个因美丽而著名的湖，叫美丽湖。美丽湖上修建着怒潮度假村。度假村是一座豪华宾馆，楼高六七层，是中式古典造型，像一座苏州园林，只是这园林不是建在水边，而是建在水中，完全是水中起高楼。这种构思和大胆的施工建设，一定会让苏州古代的先贤们望尘莫及。

现在，一个总统套间里，住着副行长韩小飞；一个贵宾间里，住着科长关卫兵。本来根据郝逍遥的安排，应该一起来的董、骆，因要应付总行一项关于支持中小企业发展的调查而没有成行。不过，这倒使得韩、关感觉轻松、自在了许多。

由于在这个时候，从国商银行获得三亿元贷款，对已经揭不开锅的怒潮集团公司来说，事关重大，因此，不但朱副总陪着他们来了，就连兰总也跟着过来了，据说，丁博士也要晚些时候从美国加州赶过来。

兰总和朱副总把他们安顿好，临出门的时候，叮嘱道："晚上可要多喝一点酒，魏市长要来，我们怒潮歌舞团还要演出呐！"

晚间的酒席上，山珍野味很多，韩小飞倒没有怎么留下印象，因为他在京都市什么都吃过；酒席上，各种酒水也不少，还包括怒潮股份有限公司自己生产的野百合饮料，最让韩小飞感觉嘴馋和放不下的倒是那产自美丽湖的莲藕,和土鸡一起炖了,甚是好吃。不提土鸡的异香,光说那藕,色彩是粉红的,吃起来是面面的、甜滋滋的,不由得让韩小飞想起了与朱副总在一起那晚的两个美女,他感觉这道菜,有像美女一样的颜色,也有美女一样的味道;再由两个美女的味道,他又想起了还没有吃到嘴的演员:亦萍。只是那亦萍像一个鸡,还是像一个藕,他一时还想不清楚,可嘴里的口水却流淌出来了。

众人热烈交谈,准备离席到会议大厅去看演出的时候,一个肥头大耳的大块头依然呆坐着:颓乎其间者,韩大行长醉也!当然,他把亦萍一口吃下去的花心却依然盛开着!!

朱副总和关卫兵用足吃奶的劲儿,把个面红耳赤、酒气熏天的韩大行长架到大会议厅,到舞台前排的正中央就座。他的左侧是朱副总,朱副总的左侧是关卫兵;他的右侧是兰总,兰总的右侧是魏市长。魏市长五十开外,一头花发,细高挑个,大大的眼睑完全下垂了。

见韩大行长因为喝多了酒,一副呆若木鸡的模样,兰总便只顾与右侧的魏市长交头接耳地长谈起来,至于舞台上到底演的什么节目,他们一点都没有在意。

节目已经演了一半,兰总见左侧的韩大行长渐渐苏醒,呆望舞台的大眼睛里也有了神采,便对他说:"酒没有喝好!等节目完了,我让我那干女儿,亦萍,找几个小姐妹,再陪你喝!"她从在金色年华歌舞厅韩小飞看亦萍的眼神里,就明白了他的心思。她已经做了安排,这也是亦萍的主要工作。说罢,兰总要告辞,和魏市长一起出去。

"好!好!我非让你那干女儿认输不可!"韩小飞此时已经恢复了理智,急忙一把拉住了兰总的手:"别走,我还有事要说呢!"

"我在这里待着,你们是不方便的!男人的事,我清楚得很。"兰总微笑着重新坐下来,以为他要谈起亦萍。

韩小飞把大嘴凑到兰总耳边,却没有谈起他以为唾手可玩弄的美女亦萍,"这次给你们股份公司放三个亿,是没有问题的,上下三级行,我已经搞通了。只是,我想请兰总帮个忙。"

“凑个存款时点指标数，完成个贷款任务数，你只管吩咐！我们公司那些财务人员，过去配合得有问题吗?”兰总依然微笑着，没有提亦萍的事。

“我们国商银行还没有像小银行那样对指标这么在意呢！有比这更重要的事!”韩小飞压低了声音。

“韩老弟，你是我的弟弟，有什么困难，你就说。”兰总见韩小飞这么认真，不像要谈与亦萍有关的男女之事，也严肃起来。

“你们京都市怒潮古典家具有限公司那五千万元贷款，有了一点麻烦!!”韩小飞低声说。

“麻烦？原来家具公司那边，具体办这事的谢云，已经失踪多年了，听说在俄罗斯做服装生意呢。还听说远东公司那边的经办人钱千慷也淹死了。另外，那笔贷款也还没有到期呀！还能够有什么麻烦事情?”兰总回忆着，以极为平淡的语气说。

韩小飞继续低声说：“姓谢的失踪了好，姓钱的死了更好！这个我知道!”

“死无对证！那还有什么问题?”兰总诧异了。

“中央银行来查了。”韩小飞提醒道。

“中央银行来查？死人的事情，跟我们活人没有什么关系！应该没有什么好查的。”

韩小飞叹口气：“细节我就不跟你兰总汇报了，反正很麻烦。”

“别让你老弟为难，你说怎么办，咱们就怎么办。”兰总爽快地说。

“提前还上那五千万!”

“提前？当时贷着那五千万费了多少劲儿呀!!”兰总感叹一声，停顿片刻，望一眼韩小飞，“不过，你老弟开口了，倒是没有什么问题。可……公司一时没有那么大的现金流呀!”兰总又为难了起来。

“你在C市这么大的产业，还没有五千万?”韩小飞问。

“老弟，家大业大耗费大，我有时是多么羡慕普通老百姓的日子。平平稳稳，最多是下岗没有工资，零收入，也是零负债。可我呢，全国几万名职工，三百多辆机动车，每天睁眼，就要支出几百万！可收入却没有那么大!”

“怒潮股份有限公司是上市公司还没有办法生钱?”

“老弟,你不是外人,明天,你看一眼生产情况就明白了。我这块优质资产也是小马拉大车!我目前的全部希望,就是在京都市怀密水库建一个蔬菜、水果、水产品保鲜和深加工基地。一要从银行贷款几个亿,二要借这个项目从股市上再圈一两个亿无息资金回来!!”

“我倒已经打算好了。我们国商银行的三个亿一到股份公司的账上,你们马上抽到集团公司来,你们不就有现金流了吗?兰总你先还我五千万,其余的,作为集团公司的自有资金投到怀密水库,项目一动工,马上到证监会报怒潮股份的扩股融资方案。怒潮集团不就一活百活了嘛!”韩小飞出主意。

兰总伸出自己胖胖的小白手,与韩小飞的大手一击:“英雄所见略同,就这么办吧!”

兰总和魏市长与韩小飞寒暄之后,还是提前走了。

这时,舞台上走出了一个标准的美女,原来正是韩小飞垂涎三尺,但却依然没有吃到口的兰总的干女儿——亦萍。

亦萍用像克隆出的著名歌星宋祖英一样的歌声,唱了一首革命歌曲:《走进新时代》。而后,她微笑着,露着腮上的那一对大大的酒窝,甜蜜地说:“接下来呢,我们有请今晚的贵客,国商银行营业部天竺支行的韩小飞行长与我同唱一首歌。歌的名字叫:《纤夫的爱》。有请韩小飞行长!”

那亦萍说着,走下台来,被韩小飞用大手牵了自己的小手,也没有回绝,重新上了台。

那韩小飞有了心仪美女的陪伴,精神立刻亢奋起来,酒意全无,也真的不负美女亦萍之望,随着音乐,尽遣膛音,高歌起来:“妹妹你坐船头,哥哥我岸上走,恩恩爱爱,纤绳荡悠悠。”

亦萍用迷人的小嗓子附和:“小妹妹,我坐船头,哥哥你在岸上走……”

两个人一个是专业的,一个也是半专业的,一唱一和,精彩极了,把个怒潮歌舞团的演出推向了最高潮。

下得台来,韩小飞兴奋异常,虽然作为嘉宾演员这已经不是他的第一次演出了，但是，如此成功、如此舒服、如此尽情的演唱还真是他有生以来的第一次！但是，见亦萍和舞蹈的演员们，个个是杨柳细腰，但是，该鼓的地方却都是鼓鼓的；个个的脸蛋都是那么白皙，白皙得像流淌的奶油；个个都洋溢着少女青春的朝气，那个嫩劲儿，仿佛嫩得一碰就能够流出水来一般，看着看着，再盯住亦萍鼓鼓的胸部和下身，他的大嘴巴，不觉又流下口水来了。

晚上，朱副总和亦萍如兰总安排，真的带着六个跳舞的美女与韩、关一同喝酒、吃夜宵了。韩小飞像馋猫嗅到了荤腥，立刻心花怒放起来！

一张八仙桌，对面是朱副总、亦萍和关卫兵，六个如花似玉的美女，全部围坐在韩小飞的两侧，美得韩大行长合不拢嘴；美女们身体里发散出的芳香，直熏得韩大行长晕头转向，找不到北了！

那六个女孩，外加一个亦萍早为了演出，饿得两眼冒烟了，见到美味佳肴，也顾不得与韩大行长寒暄、客气，便馋猫一般，大吃大嚼起来。上一个菜，她们便扫荡一个菜，平均一个人干掉一个半菜之后，亦萍才想起带着小姐妹们敬客人酒。

"那应该先罚三杯！"关卫兵见了美女，似乎找到了大老爷们儿的感觉，没有了往日的低声下气，率先发难了。而韩大行长则把百分之十的目光给了六个美女，把百分之九十的眼力停在了亦萍的脸上和鼓鼓的酥胸之上……

美丽湖的夜呀，静悄悄，微风把湖水轻轻地摇。

用五粮液大战几十回合的人们，也像湖水轻摇一般，个个是睡眼惺忪了。也是酒不醉人人自醉，与六个美女，外加一个亦萍的酒官司，又以颓乎其间者，韩大行长醉也而告终。只是这回跟着回房的不是朱副总，也不是关卫兵，而是亦萍带着两个最让韩大行长动心的美女！而那关卫兵也是乖猫有肉吃，自有两个大美女陪着，早已经把个韩大行长丢到九霄云外，只顾回到自己的房间，只顾自己寻欢作乐去了！

亦萍带着两个美女把韩大行长放在卧室里大大的双人床上，对美女们吩咐道："你们可要用心伺候着，不许偷懒，不许假正经的！"话语之严峻活像个老鸨，和平日里带着一对大酒窝，甜蜜微笑的她，一点也不相符，或者说，根本就找不出一点影子来。亦萍说罢，转身要走。

那床上久作醉态的韩大行长却突然坐起来，咧开大嘴，孩子一般嚷嚷着："亦萍，你是一只小天鹅，我只要你，不要走嘛！"

亦萍诧异道："你没有醉？"

"当然没醉！"韩大行长赖叽叽地爬起来，当着另外两个小美女的面，一把搂住亦萍的小细腰，"你是演员，我也是半个演员嘛！"

"你真赖！！"亦萍用拳头捶了韩大行长的肩。

韩大行长吟诵起了他的打油大作："软玉幽香抱满怀！"

刚才在酒桌上，亦萍已经和韩大行长混得很熟悉了，也听朱副总说起过韩小飞这篇大作："我知道你已经是'一枝红杏出墙来'了！"

韩大行长厚颜无耻了："你下面那玩意儿也'深林溪水流不断'了？"

亦萍伶俐地眨眨媚眼："不过，我可不能陪你'嘿咻嘿咻冒大汗'！"

那韩大行长却不管亦萍怎么说，就是不放手，抱定幽香之软玉那个亲呀弄呀的！！

那亦萍也有鬼主意，在韩大行长陶醉之间，突然在其腰部赘肉上狠掐一下，趁韩大行长叫疼的一刹那，终于扭着小身子挣脱了，她嘴上嗔怪道："我的岗位是艺术总监，你的小天鹅，在这里呢！"心里暗骂："你已经是干妈的狗腿子了，我干嘛再把自己便宜了你！！"

亦萍把两个跳舞的美女推给韩大行长，自己则赶紧轻盈地一转身，趁韩小飞块头大、动作慢的当口，跳出门来，头也不回地溜走了。

韩大行长一场美梦落了空，料想自己按照现在的体力状况，一定是追不上依然身轻如燕的亦萍了，他只得抹一把口水，无奈地躺到床上。于是，偌大的卧室里只剩下了他和两个同样迷人的美女，各自有几分尴尬地呆立和呆卧着。

想到那夜同朱副总一起洗澡时，那两个美女的如狼似虎，再见眼前两个小演员的雏鸡模样，韩小飞摇摇大脑袋，感叹道：这个亦萍唱歌、跳舞、骗男人是一把好手，但是，在训练女人伺候男人方面是远远不称职的呀！！！ 看来,亦萍这个美女,这一辈子也永远当不上称职的老鸨了!

因为,这两个美女,美倒是美,可关键时刻能够派上用场吗?除了吃饭主动,在男女方面,怎么就不主动了呢!!

于是,在金融市场上勇于开拓的韩大行长,没有吃到亦萍,现在也只得自己下床,饿狗一样扑向两个小美女,主动开拓他自己的人肉市场了。

十二、股市不败有诀窍

为了接待国商银行贷前调查组，把这三个亿的贷款搞定，以解怒潮集团公司财务的燃眉之急，财务总监丁博士，特地从美国加州的分公司飞回来了。

他来不及倒时差，一清早，便敲响了韩、关的门，光听到房间里有男女声的窃窃私语，却始终不见有人出来。

听说丁博士一早就赶来了，朱副总怕这个书呆子闹出什么笑话，也急忙追了来，赶紧把门口的丁博士拉下楼，临下楼还对两个房间的门口喊道："吃早饭了！不过，愿意多睡一会儿，也可以！"

丁博士诧异地问："他们带家属来了？"

朱副总调侃着博士："现在，哪位领导出门还带家属？你以为是六七十年代呢，大家都出不起门，变着法赚公家的便宜！"

"那怎么有女人声音？"丁博士更加好奇地问。

朱副总诡秘的一笑："亏你还是个从地球东面跑到西面，再从西面跑到地球东面的人，怎么这么封建？"

"噢，明白了、明白了！"丁博士拍拍自己光秃秃的圆脑袋，"好事情，好事情。两个人，搞定就好；韩行长好说，那姓关的，生一些，就怕搞不定。"

"我们直接去餐厅，别在这儿等着看西洋景。都没有面子！"朱副总说着，拉了丁博士去了餐厅。

睡眠是超一流的舒服，早餐也是格外的可口。韩、关喝完最后一口牛奶，便在丁、朱的带领下，考察企业了。

中国怒潮股份有限公司利用与当地政府的良好关系，在美丽湖岸边跑马圈地一般占用了大量土地,一是用于建楼堂馆所,发展旅游产业;二是大搞水产养殖,作为工业深加工的原料;三是修建工厂、车间,搞水产品和农产品的保鲜和深加工。

“搞这么多土地,你们怎么入的账呀?”韩小飞问。

“我们成立了一个美丽湖度假村集团公司,管理土地和楼堂馆所。股份公司随时需要,我就随时以追加投资的方式往股份公司划拨。这样,我股份公司的账目与业绩永远是非常漂亮的。”丁博士摸着自己的秃脑袋得意地说。

关卫兵慢条斯理地插嘴道:“难怪怒潮股份的股价,几年来,总是不停地涨,原来有一个丁大博士在操盘呐!我们这些土老百姓、小股民,怎么能够斗得过您一个洋博士!”

丁博士做菩萨状:“哪里,‘只要买怒潮,早晚会赚钱’。这是我操盘时对股民所坚守的原则!”

“股民都赚钱,国有土地不断地划进来,这不是国有财产流失吗?”韩小飞半玩笑,半认真地说。

“不存在!!这些土地,我们是花钱,甚至出高价买的,而且有一些是地方政府的废地,是国土局都没有画图和登记的。股市里赚钱,没有赔家,真正的赔家还要到以后呢。你们想,本来只值一元的怒潮股,他们看我业绩好,硬是出八元、十八元、二十八元、三十八元买,怎么会有国有财产流失的问题呢!当然也没有银行贷款出现风险的时候。”

“怕就怕你丁大博士泡沫出来的这个金字塔倒了!到那时,面对你一个空壳企业,银行呀,股东呀,就成为真正的赔家了!”关卫兵也半真半假地说。

也是说者无心听者有意,丁博士听了关卫兵的话,小圆脸变得煞白,嘴上支吾着:“不可能,不可能,天方夜谭,天方夜谭!”他的心里却打鼓,怕关卫兵真的听到了什么对怒潮集团不利的消息。

怒潮股份公司的土地是看到了,楼堂馆所也是明摆着,但是,在其工业品加工车间,的确让韩、关看不出其多少生产景气和红火的样子,保鲜车间三条生产线,只开动了两条;水产品生产车间,两条生产线全部是开动的,野百合饮料生产线也全部是开动的，但是，库房里却有产品的大量积压。

这个怒潮股份，这样的生产状况，简直是一个丑小鸭，可怎么就在丁大博士的手里，变成了一个沪市的白天鹅呢？韩、关都自认信贷专家，对此，却始终搞不懂。看来，博士就是博士，他的价值就在这里！知识的力量此时就淋漓尽致地体现出来了！

“丁博士，您能不能把你们的贷款申请材料写详细一点，到时候，我的贷前调查报告就好写了！”听了丁博士的介绍，关卫兵也是感觉云里雾里的，看现场真的没有什么高附加值、高产销的产品，但是，怒潮公司辉煌的名字，辉煌的业绩却又是明摆着的。

“可以，丁博士帮帮我们的忙，用你那智慧的脑袋和生花的妙笔，帮我们把贷前调查报告写漂亮一点，我们要报总行的，总行也都是上次你见到的，郭安邦、李励那样的博士。”韩小飞对关卫兵的做法表示赞许，而后又对关卫兵说：“不过，你可别光跟着博士一块吹，也得把报告的格式和口气变了，别丁博士写一个‘我企业’，你不改，也用‘我企业’，到时候可就出笑话了！要记着，把‘我企业’改成‘该企业’！”

“不过，贷款用途怎么写？”丁博士很在行地问，“写上项目开发，能够通过吗？”

韩小飞急忙叮嘱：“别写项目开发呀！写生产所需的流动资金；期限可以搞两年，长期流动资金贷款比项目贷款好批得多！另外，就是担保单位和借款单位都有‘怒潮’字样，多别扭！”

“这是无形资产呀！这没有办法改，不过，怒潮集团与怒潮股份在法律上没有任何关系，两年前，我已经建议兰总把集团持股改为度假村持股了，同时，还让兰总把怒潮股份公司董事长的位子主动让给汪怡然女士。这有文件，股权也在上海进行了重新登记。”丁博士得意起来。

“你小子是花花肠子多！”韩小飞笑骂道，“硬把一个人活活变成了两个！”

十三、协骗为哪般

董大为感悟于远东投资公司骗保案，再受骆雪的启发，苦思冥想了一个星期，突然唤回了他那老大学生的天才，就规范国商银行贷前调查和贷后检查的问题，写了一个颇具新意的签报。他就远东骗保问题，分析了目前银行在管理上存在的漏洞及危害，提出规范贷前调查和贷后检查工作的主张，并研制出了一套贷前调查和贷后检查的规范文本，准备作为一项管理创新在全营业部推广。

文章写好后，作为论文，他先给中国一家有名的金融管理杂志寄了去，而后，又在把文章直接送给刘行长还是先交郝逍遥看后，层层报送刘行长之间徘徊了一个星期。最终，他还是吃不准，便把论文交给了骆雪，让她帮助提出修改意见。

自打从京都市远东投资公司回来之后，他与骆雪之间算是过了一次事，原本就没有官意识的他，更不把骆雪当属下而当成朋友对待了。这对大男孤女的很投缘，不自觉地抱成了一个团。

骆雪把这份长达两万多字的论文看了一个上午，见董总独自在办公室的时候，便悄悄溜了进来，很自然地坐到沙发上，对董总说："我拜读完了，太棒了！可以说，董总的方案填补了营业部的一项空白，无论从理念上，还是从实践上，对营业部来说，都是管理水平的一个非常大的提升。如果早有这套东西，银行也不至于有这么多不良资产，远东骗保也不会得逞了！"

"你不是恭维我吧？"董大为听骆雪这样说，反倒茫然起来。

"真的，我的研究生论文，就是写的银行贷前调查的方法，跑了好几家银行，京都市的金融改革都搞了这么多年，没有一家银行的这项工作是像样和成型的,都还在摸着石头过河呢!"

董大为见骆雪如此说,便试探着问:"你觉得,我应该把文章作为一个建议,直接给刘行长好呢,还是作为一个签报,经郝总层层审批之后,再报到刘行长那里好?"

骆雪笑了:"这已经不是学术问题了,应该是官场上的学问了!"

董大为也像孩子似的笑了:"想听听你的意见。"

"你应该比我有经验,你都是副总了!"

"我只是一个书呆子!"

骆雪见董总是诚心的,便说:"这要看你想干什么。如果你想引起领导的重视,为自己以后的晋升、发展创造条件,当然应该采取第一种方案。"

"你是说我应该把文章作为一个建议,直接给刘行长?"

骆雪没有正面回答:"这样做,要看你与刘行长的关系。你们不是老校友吗?"

"虽然是校友,但是,在大学里不认识,以后也没有来往,他一直在天上,我一直在地下。"董大为老老实实地交代着。

"如果这样,我认为也有风险。如果刘行长是个正人君子,不认校友,不搞拉帮结伙那一套,他直接拿了你的文章,感觉不符合组织原则,把你的文章再层层下转到郝总手里,你想,郝总会有什么想法,营业部主管我们的葛副行长会有什么想法?"

"这样一来,我可就是'捉鸡不成失了米',弄不好还要鸡飞蛋打,如果再遇上墙倒众人推,又要被贬回储蓄所,坐柜点钞票去了!"董大为惊叹着。

骆雪接着分析:"如果你采取第二种做法呢,其实也挺麻烦的。报告递上去,需要经过郝总这一关,依据我的了解和判断,他有可能把你的签报在部里就压下了,根本不去向上报。如果赶上他高兴,同意上报了,可这个管理创新,不是你董副总的,而是郝总的成绩了!"

骆雪说罢,见董总并无公事,便淡淡地笑笑,轻飘飘地走了。

于是,董大为最终还是依照自己老实本分的个性,把他的文章按照签报的形式,拿到隔壁,呈送给了郝总。

此时，郝逍遥正在读一份文件，把董大为拿来的《建议》粗略看了看，便推到一边说："大为呀，不错，不错，发挥你们老大学生的优势多研究一些问题，不错，不错。只是现在，这个不急。"

董大为看了一眼被推在一边自己辛辛苦苦写出来的签报，心里不免一沉：看来骆雪这个猴精的女子，不幸言中了！今天，没有能够赶上郝总有个好心情，他的这个所谓填补营业部信贷管理空白的签报，他的所谓信贷管理的创新，可能就这样被枪毙，并被永远地束之高阁了！！

那郝逍遥并没有体察出董大为的内心变化，抬起眼皮，望一眼董大为："这儿有个项目，你赶快改改稿子，一会儿，或者下午，你给我，我签字之后，报总行去。"说着，把一本厚厚的材料推过来，交给董大为。

面对紧急公务，董大为不敢再与郝总谈理论了，赶紧回到自己的办公室，乖乖地按照郝总的要求，主动发挥自己八十年代天之骄子（老大学生）的优势，修改起稿子来。

这是天竺支行刚刚报送来的加急贷款材料，是由韩小飞签发的。这份材料基本上内容翔实，语句通顺，里面居然还有一些利用数学公式和数学模型进行的经济分析。企业财务报表也经过了中美合资的天诚会计师事务所审计，申贷材料除书面稿外，还带着软盘。这倒给董大为的改稿工作带来了方便。他就在计算机里调出软盘里的文件，在叙述逻辑上对原稿进行了一些调整，不一会儿，他便感觉没有什么可改的地方了。他原来在商业信贷科工作的时候，几乎没有看过工业信贷科的材料，他没有想到，这工业信贷科的材料写得这么漂亮。

他正准备关闭文件的时候，却感觉材料里哪个地方有点不对劲，仔细看时才发现：原来，贷款材料里居然有两处的称谓不是"我行"，而是"我公司"！银行的贷前调查报告，主体怎么从银行变成企业了呢？看来，这个材料是借款企业帮助写的！！另外，还有一个漏洞便是：贷款单位是中国怒潮股份有限公司，担保单位是中国怒潮集团公司，明显是母公司给子公司担保！这种关联担保，中国证券监管会在二〇〇〇年便已经不准许做了。难道天竺支行的关科长和韩行长都不知道？于是，他拨通了关卫兵的电话。

关卫兵心里骂了:改稿的杨兰兰太不负责任,审稿的自己也太粗心!丁博士提供的稿子,大家修来改去的依然有漏洞,依然没有把“我企业”改成“我银行”!但是,他早有准备,急忙轻声慢语地解释说:“称谓的问题嘛,是忙中出错,字打错了,麻烦董总帮助改一下;担保问题嘛,原来中国怒潮集团公司的确是中国怒潮股份有限公司的母公司,后来,集团公司把股权出让给了美丽湖度假村集团公司,已经与股份公司脱离了关系,因此,此项担保从法律和制度上便都是规范的了。”

“我们可别搞形而上学、自欺欺人那套!担保可是为了以后讨债!”董大为提醒着。

“没有问题!他们从法律上确实没有关系!”关卫兵倒是斩钉截铁,态度鲜明。

放下电话之后,董大为把贷款报告中的细节问题继续落实和修改清楚了,就把报告交给了郝逍遥。没有想到郝逍遥却与看到董大为管理创新报告时判若两人,不但不再推诿,甚至连看也没有再看一眼,便在文件的公文扉页上立刻签了字。

于是,怒潮股份公司的贷款项目就这样经过了包括董大为在内的营业部这一关,获得了通过。而那董大为却只顾沾沾自喜于自己优美的文笔、清晰的思路、严密的推导,却压根也没有想到自己倒帮了怒潮集团的大忙,擦掉了韩小飞屁股上的屎,也消除了郝逍遥身上的腥臊。

十四、一枚珍贵古币

银行的制度看似严密，其实是漏洞百出的。贷款审批的最后一关，即所谓审贷委员会制度也不例外。怒潮的兰总是否了解得这么透彻，韩小飞不清楚，但他自己对此漏洞却是了如指掌的。

银行的审贷委员会是为使信贷决策民主化并控制信贷风险而建立的松散型组织，即把银行内部的专家（其实也就是各个部门的头头）召集起来，作为审贷委员会委员，就一项贷款发表意见。如果同意者多于半数，此项贷款就获得通过，否则，就被否决。由于国商银行对审贷委员投票的质量没有事后的追踪，审贷委员的投票只有权利，没有责任。因此，一项贷款在审贷委员会上，批准与否，与该项目的贷前调查报告写作的成功与否关系重大，与审贷委员会主持人的态度也至关重要。

如果企业只是一个丑小鸭，却被基层银行在贷前调查报告里成功地包装成了白天鹅，而审贷委员会主持人的态度再稍微有那么一点倾向性或者模糊性，这个丑小鸭企业就可能变成了企业白天鹅了。

韩小飞从B省一回来，责成关卫兵弄好了贷前调查报告之后，他依然没有闲着，一直马不停蹄地走访银行的各级关键领导。

他最先找了郝总，在他的办公室汇报了情况，两人把贷款和企业所有情况的细节都捋了一便，在感到万无一失之后，郝逍遥松了一口气，却对韩小飞骂道："我们的董总，那个书呆子，跟我说，你们的报告是企业自己写的！说你们连称呼'我企业'，都没有改成'该企业'！你韩大行长怎么就这么蠢！"

韩小飞则狡辩："我们是参考了企业的材料，但怎么可能让他们写呢？

称呼错了，那是笔误，笔误！”

韩小飞出了郝逍遥办公室之后，又上了三层楼，进了营业部葛副行长的办公室。

葛副行长是一个白头发的瘦老头子，他是从部队里转业下来的行政干部，为了当好业务干部，在工作的同时，他用五年的时间，自学了金融大专，获得了大专毕业证书，勤勤恳恳地硬是在信贷战线干了几十年。

他的性格，直爽得要命，眼里也很难揉得了沙子，今天一见韩小飞，就大声嚷嚷着：“你又来走后门！又是什么项目，怕我不签字！”

“哪里，哪里。”韩小飞被瘦老头搞了一个大红脸，“今天，不是走后门，是带一个小玩意，让您给看看！辨辨真伪！”说着，从西服口袋里摸出一枚古币，放到瘦老头的老板台上。

只见那枚古币与一元人民币硬币相比，直径要大一厘米，厚度要大一毫米，正面写着“崇宁通宝”，后面是光背，整个币体呈金黄色，只是在币面的阴处，残留着象征悠久年月的斑斑绿锈。这是韩小飞在佳德拍卖行花了三千五百元买的，是专门为了讨酷爱集古币的这个瘦老头欢心的。

瘦老头用食指和拇指捏着古币的上下两边，让太阳光照到古币上，再拿出放大镜，翻来覆去地仔细看起来：“好像是真的！大概是金朝卫绍王制的钱，看这品相，应该是真的！”

早已经等得有些不耐烦的韩小飞，赶忙像演戏一样地说：“那我赚了！这是我在B省农村的地摊上买的！”

瘦老头问：“花了多少钱？”

“刚开始小贩子要五十，我砍了半天价，最后十块钱，买了。贵不贵？我没有上当吧？”韩小飞煞有介事地问。

瘦老头则两眼放光了：“值，值！在十块后面再加一个零也值！！”

韩小飞赶忙顺水推舟：“那我就一百块卖您得了，转手我就赚九十！”

“不愧是在银行一线搞经营的！大钱小钱都要赚！连我的钱，你也敢赚！”瘦老头说着，把古币精心地收到一个信封里，又真的从办公桌里拿出钱包，抽出一张百元人民币的新票，塞给韩小飞，“行！我买！我买！！”。

韩小飞急忙推脱:“我到B省是考察怒潮股份的贷款项目去了,还在著名的美丽湖游览了一下,花的是国商银行的差旅费,回来再赚葛副行长的钱,那不是品质恶劣,不是应该被国商银行开除了吗?”

瘦老头坚持着要给钱:“你去美丽湖,现在来找我,不就是怕我不批怒潮股份的项目吗? 实话告诉你,我已经批完了,我这一关已经过了! 这是一个好企业,我为什么不批? 材料,董大为已经拿走,报总行去了。”

韩小飞见没有投入便已经收获了,内心暗自高兴,但他绝没有想过收回这枚古币,他韩小飞可不是如此目光短浅之人。为了让葛副行长舒舒服服地把古币装起来,他便告饶:“行,那就别让您担收礼之嫌,这个币,您给我十块,还个本钱得了!”

瘦老头听了,龇牙一笑,很快便从钱包里找出一张十元纸币,塞给了韩小飞,说:“这就对了,以后多帮我寻着点,还以这样的价格,收了,再以这样的价格,卖给我!”

韩小飞走出葛副行长的办公室之后,心里虽然挺高兴,可嘴上还是小声骂道:“这个老棒子,当婊子还要立牌坊! 装傻充愣还挺在行,一眼就能够看出是金朝卫绍王制的钱。明明知道赚了几千块,可偏要做出赔本状! 别人还说不出:他拿好处、受贿! 真他妈是个老丫头的!!”

韩小飞这一天很辛苦,也真潇洒,才别营业部葛副行长,便又要去见总行孔行助了。孔行助是总行审贷会的主持人,可是怒潮股份贷款项目能否通过的最关键人物。而这孔行助便是被常太平视为对头、被常太平讥笑为小气的那个老的上海处长。

韩小飞从金融街国商银行营业部的高楼上下来,已经是傍晚了。但是,此时,贸然到孔行助家,时间尚早,因为,正赶上人家做饭、吃饭的。上海人孔行助的小气,是因常太平而出了名的。这个时候去,必害得孔行助,叫他韩小飞吃饭不好,不叫他韩小飞吃饭也不好,进入不愉快的两难选择。

为了不使孔领导不舒服,他只得独自在光复门白盛商场旁边的星巴克咖啡厅要了两杯咖啡,任凭自己百般无聊,他也坚持等着,以使上门时间最恰当、效果最好。

韩小飞一个人在星巴克咖啡厅里孤独地泡到了晚上七点二十分，算计着总行孔行助在豪华舒适的家里，应该已经一边看新闻联播，一边吃完了晚饭，他才起身走了出来。

韩小飞在孔行助家的楼下停了车，拿出一张高尔夫俱乐部的会员卡，装进一个很普通的国商银行天竺支行的信封里。这张卡虽然不是现金，却价值两万多元人民币，用它，可以在京都市红色高尔夫球场免费打球一年。那红色高尔夫球场是个让人销魂的场所，不怕他孔行助不领这个情!!

十五、总行有个孔行助

有中国怒潮股份公司贷款项目的国商银行总行审贷会按照预定时间，准时召开了。主持人就是孔行助。

这位常太平的老处长，名叫孔光荣，是短小精悍的那种人；穿一身背带裤，外罩蓝色的西装；留着寸头；精瘦的小脸上，一对不大的眼睛异常明亮，总是奕奕地闪光；牙齿很白很齐，说话和微笑时，便齐刷刷地露出来。

在他孔行助的眼里，常太平永远只是一个地地道道的小赤佬。常太平虽然已经被他以末位淘汰的方式赶出总行，但是，人非圣贤谁能无恨？他对这个小赤佬的怨恨现在也依然没有消失。

他还记得，有一次他和小赤佬常太平一同出差回来，那还是九十年代初，在国有银行总行工作，每月工资也只有二百多块钱。由于公共汽车和地铁既拥挤又不顺路，所以，他们便咬了牙，打一个面的回了家。可是，第二天一上班，他的故事便在隔壁的办公室里传开了：

小赤佬常太平眉飞色舞地站在办公室的中央表演起来："京都市火车站，是人山人海，公共汽车和地铁根本挤不上去，我说，'我们坐一回出租车。'你们猜咱们的孔处长怎么说？"而后，小赤佬常太平学着上海人的腔调描述着："他说：'我那钱包还在大包包里。'不愿意出钱还不直说，非说那钱包还在大包包里！结果，我就付了十块钱的的费，可今天早上一上班，你们猜怎么着？"

隔壁的那些人都被常太平滑稽的表演和精彩的故事吸引过来，各个睁大眼珠，伸着耳朵认真地听下去："咱们孔处长，居然还给我五块钱!!! 说：'小常，我只出我那车费的一半！"

所有的听众都被常太平那拿腔拿调的上海话和他孔处长的小气逗笑了。

大家笑声未落,常太平挖苦他孔处长的另一个段子又开始了:“有一次咱们孔处长上厕所,却忘了带手纸,在茅坑里大叫:‘小常,小常,帮我拿一点纸!’”常太平依然学着上海话,“我给他拿了餐巾纸。你们猜咱们孔处长怎么说?他说:‘拿废报纸就可以了,餐巾纸我还要带回家里给老婆、孩子用哩!’”

听罢常太平的故事,整个办公室的人都哄堂大笑起来。

当时,小赤佬常太平给他孔行助造成的恶劣影响,有谁知晓?险些影响了他孔行助的提升、进步!!

审贷委员中还有杨兰兰的老公——总行信贷业务部的段主任。

他叫段笑银,人已经显得很老迈了。中等个,头发虽黑,可眼袋下垂,褶子满脸,面皮还很黑。真想不出天竺支行杨兰兰那种小妖精一样的美女,怎么会嫁给了他!?除了“傍大官”之外,简直不会让人再想到还有什么别的理由了。

人力资源部的于主任也是审贷委员会的成员。他还像把常太平末位淘汰时一样,很友善地微笑着,只是此时长长的白牙没有龇出来。

在总行审贷委员会上,营业部的怒潮股份贷款项目,是由总行信贷业务部贾好运具体汇报的。韩小飞、董大为、骆雪也在座,只是按照与会者的官阶排定座次之后,由于他们三位地位低下的缘故,没有能够坐到桌面上来,而只能是坐在了后排旁听席上,大眼瞪小眼地望着国商银行的各个巨头一般的人物,准备随时为贾好运的汇报再做一些补充,再为怒潮股份公司添加一些溢美之词。

郝逍遥则早已经是成竹在胸,根本就没有在这个会上露面。

此时的主讲人贾好运,早已经是身在曹营,心在汉。他已经参加完了参股银行入行前的例行身体检查,检查结果也已经全部合格,只待与赖主任最后谈定职务和待遇问题,便可以向段主任提出调动申请了。而那怒潮集团的朱副总也再次答应了他,如果他到参股银行就任支行行长后,便可从这待批的三个亿贷款中，分出两个亿，作为存款，放在他就任的参股银行的某个支行账上，同时，还准备从参股银行贷款四个亿，以支持他的工作。因此，那贾好运对怒潮股份的贷款申报材料不但没有任何异议，反而又发挥他金融研究所硕士研究生的水平，帮助董大为堵塞了报告中几个分析上的漏洞。

段主任对自己爱妻单位报来的项目更是没有异议，在贷款审批单的“意见栏”里，直接签了一个“同意”，而后，又在签批人签字栏里，看也没有看就签上了自己的一个大名。

最后，全部手续完备，便由贾好运报送总行审贷委员会了。于是，怒潮股份三个亿的贷款项目在总行信贷审查这一关也顺利通过了。

感觉顺风顺水的贾好运，此时在会上，又发挥他金融研究所硕士研究生的口才，抑扬顿挫地朗读贷款材料，口若悬河地分析讲解，根本没有容得在后排就座的营业部董大为之辈，再多解释一句，这个项目便在孔行助的引导下，全体审贷委员会的成员就一致同意放款了，尤其那于主任，随众投上个赞成票，更是乐不可支的!!

于是，怒潮股份三个亿的贷款项目就这样通过了国商银行的最后一关。

会后，一身轻松的韩小飞急忙拨通了郝逍遥的手机，通报喜讯；贾好运也开始打电话追着朱副总，准备为参股银行他将就任的某支行要存款，同时求朱副总为自己介绍一下在参股银行总行任副行长职的新靠山。

只有董、骆不知内情，也没有那么复杂，他们很平常地完成了一件很平常的工作，带着两颗平常心，回营业部去了。他们为现在还是优质客户的怒潮股份公司办了一笔贷款，就像诗人徐志摩在康桥上一样的潇洒、一样的平和：轻轻的他们走了，正如他们悄悄地来，傻傻地帮一帮别人的忙，却没有弄懂半点得失与利害。

十六、失窃的钱包

贾好运为了能够当上参股银行新支行的行长，除了找怒潮集团的朱副总联系从国商银行发放的三亿元贷款中落实两个亿的存款外，还由朱副总安排了与参股银行总行赵奎副行长的见面。见面地点是在京都市红色高尔夫俱乐部，便是韩小飞认为的那个可以让孔行助销魂的场所。

为贾好运到参股银行的事情，朱副总也和兰总打了招呼，兰总坚决支持："就应该多培养我们自己的银行家！就应该未雨绸缪！要对银行全面出击，而不要在国商银行一棵树上吊死！"

朱副总开着自己的白色进口奥迪车，到国商银行总行接了贾好运，提前半个小时到达了高尔夫球场。朱副总似乎对这里很熟悉，与领班、小姐一通地打招呼。

贾好运在大厅里见到的一个高个的像虾米一样男人，让他有了几分好奇。这个男人仿佛与朱副总也熟悉，两人见面没有打招呼，直接走上去，低声耳语几句之后，那虾米一样的男人没有与朱副总再招呼就走了。

贾好运望着虾米一样男人那高瘦的背影，好奇道："怒潮公司在这里还有员工吗？"

朱副总淡淡地回答："不是我们的员工，是一个朋友，才从外地回来，也是来打球的。"

贾好运热情地说："一起玩嘛！"

朱副总回答："他已经打完了。"

朱副总话音未落，赵奎副行长独自开着日产本田轿车已经赶来了。他是一个年近六旬的老人，瘦而高的身材，瘦瘦的长条脸，戴一副金丝眼镜，那模样和神态与“四人帮”之一的张春桥没有多大差别。

由于在为怒潮股份公司发放三亿元贷款的事情上，贾好运也算立下了功劳，同时，又是怒潮集团未来的资金供给者，因此，朱副总除了对准时到达球场的参股银行总行赵奎副行长格外地殷勤外，对贾好运也同样是格外地殷勤。

时节已到夏日，在绿草茵茵、缓坡起伏的高尔夫球场上，头上顶着上午十点钟的太阳，居然也没有使人感觉出燥热来，这大概就是高尔夫这项运动的又一个诱人之处。

朱副总竟然没有雇佣球童，在整个打球的过程中，始终是自己推着小车，帮助两位客人拿球杆、背着淡绿色的球。这倒不是朱副总为了节省给球童的小费，而完全是为了表示对客人的诚心诚意。

赵副行长每打出一球，贾好运便赞叹几声，以期拍好自己在参股银行未来靠山的马屁。一个刚直不阿、自命不凡的贾好运，还没有正式到参股银行工作，便开始改变自我，使自己不断地庸俗化、奴才化了！

从高尔夫球场出来，吃罢午饭，贾好运居然又跟着朱副总和赵副行长洗了桑拿浴，而后他又居然跟着朱副总和赵副行长分别进了按摩单间，这在原来，对于爱家恋家如命的他来说，简直是不可想象的事情。

当一个妖艳的妙龄小姐宽衣解带，一丝不挂地站在他的面前，并用一只白皙而柔软的小手直捣他老巢的时候，贾好运才如梦方醒般地大叫：“大姐，别，别这样。我可……可是一个规矩人！！”

妖艳女郎小手没有闲着，嘴上却“呵呵”笑了：“别叫大姐，叫小姐！已经二十一世纪了，中国哪里还有规矩男人！”

男秀才遇上个狐狸精，有理也是说不清！

贾好运急忙翻身蹦下床来，躲到墙角大叫：“大姐，别……别这样，干了这个，我老婆，可饶不了我！！”

妖艳女郎荡笑着追到贾好运身边，用她赤裸的身体抵住贾好运，嗲着声音央求着：“大哥，你就照顾一下我的生意嘛！你们一块来的那个瘦老头子都不怕的嘛！”

“别胡说！人家革命老同志，怎么能够干这种勾当！他只是按摩一下而已！”

妖艳女郎继续荡笑着：“哪有不吃荤腥的猫！老猫也是猫！他是不是已经退休啦？”

贾好运此时方显现出一名共产党员的真正本色，他用自己入党宣誓时就修炼出来的定力，毅然推开妖艳女郎，离开她那婀娜、白皙、柔软、温热的裸体，坚决拒绝女色之诱惑，不顾一切地跑出屋来，如丧家之犬一般，刻不容缓地逃之夭夭了。

让贾好运诧异的是，他刚在楼道里拐个弯，却又看到了朱副总认识的那个虾米一样的高个男人。他并没有注意贾好运，在楼道里一闪便消失了。

贾好运独自在休息厅里，历尽了内心的百般无聊，才终于等到朱副总和赵副行长出来。赵副行长神采奕奕、精神焕发，一边梳理着稀疏的白发，一边说：“打打球、按按摩，神仙的日子！可是，时候不多喽！”

朱副总恭维着：“您即便是退了休，也还会为参股银行发挥余热，还有的是这样的日子嘛！”

贾好运上下打量了赵副行长几次，心想：看老同志这模样，应该没有干那等苟且之事！！

等那赵副行长穿着整齐，在手包里摸寻自己汽车钥匙的时候，他却突然大叫起来：“钱包！我的钱包丢了！”

朱副总和贾好运赶忙帮助赵副行长四下寻找，大厅小姐和领班都跑过来帮助找，一个个嘴里还支吾着：“不会丢，我们这里从来没有发生过失窃！”

赵副行长一听不干了，老气顿起：“这么说，是我这老家伙讹你们了！”见朱副总和贾好运上来安慰，赵副行长便胆气更高，更不干了，红着一张长长的老脸、跳着脚，霸道地大叫：“你们得给我说清楚！我还没有见过这个！我丢了东西，还成我讹你们了！！！”

朱副总见了赵副行长恼羞成怒的样子，也不得不作出援助状，立刻阴沉了棱角分明的脸，厉声对领班喝道：“去！把你们老板找过来！”

大厅小姐和领班立刻被朱副总一脸的阴森和凶恶搞懵了，正喃喃地不知所措的时候，突然，一个服务小姐，手里举着一个钱包跑过来："先生，这是您的吗？"

赵副行长气哼哼地接过钱包，也不吱声，先把钱包翻开来找了一遍，才气哼哼地开口道："还好！钱没有少！"

"银行卡呢？"朱副总问。

赵副行长再把钱包翻看一阵，说："还好，银行卡也没有少！"

大家终于舒了一口气，那拿钱包跑过来的小姐解释道："钱包掉在更衣间门口了！我们这里每天没有几个客人，绝对不会丢的！"

赵副行长大惑不解道："我根本就没有拉开过手包，钱包怎么会跑出来呢？"

贾好运上来和稀泥："反正没有什么损失，就算了吧。"

赵副行长见贾好运给自己找了台阶下，感觉跟大厅小姐和领班们闹腾也有失身份，便摇摇头带头走出来了。

回家的路上贾好运却忽然感觉不对劲儿了，暗自思量：那赵副行长明明没有开手包，钱包怎么会跑出来呢？钱包明明已经被人偷了，却没有丢失钱财！这真有些蹊跷，看来，事情恐怕没有当时想得那么简单！会不会有人克隆了赵副行长的银行卡又把卡还回来了吧？还回钱包，是为了盗取卡中更多的钱！！最近这种盗窃案已经发生好几起了！

十七、卑鄙者的小算盘

三个亿的贷款已经从国商银行顺利到手，怒潮公司下一个贷款目标便是股份制的参股银行了。朱副总比贾好运自己都更希望贾好运立刻坐上行长的宝座，因为，怒潮急需资金供给者呀！

那参股银行京都管理部的赖主任，虽然各项指标都已经按照进度完成了，但是，赖主任却始终保持着清醒的头脑，他甚至始终能够居安思危：他明白他自己这个年薪四十五万元人民币的宝座，时时刻刻都有人在惦记着，稍有闪失，就会被人夺了去。尤其身边还有一个时不时以公正面目出现的齐副主任！

因此，他不但要完成指标，他还希望超额完成指标。只是，该免的支行行长都已经免了，该引进的带来存款的所谓人才都已经引进了。超额完成指标的下一步工作的突破口在哪里呢？

他想到了箭楼支行。那箭楼支行的行长姓吴，叫力。是一个退伍的湖北籍革命战士。本来没有什么后台，也没有什么背景，是一人来京都市单打独斗闯天下的苦主。箭楼支行业绩不佳，但却总是既没有达到完成全部指标的要求，也没有够上免职的标准！

也该着这个赖主任运气好，正在他在免与不免吴力的两难选择之间徘徊、犹豫的时候，总行的赵奎副行长，打来电话，把贾好运当成救星推荐过来了："我有一个朋友，是国商银行总行信贷业务部的处长，叫贾好运，有没有来应聘过？"

"贾好运？"赖主任在心里，对这个年近六旬的已经到了退休年龄的赵副行长是很不买账的，嘴上依然谦虚谨慎，他眨着充满血丝的大眼，思索着，

“噢,噢,有,有,是有这么一个人。金研所的研究生!”

“他和怒潮集团这样的大客户交情很深,有存款有贷款的,你可要重用他呦!”

“重用,重用,他愿意到我们小银行来,肯定是资源很多,我当然要重用。”

“好,好,我相信你能够安排好。”赵副行长说完,先把电话挂了。

赖主任不禁喜出望外,他现在有一箭双雕使自己永远立于不败之地的机会了:贾好运如果能够从国商银行挖来几个大户,比如怒潮集团公司,放他几十个亿甚至上百个亿的贷款出去,再派生出几十个亿的存款出来,那时候吴力这块臭皮糖就没有了任何价值,不用免,他就会自己滚蛋!如果贾好运挖国商银行墙角不利,连怒潮这样的户都拉不来,没有带来足以弥补吴力亏空的存款,那就让两个人一正一副的工作,让他们斗争出效益:谁存款多,谁牛气,谁就是一把手,否则就自动滚蛋。

小算盘一打好,他赶忙通过人力资源部的阮总,找贾好运,希望贾好运尽快到箭楼支行上任,以期贾好运大挖国商银行的墙角,来一个存款、贷款、优质客户大搬家,使箭楼支行的各项指标突飞猛进的发展。

十八、封官再许愿

受到怒潮朱副总的鼓励，一心想干大事的贾好运，接到参股银行人力资源部的阮总通过电话递来的橄榄枝，激动不已。

当贾好运打扮齐整、西服革履地正准备到参股银行去的时候，段主任却给了他一份怒潮集团为银行出费用的出国人员培训登记表，要安排这位“副”了很久，难于转“正”的处长到南美散散心，以示安慰。

在利益面前，贾好运开始动摇了。他给朱副总打了电话，想听听自己这个大客户的意见。

此时，怒潮已经从国商银行弄了九个亿的贷款，在近期，继续从国商银行新增贷款的希望不大，朱副总正盼着贾好运能够从参股银行给怒潮公司弄来贷款呢。于是，赶紧鼓励道：“你得舍得呀！古今中外哪一个成大事者，不是首先学会舍弃的！到参股银行年薪、车子加房子，不比出趟国强！而且，当了行长之后，你老弟什么时候想出国，我就陪你去嘛！”而后，朱副总拍了胸脯，“两个亿的存款，我们怒潮，给你！”

于是，贾好运依然准时去了参股银行。有了怒潮朱副总两个亿存款的承诺，他感觉底气足多了。

赖主任热情地拉着贾好运的手，迈着比上身短一截的双腿，和贾好运一起坐在了沙发上。

贾好运先把国商银行的出国人员培训登记表给赖崃籁看了，以示自己在国商银行的分量和来参股银行的决心。

赖主任看了，心里不觉一沉，怕这次出国，使得贾好运放弃或推迟投奔自己的步伐，也会使贾好运身后最直接的优质客户——怒潮公司与自己失之交臂，便故意不经意地说：“自己出国？在我们这里有了钱，随时都可以去！”

贾好运解释道：“我可是公派！如果自费，我何必还拿来给您看！”而后，开门见山，但却依然忐忑地问：“我的岗位是新支行一把手吗？”

赖主任听贾好运这样一问，倒一时语塞了。心里的话，那如意的小算盘，他现在不能够而且永远也不能够说出来。

于是，赖主任言不达意地支吾道：“我安排你做一把手，当行长。”

见贾好运听了自己的话，面露喜色了，赖主任顿了顿，接着又说：“但是，不是新支行。”

“不是新支行?!”贾好运的心顿时又凉了半截。因为，他明白新支行与旧支行的操作手法和工作难度是完全不一样的。组建一个新支行可以比较容易地完成任务，而旧支行肯定存在这样、那样的问题，才会更换行长，因此，不要说指标难以完成，只理顺人际关系一件事情，就够自己折腾半年的了！

赖主任见贾好运踌躇起来，便对贾好运诱之以利：“旧支行行长的年薪，比新支行高得多！”

贾好运一听，眼睛不觉又亮了：“是吗？年薪多少？”

赖主任顺口答曰：“二十五万到四十五万之间。”见贾好运眼睛又泛起亮光了，便继续诱之以利：“再给你配个小轿车；入行半年后，再给你买一套一百一十七万的房子！”

贾好运听罢已经不光是眼睛放光了，他简直难以抑制地兴奋起来。

赖主任见贾好运虽然眼放光芒，人却始终沉默不语，以为他还没有心动，便继续诱惑道：“房子是银行给你一张支票，由你自己去买的。这笔钱是银行作为按揭贷款借给你，本息是由银行按月付的。你只要在参股银行工作，这房子就跟分给你一样。”

贾好运没有回答赖主任的话，心里盘算着：看来，在参股银行干二三年，便可以抵上在国商银行干一辈子了！！

赖主任见贾好运一直傻呆呆的不说话，以为自己物质利诱的手段还没有起作用,便又鼓励道:“你是金研所的研究生,又在国商银行总行工作,肯定有领导能力,又有怒潮集团这样的大客户帮助,到旧支行才能够更好地发挥你的才干嘛!”见贾好运依然没有开口,赖主任便使出了自己最后的杀手锏:“你不是认识赵奎副行长吗?他对你到旧支行,也是赞同的。”

贾好运听到赵奎副行长的称呼,才从自己的小算盘里回过闷儿来,赶忙说:“我愿意。只要是一把手,到旧支行也可以。”

听贾好运这么说,赖主任笑了:“好。那你可以跟国商银行提出调离申请了!”

在贾好运就要出门的时候,心怀了鬼胎的赖主任反倒不安起来,用一对大眼珠子盯住贾好运,充满真诚地问:“你还有什么要求?”

贾好运对赖主任代表组织为自己开出的利益清单,已经非常满足了,他不知道自己还应该再提什么要求了,便连声说:“没有了、没有了!”脚刚一迈出门口,却突然想起了一起应聘的侯山要跟自己一块做支行的话,便又转身回到赖主任的办公室。

见已经出门的贾好运,又转身回来,赖主任倒有了一点紧张,他怕已经上钩的贾好运,再脱钩,便主动地,但是,也很忐忑地问:“好运,还有什么要求?尽管说!”

“我想,让侯山也到我去的支行。”

“侯山?”赖主任早已经记不起那个大男孩了。

“就是国商银行跟我一起应聘的、那个像个大孩子一样的小伙子!”贾好运提醒着。

“噢、噢,就是那个叫‘猴三’的人!”赖主任从自己的记忆里搜索到了那个小伙子,“不过,你为什么要他?他一分钱存款也没有!!!”

“他是名牌大学毕业的大学生呀!”贾好运说。

“他没有存款,没有客户资源,光名牌大学毕业,你要他,是没有用的!!”赖主任很耐心地解释着。

贾好运坚持着,并帮助侯山撒谎:“我还需要人写材料呢!另外,他跟怒潮的老总们也非常熟悉!尤其和兰总,还有那么一点……”贾好运装模作样地露出淫笑,不说下去了。

赖主任见了,大眼珠子一亮:“好! 既然这样,好!”而后,又望着自己钓上来的大鱼,揪心巴巴地说:“多进一个人,每年我就要多付出十万元的费用! 他的存款任务,至少要完成三千万! 你们两人吃怒潮一个客户,你能够帮他背吗?”

赖主任无奈地点头,心里不舒服地琢磨:我钓这条鱼,还没有上刀俎,先又让我白白抛了一个大饵:养了一个吃白饭的废物蛋! 而后,嘴上说:“箭楼支行有一个叫仇洋的女孩,我记得她的吸存号是A002,账上总有存款两个亿,而且从来没有动过! 你应该进这样的同志!”

“这个女孩怎么这么能干?”贾好运带着敬意问。

“能干?”赖主任思索着,终于说了实话,“其实倒不是,他爸爸是中国F集团财务部的副总!”

第二天,贾好运正式办完了调动手续,在赖主任的办公室,准备听宣布自己任职一把手的支行时,他还是颇为踌躇满志的。但是,赖主任虽然钓上了大鱼却没有贾好运这么兴高采烈,他很老练地望着贾好运,半天没有开口。最后,才终于龇出被烟熏黑了牙缝的牙齿,把个人的意愿包装成党的决定:“好运,京都管理部党委已经研究决定,派你到箭楼支行去。”赖主任只把话说了一半就停住了。

贾好运善意地问:“原来的支行班子都免掉了吗?”

赖主任顺着贾好运的话说:“还没有免。”

“没有免?!”贾好运愕然了。

赖主任顿了顿,用充满血丝的大眼,观察着贾好运:“党委准备派你去接班。”

贾好运倒茫然了:“行长还没有免,我怎么接班? 到底听谁的? 谁是一把手?”

赖主任又顿了顿:“没有免之前,当然是听他的;免了之后,当然是听你的。现在,吴力依然是行长!”

贾好运终于按捺不住了，他虽然努力控制着自己的情绪，却依然发急道："不是说好是一把手吗？现在怎么又是副行长了？!!"

赖主任望着自己从国商银行钓来的这条可怜的大鱼，面对他自己不得不趟过去的这个敏感话题，像个无赖一般地说："你当然是一把手，只是你要一边拉来怒潮集团，一边等待我把吴力免掉嘛！"

贾好运此时才有所醒悟：自己原来是落入了赖主任的招聘陷阱！立刻，他想到了参股银行总行的赵副行长，他也许能够帮助自己说上话！

出了赖主任的办公室，贾好运直接上楼，奔赵副行长的办公室而去。此时，这个年近六旬的老人，正在办公室里欣赏着一幅字。

贾好运望着瘦老头，开始诉苦。赵副行长还能够顾及怒潮朱副总的面子，他龇一下外突的牙齿，安慰贾好运："别急，别急，我是关照过的，他不至于这么不给面子吧！何况你手里还掌握着怒潮公司这样的大客户！"说着，赵副行长拿出一个电话本，查找起赖主任的电话来。找了几分钟，他终于找到了，一会儿，电话也终于拨通了。

赵副行长说："赖主任嘛，我是赵奎，到我这里来一下。"

挂上电话的时候，贾好运赶紧把自己的苦水，继续汇报给赵副行长听。

没有一会儿，赖主任上来了，见了赵副行长和贾好运，很自然地分头打了招呼。

"我这个朋友的职务问题，怎么安排的？"赵副行长心平气和地问。

赖主任闪着大眼，斩钉截铁、大言不惭地说："箭楼支行一把手。"

贾好运揭露道："明明是副行长，你却偏偏说成一把手！!"

赖主任对贾好运微微一笑，老练地说："看看，好运，这就是你的不对了！你明明同意的事情，现在却又到领导这里来说。刚一来，就这样，对你不好呀！"

赖主任的话，弄得贾好运竟一时语塞，难道真的是自己出了问题？看来真理是永远掌握在权大者一方的！

"听说箭楼支行的行长并没有免嘛！"赵副行长问。

"马上就免，这是我已经跟好运谈好的，最迟三个月以后就给他任职。"

赖主任解释着，非常老道。

而此时的贾好运，包括赵副行长，反而都像个傻子一样了。

“如果三个月后，好运把怒潮拉来了，把业绩搞起来了，支行指标完成了，不是就免不了了吗?”赵副行长担心地问。

赖主任继续煞有介事地说:“好运把怒潮一拉过来，即便是支行指标完成了，我也给吴力换个地方，让好运当行长!”

赖主任的斩钉截铁和信誓旦旦让赵副行长也没有了话说，赖主任见讨伐者气焰已尽，便转守为攻:“现在，好运应该多从国商银行挖存款和优质客户，尤其是那个怒潮集团公司，赶快拉过来!”

赵副行长与贾好运正面面相觑的时候，赵副行长办公桌上的电话却响起来。电话是赵副行长的老婆打来的，告诉他一个惊人的坏消息:他工资卡里的近十万块钱现金全部都被人在取款机上取走了!

赵副行长听了大惊，一下子站起来，对赖主任很不客气地责问道:“你们管理部的取款机，一定是出了问题! 我的钱不知道被什么人全部提走了!! 你们赶快到公安局报案去!”

赖主任和贾好运听了都惊呆了。

贾好运同情赵副行长的时候，自己的命运却也在这赖主任刚才的三言两语之间被搞定了，而且比赵副行长丢钱的命运更惨痛!

十九、再露屎屁股

韩小飞正在主持召开天竺支行的信贷审查会。

会上要审查的项目之一，便是京都市远东投资公司的。它申请贷款五千万元，欲在城南修建一座建材城。担保单位是京都市怒潮古典家具有限公司。

由于经过韩小飞的努力和各级领导的大力支持，国商银行终于给怒潮股份公司发放了三个亿的两年期流动资金贷款。资金转过来后，使得怒潮集团的现金流入量终于大于了流出量。于是，手头稍感宽余的兰总便如约把贷款中的六千万拨付给了家具公司，而家具公司再根据兰总的授意，如约归还了国商银行存在骗保问题的五千万贷款的本息。

由于此笔贷款的主合同已经履行完毕，此笔贷款的本息也已经全部归还，原担保合同也就没有了实际意义，它的真假，也就没有人继续关心和感兴趣了。如果原告：远东投资公司不再折腾，郝逍遥再利用董大为的如花妙笔一包装，打一份报告上去，贷款骗保一事，便有可能在中央银行那里不了了之了！

因此，韩小飞现在的心情是很放松的。但是，今天怒潮家具公司担保远东投资公司申请贷款五千万元的项目，又让职业敏感很强的他，重新有了几分不安。因为，他知道远东投资公司只是一个玩资本运营的公司，是一个没有领到金融许可证的做金融业务的企业，营业执照上的注册资金虽然写着有八千万，但其实际资产，能够达到二千万就不错了，根本就没有贷款五千万的能力。他韩小飞与该公司号称已经淹死的钱副总是铁哥们儿，这点情况他还能够不心知肚明？而那怒潮家具公司其实也是空壳一个，是兰总在京都市筹资的一个窗口，一个幌子，也不具备担保五千万元的能力，这一点他韩小飞心里也有数。既然这两个烂企业以前的窟窿现在已经堵上了，屎屁股好不容易才擦干净了，现在，再搞这个项目，再给他们发放贷款，自己不就成了干偷完驴又拔桩子的事情了吗？

因此，在会上，他想明确表态，否决这个项目，为自己少找一点麻烦事儿，也为国商银行真正地控制一次贷款风险。但是，他又不敢。这样一来，如果得罪了远东投资公司或者怒潮家具公司，他们再揪住骗保一事，到中央银行没完没了地瞎闹哄，他韩小飞可怎么处置？

想到这些，韩小飞坐在支行审贷会主持人的位子上，便如坐针毡一般，又不舒服起来。

但是，韩小飞毕竟是韩小飞，八面玲珑、见过风浪的他，自然不会被这一点问题难倒，他发言了："我看，远东投资公司这个项目就报请营业部审批吧！"同时，心里琢磨着：营业部董大为之流肯定不会同意这个项目，项目被营业部否决，这两个企业就不会找我韩小飞的麻烦了。

关卫兵支支吾吾地吭哧道："报请营业部审批？才五千万？在我们支行的审批权限之内呀！"

杨兰兰也说："是呀，总行都给怒潮股份贷了款，说明怒潮企业的品牌还是很好的。怒潮家具公司又才归还贷款本息五千多万，应该是有担保能力的嘛。这么一块信贷市场，我们为什么轻易放弃呢！"

韩小飞冷静地笑了笑："营业部和总行不是有规定嘛，重点企业要报上级银行审批或备案，远东投资公司当然应该算重点企业，自然应该报营业部批！！"

关卫兵听韩小飞这样说，似乎明白了韩小飞的用意，便立刻改变了立场："对，远东投资公司四处告状，还能够不算重点企业？应该报营业部批。他们营业部比我们的水平高嘛！"

于是，天竺支行参加审贷会的全体同志，便在韩小飞的引导下，一致同意把远东投资公司的贷款项目作为重点项目，送营业部审贷会审批去了。

说来也巧，营业部审贷会讨论远东投资公司的贷款项目时，郝总和葛副行长都不在，一个到京都市政府开会，一个到总行汇报工作，审贷会是由被郝总贬为书呆子的营业部信贷业务部的副总经理董大为代为主持的。

听罢关卫兵汇报完借款人和担保人的生产经营情况，董大为立刻诧异地问："这笔贷款你们支行就能够定的，为什么还报营业部来？"

项目汇报人关卫兵支吾道："远东投资公司和怒潮家具公司不都是重点企业嘛，如果董总认为不行，这个项目，营业部给枪毙算了。"

董大为却很是认真："说枪毙就枪毙了？企业靠贷款生产经营，我们银行靠放款赚取利差，是双方已经付出劳动的，我们现在开会，也是有成本的！"

关卫兵没有吭声，见大家都没有说话，便继续支吾着："那，您看，这个项目……"

骆雪用明亮而秀气的眼睛注视着关卫兵："你们到怒潮家具公司去核过保吗？"

关卫兵一时语塞，旁边的杨兰兰插嘴道："怒潮家具公司是我们的老客户，以前关科长去过的。"

骆雪则紧逼不放："也就是说，你们支行这次没有去核保？"

关卫兵辩解道："我也在《中国金融》上看到了董总发表的那篇《规范贷前调查和贷后检查》文章了，写得挺好，但双人核保、现场核保还只是理论，目前，营业部还没有下文件要求我们这么做呀！"

关卫兵棉里带刚的反驳，倒把骆雪搞了一个大红脸，她一时没有话说了。

董大为见状，开口道："这样吧，既然这个项目支行拿不出明确意见，要营业部定。我们就明天去一趟怒潮家具公司。做一次营业部、支行参加的立体式贷前调查。这也是我强化管理的一个构想。"

关卫兵听了暗暗叫苦，因为，来之前韩小飞已经给他交代过，希望营业部把这个项目直接给枪毙了，支行好用营业部做挡箭牌，去应付企业，去堵企业的嘴。可没有想到这个项目偏偏撞上了死较真儿的董大为和唯恐天下不乱的骆雪，这下，不但没有借上营业部的力，反而引来了营业部的火！如果董、骆在怒潮家具公司再鸡蛋里面挑骨头地找出什么毛病来，事情可就又麻烦了！

想到这里，关卫兵不觉浑身发热，鼻子上开始冒汗了。

二十、古典式家具

怒潮古典家具公司注册在城东的中央商务区,而生产车间和办公地点却位于城西北的西山脚下,并且厂区建在一个村子里。

总经理个子不高,中等身材,略显发胖,穿着一身中国最古典的夏季大红色唐装,一张大大的圆盘脸,皮肤很白,眼睛很大,也很亮,戴着一副老式圆镜片的金丝眼镜,嘴显得有些大,总是和善地微笑着。

关卫兵赶忙走上去,与来人热情地握了手,向董大为介绍道:"这位便是贺总,也是古典家具的专家!"而后,又把董大为、骆雪、杨兰兰依次介绍给贺总。

贺总微笑着,很礼貌地给每位客人分别递上了一张五颜六色、印制精美的名片,上书:董事长兼总经理贺兰。

贺总待大家坐定,首先从红木百宝格上取下了紫泥茶具,放在红木茶几上;而后,他在红木茶几前就座,从木制茶叶筒里捏出几捏红茶,分次投进古旧的茶壶里;再而后,他转身一边均匀地摇着茶壶,一边往饮水机里注入滚烫的矿泉水。下一步,他又从茶具里,拿出五个紫砂碗,用茶壶里的头过水,很麻利地把茶碗依次冲了,在茶壶里再注入滚烫的矿泉水,再重新倒进五个茶碗中,最后,他微笑着把茶碗推到每一个客人旁边。

国商银行的四位客人被贺总熟练的茶道迷住了,也像贺总一样微笑着,无言地端起茶碗,细细地品起了贺总沏泡的仿佛带着浓郁中国文化的茶水。

"其实,鄙人不姓贺!"贺总见来人喝起茶来津津有味,又不吵不闹的,同时,两个女同志一直对自己的精美名片品味不断,赞叹不已,仿佛还有那么一点文化人的意思,便感觉像遇到了知己一般,热情开口了。但是,他这一开口,便马上语惊了四座。

关卫兵首先在红木沙发上腾空了屁股,忘记了刚从贺总身上学会的斯文,大声问道:“怎么? 您不姓贺? 原来可没有听说呀!!”

而国商银行的其他同志由于是与贺总第一次见面,对贺总是否姓贺倒没有什么深刻的感受,于是都没有吱声,继续“哧溜哧溜”地品着茶。

“鄙姓兰,叫‘兰贺’,为了避免和鄙人大姐兰宛茹重名,避免同叫‘兰总’,故改叫‘贺总’。名片上是‘贺兰’,身份证上却是‘兰贺’。”贺总抑扬顿挫地说。

“您与兰总是亲姐弟? 我说怎么在认识您之前,就一直好像在哪里见过您一样呢!”关卫兵惊叹道,“对了,你们姐俩的笑容是一模一样的!”

“本‘兰总’非彼‘兰总’也,为了以示区别,故鄙‘兰总’,改曰鄙‘贺总’也!”贺总满嘴的之乎者也,但却似乎没有装腔作势、附庸风雅的样子。

“咱们怒潮家具公司和怒潮集团到底是什么关系?”骆雪问。

“除了一个怒潮的品牌,除了我和兰总有血缘关系,就没有什么了! 单从法律上看,我们没有任何关系。”贺总品一口茶,笑眯眯地望着骆雪,那看骆雪的神态,像欣赏一件艺术作品一般。

杨兰兰开口了:“两个企业明明是母子关系,怎么说没有关系呢?”

“你可以分析我企业的基本要素嘛。”贺总端起紫砂碗,品一口茶,放下碗,再盖上碗盖,“投资人是我贺总,而不是姐姐兰总。这里没有兰总的一分股份,她虽然是我的亲姐姐,但是,经济上我们是完全独立的。”

“你们经常在资金上大量往来,怎么解释? 这次怒潮股份贷款三个亿,不是还有六千万划到你们这里了吗? 干什么用了,是不是还贷款了?”杨兰兰很不客气地揭发道。

骆雪见杨兰兰弄得贺总面露尴尬之色,便打岔道:“听说,原来咱们办理贷款时有一个叫‘谢云’的副总经理,怎么没有见到他?”

贺总解释道:“失踪了! 办完那五千万贷款之后,有一次,打网球的时候突发了心脏病,出了院,就再没有来上班了!”

关卫兵若有所思,用慢得让人难受的语调说:“我跟谢云熟悉,身材魁梧,方头方脑的,一个绝顶聪明的人! 我怎么听说他跑俄罗斯去了!”

“也有可能。反正我们公司用人也都是市场经济的，失踪也好，出国也好，没有人能拦着！”贺总的脑子还沉浸在杨兰兰的问话里，用股份公司的贷款，经过集团公司转一个圈归还自己公司贷款的事，一直是他的一块不足为外人道的心病。他回答完骆雪，便又继续回答杨兰兰这一问题：“我跟怒潮股份只有经济上的资金往来，怎么可能让他们帮助还贷款呢！中国证监会也不准许上市公司这么折腾呀！你们银行自己也不准许呀！”

关卫兵也感觉出了杨兰兰刚才的话语太直白，见贺总尴尬之情依然没有完全退去，便给贺总找台阶，对杨兰兰解释说：“企业的经济往来，我们银行也不能够干涉呀。”心里却对杨兰兰抱怨着：这些官太太，真是不懂事！如果不是贺总提前还了贷款，我现在还不是得代你写检查！如果换个别人，仅信贷台账录入有误造成重大影响这一个事，那韩行长就可以让你下岗回家了。总行的段主任怎么就会娶这么一个肤浅的女人回京都市呢？他的嘴上还真想埋怨一句：“这种事情，没有证据，是当着大家随便乱讲的吗？”但是，话在嘴里转了几个圈终于还是没有敢出口。

贺总站起身，为大家的茶碗里，倒了一回水，同时，认真地解释着：“是兰总先向我借过钱，她现在有钱了，便还了我的旧账，不信你们可以查账嘛！”

“按照现行法律和工商企业注册制度，这两个企业的确没有关系。”骆雪说，而后，望一眼斯文四溢的贺总玩笑道：“如果怒潮集团出了事情，我们银行讨债时，还没有办法向贺总要呢！没有法律关系，法院不受理！”

“怒潮集团是优质企业，怎么会让银行追着讨债呢？怎么也不会闹到法院去呀！”贺总声音很大地说，斯文之气全无，“只有银行追着怒潮放贷款的时候，没有银行追着怒潮讨债的年月。”

一直默默喝茶的董大为见贺总面露愠色，便言归正传：“贺总，怒潮企业一直是我们国商银行的优质客户，此次我们是想落实一下，你们给远东投资公司担保的事情。”

董大为话音未落，贺总却拍了桌子，白白的脸有了几分扭曲，斯文之气已经全部变成了嚣张的气焰。董大为不知因何惹恼了他，正丈二和尚摸不着头脑的时候，那贺总却开口骂街了：“张梦天这个傻B，别看他个子不高，脸又瘦又窄,戴着金丝眼镜,一副书生相。可这小子满肚子都是坏水!妈的,上次担保,他们的钱千慊串着我的谢副总,竟给我弄了一份假合同,险些弄得我们怒潮企业一身臊:好像我们怒潮企业都是骗子!这还不算,现在这小丫头的居然还让我给他担保,说什么,如若不然,就把骗保的事情,告中央银行去!砸了怒潮的牌子!他妈的,为了他上次的假担保,我付给他们公司百分之一的担保费,整整五十万呀!他居然还要告我!"

贺总的话把董、骆搞了个瞠目结舌,关、杨也惊诧不已:远东投资公司的张梦天口口声声说是从来没有担过保,被骗了,而怒潮家具公司的贺总却又说付了五十万元担保费,只买了一份假合同!是两个副总钱千慊和谢云相互勾结欺瞒两个老总兰贺和张梦天,骗了银行,还是两个副总和两个老总四个人唱双簧或演苦肉计共同骗银行?到底谁是谁非,真正是扑朔迷离,搞也搞不清楚了。

与贺总座谈之后,大家才确信怒潮家具公司给远东投资公司的担保是真实的,而且此次远东投资公司的被保是没有成本的。那张梦天也真可谓商场上的高手,硬是利用一次骗保事件,逼着贺总为了维护怒潮的牌子,给他的五千万元贷款提供了一年的免费担保!

为了考察清楚怒潮家具公司是否具备五千万元贷款的担保能力,董大为又带着大家研究了企业财务报表和各项资产证明。这个家具公司财务报表上的总资产已经做到了一亿八千万元,资产的两个大项是固定资产和存货,其中,固定资产只有土地和房屋,高达九千万元,存货主要是库房里面的新旧红木家具,也高达五千万元。结论是:如果报表是真的,怒潮家具公司应该具备五千万元担保能力的。

在看报表的过程中,骆雪在董大为的耳边小声说:"他们的固定资产可能是虚做的!!"

"为什么?"董大为也小声问,由于骆雪的脸蛋离他的鼻子很近,他嗅到了骆雪脸上和身体上散发出的香气,内心不觉产生了异样的感觉,身体也有了性的冲动。别忘了,堂堂一个营业部的副总经理,年近四旬,还是一个童男子呢!

骆雪似乎没有发现董总心理和身体上的变化，继续贴着他的耳朵小声说："土地证都是乡一级的，土地、房产评估也是乡一级的，没有法律效力！！"

"还有什么？"董大为眼睛盯着骆雪看，心里进行着胡思乱想，嘴上随意地问。

骆雪翻着企业财务报表："存货也应该有水分！那些红木家具，尤其是旧的，能够值五千万吗？"

"那，我们到库房去看一看！"董大为非常愿意让骆雪在身边多待一会儿，但是，他必然是个年近四旬的人，他的理性是大于冲动的，他明白他此行的目的是要把京都市怒潮古典家具有限公司的情况摸清楚，而不是体验与女孩子的温馨感觉。

说起看车间和库房，贺总反倒兴奋起来："好，我们的全部文化，我们的全部精华，都在车间和库房里面。那里，可以充分体现出中华文化的博大精深！"

怒潮家具公司的车间与库房基本上没有区别，全部是面积足有一千平方米的偌大、宽敞的平房。库房分为成品库房和材料库房；成品库房摆满了琳琅满目的已经修缮、改造好的古式家具；材料库房则堆积着从全国各地收购而来的各式古旧家具。而作为车间的平房，中间是空地，一侧摆放的是作为材料的古旧家具，一侧则是正在修缮、改造的半成品。工人们全部都是有手艺的木匠，在车间的空地上，用灵巧的双手和智慧，把一件件破烂的古旧家具，修缮或改造成旧料新家具。

国商银行的一行人不觉看得入迷，董大为连连赞叹："这不是点石成金吗！"

"我们的利润是很高的。"贺总自得地说，"产品既是新家具，又是老家具！说是新家具，因为，我们的产品，件件都是干净、结实，没有瑕疵的；说是老家具，因为，我们的产品，件件都是老料，真正经过了十几年，甚至上百年的玩意！"

"到哪里卖呀？"杨兰兰问，她也开始爱不释手地抚摸起一件明式太师椅了。

"大部分出口，由兰总的副手丁博士帮助销往日本和美国。不过，国内也卖一部分。”贺总解释着，“东三环的潘家场有一个古旧家具楼，那里有我们的门市！”

“像这套太师椅，要卖多少钱?”杨兰兰问。

贺总走上来，摸一下太师椅，再仔细看了一下木料和做工，说：“两椅一桌，大概两万吧。”

“两万？您在开玩笑吧?”关卫兵吃惊了。

“紫檀木！木料大概是清末的，一定是这个价，没有多要！”贺总异常认真地说。

“暴利，暴利!”杨兰兰感叹着。

贺总继续解释：“我们的收购成本也很高。”

“这些旧东西都是从什么地方淘换来的呀?”董大为饶有兴致地问。

“全国哪里都有。但主要是山西和安徽的。”贺总看着满目的家具说。

“为什么主要是山西和安徽?”董大为也颇有耐心。

贺总一边带客人徜徉在旧家具的海洋里，一边说：“因为这两个省过去富有，有晋商、徽商富可敌国之说，因此才可能有老式高档家具。但是，现在这两个省现在又都是穷地方，因此，才可能低价卖这些老家具。应该说，红木家具是与国运、家运紧密相连的。”

国商银行一行人看罢产品，正准备离开怒潮古典家具公司的时候，贺总却热情的挽留起来：“我倒不是留你们吃饭，那忒俗，我希望你们再参观一下我的精品屋，我新打了件战国桌，是用老榆木的棺材板做的，它可以告诉你们一个概念，就是高档的古式家具不一定非是红木不可!”

骆雪最先来了兴趣，对董大为说：“董总，我们参观一下嘛。”

那董大为本是一个没有什么文化雅趣和爱好之人，对中国传统文化也没有什么好奇心，见骆雪喜欢，便附和道：“行，我们去看看。”

怒潮家具公司的精品屋就在贺总办公室的旁边，是一个七八十平方米的大房间。本来抱着无所谓之心前来的董大为见了一套黑酸枝木的清式沙发后，也不由叫起绝来。只见那十件套的沙发，用料极大，整个椅背和左右扶手的下面全部是雕龙刻凤的，而且刻工极为精湛：那龙喷云吐雾，栩栩如生;那凤驾风御云,翩翩起舞。

“不愧是精品,真漂亮,可惜我这辈子也买不起了!”骆雪快乐地坐在沙发上,用一双小手,轻轻抚摸着椅背上的龙眼和凤冠,带着几分贪婪的模样说。

“等骆小姐结婚的时候,我送你一套嘛!只要你敢要。”贺总开着玩笑,见杨兰兰撇了嘴,又说:“我也同样可以送兰兰同志一套!!”

关卫兵讪笑着插嘴,开了个不大不小的玩笑:“咳,还用那么费劲儿!像我们兰兰一样,找一个好老公一嫁,不是什么都有了嘛!或者,不拿这种沙发当聘礼,我们就不嫁嘛!”

关卫兵的一句玩笑话,惹恼了两个女同志。杨兰兰率先揪住了关卫兵的耳朵,疼得关卫兵嗷嗷直叫;骆雪也赶忙跑上去,用瘦小的拳头,照准关卫兵的肩头捶了一下。

董大为最看不惯男女之间的打打闹闹,但是,又不好意思出言阻止,便对贺总大声问道:“您说那件棺材板做的桌子呢?”

“在前面。”贺总兴致勃勃地引导着大家,“就在这里。”

这是一个条形桌,桌面是一块老榆木的整板制成的,宽有六十公分,长有两米左右,桌腿也是用与桌面一样薄厚、一样质地的老榆木的整板制成的,从桌面的边缘光滑而圆润地连接起来,呈流线型一直到地面,桌腿接地处,还外卷着圆形,使得整个桌子的外形古朴、俭约,美轮美奂。

“这就是战国款式?”董大为欣赏着桌子。

“棺材板怎么能够这么漂亮?”骆雪则用小手,仔细摩擦着桌面。那榆木本来就是非常粗糙的木种,纹路粗而大,而老榆木经过多少年的风吹日晒,木纹的表面已经龟裂了。但是,经过人工打磨之后,桌面上龟裂的榆木花纹却像浮雕一样留在了面板上,显得底蕴深厚,而巧然天成。

杨兰兰用手摸索着龟裂的榆木花纹,说:“确实漂亮,只是想起,这曾经是一口棺材,就感觉害怕了!”

“这口棺材一直没有用过,是没有进土的。”贺总解释着,“没有几十年的风吹日晒,这木纹表面,不会龟裂得这么漂亮的!”

二十一、嫁祸于人

这几天，国商银行的郝总也为怒潮家具公司担保远东投资公司申请贷款五千万元的事情头疼。千辛万苦、绞尽脑汁好不容易才堵上的骗保窟窿，再为着远东投资公司贷款一事而重新翻出来岂不麻烦！

韩小飞已经专程赶到营业部，跨过隔壁的董大为，向他汇报了这个项目的具体情况、利害得失，同时，也反映了董大为在营业部审贷会上的态度和在怒潮家具公司现场调查时的具体表现。临走时，韩小飞还给郝逍遥扔下了一句话："咱们刚抹平的事情，可别让董大为这个书呆子又给搅和起来了！"

董大为这个书呆子的确还是一个不知深浅的人，这一点郝逍遥心里是非常有数的。但是，总体来说，他对董大为这个书呆子还是不当一回事的，他有自信，可以轻而易举地控制他，根本不相信这个书呆子能够蹦出自己的手心去。他对自己可以自信地保证，不要说董大为只是一个想出幺蛾子的普通大学生，只会写一两篇歪文章，就是把董大为换成一个博士后，著作等身，八面玲珑，如果他郝逍遥自己愿意坐着现在的宝座，也不会有人能够搬动他。他明白，只需他老子秘书的一个电话，总行及营业部的行长们就会屁颠屁颠地溜他郝逍遥的马屁！这就是他郝逍遥在这个国度里生活的超人的优势！

于是，郝逍遥以很稳定的心态，拨响了隔壁董大为的电话："大为，到我办公室来一趟。再叫上骆雪。"

董大为在自己的办公室里一连说了几个："是"，而后，拿起笔记本和笔，小跑着到了骆雪的办公室，招呼了她，便又小跑着来到郝总办公室门前，敲响了郝总办公室的门。听到郝总“请进”的大喊后，董、骆才如进庙堂一般地进了来。

郝逍遥招呼有可能正在搞小帮派的两个下属坐下，从办公桌抽屉里习惯地抽出三包雀巢咖啡，扔到骆雪跟前，用下巴指一指门口的饮水机。不管骆雪在心里如何对郝总的做派看不顺眼，也不管骆雪的眼里郝总如何如何地不学无术，此时，或者说每次这时，骆雪都会乖乖地从郝总处取了咖啡，满怀虔诚地跑到饮水机旁，按照郝总教导的方式，一边注水，一边摇晃着纸杯，沏咖啡。这就叫权威！！

人是很怪的动物，约定俗成的东西，对人的思想和行为，都比其他生命，具有更强的影响力。

“怒潮家具公司怎么样?”不等骆雪就座，郝逍遥便开门见山地问董大为。

“产品还是有新意，是古旧家具翻新；企业也有一定的实力。”董大为不知道郝总葫芦里装着什么药，完全按照商业银行对企业的评判原则开始了自己的分析。

“到底有没有担保能力?”郝逍遥倒直截了当。

董大为本着对企业和银行负责的精神，没有敢妄下结论：“企业固定资产有一亿八千万元，可高达九千万元的土地和房屋，实际价值还很难说；存货高达五千万元，主要是库房里面的新旧红木家具，价值也很难说。”

骆雪冲完咖啡回来，先给郝总递上一杯，而后是董总，最后是自己，“我认为企业的财务报表有可能不真实，我认为他们不具备五千万元的担保能力。”

郝逍遥对骆雪的直言不讳不知是忧还是喜，薄薄的单眼皮下的一对小眼睛，直直地望着骆雪：“依据是什么?”

“土地没有产权证，便作了固定资产。”董大为说。

“土地是企业从乡里租的，租期三十年。在租用土地上修建的房屋，根本没有合法性，更不能够作价记入固定资产。”骆雪补充。

“那些家具也像玉石一样，喜欢的，就认为价值连城；不喜欢的，就会认为是破烂一堆，作价五千万元，我认为也是高估。”董大为继续说。

“我都不知道天竺支行是怎么搞的！这么一个企业，他们过去居然能够给五千万元贷款！听杨兰兰说，那笔贷款还是怒潮集团帮助还的！”骆雪不管三七二十一地说着。

她的话在无意之间刺痛了郝总。郝总把小眼睛上的单眼皮翻了几翻，嘴努了几努，想对骆雪批评两句，但是，终于还是没有说出口。

“是不是怒潮集团帮助还的贷款，还不好说，而且，我们也管不了。只是我也同意骆雪的看法，这个怒潮家具公司的确没有承担五千万元贷款的担保能力。”董大为补充着，他也没有发现郝总内心的变化，完全按照银行的管理模式分析，并下了结论。

“原来可以放五千万元贷款，现在却不具备五千万元贷款的担保能力！！！这样下结论，我怎么给葛副行长交代！原来给怒潮家具公司放贷款的时候，葛副行长也是签了字的！”郝逍遥终于说出了他内心在管理层面上的苦衷。

听郝总这样说，董、骆哑然了。就是嘛，他们都是新来的，完全可以新官不理旧账，甚至还可以“破四旧，立新功”，可郝总却是要新账、旧账一起背的。

“那，我们就同意？”董大为讨好一般地说。

“你们发现这么多问题，还同意什么？”郝逍遥气愤而沮丧地说，“我们不还都是共产党员吗！不是还要对国家财产负责吗！”

董大为继续讨好一般地说：“那，我们不同意？”

“不同意就完了？那天竺支行为什么还把球踢给我们？那远东投资公司不是还要告我们的状嘛！为着信息录入有误，骆雪和杨兰兰不是还要写检查，中央银行不是还要我们的罚款嘛！”

“那，我们怎么办？”平日里异常聪明的董、骆在权威人物郝总面前，都变得非常弱智了。

看那郝总的控制能力有多强，像会施魔术一样！

“怎么办？拖着不办！”郝逍遥教诲着。

“不办？那企业总要催呀!”董、骆又异口同声地惊叹。

此时，郝逍遥似乎已经是胸有成竹了，大口地喝了咖啡，又点燃了一支烟，深深地吸了一口，闭上眼睛，倚靠在老板椅上，把那一口烟在五脏六腑中回味过了瘾，才从口中吐出来，在空气中形成了一个大大的烟圈：“我写了一首诗，叫《山中无题》。我给你们两个大知识分子朗读一遍，若何？”

见郝总情绪突然好了起来，董、骆连声说：“好、好!”

此时，郝总愁云全无，神采飞扬地朗诵道：

风吹古树，
洒落几点天蓝；
小路尽头——
潺潺清泉；
溪流替你我细语——
在小溪边。

黄昏换走清晨，
何时再有今天——
你我悄坐无语，
听响泉；
看天蓝，
在山间。

听罢郝总的诗，董、骆又按照老程序连声赞叹几声“好”之后，便准备出门。郝总在身后叮咛着：“无论张总、贺总、还是什么总，问起这个贷款的事，第一句话是：‘我们正在研究呢!’第二句话是：‘没有找到葛副行长，等等再说。’”

出得门来，骆雪没有直接回到自己的办公室，而是尾随董大为进了副总的房间，关上门，不禁哧哧地笑起来，连声说：“太滑稽了，太滑稽了，我感觉他像个疯子，而我和你，就活像两个傻子！”

第一天没有张总找；第二天没有贺总找；第三天还是没有什么总找；企业还是很懂事的，他们给银行留出了研究问题的时间。

第一个星期，张总找了，大家用第一句话：“我们正在研究呢！”应付了过去。

第二个星期，贺总找了，大家用第二句话：“没有找到葛副行长，等等再说！”又对付了过去。

第三个星期，如果在来个什么总找，问起贷款的事怎么应付呢？大家正在犯愁的时候，郝逍遥办公室的电话铃突然响了。

对面是一个熟悉的声音：“郝总，我是贾好运。”

“贾处长，你好，你好！我怎么听说，你调到参股银行当行长去了！也没有给我打个招呼，我好给你饯行呀。”

“当什么行长呦，我让人家玩儿了一把！”贾好运话语很是阴沉，又把自己的一腔苦水向郝逍遥倒了一遍。

郝逍遥对贾好运的不幸遭遇顿生出几分快感，因为他自己是没有本事通过自己的能力跳槽的，因此，从骨子里对怀才不遇之人，对动不动就炒领导鱿鱼的人，有着一种与生俱来的反感，他在心里快意连连的时候，嘴上却急忙安慰道：“你是金研所的硕士研究生，给他们干出个样子来，还愁没有行长当！不成，回到国商银行，到我们这里当支行行长嘛，绝不给你下达硬指标任务的！”

“已经走出了这一步，还怎么好意思回来呦，要不是有求您郝总，我都没有脸皮给您打电话了！”

“贾处长，走到哪里，你都是领导！有事你就吩咐！”郝逍遥努力不使自己的口气里流露出虚情假意来。

“我已经到参股银行两个星期了，还一分钱存款没有，一笔贷款没有放出去呢！赖主任每天打电话来催，支行吴力行长每天直接问，挣小银行这一点工资，好像比挣土地主的钱都难。因此，我也是没有办法，有两个事情，只有求您郝总啦。一是能不能给我介绍几个客户，让我放一点贷款出去。二是能不能帮助我联系一下怒潮的朱副总，让他在参股银行箭楼支行开个户，给我存一点款。这是他答应的事情，可我却好长时间找不到他了。”贾好运几近哀求地说。

郝逍遥心里骂道：你原来是总行领导，屁股刚一挪窝，怎么就指使我挖国商银行的墙角呢！嘴上却说：“好说，好说，你贾处长领导了我们这么多年，你的事情，还不跟我的事情一样嘛！只是我跟朱副总也不是很熟悉，我让他给你存款可以，只是不知道，好不好使，不过……”郝逍遥正准备找一个漂亮一点的借口推脱贾好运，忽然想起了怒潮家具公司担保远东投资公司申请贷款五千万元的事情，于是便灵机一动：“项目我这里倒有，而且有一个是现成的，还是优质客户怒潮集团的关联企业，只是不知道参股银行愿意不愿意做！”

“愿意！愿意！您介绍给我，贷款出去了，我还可以给您回扣提奖呢！”贾好运不知道郝总正在对自己使一个嫁祸于人的伎俩，见有了做业务的机会，便迫不及待地说。

郝逍遥也兴奋起来，他在心里感叹道：市场经济就是好，金融竞争就是好，这种竞争可能对京都市国民经济和整个金融环境没有什么好处，却对自己有好处，对企业有好处！在竞争中，国商银行的包袱神不知鬼不觉地甩给了参股银行，企业在国商银行骗不到钱，也可以换到参股银行去骗。而且，在这个过程中，自己还可以拿到参股银行的奖金。当然，钱肯定不会很多，他也不在乎这一点钱，但是，他在乎的是除了甩掉包袱之外，自己还可以获得帮助朋友的好名声。

“好，好，贾处长，今天晚上我请客，介绍你和张总、贺总见个面！”郝逍遥集自己五十几年来修炼的功力于此时，让自己的声音尽量平静，而不要笑出声音来。

二十二、制造泡沫

公元两千零二年的初秋，各家银行内部优质企业的名单起了变化：怒潮集团公司由一个不十分知名的企业集团，一跃成为了各家银行拼命竞争的知名的优质客户，成了各家银行金融业务竞争的焦点。

这种变化的取得，当然要得益于兰总这个红衣女人为了挽回公司颓势，为了在股市上大举圈钱，为了获得巨额的贷款而进行的大手笔的宣传攻势。

这个攻势之猛烈，在诸多金融家的心目中，一个丑小鸭，不得不成为了一个美丽的白天鹅。

每天，在大家的眼里和耳里都有电视广告没完没了地炒作和新闻媒体的不断追捧。怒潮集团公司成为了最重要电视台新闻联播之后，第一个广告片的播主。那个广告片优美异常，先是伴着歌声而来的碧波万顷的美丽湖的湖水，而后是怒潮股份的水中度假村、全国各地的各式车间、厂房、机械轰鸣的生产线、各种保鲜产品和各款美轮美奂的古典家具，最后是身着红衣的兰总，矜持地微笑着代表怒潮企业数万名员工：祝全国人民万事如意、祝祖国兴旺发达。同时，全国各大报纸不断登出推介怒潮企业模式的文章，仿佛怒潮集团俨然成了股份制改造、工业与农业、科技与农业有效结合的典范。

社会形象、领导题词就摆在眼前，由不得金融家们不信。怒潮集团公司在京都市民族宫举办了一次大型的《怒潮集团新产品展示会》，把其全国各地的产品，包括古典家具满满当当的摆了两层楼。展览会没有卖票，实行赠票制，在京都的中央、国务院各大部委的所属机构；在京都的各军兵种；在京都的各个金融机构；在京都的各新闻媒体；其他相关省份的机关、银行、媒体也都收到了赠票。而普通百姓则全部被拒之门外。

一些好事的人，看着民族宫里熙熙攘攘的展览，和大包小袋从里面出来的人流，不觉心里痒痒，竟花上十块钱从票贩子手里买了门票进去了。出来后，竟大喊：“值、值！里面可以用名片领饮料，一张名片一罐饮料！等于二毛换两块！只拿出六张名片就可以把门票的钱赚出来了！”听进去的人这么一分析，本来就闲着没有事的老头老太太们，赶紧呼儿唤女地买票进去看展览了，唯一怨愤的便是自己没有带来足够多的名片用来换饮料。

那兰总也真的神通广大，居然与某位市委领导人合过影，并被制成巨幅照片，像影壁一样，耸立在展厅的大门口；在展览会的大厅里，五六个大镜框装裱起来的，居然是一些党和国家领导人的题词。虽然领导人们的题词只是泛泛而谈农业的重要性、谈农业与科技结合的意义，但是，被兰总在这里断章取义，仿佛真的如党和国家领导人对怒潮企业如何如何重视，如何如何肯定一般。

各家金融机构对怒潮集团实质性的追捧，也逼着金融家们不得不为了本银行的商业利益和个人业绩去趟怒潮这道浑水。

但是，在金融街众多金融单位里，对怒潮企业集团保持清醒头脑而且一直持否定态度的，除了已经被国商银行末位淘汰并已经被兰总堵上家门的常太平之外，在证券监管会还有一个头发已经花白的老姑娘。她便是上市公司扩股审批处的牛蓓薇处长。

她今年已经五十岁了，是下过乡、扛过枪，一九七七年坐上中国恢复高考制度头班车进入大学的那批老大学生。她个子不高，白静脸，戴白塑料框眼镜，一天下来也难得说出两句话。由于性格孤僻，喜好独往独来，已经快到退休的年纪了，但是，从精神和肉体上，却还保持着处女身，从来没有谈过恋爱，更无从谈起婚配。也许是命里与兰总这样八面玲珑、春风得意、呼风唤雨的女人相克，无论她兰总如何软磨硬泡，如何使尽各种手腕，甚至找牛蓓薇上级让她下岗的设想都实施了，但是，都没有成功；无论怒潮企业集团是在没有进行宣传攻势之前还是默默无闻的时候，还是已经进行了宣传攻势，在社会上声名鹊起的当口，这个牛蓓薇处长硬是坚持说怒潮股份是小马拉大车，尚不具备增资扩股的条件，她要对股民、特别是广大中小股民负责。

由丁博士亲自捉刀的厚厚的包装得美轮美奂的申请材料已经交了上去；为了以修建农产品保鲜厂为借口在股市上扩股圈钱，在怀密县进行了跑马圈地，半年的土地租金加圈地铁栏杆的费用将近二千万元已经扔了进去；不惜血本，花了大价钱，也好不容易做起来的宣传攻势顺利展开了，但是，在这个牛蓓薇处长的面前，竟然没有发挥半点效力！对怒潮股份扩股的申请，她就是不批。她这个坎过不去，兰总就是在股市里兴不了风，做不成浪！

人不为利，如何以利诱之？人不畏死，又因何以死惧之？闯过大江大浪的兰总及其助手们，都对牛蓓薇处长没有了招。

二十三、公关葬礼

俗话说:“福无双至,祸不单行。”那兰总由于没有通过扩股从股市上募集到永远不用归还的无息资金,而银行的贷款只是公司债务,需要不断地借,不断地还,还要支付利息,因此,虽然声势搞大了,但整个怒潮企业集团的财务状况还没有出现真正的好转。被资金饥渴和财务收支的不平衡一直困扰着她,就在焦头烂额的时候,她那来京都市观光的已经年过七旬的老父,在爬古老的明代长城之时,当了一回好汉,可回到宾馆,夜里便由于劳累过度突发了心脏病,还没有送到医院,就在急救车里安然咽气,到阴间或者天堂继续作他的英雄去了。

没想到在商场上叱咤风云、呼风唤雨的兰总,在老父的遗体前却体现出了十足的女人味。在医院的急救室里,面对着本来无望的抢救,她还能够在丁、朱的搀扶下,强打精神站立着。等身穿白大褂的医生们,无奈地摊开双手,终于放弃了无谓的抢救时,面对老父僵直的身体和有一点扭曲的脸,她便号地震天地痛哭起来。可没有哭上几声,她的嗓子里,便再也出不了声,整个身体瘫软下来,以至丁、朱两个大男人都不能够搀扶住她的身体了。

为了避免这个怒潮集团堂堂的老总瘫坐在医院的污秽地面上,身体强壮的朱副总赶紧甩开了丁博士,独自一人从身后,把个兰总的整个身体撑起来,拖到旁边的病床上。由丁博士又喊回来的医生,一通掐人中、做人工呼吸,那兰总才又重新有了知觉和呼吸。

一个人,钱再多,官再大,在死亡面前,也是与平常人一样的狼狈。恢复知觉的兰总,吩咐丁、朱为老父采购寿衣,自己则用剪刀剪开老父的衣衫,用新的盆接来热水,用新的手巾为老父清洗了全身。面对老父咽气的刹那间,无意识排出的屎、尿,这么一个腰缠数十亿人民币的女人,也像任何一个孝顺女儿一样,没有任何顾忌,甚至没有皱一下眉头。

虽然还有许多没有享完的福便匆匆地去了,但是,兰老爷子在阴曹地府里,还是应该是乐得不可开交的,不光因为他有了一个有出息的女儿,也不光因为他有出息的女儿出奇地孝顺,还因为他的葬礼之隆重,不但他作为一个B省普通农民想也不敢想,就是当今的二品京官死了,恐怕也不要奢望有这么气派的场面。怒潮集团宣传攻势的巨大成效也在这个葬礼上窥到一斑。

兰总其实是想低调处理老父丧事的,因为这必然不是什么好事,她也没有借此敛财的想法。她只宣布怒潮集团的在京都企业全部停产休息一天,而对外并没有张扬丧事和葬礼的时间和地点。

但是,葬礼的消息还是不胫而走,众银行皆知。随着怒潮集团宣传攻势的大捷,随着怒潮集团优质客户地位的树立,那普通农民,兰老爷子的身价,也随之陡增百倍。

早晨九点钟,在京都市最著名的革命公墓那个最大的告别室外,竟熙熙攘攘地围满了参加悼唁活动的人。厚厚的来宾登记簿也竟然都写满了。怒潮企业集团的人及与怒潮集团有关联的兰贺总、张梦天总来了自不必说,在京都金融机构的来宾也竟然达数十人之多!

只见登记簿上赫然写着:"国商银行营业部刘严鹏行长、葛荣副行长;国商银行营业部郝逍遥总经理;国商银行天竺支行韩小飞副行长、关卫兵科长。参股银行京都管理部赖崃籁主任、齐大同副主任;参股银行箭楼支行吴力行长、贾好运副行长。发达银行京都分行洪长虹总经理、爱农银行营业部总经理……

国商银行营业部的刘行长除了代表营业部敬献花圈之外,还分别代表国商银行总行的孔行助和总行信贷业务部的段笑银主任敬献了花圈。

参股银行的赖主任除了敬献花圈之外,还在大家不在意、齐副主任忙于寒暄的时候,由自己亲自操刀,塞给了兰总一个白信封,内装崭新百元人民币二十张!赖主任这个时候,还没有忘记直接提要求:"怒潮公司还要多多向我们参股银行倾斜呀！存款、贷款一起来嘛！”

那箭楼支行的吴力在贾好运的带领下来了。

国商银行的人对叛徒贾好运已经没有了任何热情，营业部的刘严鹏行长虽然与贾好运同在国商银行总行工作过，但却不相识；葛荣副行长本来就跟这位原总行副处长不熟悉，因此，他们见了贾好运根本就是熟视无睹，就像没有见到这么个人一样，昂首阔步，径直而去。郝逍遥倒谦虚老道，主动走过来与贾好运象征性地握了一下手：“你到我这里来一趟，我把京都市远东投资公司的贷款材料转给你。”可其实郝总的握手，只是手与贾好运的手搭了一下，便抽走，陪两位营业部领导去了。韩小飞与贾好运在怀密县怒潮度假村一起唱过一回歌，见了贾好运也只是远远地挥下手，算作打招呼，根本就没有走过来与这位原总行的贾处长寒暄。

在参股银行被玩弄，再受国商银行革命同志的冷落，贾好运情绪低落极了，此时，他才懂得什么叫“人情薄，世情恶”，才体会出那种“雨送黄昏花易落”的惆怅来。

贾好运随吴力除了为兰老爷子敬献花圈、给兰总塞白包之外，还给丁博士、朱副总也分别塞了白包。一个留洋回来的大博士，被参股银行箭楼支行搞得不明白怎么回事了，急忙解释：“是兰总家死了人，我的父母还活着呢！”

朱副总也急忙解释：“我们家也没有死人，是兰总老爷子死了！”

那贾好运心里说，我们不就是借兰老爷子过世之机，拍一拍你们的马屁，以便你们多为我们存款、贷款，好让我们也能够分一点怒潮企业的利润嘛！于是，嘴上就说：“一样的，一样的！”

吴力听贾好运这么说，急了，怕两位老总误会，弄一个花钱不讨好，赶忙补充：“贾行长不是说你们一样死人，是说兰总家死了人，你们的心情和辛苦是一样的。我们应该一样地慰问。”

等大家随着哀乐的声音围着兰老爷子的尸体转了一圈以示哀悼之后，国商银行的刘行长、葛副行长走了，郝总经理陪同着也走了；参股银行的赖主任、齐副主任走了，吴力也找到了陪领导的机会，赶紧也走了。其他没有走的金融家们赶紧继续又围着兰总、丁博士、朱副总，塞白包的塞白包，要存款的谈存款，放贷款的谈贷款。

只有韩、关才像个老朋友的样子，也真的像个孝子贤孙，硬是陪着兰总一起，在眼睛里沁出几许泪水，还哽咽了嗓子；硬是陪兰总一起，护着兰老爷子的灵柩，来到了豪华焚尸炉前；硬是陪兰总一起，亲手把兰老爷子的灵柩推进焚尸炉内；硬是陪兰总一起，听到焚尸炉点火的声音轰响后，才搀扶着兰总回来。总之，他们自始至终硬是没有提一个存款字，更没有提半个贷款的词。

在外面等候的贾好运则不同了，此时，早已经忘掉了自己的被冷落之情，为了生存计，强做一只可爱的摇尾京巴犬状，把朱副总缠得正欢："我找的你好苦！三个亿贷款放出去了，不但两个亿的存款没有了踪影，连你的人也没有踪影了！你是我唯一的大客户，你走了，我在参股银行怎么混呦！"

朱副总心说，我还等着从你那里大笔进钱呢，哪里有钱往你那里存！但却面做诚恳状，耐心地解释："我一直马不停蹄地搞宣传和展览呢！"

"那三个亿贷款我可是有贡献的，那时我扶了你们，现在，你朱副总也得扶扶我，给我搞两亿存款呀！"贾好运主动出击，开门见山、直言不讳，一改在国商银行总行时四平八稳、温文尔雅的工作作风。

"那三个亿的贷款，都已经支付光了！不信你问丁博士。"朱副总为了证实自己说话的真实性，硬是把被发达、爱农、城建银行围着接受公关的丁博士拉了出来。

"那三个亿，两个亿给电视台做广告去了，我们要想争明年的标王，钱还不够呢！"丁博士耐心地向贾好运解释。

"还剩下一个亿。这一个亿存在我那里也行呀！我当了一个月的副行长，还没有一分钱存款进账呢。三个月下来，不要说行长当不成，恐怕连副行长也要让那个大流氓给免了！"

"那一个亿也没有了！六千万还贷款，四千万搞展览了。"丁博士哭丧着脸，但却真诚地说。

"我听赵副行长说，你不是到箭楼支行做一把手吗？怎么现在是副行长了？"朱副总诧异地问。

贾好运也哭丧了脸,诉了一遍苦。

朱副总支吾着:“早知道参股银行这样,我可不敢把你介绍给赵副行长!”虽然把贾好运介绍到参股银行也是兰总和丁博士的想法,就是要在参股银行培养出一个资金提供者来,但是,参股银行的出尔反尔,倒也是他朱副总所不希望看到的,因为,贾好运官越大为怒潮公司提供资金的机会也就越多,这一点他心里面很明白。

贾好运听朱副总这么说,心里像揣了一个冰砣子,全凉透了。但是,此时,如果跟怒潮的老总们闹翻,他自己就没有一个客户了。光有一个金融研究所研究生的硕士学位顶个屁用!于是,不再奢谈发展,只为生存计,贾好运便有生以来第一次媚笑起来:“两位老总,帮帮老弟的忙,拉老弟一把,也算帮我这个知识分子找一点面子回来吧!”

丁博士是最知道怒潮集团目前家底的人,在揭不开锅的时候,他到哪里为贾好运之流找存款去!他正渴望着大笔的资金入账,以通过拆了东墙补西墙的方式,维持每天大笔的支出,包括对各家银行贷款的还本付息。

丁博士见贾好运这样说,这样急切,看来在参股银行获得大笔资金的机会已经是水到渠成的事情了:何必总在国商银行一棵树上掉着,从参股银行搞几个亿的贷款也不错呀!于是,嘴上便点了题:“要帮你老弟的忙,也只有通过从参股银行贷款,再派生存款了!”

贾好运听丁博士这么一说,眼睛便由凝重变得光芒四射了,他仿佛看到了自己在参股银行生存下去的一缕希望之光:“贷多少?而后,给我留下多少?”

“贷四个亿,弄两个亿,在账上给你趴两个月,如何?”丁博士试探地问。

“太好了!那就赶快报材料吧!”贾好运急不可耐了。

丁博士倒能够沉住气,问:“用我们哪一家公司贷呢?集团公司?股份公司?美丽湖度假村集团公司?还是京都市古典家具公司?”

“当然是怒潮股份公司!逢股必优的思想,在老百姓和银行员工心目中,是根深蒂固的观念。这样公司的贷款,好批!”贾好运兴奋异常地建议着。

“什么时间报材料?”朱副总也插嘴问。

贾好运一边拨着手机,一边说:“下午我就让侯山到你们公司去搞材料,我争取在两个星期之内把贷款放出来。以便在月末,我的存款、贷款任务指标能够有一点增长!”

正在贾好运兴奋异常的时候,韩小飞招呼大家:“哥几个,别聊了,赶快送老爷子去墓地吧!”他搀扶着怀里抱着兰老爷子的骨灰盒的兰贺,骨灰盒用一块大红的绸子包裹着,兰总神情阴郁地走在旁边,由关卫兵搀扶着。

韩小飞一直保持着一副悲伤、虔诚的样子,但是,他的心里却不住骂骂咧咧的:“他妈的!我老子死的时候,我都没有这么虔诚过!现在,这银行的工作真是今不如昔了!!为了竞争优质客户,不但要给好企业老板当孙子,弄不好还要脱了裤衩,让他们或她们玩,当鸡做鸭呢!”

但是,上个世纪的银行可不是这副德行的!想当初,他韩小飞结婚的时候,他也没有给企业发喜帖,几乎天竺支行的所有贷款企业都闻讯而来。那时候可不是银行给企业塞钱,而是企业千方百计、找着各种理由把红包塞进新娘手里去。洞房花烛之夜,他与新媳妇把红包敛在席梦思床上,一数,居然有五万块!五万块呀!整整相当于他当时十年的工资收入!

那时候,即便是与企业的老板关系密切,也是偷着活动,不敢当众显露出来,怕别人怀疑自己为企业发放关系贷款。即便是对怒潮集团,在其没有发动宣传攻势,还没有成为白天鹅之前,他韩小飞,包括关卫兵,也不敢这样。因为,这样一定会让别人怀疑他们与兰总之间由于存在密切的个人关系,而有可能存在金钱交易,继而有可能存在腐败行为。而现在,他,也包括关卫兵,都没有这种顾忌了,因为怒潮企业集团已经成了一只白天鹅,成为了被众多银行追捧的优质企业。现在,反而却要显示银行与怒潮企业的这种亲密关系了,这叫公关!叫同业金融竞争!

韩小飞的市场开拓能力的确非常强,他为了向其他银行显示国商银行与兰总的特殊而密切关系,竟置自己的奥迪车于不顾,陪抱着兰老爷子骨灰盒的兰贺,陪依然郁郁寡欢的兰总,进了她的白色宝马车。

一辆警车呼啸着警笛开道,白色宝马车第二,朱副总的白色奥迪车第三，大大小小近百辆轿车排成长龙尾随着，浩浩荡荡地上了西四环，再继续向北，而后向西，向西山陵园而来。

参股银行只给贾好运配了一辆半新不旧的新款捷达轿车，这也是参股银行对他唯一履约的一件事。但是，平日里开起来还感觉良好的捷达车，排进送葬的车队就显得很土、速度也很慢了。那几乎清一色的高档进口轿车，呼啸而来，呼啸而过，风驰电掣一般行使的时候，贾好运使出吃奶的力气和吃奶时就积攒下的本事，才追上车队，才没有落伍。

兰老爷子的墓地是由四个普通墓地改造而成的，有四米见方，墓地周围用汉白玉围着，墓碑和墓基也是汉白玉的，只是那墓穴与普通墓穴别无二致，也只有摆放两个骨灰盒的地方。

在骨灰盒已经安放好就要封口的时候，贾好运才找到了对兰总进行公关的机会。

这时，墓工问："有硬币吗？最好给死者的四方摆放几个。"兰总和韩小飞都是揣大钱之人，一时发窘，真的找不出硬币来。于是，贾好运的好运来了，他从自己的裤兜里立刻排出十枚一元面值的银光铮亮的硬币，递与墓工，由墓工按照日月星辰的序列摆入墓穴中。

兰总赞道："多亏贾行长心细！"

贾好运则连声说："没有，没有，没有。"同时，也没有忘了此行的目的，说："兰总给我存款，我出这点小力，还不应该嘛！"

其实，贾好运还真的不是心细，他这些硬币是为了坐公共汽车用的：每当贯穿京都市那条东西大街的时候，为了省油、省停车费，他必花一枚硬币坐公共汽车去，再花一枚硬币坐公共汽车回。没有办法，谁让他不是箭楼支行的一把手，而行长吴力又控制着签单权不放呢。

回来的路上，韩小飞把朱副总的白奥迪车开走了，去取他留在火葬场的车。朱副总开起了兰总的白色宝马，后面坐着兰总和丁博士。待兰总情绪稳定后，朱副总说："常太平那小子又来要钱了！"

丁博士诧异道："每年三万的保密费，我已经给了！"

朱副总回答："他嫌少，不够花，提出加两万！"

丁博士恶狠狠地说:“当初听我的,直接把他扔下楼就没有这么麻烦了!”

朱副总回头,望一眼兰总,没有吱声。

兰总沉吟了许久,最后说:“给他吧,不要因小失大。他可是我们怒潮大厦的死穴!!! 一定要盯紧了!”

二十四、周末约会

又到了周末，下班之前，董大为办公桌上的电话响了，他拿起电话很职业地主动开口："你好。"

"大为，过来一趟。"郝逍遥在隔壁打了电话。

董大为习惯性地拿着本和笔小跑着来到隔壁，郝总正悠闲地靠在椅背上，一边喝咖啡一边吐烟圈。见了董大为，爽朗地说道："哎呀，你又拿什么笔记本嘛！"

"没有紧急的事情？"董大为看着自己手里的笔和本，倒茫然了。

"我要告诉你一个好消息！"郝总异常振奋，瘦瘦的小脸红光四射，"参股银行竞争优质客户心切，居然真的给京都市远东投资公司发放五千万元贷款!! 这回企业不会再找我们的麻烦了！这就像击鼓传花：他们的包袱背上了；我们的套，这回算是彻底解掉啦!!!"

见董大为不置可否，没有吱声，郝总继续是一副幸灾乐祸的样子，说："下星期，你就给中央银行送报告吧，就说骗保一事是远东投资公司钱副总与怒潮家具谢云串通所为，目前，这两个人一个死了，一个已经失踪多年。我们国商银行是受害者，但是，该笔贷款在我们严格的贷后管理之下，本息已经全部收回来。今后，这事与我们国商银行就没有任何关系了！"

"贷款在参股银行这么顺利就通过了？"董大为思索着问。

"是怒潮股份和怒潮家具双担保，参股银行才同意发放贷款的。你想，参股银行为了和我们竞争，能够傍上怒潮集团这么个大款，什么贷款不愿意放呀！"

"那我赶紧去办！写材料。"董大为说着就要转身回去，因为，他晚上也有了约会:骆雪的一个女同学所在的公司想向国商银行申请贷款,邀请骆雪和他到郊外参加一个 Party,董大为怕在郝总这里耽搁久了,误了 Party。他这个老光棍有生以来,还从来没有接到过女孩子的邀请呢。自打在怒潮家具公司查账的时候,嗅到了骆雪脸上和身上的体香,他的精神和身体都出现了微妙的变化之后,他便喜欢和骆雪接触并有事没事地经常往骆雪办公室里转悠了。于是,对于这个邀请,骆雪刚一开口,他便欣然同意了。并且没有半点矜持,还不停地主动追问:“什么时候走? 怎么走?”骆雪告诉他:“他们来车接,你只管在办公室里等着就是了。”

郝逍遥见董大为要走,赶忙说:“先别急着去写报告,我还有话要说呢!”说着指指对面的椅子,要董大为坐下来,而后又接着说:“总行原来那个贾处长,放着总行那么一个好位子不干,偏偏要到参股银行拉存款去! 结果没有业绩,提不了行长,急得比热锅上的蚂蚁都难受。放了这笔贷款,才终于算有了一点业绩。他心里一高兴,晚上就要请客。有怒潮那边的贺总、朱副总,我们这边想请上你、我,准备一起潇洒潇洒去。我拖家带口的可以不去,你单身一个可一定要去呦。”

想起那边盛情相约的小女子骆雪,再想到这边这群无聊、弄不好还要搞一点什么花活的男人们,董大为便暗暗叫苦!

郝逍遥见董大为不吱声,便问:“怎么? 你有事?”

“咳,我有个亲戚从河北农村来了,晚上非要我到火车站接他! 他没有进过城,找不到我住的地方!”董大为为了骆雪开始撒谎了。

“既然这样,那你就忙吧,我去应付应付。”郝逍遥说着,吐出一个大大的烟圈,继续若有所思着,“不过,你也应该晚上经常有事了。快四十的人了,也应该给自己着着急,不能够总是光棍一个呀。那天,我在兰总那里看到一个女孩,叫亦萍,职业演员,清纯美丽,要不要我介绍给你?”

“不用,不用,美丽的女孩,怎么能够看得上我!”

“你现在条件不错呀! 堂堂国商银行一个副总经理,每月小七千块钱挣着,又刚刚分了两居室。女孩都喜欢你这样的!”

“还是随缘而定吧!”董大为由于有了对骆雪的那份暗恋,便心怀了鬼胎一般，见郝总无端提起自己的婚事，怕是因为自己平日里的言行有什么不妥，这段心里的私情被郝总这种过来人识破，心里开始忐忑，脸也不觉红了起来。

郝逍遥仿佛没有注意他脸上的变化，从抽屉里拿出一张纸："我又写了一首诗，周末了嘛，放松放松，我给你读读?"

董大为虽然心中连连叫苦，可嘴上却还是一连声地说："好！好！"

郝逍遥非常认真地朗诵起来：

无题

万里寻芳知何处?
白雪；
黄叶；
无数。

梦里闻香多少度?
梦醒；
晴空；
欲哭。

此时董大为心里只想着骆雪安排的在楼下接他的车是否到了，根本就没有听清郝总在说些什么，心中继续叫苦连连，嘴上却不假思索地连连赞叹："好诗！好诗！我怎么就写不出来呢!"

见董大为赞美，郝总得意地笑道："你如果有了爱情，自然也就能够写出来了!"

董大为用自己的痛苦使郝总在精神上得到了满足之后，终于被准许离开了。

一辆让董大为似曾相识的黑色奥迪轿车拉着他和骆雪在东部的山区转了几个圈，在天色渐渐擦黑、看到一片浩渺的水面的时候，他不觉糊涂了："这是哪儿呀？我怎么从来没有来过？"

司机回答："那水，就是怀密水库了！"

司机是一个二十几岁的大姑娘，她便是骆雪读本科时候的大学同学，叫孟亚男。她大大的个子、大大的方脸庞、大大的眼睛、大大的嘴，丰满而大胸肥臀，一股青春的朝气越过一身牛仔装四射出来，弄得她所到之处都仿佛充满了生命的光辉。

她的一身牛仔装很前卫，紧紧地箍在她的身上，越发显出身体的丰满；衣服颜色是不粉、不紫的色彩，两个裤腿的膝盖部位已经磨白、磨旧了。

在车上，董大为悄悄地问骆雪，这么个漂亮女子为什么穿这么一件不伦不类的旧衣服？难道她的生活很困难吗？

骆雪听了董大为的疑问，看着董总一脸的疑惑，没有回答他的问话，反而自己"咯咯"地笑起来。

孟亚男和董大为都被骆雪笑得不知所措，找不到北了。

孟亚男回过头来说："雪儿，你闹什么？跟领导出来，就这么兴奋！"

董大为急忙谦虚："不是为我，不是为我。"

骆雪停住笑，对董大为说："不是为你，还能够为谁？"而后又对孟亚男笑道："你知道我们领导是怎么关心你的吗？"

孟亚男问："你快说嘛！"

骆雪大声说："他问我，你为什么穿这么旧的一件牛仔裤；问我，你的生活是不是有困难！"

孟亚男听了，停顿半刻，也突然随着骆雪一起大笑起来。她这一笑不要紧，方向盘一偏，差点刮在从右侧超车的一辆小面包车上。

那辆小面包车来了一个急刹车，"吱"的一声怪叫。一个硕大的男人的头马上从小面包车里探出来，大骂道："傻B，会不会开车！"

孟亚男也把头探出窗外向外大骂："你他妈才傻B呢！看你开的破车！还敢从右边超！"

“我抽你小丫头的!!”大头男人轰鸣着小面包车企图追上来,挡在奥迪前面,以便与孟亚男一争雄雌。

孟亚男却没有减速,驾着奥迪车从小面包车旁擦肩而过。之后,孟亚男再次探头窗外,对大头男人笑道:“哎,傻B,你追吧!”哄一脚油门,立刻就把小面包车甩得远远的了。

现在的女孩怎么都成这个样子了?中国古典女人那种温文尔雅,都跑到哪里去了呢?董大为虽然没有反感孟亚男的作为,但是,依然摇了摇自己的脑袋。

董大为的表情却被孟亚男看了出来,她从后视镜里嘻嘻笑着说:“怎么着?董总,看不惯了,是吧?我跟雪儿不一样是吧?原来在大学的时候,大家就说我们两个是同性恋!雪儿特女人,而我特男人!我们是天仙配,我是董勇,她是七仙女。”

“没有,没有,都挺好,都挺好!”董大为听孟亚男这么说,作为车上最老的年龄最大的男人反而红了脸。

孟亚男接着说:“我觉得董总你特幽默!居然说我这是条旧裤子!还说我生活艰难!”

骆雪插嘴道:“我们领导可是认真说的,可不是反话。”

“那说明什么?说明董总太土了!太二十世纪了!”孟亚男直言不讳了。

骆雪也乘胜追击:“董总,人家亚男一年十万块钱挣着,没有读研究生比我这读研究生的都强。”

董大为继续执著地问:“你们的意思是说,那裤子是她有意弄旧的?”

见董大为如是问,车上的两个美女又笑了。

骆雪解释道:“那叫韩式牛仔!就这个款式,最时髦的,我都买不起呢!”

孟亚男借机玩笑道:“让董总出钱买,还能够买不起!”

“我们领导才不会干这种事呢!”骆雪娇嗔起来。

孟亚男继续玩笑着:“不是不干,时候未到!”说罢诡秘地一笑。

“你可别瞎说!”骆雪瞥见身边的董大为面红耳赤起来,赶忙捏一捏孟亚男的肩,制止了自己大学时候的老公再继续开玩笑。

等董大为望着车上两个如花似玉的美女用青春的气息、新一代知识分子的思维熏陶着自己,并不断感叹自己春去也的时候,让董大为意想不到的是身边的这两个美女不但在穿着上蒙混了自己,居然在请客的老板问题上又跟自己打了马虎眼!

当奥迪车在怀密水库一个幽静的自建小山庄停下来的时候,董大为待美女们蹦下车来,自己也按着坐得酸痛的老腰,挣扎着下车的当口,迎接他的公司老板却让他大惊失色了!

“怎么是你?!”董大为握住老板的纤纤细手,吃惊地叫道。

老板是一个四十来岁,高个、大眼、淡妆轻抹的女人,她便是自己的大学同学:陈淑媛,便是上次在立交桥上与关卫兵撞车的那位女士。难怪董大为对那辆奥迪车似曾相识呢,原来它曾经亲吻过关卫兵桑塔纳轿车的屁股。

“我知道是你!怎么?亚男没有跟你说起我?”

“没有。没有谁跟我说起是到你这里来!”董大为茫然地望着身边的三个女人。

陈淑媛望一眼孟亚男的青春丰满,再看一看骆雪的秀丽苗条,叹一口气,玩笑道:“咳,我还以为我这个老同学面子大才能够请出你这个董大老总呢!原来,她们比我更有魅力,您还不知道去哪儿跟谁谈,您就乖乖地出来了!”

陈淑媛请大家进小餐厅,又一步三叹:“唉,男人呀……怎么都?唉,女人呀……怎么就?”

董大为倒不客气地问:“陈淑媛,你到底要说什么?”

陈淑媛继续描述天书一般地说:“亚男和骆雪哪一个更有魅力呢?我想你单身的董大为可能……”她那女人的敏感和四十年的人生经历告诉她:老同学董大为和他的部下骆雪之间肯定有那么一点意思,而且,这一点意思像隔着一层窗户纸,还没有一个合适的机会,把它捅破呢。

陈淑媛莫名其妙的话语被孟、骆打断了:

“当然是骆雪更有魅力。董总当然是为了她而来的!”孟亚男说。

“瞎说,董总不是为了你,他跑这里来干什么?我们在办公室不就可以聊了吗!”骆雪驳斥道。

陈淑媛终于言之有物了,对身边的两个年轻的女孩说:“好了,好了,大姐我是过来人,我什么都明白了!”

旁边的董大为二二乎乎地问:“你明白什么?”

陈淑媛嫣然一笑:“我说老同学,我记得你是个实在人。你是真糊涂,还是装糊涂?”

董大为继续含糊着:“我真没有明白你的意思!”

“好,那我就让事实来说明白吧。现在可都是二十一世纪了,跟我们年轻那会儿,不一样了!”陈淑媛说。

二十五、超越雷池

陈淑媛的公司叫做京都市亚太文化发展有限公司，以广告为主，兼营图书发行、影视制作、工艺品交易。公司注册在国际大厦，但陈淑媛自己却很少到国际大厦的工作间去，而是办公、生活为一体，都在这怀密县的家里办了。

董大为没有想到的是，眼前这个幽雅的小宅院，居然是陈淑媛的私有财产。欣赏完陈淑媛的三层五六百平方米的别墅和邻水近山的庭院，眼睛望着高高的院墙，嘴里吃着陈淑媛保姆们制作的别具风味的西餐，董大为感叹道："看了你这里之后，我感觉自己这四十年都白活了！"

"你也不错，董总！掌管国家一千六百亿的信贷资产！！"陈淑媛恭维道，"现在，我还要求你办事呢。"

"什么董总呦！原来是一个穷光蛋，说不定哪一天惹着哪一位领导了，一张纸就可以免了，还是一个穷光蛋。这就是国商银行的体制。"董大为感慨着。

"陈姐，只是这院子孤零零的，您不怕吗？"骆雪插话。

"怕什么？我这里又没有现金！而且还有孟亚男、秦副总和小保姆呢！他们晚上都在这里住。"

孟亚男接茬："是呀，我们这里，除了小保姆，大家都没有觉着害怕！在这里住惯了，我倒觉得在城里的父母家，住得不习惯了，吵！空气也不好！"

陈淑媛看一眼孟亚男，玩笑地说："不过，我倒是准备在院墙上，安上电网的。省得我们的美女受欺负！"

董大为直接问起陈淑媛贷款的目的："你申请贷款干什么用呀？"

“我还能够干什么？除了倒腾书，就是拍电视呗。”陈淑媛谦虚着。

孟亚男帮助解释道：“出版图书花不了几个钱。我们陈总是想拍一个室内剧，前期已经投入了六百万，但是，为了应付竞争，临时准备请几个大腕，再搞一两个大场面，还需要再投入一千万左右。”

董大为说：“我其实很看好这种新兴产业的，比传统的看得见摸得着的工业强。只是国商银行嘴上说支持中小企业发展，但实际上是不喜欢与中小企业合作的。贷款额低于一千万的，我们根本就不受理。”

陈淑媛沉了沉：“不光是你们国商银行，其实参股银行也是一样的，那个银行我也接触了，上来先让我拿存款几百万存他们那里，而后才谈贷款的事情呢！”陈淑媛的话语里，带了几分对小银行经营之道的愤怒，看来，她应该是被小银行给欺骗过了的。

孟亚男解释着：“我们上次为了贷款，找了参股银行一个叫赖崃籁的人，按照要求在参股银行存款一千五百万，三个月没有动，可贷款的事，至今没有个影，所以才求助于您和骆雪。”

董大为见陈淑媛的亚太文化发展有限公司是想真心与国商银行合作，便认真地说：“额度上已经是一千万了，贷款用途是影视制作的流动资金，受理贷款没有什么问题。只是陈总是否有担保单位或者抵押物品呀？”董大为谈起公事，半玩笑半认真地用了陈总而没有用陈淑媛的称呼。

陈淑媛问：“你们银行哭着喊着地给怒潮公司贷款，难道也向那个兰总要担保和抵押了吗？”

骆雪诧异了：“陈姐，您也认识怒潮集团的兰总？”

“当然认识。他们有个度假村也在怀密县，上次想给他们做电视台的广告代理，找到了她。不做就算了，可她偏要挤兑我！！说什么广告的回扣高达百分之三十，许多大领导及领导的七姑八大姨，都盯着她每年两个亿的广告费。领导们是权力寻租，这正是她一个支付已使用权力租金的机会。看，言外之意是我没有权，帮不上她什么忙，她才不会把这挣钱的机会交给我呢！！”

骆雪继续说：“她在我们那里的企业信用等级已经到了三 A，按照总行规定，现在已经可以发放信用贷款了，不用再担保、抵押了。”

陈淑媛越发气愤地说：“这水库边上，谁不知道她？整个一个大骗子！明明是在村子里租了七千亩地，为了在股市上扩股圈钱，硬是跟证监会报告说：‘投资购置土地两万亩’，租了快一年，却只付给农民半年的租金。现在居然成了三A企业！！！真是窃钩者诛，窃国者荣！”

董、骆听陈淑媛这么说，立刻惊愕了：“不会吧？有证据吗？”

陈淑媛见董、骆这么问，便不再继续说了，索性转移了话题：“大路朝天，各走一边，这是商圈里的规矩。对那个女人我就不妄加评论了。只是看在老同学的份上，说一句：怒潮的事情，你们还是少掺和为妙！”

于是，大家便一边喝着吕宋汤，吃着比萨饼，一边为陈淑媛的贷款设计着方案。

吃饱喝足的时候，贷款方案及步骤也谈好了。贷款的程序是由陈淑媛的公司在天竺支行关卫兵那里申报，再报到营业部董、郝处审批。

一男三女兴高采烈地吃罢西式晚餐，又悠闲自得地到了陈淑媛的别墅大厅。

一个细高个子、衣着前卫，长相酷似歌星罗中旭的英俊男人，等候在大厅里，见了大家，急忙迎上来：“地下室的音响，我已经调试好了！绝对一流！”他的嗓音很亮，却没有一点男人气，话音也嗲声嗲气的。

陈淑媛给大家介绍道：“这是我的秦副总，现在正帮我办理与国商银行的诉讼案呢！刚回来。”

英俊男人秦副总倒是非常谦虚：“什么秦副总哟！是陈总赏一碗饭吃，我现在也是京漂一个！”

秦副总的话倒让骆雪好奇了：“什么叫京漂？”

孟亚男抢先回答：“就是在京都市没有固定住房、没有固定工作、也不一定常住京都市的外地人！”她说罢与秦副总亲热地互相击一下掌，算作打招呼，便又玩笑道：“难道这里不是你的家，谦虚过了头，小心陈总不高兴！”

陈淑媛笑骂道：“秦鸣，你别老在客人面前装可怜，这部戏就包装你，贷款下来，我把室内剧搬水库边上去，也让你在大场景里出出风头！”

董大为问:“看意思,秦总应该很年轻吧?”

孟亚男打趣道:“你们两个猜猜嘛!”

骆雪说:“秦总的年纪大概跟我和亚男差不多!”

陈淑媛玩笑道:“我老眼昏花看不准也就算了,你们小姑娘怎么也让秦鸣骗了!”

骆雪诧异了:“秦总难道比我们大许多?”

秦鸣自报家门道:“惭愧!倒不是我不嫩装嫩,天来样,全是爹妈惹的祸,本人只比陈总小一岁,今年已经整整四张了!”

董大为对秦副总的年纪没有兴趣,对陈淑媛包装不包装秦副总也没有兴趣,对秦副总是京漂还是陈淑媛的老公抑或男朋友,更没有兴趣,他只感到有一点不舒服:八面玲珑的老同学陈淑媛身边怎么会有这么一个男人呢?看到陈淑媛对她秦副总的那副亲昵劲儿,他越发地感到不自在:难道女人也好色?难道女人更容易被英俊男人的情所惑?

也是心有灵犀一点通,此时,骆雪也悄悄地问孟亚男这个秦副总与陈淑媛的关系。那孟亚男半晌没有开口,等大家都不在身边,没有注意她们两个女孩子的时候,才贴着骆雪的耳朵说:“应该是夫妻吧。他们好许多年了。但是,听说还没有登记呢!”

骆雪笑了:“这个秦副总是不是把自己想成秦汉了!和林青霞孩子都有了,还不肯结婚!”

孟亚男悄声说:“咳,他们觉得这样好就这样生活呗!这样我们陈总还不至于被小白脸分走家产呢!”

骆雪再问:“陈总也愿意这样?”

孟亚男感觉谈老板的私生活,不太合适了,便急急地回答:“陈总其实挺老派的,她也是没有办法!”而后就不再开口提及此事了。

董大为没有心思多思考陈淑媛与其秦副总的关系及感情了,他的职业敏感非常强,他感兴趣的还是陈淑媛与国商银行的纠纷问题。他问秦副总道:“你说你正办理与国商银行的诉讼案?什么案子?”

陈淑媛不等秦副总回答,便先开口说道:“你们国商银行盗用我的一张照片做了信用卡的封面。上次撞车时，我跟你们那个司机提起过，怎么，他没有跟你说？"

骆雪插嘴："他不是司机，是信贷科长，叫关卫兵，大庸人一个，你们贷款的第一步，就要先通过他，他要搞贷前调查，同意贷款后，才能够报到我们营业部呢！"

董大为说："用你照片的人是信用卡部的项总，跟楚霸王项羽一个名字，打仗应该很在行，复员前已经官居师长位了，可对银行业务却不精通。他打死也不会想到一张照片会惹到你！给银行找了麻烦，还给你提供了创利的机会！那关卫兵倒没有跟我提起这个事。如果你和关卫兵认识，对你们公司申请贷款倒的确有好处。这个人办事没有原则，好说话。"

陈淑媛继续说："我一张卡，要求国商银行赔一块，国商银行已经发卡二百二十万张，这一下，就要赔偿我二百二十万元呢。"看到董、骆都面露诧异之色，陈淑媛顿了顿，"不过，我还要向你们国商银行申请贷款，如果此时打起官司来，是不是对我申请贷款不利呀！"

骆雪说："侵权的，是我们国商银行的信用卡部，与我们没有什么关系。但是，信用卡部和我们信贷业务部却都归营业部葛副行长管，如果他知道你们公司告我们侵权，需要他签字赔款，再让他签字贷款时，恐怕……"

董大为打断骆雪的话，对陈淑媛敷衍道："哎呀，你就不要告了嘛！一张照片要二百二十万元！！这要是闹翻了脸，还怎么合作！人之常情嘛，我想你陈淑媛比我董大为更懂得个中滋味！"

陈淑媛见董大为这样说，早已悟出了利害关系，赶紧对秦副总说："秦鸣，你先别告状了，看贷款办的情况再说！你先陪我们一块唱歌、跳舞吧！"

"喳！"那秦副总不愧是一个在演艺圈里混了几下的京漂，竟学着电影里清朝官吏的模样，给陈淑媛行了一个单腿跪地的屈膝礼。

秦副总的滑稽相，把大家都给逗笑了，骆、孟更是乐得格外开心和爽朗。

陈淑媛和秦副总把大家引导到地下室。这是个足有六十个平方的大厅，被装修成了专业音响室。正面是投影电视，四周到处都是音箱。于是，在秦副总的主动张罗、率先垂范之下，大家在这个里，开始跳舞和唱起了卡拉 OK。

秦副总整个一个多才多艺，能歌善舞，在大厅里才翻完跟头，便又高歌一曲《恰似你的温柔》，余音绕梁，专业异常；陈淑媛是女中音，一曲三毛词、罗大佑曲的《橄榄树》，唱得凄婉、悠长；孟亚男却像新星斯勤格尔勒，整个一个现代摇滚，把个《珠穆朗玛》唱得高昂、热烈，风味十足。那骆雪虽然长相可人，却偏偏是个五音不全之人，但是舞技颇佳，不但给董大为充当女伴，还为偶尔下场的秦副总，甚至陈、孟也充当女伴。即使这样，她似乎还不过瘾，还要趁没有人请她跳舞的时候，一个人再蹦到大厅中央摇头舞臀地来一段独舞。

董大为此时方显出农民兄弟的本性，既不能歌又不善舞，只顾把小保姆在茶几上为大家准备的人头马洋酒，对上冰块，“哧溜哧溜”地喝下去。那酒香飘起，滋味十足，此时董大为才顿悟：原来洋人们除了洋枪洋炮之外，还发明了这样的美味之洋汁！

他的陶醉之态，也引来了骆雪，再加上英俊男人秦副总的劝说，她也“哧溜哧溜”地喝下去几小杯。

董、骆都是娱乐场上的雏，酒没有喝多少便都露出了原形，除了红头红脸、呼吸急促之外，那舞跳得也越来越没有一点共产党员的模样了。刚开始两个人胸部还能够保持一尺的距离，等陈淑媛调暗了镭射灯，大厅异常昏暗之后，他们就开始贴得比较紧了。随着孟亚男的缠绵情歌，当陈淑媛和她那个秦副总像一对夫妻一般开始拥抱着跳起贴面舞的时候，酒精的力量不可小视，榜样的力量更是无穷，那骆雪流露了真情，竟也索性把头贴在了董大为的胸口上。

而董大为也在本应该他高风亮节、毅然推开手下女性员工的时候，却也情不自禁地将计就计了！

虽然此时他的心口像揣了活物一样狂跳不止，可一闻到骆雪身上那特有的令人兴奋的体香，再有陈淑媛和她那个秦副总的榜样作用，董大为除了把骆雪更紧地搂住，便再也不知道什么其他的事情了。

此后，董、骆的每一曲，竟都成了贴面舞的表演。对此，那陈淑媛和她的秦副总自是司空见惯，视为正常，那孟亚男对董、骆的举动也装作没有看到，继续非常投入地一首接一首地唱着歌，把自己塑造成了一个美丽的灯泡，为两对有情人无怨无悔地点着，无私地伴着唱。

只有那陈淑媛心里多少还是有几分不舒服，暗自自语："这个董大为，来时还嘴硬，现在，行动把什么都说出来了！虽然年纪相差大了点，可一对就是一对，何必跟老同学假正经！"

英俊男人没有听清楚陈淑媛的话，闪亮着一对明亮的大眼睛问："你说什么？"

陈淑媛没有回答她的秦副总的问话，继续感叹："哎，男人呀！"

那陈淑媛最终是把好人做到了底，眼看大家已经玩到了翌日的凌晨，各个也已经是醉眼惺忪，便结束了这段戏，又继续导演她的下一出戏。

她把董大为、骆、孟都安排在二楼就寝，自己便拉着她的秦副总抽身溜走了。

董大为自己住一个有双人床的大房间，骆、孟共住一个有两个单人床的也不算小的房间。可房间都是有门没锁的。而那孟亚男也是聪明过人、花花肠子老长老长的女孩，见董、骆都醉了，自己也索性得个空子，悄悄地溜走了。于是，整个一个二楼，只剩下了董、骆；于是，在陈淑媛导演的没有摄像的节目里，董、骆竟然上演了一段苟且的性爱之戏。

只是这戏的前因我们没有必要去认真地考证了，也许是董大为佯装醉酒主动勾引了骆雪，也许是骆雪情不自禁主动上了门，反正也不知道是谁最先主动的，是夜，那董、骆居然自己悄悄地跑到了一个房间住下，房间当然是董大为居住的那个大间。一对情人终成了眷属。

在一阵无言的昏天黑地的狂吻和肉搏一般的惊心动魄的挣扎之后，两人都成了战栗着的裸体，并宜将剩勇地开始了男人对女人或者也是女人对男人的征服运动。只可惜一个美丽的像一朵水莲花一样娇羞的骆雪，竟然不是第一次开展这种征服或被征服的运动了。她竟能够引导着董大为莽莽撞撞的行为，而且显得异常的熟练和老道。

那董大为也的确是无能，虽然是初来乍到，但是有骆雪的引导，却依然没有取得征服或被征服的全胜。最后，望着自己满床没有任何杀伤力的火药和子弹，那董大为竟跪在骆雪面前，呜呜地哭起来，一点也看不出那已经年近四旬、堂堂国商银行副总经理的模样来。

骆雪抚摩着董大为的头，对一个大男人却像母亲之对幼子一般地说："大为，你没有做错什么，何必这样？下一次，你就会好的。我原来的男朋友，开始也是跟你一样的。"

见董大为依旧是一副伤心的模样，骆雪的心和脸，不禁都阴沉了起来："你是嫌弃我吗？咳，别有什么压力，处女还有很多呢。你可以不娶我嘛。明天，你依然是董总，我依然是骆雪。我们只当没有这回事就行了!!"

看，时代变了，人的思想也跟着变了。一个快打了四十年光棍的大男人，竟不知道对敢爱敢付出也敢放弃的弱女子说些什么了！

二十六、网妓之恋

怒潮公司“科技与农业相结合的”怒潮品牌在社会上越来越响了，但是，在怒潮辉煌品牌的背后，依然存在着兰宛茹所担心的一个死穴。这个死穴就是常太平。

常太平不到四十岁的年纪，身高一米七左右，清瘦而有骨感的脸，一副江南人的清秀模样。他是浙江省乐清县一个普通农民的儿子，老实巴交的父亲希望他能够一生平安，而为他取了这么一个名字。但是，他老实巴交的父亲却不知道，这个常太平却不老实巴交，而且天生了一个不安分的个性，是最厌烦平淡生活的人。

常太平永远也不能够忘却他被国商银行总行末位淘汰时的情景：

人力资源部的于主任很友善地找他谈话。于主任方脸、大眼，有一口很长的白牙，微笑时龇了出来，同时，腮上还突现一对大大的酒窝。当时，于主任首先心平气和地谈了人事改革、进行员工末位淘汰的意义和合法性，而后再慢声细语地宣布了对他的人事安排：一是可以马上调离，末位淘汰之事不进档案，给予保密；二是进入总行再就业中心，培训三个月后，自己找用人部室，再次上岗。

仿佛一切都很正常和平静，但是，那时的他却傻了眼：调走吧，他还租住着国商银行的房子。这样一来，他马上就面临退还银行住房、自己没有房子住的局面；同时，他还长期患有慢性肝病，哪个单位进人之前都要检查身体，每一检查身体，他的血液必是阳性，谁愿意要一个病号呢！于是，平日里桀骜不驯的他，这回只好忍辱负重地进入了总行的再就业中心，又忍辱负重地经过了三个月的培训。本想再到其他部室混一碗饭吃，但是，眼看着同样下岗的同事们已经重新找到了岗位，而唯独他，却没有任何一个部门敢要。

平日里异常狂妄的他，那时才体会出了什么叫世态炎凉，什么叫人心叵测。那些原来伸着脑袋听他讲故事的同事们，此时见到他，都像躲避瘟疫一样，赶紧远远地躲开了。没有人为他说一句话，也没有人肯给他一个口头上的同情。

但是，自打写了一本《上市公司黑幕揭秘》的书，写一份标题为《金融大厦的背后》的经济分析报告，在那个早春时节被怒潮公司的高管们堵在了宿舍里之后，他的经济状况却有所好转了。因为，经过一番斗智斗勇、讨价还价，他与兰总达成了如下妥协：他销毁《上市公司黑幕揭秘》的书稿并承诺永远不再写类似《金融大厦的背后》之类的针对怒潮集团的经济分析报告，怒潮集团也答应每年支付给他三万元的保密费。

从那以后，收入稳定了的常太平却又暴露了他人性的弱点，不但小富即安，而且衣食足而思淫欲，性消费的需求陡增起来了。

这个不到四十岁的老光棍虽然没有国商银行董大为的福气和踏实，虽然找不到一个心满意足的女性对象最终成婚，但是，本能里对女人的需求却没有董大为抑制的那样好。

每到夜里，煎熬难忍的他，并不甘于手淫的寂寞，他总会忘却出身农民的质朴本性，溜进某个桑拿浴按摩间或在某个胡同的犄角旮旯里找一个发廊，找上一个胆大又骚包的小姐，发泄掉他涨满的欲望。

这样下来，虽然是“自从有了夜总会，结不结婚无所谓”，但是，钞票见少，小姐太贵，对依然囊中羞涩的常太平来说，则不是无所谓，却是很有所谓的了。因为，除了淫欲之外，他常太平还需要衣食住行！他还需要钱呐！

于是，经济学硕士毕业、经济拮据的常太平为了节约生活成本便及时地调整了自己的消费结构，把泡小姐的高额支出改为上成人网站、聊天说黄话了。

要说那常太平也真是个聪明过人，各方能力俱佳之人，干什么什么成，在网上聊来侃去，没有几天，网名为“孤独一客”的他便居然与一个网名叫“靓丽飞侠”的女孩谈上恋爱了！两个人每天准时二十二点，在不断变换、不断指定的聊天室见面。

“孤独一客”在网络幽远的天边敲击键盘:“沉寂无声的是金融街,寂寞无奈的是我,一个渴望爱的男人。”

“靓丽飞侠”则在网络浩瀚的地隅回答:“喧闹的是碌碌庸人,苦恼的是清醒的自己,一个独醒的女孩,期待着什么?”

“孤独一客”:“你期待着什么?是虚幻的飞黄腾达吗?是冥钱一样的人民币吗?”

“靓丽飞侠”:“我期待着网络是我的翅膀,飞到一个山花烂漫的世界。希望在那里,有你。”

“孤独一客”:“那里是我们的世界,我们什么都可以说,也什么都可以不说。”

“靓丽飞侠”:“我们可以什么都想,也可以什么都不想。”

“孤独一客”:“我们什么都可以不做,但是,也什么都可以做。当然,我可以不强迫。”

“靓丽飞侠”:“可以得好坏呀,你!”

“孤独一客”:“我很丑,但我很温柔。”

“靓丽飞侠”:“我是丁香,是像丁香一样结着幽怨的姑娘。”

“孤独一客”:“我真的想你。”

“靓丽飞侠”:“!!!”

“孤独一客”:“???”

“靓丽飞侠”:“思想谈了那么久?你在哪里(现实世界的)?不要告诉我,你在美国的华尔街!”

“孤独一客”:“在美国,顺着地球向后找,美国的背后,是京都市。”

“靓丽飞侠:“哇噻!!!”

“孤独一客”:“为什么‘哇噻’!!!”

“靓丽飞侠”:“我们可以约会了!在星巴克咖啡厅。”

“孤独一客”:“何时?”

“靓丽飞侠”:“现在!我拿一束玫瑰花。”

“孤独一客”：“好的！我带一本《另类情爱》。”

于是“孤独一客”常太平，便赶紧关了Modem，闭了电脑，匆匆出了家门，穿过金融街，赶到了星巴克咖啡厅。

由于已近午夜，金融街上没有多少行人，咖啡厅里也只有一两个客人：一个是老头，不会是“靓丽飞侠”；另一个壮汉，是个大老外，自然更是与“靓丽飞侠”没有半点关系。

“孤独一客”只好孤独一人坐下来，在蓝衣女服务员的热情之下，只好很不情愿地要了一杯星巴克咖啡厅最便宜的咖啡，居然也需要人民币二十五元！看来，玩这浪漫，比直接去发廊泡小姐，一点也不省钱！

“孤独一客”慢慢地品着苦苦的巴西咖啡，眼看一杯咖啡已经见底，那个老头和壮老外都已经环视一下四周，瞥一眼自己，昂首挺胸地走了，却还没有手拿玫瑰花的“靓丽飞侠”出现。

正当“孤独一客”窘迫之时，蓝衣女服务员端着一个小瓶走过来，那小瓶里居然插着一朵玫瑰花！

“孤独一客”突然心花怒放了，原来这“靓丽飞侠”就是星巴克咖啡厅的蓝衣女服务员！虽然这蓝衣女服务员不甚漂亮，但是，举止端庄，脸蛋白净，也还是可以被“孤独一客”接受的。

“你就是‘靓丽飞侠’？”“孤独一客”兴奋而忐忑地问。

蓝衣女服务员似乎没有听清“孤独一客”说了什么，热情地一笑，解释着：“午夜了，我们要停止营业了，所以，给在座的客人送上一支玫瑰花，作为提示。”

“孤独一客”失落了：“你不是‘靓丽飞侠’？”

蓝衣女服务员似乎还没有听清“孤独一客”在说什么，继续热情地问：“您还需要一杯咖啡吗？”

“孤独一客”支吾着：“我……要……不要。”

蓝衣女服务员很是诧异，不明白眼前的这个男人想干什么，精神是否正常，就在蓝衣女服务员准备招呼保安员的时候，却有一个快乐、清脆的女声传来：“我来了！我们再要两瓶墨西哥的啤酒：‘可罗拉’！”

一个胖墩墩、娃娃脸、小眼睛、满脸灿烂的女孩走进来，她手里拿着一束鲜艳的玫瑰花，径直走过来，坐在了“孤独一客”的对面。

这就是“靓丽飞侠”！虽然她很灿烂，但是，她却不漂亮。好在还算可爱，倒不至于让“孤独一客”倒胃口到马上起身就走的地步。

“孤独一客”确认着：“你就是‘靓丽飞侠’？”

“靓丽飞侠”没有直接回答，把玫瑰花放到“孤独一客”身边，却像对暗号一般地说：“沉寂无声的是金融街，寂寞无奈的是我，一个渴望爱的男人。”

“孤独一客”见她背出了自己的话，便也重复她的话：“我们可以什么都想，也可以什么都不想。”

“靓丽飞侠”见他重复出了自己的话，便爽朗地笑了：“‘孤独一客’，你真是孤独，这里只有你一个人！”

“靓丽飞侠”的热情、活泼把常太平那因期望美女而不得的失落情感渐渐扫荡得没有了。他也渐渐热情起来：“现实的我，与你想象的我一样吗？”

“靓丽飞侠”很坦率：“比想象的年龄大了好多，我原来以为你是一个大男孩呢！”

“其实也是，我还没有结婚，难道不是大男孩？”常太平由于从心里已经接纳了“靓丽飞侠”的不漂亮，便也开心、幽默起来。

“大男孩最好，什么事情就都不用我教了。”“靓丽飞侠”眨着眼睛顽皮地笑着说。

常太平拿起小瓶装的墨西哥啤酒，与“靓丽飞侠”的小瓶撞了一下，说：“罚你喝干！谁让你来晚了！”

“靓丽飞侠”真的把那一小瓶酒喝去了大半：“别生我的气嘛！人家去找玫瑰花，再找洗换用品，当然需要时间嘛！”

常太平诧异道：“你找洗换用品干什么？”

“靓丽飞侠”微笑着望着常太平：“沉寂无声的是金融街，寂寞无奈的是我，一个渴望爱的男人！这里马上就停业了，我们到哪里聊？当然得去你的宿舍。到了你的宿舍，我第二天能够不换衣服吗？”

常太平听“靓丽飞侠”这么一说，心里立刻热乎起来，真是天上掉下一个林妹妹，这个林妹妹虽然没有羞花闭月之容，也谈不上什么国色天香，但必然是一个活泼可爱的青春少女，有了她，他“孤独一客”常太平，从此就可以不再孤独了。

蓝衣女服务员又来下逐客令了：“先生、小姐，你们还需要一点什么吗？”

“孤独一客”常太平望一眼可爱少女“靓丽飞侠”，见她也无意再喝什么，便说：“买单吧。”

蓝衣女服务员拿过单子：“您一共消费七十五元。”

“这么贵?!”常太平惊愕了，“啤酒多少钱一瓶?”

蓝衣女服务员友好而客气地回答：“二十五元。”

“太贵了！”常太平不顾身边的“靓丽飞侠”，高声叫道。

“靓丽飞侠”轻轻地说：“孤独哥，不贵的；五星酒店里，一瓶五十呐！这不是为了我嘛。”

常太平见“靓丽飞侠”的一副娇嗔模样，立刻软了心，乖乖地付了账，心想：昔日的网友今日成了伴，往日的虚幻今日可以触及，虽然多花一点钱，值!!

当“孤独一客”与“靓丽飞侠”相拥着穿过金融街，回到金融街小区宿舍里的时候，已经是翌日的凌晨三点钟，常太平感到遗憾的是邻居们没有人能够看到他“孤独一客”与“靓丽飞侠”的亲热模样，他们便进了房间。因为这样，他便少了一个向世界昭示的机会：“孤独一客”从此，不再孤独了！

进得门来，“靓丽飞侠”率先强占了卫生间，稀里哗啦地一通洗之后，便披散着湿漉漉的长发，穿着自己带来的粉花丝绸的长睡衣，跑进卧室，兴高采烈地蹦到床上，大声说：“我不管你了，先上床了。要想跟我聊天，可得快一点，要不，我就睡着了！”

见“靓丽飞侠”这副反客为主的样子，已经要从此不再孤独的常太平又是气恼又是甜蜜，心里美滋滋倒是真的。

他怕这个“靓丽飞侠”真的就这么睡着了，便赶紧糊弄一下自己，叫着“宝贝”追上床来。

刚一上床，还没有进行热烈战争，常太平却又突然跳下床来。“靓丽飞侠”误会了:“怎么了? 我让你讨厌了?”

常太平玩笑道:“是呀! 我不喜欢你了!”

“靓丽飞侠”撅起了厚厚的嘴唇:“那,人家走就是了嘛!”

常太平赶紧抱住自己的“宝贝”亲了一下:“我简直想把你吞了! 还能够不喜欢你!”

“靓丽飞侠”诧异了:“那你下床干吗嘛!”

常太平把手指往嘴前一竖,故作神秘:“我拉窗帘!”

“靓丽飞侠”笑了,娇嗔道:“大夜里的,怕谁看吗! 而且,这是在八楼,最高层哎!”

常太平坚持道:“我们对面楼上,有一个老疯子,叫段笑银,整个一个窥阴癖!! 老家伙有摄像机、有望远镜的,我怕他利用红外线功能给我录毛片!!!”

“怎么还有这么无聊的人!”

常太平拉罢窗帘,说:“他原来可是总行信贷业务部的一个主任呢! 五十多岁了,才在湖北荆州娶回一个别人的年轻老婆,没有两年就玩腻了,又去玩别人的年轻老婆,让人逮了!! 人家不依不饶,把事情闹大了,告到了中纪委,他就成了腐败、堕落分子的典型,结果没有人保得了了。一下子丢了官,没了工作,人就疯了! 现在,倒没有苦恼了,一天到晚乐呵呵的,专门在家看人光屁股做爱之类的节目!”

有了一个疯子的插曲,“孤独一客”和“靓丽飞侠”更是欲火狂烧,来尽情加疯狂地享受人间性爱之乐。

“孤独一客”没有想到,这个“靓丽飞侠”虽然身体并无什么特别迷人之处,但却也是个人精:不光是在网上会风花雪月的艳词妙语,在现实中各种手艺也都非常老道,样样功夫也都很深厚,直把那常太平舒服得没有大战多一会儿,便酣然大睡了。

在甜美的睡梦里,常太平终于显现了农民的质朴,他竟然与“靓丽飞侠”结婚了。要知道,他常太平有生以来,还没有想过与什么女人结婚呢!

常太平是被电话铃声吵醒的。醒后,他连眼也没有睁便拿起了电话。

“你还在睡觉！快来打牌！三缺一呀！”

电话是一个经常约他一起打牌的邻居打来的。他姓于，名叫胜利，住对面那老疯子——段笑银的楼下，学历虽然是本科，但却不务正业，非鸡鸣狗盗的事情不干，好在他的父亲就是国商银行总行人力资源部的于主任，帮他分了这么一套房子住着。段笑银窥阴的秘密如果不是这个于胜利告发，他常太平恐怕现在也当演员了呢！

“这么早！不玩！”常太平依然没有睁眼，便挂断了电话，他身边有个“宝贝”“靓丽飞侠”，何必还和他于胜利之流搅和。

想到“靓丽飞侠”，常太平才睁开了眼睛，发现此时已经是太阳当中了。阳光虽然明媚，光明也撒遍了每一个角落，可满屋子里，却再也找不到他的“宝贝”——“靓丽飞侠”了！！

他惊愕地发现，他的皮包被拉开了，钱包也被拿出来，扔到了沙发上。

他急忙翻开钱包，却发现钱还在。但是再一数，昨天的三千多，已经变成现在的一千多了。代替原来那一千多块钱的，是一张“靓丽飞侠”留下的纸条：

“孤独哥，我可以让你不孤独，可我是我自己的，我却不能够整日陪伴你。钱，我只拿走了我的报酬。总共拿走一千零一十五元。账目如下：一千元是我的出台小费，五元是玫瑰花的钱，另十元是避孕套的钱，每个五元，一晚用了两个。如果想我，还到网上找我，聊天是免费的，出台价格不变。只是，可以按照我们见面的次数，不断打折，但是，最低折扣是五折。”

此时的常太平不知道应该是哭好，还是笑好。本来不漂亮，而只是因为活泼、聪明、会伺候人，便让常太平爱上了的“靓丽飞侠”，却原来是一个妓女！与桑拿浴、发廊里面的做皮肉生意的小姐没有什么两样。差异只在于她学会了网络，并知道利用网络来推销自己！

从此，常太平再没有敢与“靓丽飞侠”聊天、来往，倒不是他不喜欢她，只是他觉得她还是太贵了，他消费不起。

屋漏偏逢阴雨，常太平正在为经济拮据发愁的时候，国商银行总行因为与他的劳动合同到期，开始停发他的生活费了。

堂堂的一个硕士，已近不惑之年的大男人，在京都市居然混得身上只有一千来块钱了。

怎么办呢？没有体力可以出卖，虽然有智力但却因为验血呈阳性而没有任何单位肯聘用。于是，常太平又想起了他的书：《上市公司黑幕揭秘》和那篇《金融大厦的背后》的经济分析报告。如果不出版书，不用《金融大厦的背后》进行炒作，他怎么能够有大收入？他怎么会有美好的未来？

靓丽飞侠的出现，越发激起了他的财欲，于是，他打定了主意，再找怒潮集团的兰总要钱去，保密费的价码再加两万，虽然他已经找了一次朱副总，但是，至今还没有个结果。

二十七、扫楼的苦恼

怒潮集团需要巨额的资金进账，他们大打宣传攻势包装怒潮品牌也是为了资金滚滚而来，但是，兰总和丁博士对付参股银行却手法老道，很有章法，明知道参股银行急于给自己发放贷款，自己也着实需要大笔的钱，但为了使自己赢得贷款的有利条件，就是获得无担保、低息贷款，硬是撑着始终不正式在参股银行向贾好运提交贷款申请。这可急坏了贾好运。

贾好运首先不得不有如贫寒之女通过婚姻傍大款一样，通过给京都市远东投资公司发放贷款五千万元，由怒潮股份和怒潮家具共同担保，才终于在业务上真正地与怒潮企业傍到了一起。

但是，那个赖主任却是个勇于进取、从不知足的人，对贾好运的要求也颇为严格和细致。他不断岔开小短腿，不断瞪着大眼珠子，不断苦口婆心地指示着："千万不要忘记，我们给京都市远东投资公司发放贷款只是手段，而不是目的。我们的目的并不是这个中等规模的投资公司，而是它的担保单位怒潮股份以及怒潮集团公司！你一定要把那个兰总盯紧，可以先诱导他们，先给他们贷款；而后再拴住他们，让他们存款。最终搞定他们，要他们把国商银行和其他银行全部挤出去，由我们参股银行与怒潮企业独家合作！贷款要做到三十亿，存款留住二十亿，滋生利润几亿元！"

贾好运虽然因为在职务方面有过上当受骗之事，对赖主任一直是怀恨在心，但是，在现实面前也变得乖巧了许多，心里骂："这个傻B，大流氓！"嘴上却连连称："是、是、是。"

赖主任见贾好运总是一副很听话，很乖巧的模样，心想：看来多倔的驴也是可以诱骗和压迫老实的。同时，更为自己的招聘诀窍得意起来：不论原来你是谁，不怕曾经你多牛，一旦到了我手里，没有存款，都是个臭屁虫!!!

想到这里，赖主任颇感快意，不由得再对贾好运补充指示一句："除了怒潮企业，国商银行的其他大户，你也得赶紧挖呀！否则，领导上怎么对你有信心，三个月后，怎么能够让你当行长嘛!"言外之意是：如果你没有存款，那可别怪我到时候不讲信誉!!

于是，贾好运不得不振作精神，把至今依然一分钱存款没有的侯山找了来："国商银行的客户，挖得怎么样了?"

由于拼命工作依然拉不来存款，体力和心力的支出过大，侯山比在国商银行时又瘦了一圈，下巴猴尖猴尖的："在国商银行时，企业还搭理我，到了参股银行，那些老板们就都找不着啦!"

"他们还怕你不成?"贾好运没有好气地问。

"他们真的怕我!"侯山支吾着。

"他们怕你什么?"

"他们怕我求他们存款呀！尤其怕我先送礼，后求他们存款!"

贾好运顿了顿，用鼻子哼了一声："看来，他们还是有良心的。不给你办事，就不要你的礼。"

侯山哭丧着脸："是呀，现在才知道，原来请别人吃顿饭，给别人送个礼，也这么难！比考大学都难。"

"北大没有教过你这些?"贾好运有意逗弄眼前的书呆子。

"咳，市场经济了，人人唯利是图，一切向钱看。无人信高洁，向谁表诚心呐!"侯山也感叹着。

贾好运把一个厚厚的大本子，推到办公桌侯山的一侧："看见这个本子没有，这是我在国商银行总行时管你们郝总要来的，国商银行在京都市全部客户的资料都在这里面。"

侯山拉过本子，仔细看了："这可是国商银行的商业机密呀!"

贾好运说："都这个时候了，我们还管它是不是商业机密？你赶快按照这个本子，挨着个打电话吧。有可能发展业务的，咱们再找上郝总的手下：董大为、骆雪之类的，带着咱们，上门硬磕去。这也比你自己到写字楼，挨家挨户的扫楼强一点吧?”

侯山说:“我已经到中央商务区的国际大厦扫过楼啦!”

“真的?”贾好运诧异了,“什么感觉?”

“我像个小贩子一样,挨户敲门,只有那些挂着‘谢绝推销’和‘小商小贩不得入内’牌子的地方,我才不敢进去。其他的公司全都闯进去了!”侯山一脸辛酸地说。

“效果怎么样?”

侯山无奈了:“没有一点效果!”

“不至于吧?我们主动上门服务,会没有一点效果!”贾好运依然将信将疑,“哪天我跟你去!如果我扫来存款了,可就别怪我骂你能力差啦!”

侯山犹豫起来,他虽然知道扫楼的艰苦,但是,也怕贾好运真的去了,真的扫来了客户,倒使自己更加难堪,到那时就把自己沦落为能力独差的地步了!于是,他便含糊着回答:“您?行长亲自扫楼?多没有面子!还是不去的好!”

贾好运见侯山心虚,自己倒立刻有了冲天的开拓勇气,对侯山轻蔑地一笑:“老将出马,一个顶俩!咱们马上走,扫楼去!”

于是,贾好运鼓足干劲,力争上游,立刻带着侯山,杀奔京都市最繁华、写字楼林立的中央商务区。

贾好运派侯山去了京都市次高的写字楼:“繁丽大厦”,自己则选择了侯山曾经落败而回的京都市最高的国际大厦,他以身作则,把最难啃的骨头主动留给了自己。

贾好运停好了旧的捷达车,望着一脸踌躇、一脸苦相、一脸难色的侯山慢慢腾腾地走进了繁丽大厦,自己才回过头来,望着高耸入云的国际大厦,突然,他的心里也笼罩了为难的阴影,他也开始犯起踌躇来了。

这扫楼之事,说起来容易,可实际做起来,就麻烦了!首先,他贾好运如何下手呢?自己一个大行长还真的要学着小商贩的模样,挨家挨户地敲门,向人家要存款吗?

但想起刚才在箭楼支行自己对侯山说过的豪言壮语,想起自己还要通过亲自扫楼的业绩来证明侯山之流的无能，从而鼓舞侯山之流的干劲，贾好运只得硬着头皮，踌躇着迈进了国际大厦的旋转大门。

没有想到，开局就不顺利。就在贾好运心里忐忑不安的时候，大厦保安首先跟他做对了：保安很客气地拦住了他，非让他说清楚到哪个公司、找什么人之后，才能够让他进去！

贾好运自打研究生毕业参加工作以来，一直都是总行领导，都是营业部、企业主动隆重邀请之后，他才会前呼后拥，屈尊下户，深入基层的，没有想到现在想主动联系企业了，而人家企业却挡驾了！

贾好运强忍着内心的失落，支吾道："我是参股银行的！"

保安听说是银行来人，很不客气地一语道破："本楼所有公司一概谢绝推销！扫楼拉存款的，我们不许进去！！"

听保安这么一说，贾好运不觉红了脸，他实在没有想到昔日充满职业自豪感的银行职员，在眼前这位保安心目中已经沦落得与小商小贩无异了！不知道有多少侯山之流曾经在这个国际大厦里败坏了中国金融业的名声！！！

好在贾好运虽然年近四旬，可眼睛还很好使，他已经远远地看到了楼厅里面的那个指示牌，也看到了牌子上几个公司的名字。而现在已经落入市场经济之中的贾好运，也顾不得自己的年纪和地位了，更顾不得参股银行的什么形象，只得随行就市，作烂仔谋，先蒙混进去再说，于是，他撒谎道："我去京都亚太文化发展公司办理贷款之事！"

保安向大厅小姐一指："请到那边登记去！"

贾好运只得又折回门口，找到大厅小姐，主动出示了自己的工作证给大厅小姐看，终于，他从大厅小姐那里，领到了一张进门条，为他的扫楼伟业打胜了第一仗！

保安接了进门条，手臂非常训练有素地向里一摆，终于放行了。贾好运刚放下心来往里走，保安却又拦住了他。

贾好运的那一点扫楼的干劲真的要就此消耗待尽了。那保安却说："先生，出来时，请接待人在进门条上签字！"

贾好运终于松了一口气,“哼”了一声,算做对保安的答复。但是,他终于还是没有敢在一楼敲响他见到的第一家公司的门,虽然那家公司的玻璃门上,并没有注明:“谢绝推销”的字样。因为,他怕被保安看到了,怕自己扫楼的伟业还没有开始,就让一个门口的保安给断送掉!

他带着放弃一楼几家公司的门没有敲的遗憾,大着胆子上了二楼,迎面就是一个公司的大玻璃门,好大的一个牌子挂在门楣上面:美国国际实业发展(中国)有限公司。贾好运见了不觉心喜:这种外资企业,有大把大把的美元,如果存到箭楼支行,自己岂不有了存款,有了业绩,进而也有了面子和位子!

想到这里,他简直有一点心潮澎湃了,他带了几分激动,就要敲那大大的玻璃门,但不幸的是,他又看到玻璃门的里面挂着一个不大的红牌子,红牌子上面赫然写着:“谢绝一切推销”。

贾好运心里一沉:拉存款不也是推销吗?自己不是成了人家的不速之客了吗?

贾好运再向右侧里面看,又看到了一个大玻璃门,门楣上的牌子小了许多,写着:“京都亚太文化发展有限公司”!!巧合的是这里竟是自己谎称有事进入大楼的那家公司!

贾好运再仔细向京都亚太文化发展有限公司的玻璃门里面看了看,里面竟然没有悬挂“谢绝一切推销”的牌子!

先拣硬的啃,还是先找软的捏?贾好运一时倒拿不准主意了。当贾好运正左瞧瞧右看看,不知道从哪里下手的时候,他的背后却突然传来了一男一女的笑声。

贾好运怕是保安追了来,急忙装出若无其事的模样,回头窃看,只见一个大大的个子、大大的方脸庞、大大的眼睛、大大的嘴,丰满而大胸肥臀的漂亮女孩和一个细高个子、衣着前卫,长相酷似当红歌星罗中旭的英俊男人说笑着走过来。

贾好运不知道来人是哪个公司的是否掌握存款,便以泛爱之心态、大家都有存款之推断对着一男一女两个人傻傻地笑笑。

那迎面而来的一男一女见贾好运只顾以笑脸来打招呼，以为是曾经认识的邻居或客户，也急忙回以微笑。

贾好运不知道应该说些什么，那一男一女也不知道如何开口，片刻间，三个人便交错而过，尴尬中谁也没有说话。

贾好运依然站在第一家公司的门口，而那一男一女则直接进了隔壁的玻璃门。

尴尬地笑过之后，贾好运终于敲响了第一家公司的玻璃门。让贾好运措手不及的是，那玻璃门里面迎出来的却是一个黑皮肤、黑头发、白牙齿的黑人小姐。

"Who are you looking for?"黑人小姐问。

贾好运手忙脚乱之间已经忘记拉存款怎样用英语表述了，结结巴巴地说："我？是拉存款的！我在中国参股银行工作！"

黑人小姐见贾好运说中国话，便把手背黑、手心粉白的小手一摊："拉存款？你来推销中国的金融产品！？"

贾好运见黑人小姐不但理解了自己的意思而且还居然用中文表述出来，心中大喜，以为今天自己刚一出门就拣了一个大金娃娃，自豪而自信地说："对，我是中国参股银行的行长，我来推销中国参股银行的金融产品——拉存款！"

黑人小姐却没有因为贾好运的自豪与自信而增加热情，她耸耸肩，摇摇头，摆摆手，翻出粉红色的内唇，把嘴努起来，对着玻璃门上"谢绝一切推销"的牌子一点，说："我们不喜欢推销！我们美国银行，不是这个样子来经营的！"

贾好运急忙厚着脸皮问："那你们美国银行是怎样推销金融产品的？"

黑人小姐对贾好运再次摆手："对不起先生！我很忙！这些事情你可以问我们美国的银行，我们是实业公司，我们不需要你们银行的推销！"说罢，黑人小姐便关了门，连一声客气话都没有，便撂了贾大行长，径直回去了。

被丢在门外的贾好运哪里受过这等冷落，他突然想不明白自己是在干什么、自己是为了什么了，他的心开始流血，他的嘴上真想破口大骂："小美国鬼子，都二十一世纪了，难道还想立牌子：‘华人与狗不得拉存款’吗！”

但是，冷静下来一想，自己为了自己的饭碗拉存款除了商业利益，似乎与人格、国格没有什么必然联系，才心情平静了一点。可怎么想也还是怎么不舒服，因为，他此次拉存款之举，至少没有给那个美国黑妞心里留下中国银行什么光彩的形象来！！

面对洋鬼子的冷落，贾好运很无奈，最终只得悻悻地离开了美国公司的门口，来到隔壁进去了一个靓女俊男的那家公司的门口。他直接敲响了公司的玻璃门。

让贾好运感到异常幸运的是，来开门的竟然是刚才见到的那个丰满而大胸肥臀的漂亮女孩！而且，她居然热情地把自己让进门来，竟然说：“刚才在门口见到您，没有和您聊几句，失礼失礼！”

贾好运心想：看来，还是中国人热情！正感叹的时候，漂亮女孩热情地把他介绍给刚才见到的那个英俊男人：“秦总，您刚才说的隔壁新来的经理，找咱们串门来啦！”

秦鸣见了贾好运，真的以为是美国公司的经理来访了，急忙吩咐孟亚男：“孟亚男，赶快给美国同志倒杯水！”

贾好运诧异了：原来刚才这一男一女在美国公司门口见了自己，错把自己当成美国公司新来的经理了。他又不好解释，便赶紧把自己参股银行箭楼支行的名片递给秦鸣，又拿出一张准备递给去倒水的孟亚男。

秦鸣见了贾好运的名片，第一个反应是叫住孟亚男：“孟亚男！先别倒水，回来！回来！你弄错了，他不是什么美国经理，他是参股银行的！准又来拉存款的！！”

孟亚男依然为贾好运沏了一杯茶，端过来，拿过名片，诧异道：“噢，原来是贾行长！我们误会了！”

秦鸣立刻没有了孟亚男现在还保持着的那种客气了，他阴沉着面孔问贾好运：“你们有个赖主任，对吧？”

贾好运虽然感觉出了主人对自己贸然而来的不快，但是，他依然厚着脸皮坚持着，说：“是有这么个人！”

秦鸣骂道:“我们让这孙子玩了一把!”

贾好运惊奇了:“赖主任还会玩你们公司?”

秦鸣气哼哼道:“我托一个朋友找到他,想给公司搞点贷款,丫答应得好好的,说我们先存款过来,而后就可以办贷款!”

孟亚男抢着说:“结果我们一千五百万存了三个月,给他凑了任务数,却一分钱贷款也没有给我们批下来!!”

贾好运听了秦鸣和孟亚男的控诉,心里大呼冤枉:看来,一个客户就可能这样被赖主任的此等品行断送了!心这么想,可嘴上却不知道应该如何说是好。

秦鸣不等贾好运开口,便立刻下了逐客令:“我们陈总说了,永远也不和参股银行发生关系!”

孟亚男见贾好运尴尬万分的模样,把茶水端给他,客气道:“不过这不怪您,您喝口水再走,没关系!”

贾好运只得起身,没有好意思接那杯茶水,尴尬着:“你们忙!你们忙!我不打扰!不打扰!”

贾好运不等孟亚男做出送客的举动,自己急忙连滚带爬一般地溜出门来!贾好运还听到秦鸣在里面对孟亚男吩咐着:“咱们也得弄一个‘谢绝推销’的牌子挂出去!”

贾好运连挫两阵,依然鼓足勇气上了三楼,厚着脸皮又敲了几家公司的门,人家一听说是参股银行来拉存款的,索性就不让这个贾大行长进门了!或婉言谢绝,或冷眼喝退,弄得贾好运再也不敢继续他的扫楼伟业了。

出门的时候,贾好运远远地先看到了门口那个严肃认真的保安,立刻猛敲自己的脑壳:羞辱之中他竟然忘记了让那个叫孟亚男的漂亮女孩签出门条!现在,回去签吧,他实在没有了再厚一次脸皮的勇气!不签吧,那个保安一定会找麻烦,弄不好自己连国际大厦的门都出不去了!也是天无绝人之路,情急之中聪明的贾好运忽然想到了作弊!看来,不作弊自己进不来,不作弊自己也出不去!!于是,贾大行长趁保安还没有发现自己的当口,急忙缩回身,溜进了男厕所,潜入厕所,自己用笔在出门条上偷写了“孟亚男”

三个字。

在国际大厦楼下，在旧捷达车旁边，贾好运又看到了侯山。贾好运拿出行长的气派，用出十二分的底气问侯山："怎么样？存款拉得不错吧？"

侯山哭丧着小瘦脸，汇报道："我都不敢跟人家说拉存款的事！"

贾好运有些愤怒："那你干什么去了！"

侯山说："怕人家不让我进门，我先跟人家说我是送钱上门来了！"

贾好运感叹："你倒真聪明！可效果怎么样！"

侯山依然是一脸苦涩："可进了门，一提存款就露馅啦！大多数公司都很客气地对我说：老板没有在，存款的事，他们做不了主。但是，却都跟着我到门口，我的腿还没有出门，人家就赶紧把门关上了，像躲避瘟疫一样。有的还在门里相互质问：'谁把门打开的，银行推销的人，怎么进来的？'还查起责任呢！小部分公司就不客气了，直接就说：'我们没有存款，即便有存款也不往你们参股银行存呀！你们小银行倒闭了，我们的钱怎么办！'"

见贾好运没有吱声，侯山反问："您呢？有收获吗？"

贾好运只是叹口气，却依然没有回答。

侯山立刻就明白了贾好运要说而没有说出的意思。等贾好运开起了车，侯山才倒起了苦水："贾行长，现在我感觉我们两个当初到参股银行来的时候，都太理想主义了！京都市的金融本来就没有走到规范、发达那一步，可我们偏偏以为依靠自己的力量就能够改造金融，就能够未雨绸缪，赶上京都市金融规范、发达的节拍！"

听侯山这么一说，贾好运倒真红了脸。已近不惑之年的他怎么就能够踩错了京都市金融发展的步点呢？放着国商银行一个舒舒服服的官场不混，而居然到一个金融作坊一般的参股银行活受罪，而且还被赖主任这等人这么轻易地玩了一把！！

望着侯山，他心里说：可是，你只是个理想破灭，而我呢！却是让人给彻底玩儿了，丢了官场的位势，由金乌纱，换成纸帽子了！但是，贾好运的嘴上依然悻悻地问："繁丽大厦那么多公司，就没有一个热情一点的？"

侯山沉思了一会儿，说："也有热情的。有一个公司，大概是国营的，几个人正闲得难受，听我说是参股银行的，便让我进来逗闷子，还给我倒了一杯水。一个问：'听说你们银行的一个姓赵的副行长给抓起来了，是真的吗？'另一个问：'听说，那个副行长的老婆死了，孩子疯了，是真的吗？'一个女孩挺关心我，问：'你们银行的推销员是什么学历呀？'当知道我是北大毕业的本科生后，都不相信，说：'北大毕业的，干嘛干这个？"

贾好运听罢叹口气，反思道："唉，走到这一步，从大的方面说，我们是错误地估计了京都市金融的形势，超前了两步；从中等层面上说，我们以为银行都是诚信的，都是君子，对赖主任这类小人认识不足；从个人的角度分析呢，我们都是心高气盛之人，有一份安逸的工作反而不满足，非要干什么事业，忘记了中国还有数亿的受苦之人！只是，有一句话我还是要送给你：没有过不去的坎儿！事到如今，为了生存，我们只有按照赖主任的要求，使劲儿拉存款，拼命挖国商银行的墙角啦！"

侯山几乎哭着说："可拉存款，光拼命也没有用呀！人家企业为什么要把国商银行的存款挪到参股银行，人家企业要寻租！可租金都在赖主任和吴力手里，我们连请客的钱，都没有呀！"

贾好运见状，无奈地摇摇头，说："得，咱们一起再到怒潮集团公司拉存款去，缠上兰总再说。看来，我们只有怒潮公司这么一根救命的稻草了！"

二十八、同命不相怜

贾好运驾着他到参股银行来之后唯一可以炫耀的物件——那辆半新半旧的捷达车，载着侯山，一直开到京都市东四环上来。在四环外侧，有一座建造得像官帽椅一样形状的楼，椅背是主楼，两个扶手便是两栋配楼。楼并不高，只有六七层，咖啡色，在高楼大厦林立的中央商务区商圈，这座建筑虽然谈不上寒酸，但也说不上醒目。这便是怒潮集团总公司在京都市的办公大楼。

上了六楼，贾、侯却被楼层的前台小姐挡了驾，被告知："兰总、朱副总，还有丁总监都不在办公室。"

"他们在哪儿？"贾好运问。

前台小姐回答："在会议室与一位先生谈事情。"说罢，指指楼厅里的沙发，"要不，您坐下等一会儿。"

侯山用自己最近扫楼拉存款修炼出的撒谎功夫，对前台小姐欺骗道："我是兰总的亲戚，从美丽湖过来的。"

那前台小姐涉世不深，果然中计，听说是兰总的亲戚，不敢怠慢，看贾、侯衣冠楚楚也不像骗子，不但同意放行，还把两人引到了兰总的办公室。

"你也会骗了！"走进兰总的办公室，贾好运得便宜卖乖道。

侯山颇为得意："我不也得与时俱进嘛！"

兰总的办公室很简朴，面积只有三四十个平方，一个陈旧的办公桌和陈旧的老板椅，最有特点的地方，是办公室内挂满了照片，居然都是和各级重要领导的合影，当然不是在影楼那种，也不是室外单独拍照的那种，而是各级重要领导在什么地方视察时与兰总并肩走在一起时的抓拍，再经过加工，把周围其他闲杂人等删除，便成为兰总和各级重要领导的合影了。

贾、侯正在欣赏着兰总的大照片，为兰总的辉煌艳羡不已的时候，却听到隔壁有人大声说话：

“说好一年五万，同意给你，现在你又加价了！！！这是最后一次了！不要以为我们怒潮集团是摇钱树，更不要以为我们怒潮集团拿你没有办法。”一个男人的声音，是北方口音。

“十万块钱算什么！我为你们损失了多少钱！如果我那本《上市公司黑幕揭秘》出来，发行个五万本，每本赚十块，我就能赚五十万！！五十万呐！！！”还是一个男人的声音，是南方人，好像是浙江口音。

贾、侯正发愣的时候，兰总和朱副总走到了办公室的门口，并没有发现里面的他们，停在门口，兰总说：“原来说五万，现在又十万！看样子，他是讹上我了，这什么时候是个头！他的命也不值十万呐！”

朱副总阴沉着脸说：“我明白您的意思，我着手去办，否则，总是个定时炸弹！”

贾、侯急忙起立。

贾好运玩笑道：“谁是定时炸弹呀？”

贾好运的话倒把兰总和朱副总吓了一跳，由于办公室门口暗，里面亮，逆着光，兰总和朱副总一时看不清说话的人是谁，一时竟不知所措地呆立在门口了。

贾好运不知自己的话正点到兰总和朱副总预谋杀人的致命处，点到了他们的对常太平实施的阴谋之源，还以为他们已经认不出自己了，便热情地迎上去，望着还没有醒过闷儿来的兰总和朱副总自我介绍道：“真是贵人多忘事！我是参股银行的贾好运，原来在国商银行总行工作的那个！”

兰总和朱副总这才恍然大悟，脸上也立刻由呆滞变成欢笑，兰总握住贾好运的手，说：“贾行长，欢迎，欢迎。”

朱副总也走上来，拉住贾好运的另一只手：“小姐也没有通报，你们就来了，失迎，失迎！”

贾好运继续玩笑着：“没有想到兰总也有这么凶的时候，我都害怕了！”

此时,兰总脸上早已经恢复了那种永恒的微笑,带着几许尴尬敷衍道:“一个客户,不讲信誉。没有什么。”而后又赶紧岔开话题,“贾行长今天怎么亲自上门了?”

贾好运见兰总问,便言归正传:“还是贷款的事情。”而后便自恃曾经有功于怒潮集团,直截了当地说:“直说罢,希望兰总您帮帮忙,还国商银行贷款两个亿,用我们参股银行贷款两个亿,或者更多。”

兰总本想再吊一吊贾好运的胃口,以便使自己在参股银行贷款时处于更有利的地位,但是,一来见贾好运诚恳而坦率,时机已经恰到好处,没有必要再做戏,二来惦记着在会议室里正和丁博士一起数钱的常太平,没有心思多与贾好运兜圈子,便也快人快语道:“贷款的条件是不要任何担保和抵押,给我信用放款!”

贾好运思索片刻说:“可以,怒潮集团已经是我们的三 A 级客户了,可以享受这个优惠。”

兰总继续说:“贷款利率下降百分之十!”

贾好运犹豫了,贷款利率下降则意味着银行利润减少,自己的个人创利也减少,但是,为了拉住怒潮集团这样的优质客户,赔钱都得做,何况是少赚钱,于是,他应承道:“可以,可以,只是兰总要为我多留下一些存款哟!”

兰总见贾好运很痛快地答应了自己的条件,便拿出雷厉风行的做派:“我同意与你们参股银行进行全面合作,合作的第一步,是先从你们那里贷款四个亿,存款嘛,你可以同朱、丁商量。至于国商银行那边,都是老关系,不可能不照顾。”

贾好运听兰总这么说,不觉激动得蹦起来,他真想给兰总跪下来了,他真想抱住兰总的粗大腿,在她的石榴裙下,痛哭流涕地说:“爹亲娘亲不如您兰总亲!您这是救了我和侯山的命呀!”但是,贾好运毕竟也是经过了挫折的人,他居然把自己的情感抑制住了,故作平淡地说:“四个亿?!也好,我保证参股银行可以给您兰总提供最优质的服务。”

朱副总也玩笑道:“什么优质服务呀?京都市的银行还不都一样,到时候,我用钱你别那么多审查,我提现你别那么多规矩就行了!”

贾好运外加侯山都一连串地说:“没问题、没问题!”

兰总起立,握住贾好运的手,说:“我还有个合同要签,中午我就不陪你吃饭了。”

贾好运见兰总下了逐客令,便从沙发上知趣地站起来,和兰总、朱副总热情地握手:“本来我想请你们两位老总吃饭,你们这么忙,那就下次啦!”

当贾、侯正为此行低成本运作成四亿贷款而庆幸的时候,突然在楼道里迎面碰上了一个面熟的男人。

贾好运不觉叫道:“常太平,怎么是你?!”

“贾好运! 怎么是你?”常太平也惊诧地叫道。

贾好运回答:“我来放贷款。你呢?”

“我来……”常太平的话还没有出口,朱副总便打断了他的话,说:“常太平是我们公司的金融顾问。”

常太平瞧一眼微笑着的朱副总,再望一下同样微笑着的兰总,话在嗓子眼里上下折腾了半天,才支吾着:“是的……我帮助怒潮集团搞一个经济活动分析。”

贾好运笑了:“还是兰总爱惜人才,慧眼识英雄,常太平是人民大学的金融硕士。在我们国商银行总行是赫赫有名呀!!”

听贾好运这么说,常太平不觉红了脸,但是,嘴上依然强硬着:“国商银行整个一个任人唯亲,官不官商不商的,四不像! 你跟我还不是一样的,你一个人民银行金融研究所的研究生不也是混不下去了吗?”

常太平的话把贾好运弄得挺尴尬,心说:我可是在抬举你,你凭什么反过来挤兑我! 难怪兰总对你那么凶!

朱副总见原来国商银行的两个人似乎还要大聊一番,便给兰总使了一个眼色。兰总急忙说:“你们聊聊,由我们朱副总陪着。我就不陪了。”兰总说罢与客人们,包括常太平,客气而友好地道了别,回自己的办公室去了。

几个人一同下了电梯,在大厅里,朱副总热情地邀请:“咱们一块喝几杯!”

常太平满心欢喜:“我倒没有什么事情!”

贾好运为常太平当众说自己坏话的事情，对常太平心存不满，同时也急于回行办理怒潮集团的贷款手续，便推脱道："改日吧，我还有事。"

朱副总见状，急忙顺坡下驴："那好，那好，那我就不留二位了！我有事，再单独与常太平聊聊。"

贾好运握一下朱副总的手，再看一眼躲在朱副总身后诡笑着的常太平，算做打招呼，便开着他到参股银行来之后唯一守信给予他的物件——那辆半新半旧的捷达车走了。

望着贾好运的车消失了，朱副总搂着常太平的肩，对比自己矮两个头瘦一圈的常太平厉声说："你的嘴，可严实一点，贾好运这四个亿要是因为你而放不出来，你可琢磨着！！"

常太平嬉皮笑脸道："有数，有数，他们损失的都是国有财产，国家都不管我，我还管国有财产干什么！"而后，常太平按着包里刚从兰总那里讹来的十万块，挣脱朱副总的搂抱，悄悄地溜走了。

常太平要到国际大厦找京都市亚太文化发展有限公司，那里有一个叫秦鸣的人。据说这个人名义上经营广告、影视制作，兼营图书发行、工艺品交易，可实际上却到处以各种手法挖人隐私，从别人最痛处下手，再通过法律、媒体等合法手段赚钱，号称是第四产业。

他常太平明明白白地抓住了怒潮集团的隐私，甚至无异于抓住了整个金融界的隐私，他怎么会甘心于每年只从兰总这里拿十万块钱的保密费，而不通过秦鸣的运作，攫取更大的利润呢！

现在，他的身上就揣着他那本《上市公司黑幕揭秘》的书稿和那篇《金融大厦的背后》的经济分析报告，这么一个重磅炸弹，没有五十万人民币，他是不会轻易出手的。

人呀，是个贪心不足，又没有任何事前感应能力的动物，常太平只知道沾沾自喜，而却不知道那怒潮集团已经因为他的出尔反尔、不讲信誉，把他列为最危险的炸弹，开始计划对他下毒手了。

二十九、满行春色

那边参股银行的贾好运、侯山度日如年，这边国商银行的董大为却是春风得意的。自打他在怀密县陈淑媛的小别墅里，从一个老童男变成一个老单身之后，他的人生似乎发生了变化。

他总想跟骆雪在一起，但是，他却不敢直接到骆雪的办公室去找她。而那骆雪似乎也在有意躲避什么，除了不到他办公室来之外，还像没事人似的，见面问个好，再没有其他的什么了，对他的身心变化根本就熟视无睹。

他开始怀疑骆雪变了心，甚至怀疑骆雪要了他。

也是近朱者赤，近墨者黑。这个董大为真应了郝逍遥的话，有了爱情就会写诗。他利用辗转反侧的两个深夜，真的憋出一首诗来：

失落、失落，
满以为天公作美，
将梦中的珍珠，
赐给。
谁想、谁想，
睁得眼来，
全是幻影，
漫天飞。

忐忑、忐忑，
满以为得到心爱，

我的宝贝，
谁想、谁想，
这哪里是我的心爱，
我的宝贝，
全是杏子，
酸得催人泪。

但是，董大为毕竟不是郝逍遥，他没有勇气把这首诗投到什么《榕树下》网络文学去，更没有勇气拿给郝逍遥或同事们看。

看看孤独一人已经连续憋了三天，还没有找到机会和骆雪说一句话，想来此时当众与她联系一下，也不应该引起别人的疑心。同时，他又一想，他像做贼一般的，到底怕什么呢？一个大龄男，一个单身女，交往起来，别人又能够说什么呢？

于是，他拨通了骆雪办公室的电话。但是，接电话的不是骆雪，而是杨兰兰。

杨兰兰的语调没有了往日的轻浮和刻薄，而是充满了沉重。老公段笑银因乱搞男女关系被免职并丢掉饭碗，进而成了疯子的冷酷现实，给杨兰兰造成了极大的身心创伤。她满头乌黑的秀发竟然在一个星期之内，白了一半，成了发根花白的长发；秀丽的眼睛下还出现了一对灰黑色的大眼圈。

好在老公段笑银的丑闻被国商银行有意封锁了，外面的人只以为段主任是因为突发精神病无法继续工作才回家休息的。这才给爱虚荣的杨兰兰提供了一个继续活下去空间和勇气。

总行为了杨兰兰同志的身心健康，有意为她改变了工作环境。目前，经过总行于主任做营业部刘、葛两位行长的工作，杨兰兰已经从天竺支行调到营业部机关工作了，而且一来就直接任营业部信贷业务部统计科的副科长并主持工作，名副其实地成了骆雪的顶头上司。

杨兰兰来之前，郝逍遥虽然只是隐隐听到了一点风声，并不知道杨兰兰的个中隐情，但是，对杨兰兰的任用，他还是向董大为包括骆雪打过招呼，做了思想工作，以避免误会。

其实，董大为包括骆雪对杨兰兰的这个人事安排也没有什么异议，因为她杨兰兰能够从国商银行湖北省荆州市分行调到京都市天竺支行去，就能够再从天竺支行升到营业部来，而且也还能够再往总行飞，只要她杨兰兰愿意。谁让他杨兰兰做了或曾经做了总行的大官太太呢！

老公的不幸给杨兰兰自己的事业带来了发展的机会，她自己相信经过努力，她能够达到段笑银曾经有过的位置。于是，她依靠染发和化妆，使自己恢复了女人的靓丽。她强颜欢笑，百倍热情地开始了在营业部的工作，这份工作无疑是她人生的一大提升。同时，把心思全部用到工作上，也成为她化解痛苦与羞辱的有效妙方之一。

现在，杨兰兰虽然声音有些阴暗，但接电话时，却很热情，先说“你好”，而后是：“董总呀，骆雪忙着，有事跟我说可以吗？”

杨兰兰这么一说，董大为倒清醒了：在工作上他与骆雪还隔着一个杨兰兰科长呢！他应该先跟杨兰兰科长说，而后，再由杨兰兰科长把任务布置给骆雪。董大为心里不由得连连叫苦，嘴上支吾着：“噢，是一个贷款的事，上次是她跟我一起接的。”董大为生怕越过杨兰兰而找骆雪引起杨兰兰的不快，便接着说：“还是让她到我这里来一趟，省得浪费你的时间。”

不一会儿，办公室的门被推开了，骆雪走进来。她坐在了董大为的对面，像以往一样没事儿人似的问：“董总，什么事呀？”

董大为起身，悄悄把办公室的门关上，突然上来，竟把骆雪抱住在怀里，狂吻不止：“我想你了，你居然不理我！”

骆雪挣脱了：“这是在办公室！一会儿来人看到了！”

见骆雪这么说，董大为又恢复了理性，悻悻地坐回自己的座位上，把自己的那首歪诗推给骆雪看，并似玩笑似认真地问：“你想把我甩了？”

看了董大为的诗，骆雪不禁红了脸：“你是这么写情诗的？真小心眼！怎么会呢？你以为我是什么人了？”骆雪轻声回答，此时话语里才带了几许娇嗔。

董大为反问：“那怎么不理我？”

“我是给你时间，让你好好地思考嘛。”

“我思考什么？”董大为问。

“你现在是自由的，等我们真的好起来，你的自由可就没有了。你可以思考一下你的选择的利害得失呀。”骆雪说，声音很甜。

董大为急忙表白：“我哪里有那么理性，我哪里有那么功利！你喜欢我，我也喜欢你，我能够找你这么一个老婆，也算老天对我的厚爱了。”

听董大为这么说，看着董大为傻乎乎的模样，骆雪不禁“咯咯”地笑了，顽皮之气跃然脸上：“那天，孟亚男还问我：‘你怎么找这么大岁数的男人呀？’”

“你说呢？”董大为问，他把手握住了骆雪放在桌上的小手。骆雪没有把手抽出来，一来表示对与董大为这种恋爱关系的确认，二来此时即便来人，她也有足够的时间把手缩回来，不至于被别人看到。

我说：“这么多年，就看到这么一个老实人！”孟亚男不信，说：“他肯定是在银行捞了很多钱！否则，你就是看上了他的位子，想升官！”

董大为继续问：“你怎么回答的？”

骆雪笑了：“我说：‘能够捞钱的年代，他只是一个小储蓄员，而现在就靠一点工资过活了。我跟他好了，不但没有官可升，甚至连现在的工作恐怕也要换了！’她一直骂我傻呢！”

骆雪的话倒把董大为弄了一个大红脸，他悻悻地说道：“我没有这么惨吧！”

骆雪则把小手从董大为的手中抽出来，再重新握紧董大为的手，说：“大为，我没有看不起你的意思。但是，如果我们好了，我恐怕必须离开国商银行，至少要离开营业部信贷业务部。我们要面临工作上的重新组合，否则，我们没有办法工作，对你、我的发展都极为不利的。”

董大为倒没有思考过这么多，不假思索地说：“不至于吧。”

“你可别说不至于。现在，我感觉你的处境像我一样，也不乐观，在这里混碗饭吃还可以，要想发展，很难！我感觉，一两年后杨兰兰都可能对你构成威胁！！虽然段主任下来了，可势力还在。你以后就更别想搞什么创新了！”

“她的家庭不幸，我非常同情。但你也别危言耸听！”董大为不以为然。

“我也同情，她也真的不容易，在某种意义上我可以说是佩服她！可同情归同情，竞争归竞争。她老公的不幸，会更增添了杨兰兰同志事业的野心！你需要平台，她就不需要吗？”

“她杨兰兰一个外地的大专生懂什么？还不是循规蹈矩、墨守成规、土八路那一套！”

骆雪见董大为听不进自己的话，便话题一转，问道：“陈淑媛的项目经过做天竺支行的工作，已经报营业部来了。郝总是什么态度？”

董大为一听项目的事，立刻愤怒起来，回答道：“他居然看也没有看就给枪毙了！说：‘这么个小企业理它干什么！’”

骆雪微微一笑说：“其实，我早就想到了。当时，我没有直接回绝，只是想让你自己感悟一下，也期望郝总给你董副总一个面子！”

“结果这个面子，他没有给！”董大为望着骆雪美丽、俊俏的模样，突然自卑起来：“那你为什么还找我这么一个窝囊废？”

骆雪见董大为一副懊丧的样子，便把两个手都拿到桌子上，用两个小手把董大为的手握紧了：“大为，因为你善良，你诚实，你像一个未经雕琢的玉。而我也是一个老百姓，一穷二白，我们算同病相怜吧。我们在一起，可以一起赌人生，一起干一番事业出来！所以……”

董大为见骆雪没有嫌弃自己的意思，情绪又上了来，准备起身与身边靓丽、聪慧的女子做些热烈的事，但是，他的行为还没有实施的时候，门外却有人敲门了。

骆、董赶紧收回了各自的手，在两秒钟之内已经各就各位，端庄坐好，还原成革命职员应该具有的古板模样，而后董大为大声说：“请进！”

杨兰兰探头进来：“董总，郝总请你去，开会。”

董大为只得起身，拿了笔和本对骆雪小声说：“我们晚上一起出去吧。求求你！”

骆雪也只得站起来：“好的。不过，大为，你要记住我的话：官场如战场，人有的是,位子就那么几个！庸人当了道,能人就遭殃！你占了阵地,他们虽然难受,但你就可以干事;他们占了位子,你我就难受,人家就舒服和自在,你就什么也干不了！你可要珍惜你现在的位子,这是一个平台,是你事业的起点!”

三十、夜色阑珊

在京都市鼓楼商业区光的海洋里，骆、董这人世间一对新的伴侣幸福和感情激越地徜徉着。

董大为按照他河北农村老家的习俗准备给骆雪买一枚钻戒，作为他们订婚的礼物，骆雪却笑着拒绝了："我的董总，恋爱和订婚还有好长一段路呢！年龄差了一轮，看来，我们真的有代沟了！"

董大为一片茫然："我们都……还不算订婚？"

骆雪顽皮地用俏丽的尖鼻碰一下董大为的脸，"咯咯"笑起来，学着河北话说："你们那疙瘩儿办完婚事之后才那个，我们已经那个了，所以我们一定要结婚了，是吗？"

董大为听了骆雪的问话，老老实实地点了头。骆雪把小巧的嘴贴在董大为的耳边说："现在那个了也没有订婚，除了那个，你还要永远地追我，永远地珍爱我，我才会嫁给你呢！"

董大为继续茫然地说："那怎么保护妇女和儿童的合法地位呀？"

骆雪笑了："我的董总，你真是上个世纪教育出来的，我们为了那个，结了婚，你不爱我了，再离婚，就能够保护我这个妇女的合法地位了？如果这样，我成了一个离异女，更没有人要了！"

"你说的似乎也有道理。这样，我更累了，如果我停止追求，我便随时可能又是光棍一个了！没有法律保护我妇男的地位！"

骆雪娇嗔着："明白就好！"

在中友百货大厦，他们看到一件非常漂亮的红色旗袍，骆雪试了，穿在身上，古典而艳丽，像一个绿波中的莲花一般迷人，骆雪问董大为："好看吗？"

董大为说:“好看好看!”

“你说好看,我就买了!”骆雪甜甜地说。

董大为赶紧跑到收款台上付了款。骆雪索性让售货小姐把自己的旧衣服装了起来,把新买的旗袍直接穿上了。还趁没有人的时候,在董大为的脸上亲了一下,美美地说:“今天终于有人给我买衣服了,小的时候,我一直怕自己长大没有人要呢!”

但是,骆雪的衣服太惹眼了,引来路上众多目光和不断的窃窃私语,董大为先感到不自在,骆雪一会儿也感到不舒服了。

董大为说:“大概你太漂亮了!”

“那我得让你也漂亮一点,好抵消一下。”骆雪说着,硬是给董大为也买了一件时髦而前卫的套头衫。董大为穿上新衣服之后,仿佛年轻了许多,果然,虽然引来的目光依然不少,但窃窃私语声的确少了。

到了吃饭的时候,董大为要请骆雪吃海鲜,骆雪则拉住董大为的袖子说:“我的哥,咱们还没有到共产主义呢！你的房子马上要装修,以后我们还要买汽车,哪里来的钱嘛!”而后,哄小孩一般地哄着董大为:“听我的,吃吃麦当劳算了！呵。”

在大街上已经遛到灯火阑珊的时候,董大为不愿意回他已经住了十几年的银行集体宿舍,骆雪也不愿意回银行宿舍与唧唧喳喳的女孩们同住。两人在大街上黏糊着却居者无其屋。

骆雪忽然想出了一个鬼主意:“回你办公室住算了!”

“那怎么行!”董大为坚决反对。

“那也比住你新分的光板房强呀!”骆雪坚持着。

“万一让人看见怎么办!”董大为也坚持着。

“看见怎么了！今天让人看见,明天我们就领结婚证!”

“好,好,那我愿意!”董大为终于乐不可支了。

于是,董、骆又分头在厕所里换回了自己原来的板板正正的衣服,一前一后地来到了早已经空旷无人的银行机关办公楼,再一前一后地进了董大为的办公室。

由于没有了上次在陈淑媛别墅里的心惊肉跳，再加上感情进一步地加深，是夜，董大为在骆雪的引导下，终于成为了一个真正的男人。

两人抱在沙发上，却一点也没有感觉出沙发之窄小；两人迷迷糊糊地相拥着，任睡神来了再任睡神走，每一觉之后，两个人便开始一次再一次地完成他们爱的圣事。

骆雪轻轻地说："有一件事，我倒忘了告诉你！"

"什么事？"董大为柔情异常。

骆雪亲一下董大为的脸："有一个机会，可以帮助你把郝总整下台，你正好可以取而代之！！"

董大为惊愕了："我可真的没有这么想过！"

骆雪说："大丈夫，无论是做官、经商、做学问，都要成为一流，成为圈里的前几名。你现在是在金融官场，不往上爬，怎么能够有事业呢！你的新理论和新思维怎么能够实施？"

董大为苦笑着："怎么个爬法？"

骆雪诡秘地一笑："昨天陈淑媛找了我，她以为我们两个早就好了呢！她对郝逍遥不同意给他们公司放贷款非常生气，说要帮你整整郝逍遥，顺势把你扶上去。还开玩笑说：是帮助国商银行广开财路呢。她马上就要起诉国商银行那张照片侵权了。"

"那只能够告信用卡部的项总，与郝总的乌纱帽没有什么关系呀？"

骆雪没有正面回答董大为，继续说："她还有一书稿，叫《上市公司黑幕揭秘》，只给我看了一部分。"

"什么书稿？这么神秘！还只给你看了一部分！这跟郝逍遥有什么关系？"董大为一叹三问道。

骆雪带着一点坏劲儿笑着："看几页已经够了！原来那个怒潮公司已经是个空壳了！！原来我们所谓的优质客户却是一个江洋大盗！！！"

"是真的？"董大为惊愕起来，立刻坐起了身。

骆雪附在董大为耳边说："怒潮公司所有的贷款都是郝总批的，对一个空壳企业发放那么多贷款，有没有经济问题都很难说！还不应该撤职吗？陈淑媛要炒作这本书，书一炒作起来，没有银行再敢给怒潮集团放贷款，他们的资金链一断，企业经营不下去，只有破产，银行的贷款怎么还！责任大不大！”

董大为疑惑着：“这本书也可能是陈淑媛愚人节的搞笑呢！如果是真的，咱们也应该向刘行长和总行反映呀！”

听董大为这么一说，骆雪突然推开董大为，生气了：“竖子！不足与谋！”

董大为见状，赶忙抱住骆雪讨饶：“听你的，全听你的行了吧！”

骆雪气愤地嗔怪道：“这么多银行，这么多什么金融家呀、什么行长呀，还没有揭发，你跑出来干什么！陈姐为什么不给你看那书稿，为什么只给我看了一部分？因为，她怕你我看了，不但解决不了问题，一瞎折腾，坏了她的事，弄不好我们自己连饭碗和小命都没有了！”

董大为茫然地说：“有这么严重？那我们怎么办？她一个人揭露怒潮就不怕了？”

董大为话音未落，突然，听到门外有了脚步声。骆雪趴在董大为耳朵上轻声说：“说曹操，曹操就到了！”说着，用小手指一下隔壁郝逍遥的办公室。

董大为轻声问：“你怎么知道？”

骆雪不敢吱声了，因为，她感觉郝逍遥的脚步在屋外停止不动了！两人都屏住了呼吸，做起了听彼此心跳的游戏。

一会儿，脚步声继续响起来，隔壁的门“咣”的一声开了，不久，就又“咣”的一声关上，脚步声又远去了。

董大为说：“他可能察觉到我们在办公室里！否则，他不会站在我们外面偷听一会儿！”

骆雪反驳道：“不可能！他大概是听门卫说，我们进来过！”

董大为舒了一气：“你刚才还要说什么？”

“我想说，陈姐本身就是私营业主，又以风险投资为乐，她自然有她的想法。”骆雪又附在董大为耳边，“我们要密切关注，静待其变，关键时刻，再助陈淑媛一臂之力，倒了怒潮的‘兰’，就可以倒掉银行的‘郝’！国有财产保全了，你也有施展才华的机会了！”

三十一、杀人灭口

近来怒潮公司除了常太平的问题,可以说是一顺百顺了。他们不但从国商银行弄了三个亿,从参股银行弄了四个亿,发达银行和爱农银行也争着要给他们放款了！现在,已经不是能不能弄来贷款的问题,而是她兰总想不想马上要贷款和以什么条件要贷款的问题了。

为了消除掉怒潮光辉品牌背后的死穴常太平,使怒潮公司阔步前进、长久无忧,丁博士做了个万全的方案。在兰总眼里,她的秃头圆脸的丁博士虽然有时木讷,但是依然是像爱迪生一样伟大的发明家,因为,近日丁博士有了两大发明。

丁博士的第一项伟大的发明是“成仙丹”。

这是一种既可以解酒,又可以置人于死地的药片。如果人在饮酒之前吃上一片这个药,便可以保证自己在十个小时之内豪饮而神志清醒,但是,在吃过这片“成仙丹”之后,必须在一小时之内再吃下一片解药,否则吃“成仙丹”之人便会在吃药六小时之后死亡,而病理检查一般会得出酒精中毒死亡的结论。

丁博士的第二项伟大发明是“网络追踪术”。

这是一个不需任何硬件的小软件,把它装在计算机里之后,如果你知道了某人的电话号码,并且知道他上网的时间,便可以用这个软件通过追踪该电话号码而进入其计算机内部并使本机与该计算机联网,对方计算机内的内容便可以在本计算机上一览无余。

在兰总眼里,她的得力助手朱副总也是应该到国家安全部当网络局局长的英才。因为,这个朱副总居然利用丁博士的“网络追踪术”,利用常太平夜间浏览成人网的时机，钻进了常太平的计算机，把他的内存浏览了一个遍！

这个朱副总知道了常太平网名原来叫“孤独一客”，知道了“孤独一客”与“靓丽飞侠”之间那段迷人的网恋。这个朱副总还从“孤独一客”的信息里，又找到了“靓丽飞侠”，并以“大笑天下”的网名，勾搭上了“靓丽飞侠”。两人几天艳词妙语之后，这个朱副总也让“靓丽飞侠”上了自己的床，只不过这个“大笑天下”始终睁着大眼睛，没有给“靓丽飞侠”私取小费的机会，而是由这个“大笑天下”自己主动给了“靓丽飞侠”二十张百元人民币的新票。

于是，“大笑天下”很快便与“靓丽飞侠”进行了第二次约会，在这次约会的时候，“靓丽飞侠”答应为“大笑天下”朱副总联系“孤独一客”常太平，并一起到常太平家里喝酒。

常太平的不断讹诈和不断惹是生非，已经令兰总到了忍无可忍，而且再忍就可能坏大事的地步。朱副总准备起程先找“靓丽飞侠”再与“靓丽飞侠”一起见常太平的时候，兰总只是紧紧地握住了跟随自己多年的助手的手，眼睛里含了泪水，并没有再交代一句什么话，便看着朱副总开起他的白色奥迪车，消失在京都市东四环的暮色里了。此时，她的心里居然有了“风萧萧兮易水寒，壮士一去兮不复还”的吟唱。

“大笑天下”朱副总与“靓丽飞侠”没有在星巴克咖啡厅见面，而是直接到了民族饭店，是朱副总自己先开的房间，“靓丽飞侠”随后赶到的。

这正是朱副总的精明之处，如果他与“靓丽飞侠”同进同出，不等他干什么，派出所抓嫖娼现行的人就会赶来了。群众的眼睛总是雪亮的！

“靓丽飞侠”果然是一个聪明的女孩，见到“大笑天下”的第一句话便是：“大哥，你的手怎么了！”

朱副总望着自己除小指外，都被创可贴包了指头的另外八个手指，诡秘而淡淡地一笑，对“靓丽飞侠”解释道：“中午做饭的时候，让锅给烫了！”

其实，朱副总之对“靓丽飞侠”显然没有常太平之对“靓丽飞侠”那样情深意切，可以说，朱副总对“靓丽飞侠”根本就没有一点兴趣。他简直对常太平的眼力太大失所望了：偌大一个京都市像亦萍那样的美女有的是，他常太平怎么就找不到？非要找一个丑的！而且，这么一个丑女孩，他常太平也能够往自己家里带，而且一次还不够，现在还依然是那么情意绵绵的！

一来心里怀着鬼胎，二来见了“靓丽飞侠”便倒胃口，在民族饭店里朱副总花了钱，却没有什么行动。为了避免“靓丽飞侠”起疑心，他便索性任凭“靓丽飞侠”施展十八般武艺，上上下下、前前后后地摆布起了自己。这也是工作的需要呀！

眼看两人已经折腾到晚上十点了，朱副总穿衣起身，热情地招呼“靓丽飞侠”一起喝酒。看着整整一箱的墨西哥“科罗拉”啤酒，“靓丽飞侠”兴奋地叫道：“‘大笑天下’，你真好！风景这边独好，还去常太平那阴霾的世界，干什么？”

打开酒瓶，朱副总也附和着“靓丽飞侠”说：“怎能忘记旧日朋友，‘大笑天下’我独占花魁呢！”

“去也行，可今晚我陪你，不跟他！”“靓丽飞侠”做娇嗔状。

朱副总逢场作戏：“你陪我喝，陪他睡！”

“靓丽飞侠”做出亲昵模样，用胖手轻打朱副总的背：“拿我一个大活人请客，真坏！”

两人一小瓶啤酒下肚，朱副总装作猛醒一般地说：“遭了，我们得吃一点解酒药，否则我们没有把常太平灌醉，自己却先醉了！”朱副总说着从皮包里拿出两粒丁大博士发明的“成仙丹”，自己先吃了一粒，又把另一粒递给“靓丽飞侠”。

“靓丽飞侠”睁着不大的眼睛天真地望着朱副总：“这样不好吧，我从来就是讲信誉的，从来就不来歪的！”

“你还这么诚信！二十一世纪了，现在是连银行都没有诚信的时代了！”朱副总望着“靓丽飞侠”和她握着“成仙丹”的小胖手，真恨不得一下就把这毒药给她塞进嘴里去。

“我是最讲信誉的。上次到常哥家，他已经睡着了，我走时都没有多拿他的钱！”“靓丽飞侠”推销着自己的经营理念，可就是不吃药。

“好，你就看在大哥我对你更好的份上，咱们也做一次坏人！”朱副总嘴上说着，心里焦急极了。

那“靓丽飞侠”本来准备吞下药去，听朱副总说要做一回坏人，那已经放到嘴边的胖手又拿回来了：“怎么是坏人？我们只是玩玩嘛！”

“对、对，我们是玩玩，像愚人节一样！”朱副总见那毒药迟迟吃不进“靓丽飞侠”的嘴里，嗓子开始急得冒烟，心说：这个小婊子再不赶紧吃，我都该被毒死了。

“靓丽飞侠”却不解现在的朱副总之意，听朱副总说起愚人节，便立刻神采飞扬了：“大哥，你肯定去过巴西！下次再去，带着我，我一路上的所有服务都免费，行吗？可不可以吗？大哥！”“靓丽飞侠”央告着朱副总。

朱副总见“靓丽飞侠”央告自己，心想：这回机会来了，得赶快骗这小婊子把毒药吃下去。嘴上赶紧说：“好说，好说，你先把药吃了，看你今天的表现，再决定带不带你到巴西看愚人节。”

“靓丽飞侠”听朱副总这么一说，小胖手一抬，没有用酒、也没有用水，就把那粒“成仙丹”吞下肚去了。

朱副总见“靓丽飞侠”的手里和地上没有了那粒“成仙丹”，毒药已被面前的小婊子真真切切地吃了下去，才长舒了一口气。心里叹道：万里长征，终于走完了第一步。

朱副总心里高兴，便又与“靓丽飞侠”各喝了一瓶啤酒。算计着时间合适了，朱副总便把二十张百元新票给了“靓丽飞侠”。“靓丽飞侠”本来想只拿一千元，而朱副总却坚持把这沓子钞票都给她。

“靓丽飞侠”说：“大哥，你真好！”

朱副总心说：人真是愚蠢的动物，死之将至，要钱有什么用！还不知道是为谁准备的呢！嘴上却说：“宝贝，我们走吧，在常太平那里，可要乖乖的！”

“靓丽飞侠”亲一下朱副总的脸：“你终于也叫我‘宝贝’了！”

朱副总却不动声色地说：“宝贝，你先下去，在楼下白色奥迪前面等我。”

“为什么？”“靓丽飞侠”娇嗔着，这次的娇嗔装的成分少，真的成分多了。“靓丽飞侠”想：自己会爱上他吗？可能会。但是，他会爱上自己吗？应该不会，因为看他的样子，他的心里应该有一个美女！而自己只是他的工具，或者是他的服务人员。

等“靓丽飞侠”出了门，朱副总干的第一件事是飞快地找出“成仙丹”的解药，拼命吞了下去，而后才喝了一口水。他虽然明知道人是愚蠢的，可依然十分爱惜自己愚蠢的生命。

“靓丽飞侠”约常太平晚上十二点在常太平的家里见面，并按照朱副总的要求，事前没有提起他自己，按照朱副总的说法，这样可以给常太平一个意外的惊喜。

常太平听说“靓丽飞侠”要来，在电话的对面，面对失而复得的林妹妹，早忘了被拿走钱的事情，异常惊喜：“我在网上总发帖子，怎么就没有你的回音呢？”

“我在地球的对面遨游。”“靓丽飞侠”依然幽默并文采飞扬。

金融街小区早已经是寂静无声了，但是，距小区还有一百多米远的时候，朱副总却在僻静的路边上，停了车。

“为什么不开进去？”“靓丽飞侠”表示不理解。

朱副总故作平静地答：“走时候方便嘛。何必张扬？”

“靓丽飞侠”又来了诗意：“轻轻地我们来了，正如我们悄悄地走！挺美的！”

那朱副总除了怕杀人之后留下蛛丝马迹之外，其实倒没有任何作诗的想法。他从汽车后备箱里搬出一小箱“科罗拉”啤酒，吩咐着：“抱上这个！！”

“靓丽飞侠”乖乖地抱起啤酒，还不忘撅起厚厚的嘴唇娇嗔道：“一点也不爱惜人家嘛！！”

朱副总轻声打趣道：“爱惜，怎么能够不爱惜你！！？？我这里还有两瓶XO呢！上楼时，都我拿着！”

除了进小区时，小门房里的门卫懒洋洋地看了一眼他们之外，直到敲响常太平在八楼宿舍的门，朱副总和“靓丽飞侠”都没有见到第二个人。

常太平见了门口的“靓丽飞侠”，一下便把他的宝贝拥抱在了怀里，这个亲呀吻呀，亲热得不得了。而后，见到怀里抱着一箱子啤酒、裤兜里各插两瓶 XO 洋酒上来的朱副总，常太平不禁愣住了："朱副总！怎么是你！"

朱副总主动换了拖鞋，把自己的鞋放在了门外。而后，挤进门来，打断常太平的话，说："听说你和我的表妹好了，我是来道喜的！"

常太平关了自家的门，依然茫然："你和'靓丽飞侠'……"

"靓丽飞侠"急忙解释着："我和朱副总只是老乡，早就认识。不过你是我的老公，他只是我的大哥！你是东边日出，他只是西边的雨；你是有情，他是无情呦！"

朱副总也解释着："我本来邀小妹在星巴克咖啡厅喝酒，说起你，说你爱喝'科罗拉'，我就拿一箱，不如我们一起喝，痛快！"

常太平听朱副总这么说，顿时释然，但是，眼馋地望着"靓丽飞侠"支吾着："我一个两居室，咱们怎么住呢？"

大家跟着常太平参观了一下房间，这是一个两室一厅的房子，一个卧室是小间，有一个单人床；一个卧室是大间，有一张大双人床，还有一个露台。站在八层的露台往下望，也是黑乎乎的，人摔下去，也是必死无疑。由于在八楼，处于相对僻静和少干扰的部位，大家看罢窗外，谁也没有在意随手拉上窗帘，朱副总也出现了这个以后让他丧命的失误。

朱副总明白了常太平的心思，同时也暗暗庆幸这个房间的结构会帮自己的忙，便顺着刚才常太平的话说："当然是你们两个住大间，我自己住小间呐！反正，我不希望你常太平来打扰我！"

"那好，那好！"常太平高兴了。

于是，朱副总带着"靓丽飞侠"便与常太平豪饮起来。

眼看一箱"科罗拉"就要饮干了，三个人除了上卫生间之外没有任何其他反映。朱副总看看手表，已经是凌晨两点了，心里不由得发急，按照"成仙丹"的药力，那"靓丽飞侠"应该在四点左右酒精中毒身亡，可到目前，她却没有一点反映，而那常太平也没有半点醉意！

朱副总赶忙给"靓丽飞侠"使个眼色，意思是：这么半天，我们居然没有把常太平战胜。"靓丽飞侠"心领神会，打开了 XO 洋酒的盖子，说："光喝啤酒，不过瘾，我们来这个！"

常太平不知是计，高声叫板道："哎哟呵，小宝贝还真行！敢跟我喝XO！朱副总，你敢喝吗？"

朱副总拍一下胸脯："喝、喝，我今天舍命陪君子！！"

于是，三个人拿出大个高脚杯，开始你斟我劝地喝起来。

常太平刚开始还说："这洋酒怎么没有劲呀！"可一瓶酒喝干之后，就感觉他的舌头发短了。

朱副总见火候已经到了，便说："常太平，我们不喝了，你和你的小宝贝，还得留一点体力的嘛！"

看来"成仙丹"的药力还是非常明显的，常太平已经喝成这副模样的时候，"靓丽飞侠"却只有睡意而没有醉意，她见朱副总这么说，便努努胖乎乎的小嘴，撒娇着："不嘛！"

常太平还是英雄好汉的模样，结巴着："喝，喝，干那个，我行，身体还好着呢！！"

朱副总见常太平已经有点神志不清了，便招呼"靓丽飞侠"帮忙，一同把他架到了有露台的大卧室里，把常太平放到大床上之后，朱副总小声地对"靓丽飞侠"吩咐道："你可伺候好了，我有求于他！"

"靓丽飞侠"继续对朱副总努努嘴，又在他的脸上亲了一口，以表示对朱副总的忠心。

朱副总则恶狠狠地说："明天，我要问常太平，他要是不高兴。我们可就拜拜了！"

"靓丽飞侠"不满地说："行！人家困嘛，你也不心疼！"

朱副总转身要走，但是，还没有挪步便又转过身来："关上门，但不要锁！"

"为什么？""靓丽飞侠"嗲声嗲气着。

朱副总盯着"靓丽飞侠"丰满的前胸，淫笑一下："他不行，我再来！"

"靓丽飞侠"用自己的胖手指点一下朱副总的鼻子："你好坏！"她轻轻地关上了门，并按照朱副总的吩咐没有反锁门。

当她赤裸着自己爬上常太平的床的时候，那常太平却依然是留一半清醒留一半醉的，居然有毅力爬起来剥光了自己，还居然有能力对“靓丽飞侠”发动了最后的进攻……

朱副总独自一人躺在隔壁的床上，没有脱衣，也没有动铺盖，尽量不让自己在常太平的屋子里留下什么痕迹。听着隔壁男女的呼吸声从激烈，变成低吟，再变得无声，又等了一会儿，看看自己的手表，已经是凌晨三点半了。现在，已经到了京都市深夜最黑暗、最静谧的时刻。

他没有开灯，让眼睛习惯了黑暗之后，蹑手蹑脚地下了床，穿过门厅，推开了大间卧室的门。借着窗外的一点月光，朱副总发现常太平和“靓丽飞侠”都老老实实地在床上躺着。常太平不时发出轻微的鼾声，而“靓丽飞侠”却像死猫一样没有一点响动。

朱副总把没有贴创可贴的小手指放在“靓丽飞侠”的鼻子处，却已经没有了气息。朱副总再摸摸“靓丽飞侠”赤裸的身体，她的腹部依然是软绵绵、热乎乎的。看来，她才离开这个世界，她才安然地长眠不久！而且，从生到死这个过程，她走得异常短暂和舒适，以至她没有闹出一点声响，身体也没有发生半点的扭曲。

“靓丽飞侠”的死，没有让第一次蓄意杀人的朱副总感到恐惧，反而振作了他的神经，他疾步来到露台上，向下看看。小区静悄悄的，没有一点声响；楼下黑乎乎的，也没有一个人影。

朱副总抽身回来，使出吃奶的力气，架起床上本来瘦小枯干的常太平。

赤身裸体的常太平似梦似醒地说：“宝贝，你别走，我已经有……钱了！你就嫁给我……得了！”

朱副总则尖着嗓子，学着“靓丽飞侠”的腔调小声说：“好的，好的。”说话的时候，朱副总已经架着常太平来到了露台上。说时迟，那时快，朱副总在此时才显出了豪杰本色，他不等常太平明白过来，便从背后一手插进常太平的胳臂弯，勾住常太平的胸，一手穿过常太平的裆，挨着常太平黏黏糊糊的那个玩意，就把个常太平腾空抱起，大头朝下地抛下楼去了。

可叹那聪明绝顶的常太平连哼一声都没有来得及，便像一个落地的柿子一样“噗”的一声跌破了五脏六腑，快乐地随“靓丽飞侠”去了。

唯一遗憾的是他那本为此付出生命的《上市公司黑幕揭秘》的书和文章《银行大厦的背后》，自己没有捞到多少钱，却已经由秦鸣转给了陈淑媛，而后来这本书却发挥了他常太平所始料不及的作用，让正义能够尽快地战胜了邪恶。不过这是后话。

现在，那朱副总见小区周围并没有动静，便赶紧在门口换上了自己的皮鞋，撞上门，下了楼，溜出小区，开起停在路边早已经调好车头的白色奥迪车，在金融街的夜色里，神不知鬼不觉地消失了。

但是，世界上的任何事情都是“若要人不知，除非己莫为”的，欺瞒只能一时，而不能永久。朱副总却不知道这个小区里还有一个因搞别人的老婆而被国商银行免了职的老主任——段笑银。谁也想不到的是，常太平与“靓丽飞侠”的这次媾和却被对面楼上这个老疯子同志津津有味地拍摄了去。

由于常太平常带女人回家，只要常太平窗口一亮，这个老主任不管多晚，都会蹑手蹑脚地爬起来，从不吵醒已经和自己分居、在隔壁房间独睡的杨兰兰，兢兢业业地拍摄他这部起名为《偷窥》的毛片，以实现他后半生的人生价值。只是这次，他把朱副总抛常太平下楼的情景也拍了进去，但是，神经不正常的老主任倒不认为这是谋杀，反倒以为是什么新的性爱游戏呢！作为经典镜头，如获至宝一样统统收藏在他自己的影视大作:《偷窥》里了。

三十二、报行无门

常太平的死，除掉了怒潮公司的心腹大患，却使国商银行总行又涌现出了一位仗义执言的金融大侠来。

在国商银行总行的办公局域网上，在“行内传真”栏目，有一位网名为“金融忠良”的人写了一篇短文，题目为：《个性的悲剧与体制的悲哀》副标题居然是“从常太平之死想到的”！！全文如下：

常太平死了。

他是总行的老同志，至今他的人事档案和住房还归属我们国商银行的总行，他的遗体也是总行派人、出资安葬的。他是在二十一世纪的一个初冬死的，赤身裸体，没有从我们这个世界上带走半点云彩。

经公安机关立案侦查，常太平的死，初步确定为自杀。因为，他的身上没有一点搏斗后的其他外伤，他的内脏里除了轻量酒精也没有任何其他毒素，他的宿舍除了一个也没有带走半点云彩的女友之外，没有任何第三者的痕迹。

常太平死了。这是他人生的终结，却也是我们国商银行总行的悲哀。我所知道的常太平是一个才华横溢的人，他在总行的期刊上发表过大量的金融论文，他在总行的“网络通讯”为国商银行的发展提出过许多真知灼见。死去的常太平，辛辛苦苦十余年，没有任何违法乱纪、违规越制的行为。反观我们的周围，能够达到这个层面的人有几个？但是，他却被我们给末位淘汰了！而碌碌无为者、继续苟且者、违规经营的人却还在荣耀着！

这是我们银行的机制出了问题，还是常太平的业务有问题，我想不言自明。

我们是一个商业银行，却容得庸碌，容不得个性的张扬！我们是一个国有的企业，却任人唯亲，顺者昌逆者亡！我们面对残酷的竞争，却把市场当官场。

是的，我们是京都市金融的一条航空母舰，现在占领着广大的金融市场。我们还可以眼睛半睁半闭，我们还可以我行我素，但是，中国已经进入了WTO，明、后年便要与外资银行短兵相接了。今年可以，明年怎么样？以后怎么办？

虽然，“金融忠良”在这篇短文里只看到了常太平之死的社会问题，忽略了公安机关的工作（其实，此时，公安机关已经对常太平之死进行了正式立案，并由一个姓施的警官负责，展开了细致而艰苦的刑侦工作），但是，“金融忠良”的这篇短文依然在国商银行的总行引起了轩然大波，一传十十传百，直弄得洛阳纸贵。

大部分人认为这是在为国有商业银行的发展进忠言，但是个别领导却不这样认识。总行主管信贷同时也主管人事的孔行助看了秘书呈上来的短文不由得拍案而起，操着上海话大喝：“调整常太平这么一个害群之马，还有人为他鸣怨叫屈！查！查！！查！！！看这个新的害群之马是谁？无论触及谁，一律要调整！！”

人力资源部的于主任接到孔行助的指示，便赶到电脑部。要求他们查找这篇文章的IP地址。

原来，这篇文章出自贾好运曾任副处长的信贷业务部信贷检查处的1312号房间。这里坐着那两个新招聘来的博士研究生。一个是来自北京大学的李励；另一个，便是来自清华大学管理学院的郭安邦。而写文章的电脑便是郭安邦的那一台。

当然，这篇文章有可能是郭安邦写的，也有可能是李励或者其他什么人出于嫁祸于人的想法利用郭安邦的电脑写的。

于是，人力资源部的于主任便开始分别找郭安邦和李励谈话了。其实，如果这两个博士都来一个不承认，于主任也真的没有办法。这么一个事情总不至于报案搞刑侦吧！但是，由于他们才进入社会不久，单纯而血气方刚。丝毫没有把这个问题想得这么严重，反倒以为是好事，还为自己的出名和获得领导的重视而沾沾自喜呢！

于主任率先找了李励，这样他和李励都可以主动一些。因为李励的爸爸曾经是一位我国公安战线赫赫有名的英雄，如果对李励搞一个末位淘汰，于主任还真的怕给自己带来麻烦。他后找郭安邦，他希望郭安邦能够成为此事件的垫底，因为郭安邦是农村里出来的，单身一人漂在京都市，没根没蔓的，好对付。

李励很坦率："是我和郭安邦一起研究，他主笔并贴上去的！"他不但没有为自己感到万幸，反而感觉自己仿佛失去了一个显露才华的机会一般。

于主任沉吟片刻，说："那就是说，不是你写的。"

李励很不情愿地说："不是。"

于主任告诫道："那你以后就不要再提什么你和郭安邦一起研究，他主笔并贴上去的了。这事应该同你没有直接关系！对吗？"

"应该是，我只谈论两句，确实不是我写的。"李励出于知识分子的真诚，沿着于主任的思路把自己摘出去了。应该说，他李励此时也并不知厉害，不能够说李励是大难临头各自飞的不仗义之人。

于主任舒了一口气，心想幸亏先找了李励，要不和郭安邦搅和在一起，还麻烦了呢！

于是，于主任又找来了郭安邦，开口就问："你就是'金融忠良'？"

郭安邦也很坦率，开门见山，没有半点含糊："我就是。文章是我自己写的，只是发表一点看法，提一点建议！"

人力资源部的于主任像原来对常太平一样，露出长长的白牙微笑着，很友善地请"金融忠良"郭安邦坐下，而后，亲切地问："感觉到我们这里来工作还适应吗？"

见于主任这样问，郭安邦以为领导是出于对自己这个"金融忠良"的关心呢,便实事求是地说:“的确感觉不太适应,没有什么理论可以研究的,整日里都在做同样的事务性工作,而且对促进经济发展也看不出有什么用处。”

听郭安邦这么说,于主任狡黠地笑了:“银行就是这么一个严格的准军事化的组织。你在文章里说要张扬个性,在我们这里就是不可以的。因为,个性一张扬,案子就容易出,发案率就会上升了。”

郭安邦见领导与自己这么推心置腹,便也更加敞开心扉:“我们应该建立以业务为主体的考核体系,这样便可以杜绝任人唯亲,从制度上保证任人唯贤。杜绝常太平事件的发生!”

“好,年轻人!有思想,好!!”于主任沉吟片刻,又似笑非笑地说:“郭博士,我们这里的工作的确不适合你!你今后有什么打算呀?”

郭安邦听于主任这么说,反而诧异了:“虽然暂时不适应,但是,国商银行是一家大银行,我是学金融的,还是愿意为国商银行贡献才智的!”

于主任“嘿嘿”笑起来,声音很难听,搞得郭安邦毛骨悚然了。于主任顿了顿,终于开口了:“你能不能调离我们国商银行呀?”

郭安邦惊呆了:“轰我走!!!”

“没有这么严重,不是‘轰’!只是国商银行的工作不适合你!!你难受,领导们也感觉对不住你这个‘金融忠良’呀!”

“领导们也感觉对不住我?”郭安邦茫然了。

于主任冷漠地说:“我给你三个月的时间,你一个大博士,不会找不到工作吧?”

“这是为那篇文章而进行的处分吗?”郭安邦带着愤怒问。

“处分你干什么?你又没有犯什么错误!我们早就不搞一言堂、文字狱了!!”于主任继续冷漠地说。

郭安邦现在才明白了,原来他的一片忠心被人家当作妖言惑众了!不但越过了警告、记过等纪律处分措施,直接就把他这个“金融忠良”给劝退了!相当于国商银行提前解除了与自己的劳动合同,对自己进行了最重的处罚!

于主任又慈祥地望着怒气十足的郭安邦，平缓地说：“你自己找地儿呢，你和我们的脸面都好看，对你的前途也有好处。这事，我不会对外界说的。”

郭安邦也不愧是一个博士，依然用“金融忠良”的做派高声说：“你们这样做，是违反劳动法的。但是，我一个堂堂清华大学的博士，宁可饿死，也不吃你国商银行的嗟来之食！我自己走就是！！”郭安邦说罢，愤然出门。

于主任追出门来，说：“小郭，你还得上班，直至调走！否则，影响不好的！”

三十三、春风乍吹

参股银行为三A级优质客户怒潮集团公司发放的四亿元低息贷款，顺利地拨付到怒潮集团公司的账上。朱副总也如约为贾好运在账上留下了两个亿，作为贾、侯在参股银行的存款业绩。

但是，朱副总也打了招呼："贾行长，钱不可能趴时间太长。这一存一贷，利差相差将近两个百分点，我一年要赔四百万，每天可要赔一万多呀！"

朱副总的损失自然就是参股银行的利润，自从放了怒潮集团的贷款，有了存款，贾好运在支行的地位陡然提升。

行长吴力热情了许多，竟然帮助贾好运的办公室换了一次纯净水。那么一个大水桶扛进来，累得行长吴力气喘吁吁、胖脸也红扑扑的，可人家大行长依然说："不累、不累，贾行长每天为我们赚来一万多，我给好运同志服务一次，应该、应该。"

贾好运虽然依然是副行长，但是，仿佛找到了一点做行长的感觉。每当吴力下户或者以下户的名义在家里睡懒觉的时候，他便踱着方步，视察全行。

这天，他视察到了一楼营业室，柜台上的员工们全部起立欢迎他。贾好运学着革命领袖的神态，和蔼地挥手说："同志们好！"

漂亮女孩仇洋尖着小嗓子说："行长好！"她白净脸，大眼睛，身材很苗条，毕业于京都市联大档案专业，大专生，年芳二十一岁。她的吸存号是A002，吸存额是两亿元整，是目前箭楼支行除行长吴力之外，个人存款额最高的员工，当然这与她天然有一个当中国F集团财务部副总的好爸爸分不开。她便是赖主任给贾好运隆重推出过的招聘资源型人才的样板。

贾好运说："同志们辛苦了！！"

仇洋则依然尖着好听的小嗓子说："行长辛苦！"

贾好运派头十足地走到仇洋身边说："我记得你，吸存号是A002，账上总有存款两个亿！"

仇洋眨着大眼睛："领导过奖。"

贾好运让大家都坐下了，见仇洋还站着，便问："你的座位呢？"

"在里边！"仇洋指一指营业厅里面的一个小门。

"对，你是管财务和重要凭证的。走，到你那里看看。"贾好运边说，边同仇洋进了又装有一个防盗铁门的财务室。

仇洋虽然在大厅里，可她保管的存款单等重要凭证却没有锁进保险柜，按照银行的规定，这是不准许的：应该是人在阵地在的嘛。

贾好运心说：我要是想作案，偷两张单子走，这不是机会吗？！可嘴上却问："这些凭证怎么没有锁保险柜里？"

仇洋却像没事人儿似的："我正登记呢。"

贾好运问："是每月登记使用情况吗？"

仇洋回答："要求是，可我们凭证少，每月都抄录登记表，半年清库登记一次。"

贾好运心想：也就是说，如果我是坏人，我偷了空白存单，仇洋半年以后才能够发现！！！这个吴力的管理，也太松懈了，早晚非出大事不可！可感觉自己也不好对仇洋批评什么，便无言地出了财务室。

贾好运正准备同柜台上的同志们聊聊，以示领导的关心时，却见保安员来到了柜台的窗口，说："贾行长，门外有人找！"

保安员的话音未落，只见一个矮个，挺胖的年轻人来到了银行大厅。

"郭安邦！你怎么到这里来了！"贾好运惊呼。

"贾处长，终于又见到您了！"郭安邦走上来，紧紧握住老领导的手，眼中含了泪水，"您一走就再没有消息了！"

贾好运叹了一口气，拉着郭安邦的手上了楼："一言难尽，我是无脸见江东父老呀！"

上了四楼,走进贾好运的小办公室。

郭安邦颇感惊奇:“您的办公室这么小?比当处长时都小!与韩小飞的简直没法比!”

贾好运关上办公室的门,给郭安邦沏上茶,端坐在办公桌旁的椅子上,叹着气把自己的遭遇描绘了一遍。

郭安邦惊诧着:“怎么会有这种事!”

“参股银行哪里是招人才呀,他们是在寻租、招存款呐!没有存款,别说行长了,就是副行长也不会做长远!”

郭安邦智力的火花四射了:“原来小银行是认钱不认人!!跟国有大银行正相反,国商银行是认人不认钱!!”

贾好运顿了顿,问:“老弟,你也是总行领导,为什么到我这里来了!”

郭安邦低了头,悻悻地岔开话题:“常太平摔死了!你听说了吗?”

“常太平?摔死了?”贾好运惊愕了,“上次在怒潮集团,他把我一通数落。可没想到,过两天又找我来了,说帮助我找了一户企业,有存款有贷款,但他自己要提成。事情还没有谈呢,又没想到,他却死了!!”

“自杀的。”

“他?自杀?”贾好运惊诧了,“不会吧?这小子活得皮实着呢!”

郭安邦补充道:“为情所惑,和女朋友一块,光屁股跳楼自杀的!”

“这么说,倒还能够理解了。凡有出幺蛾子的事情,找他没有错!”

郭安邦黯然道:“幺蛾子!我也可能出呀!我本来想投奔你找口饭吃,可现在看来,参股银行我是根本就无法进来的,因为我一分钱存款也没有!哎,博士也没有用呀!”

现在,该轮到贾好运为郭安邦惊诧了:“你,找工作!!为什么?”而后急忙劝阻道:“老弟,你可别瞎折腾!我的经历,还不是教训吗?在京都市干金融,如果在国商银行不顺心,到小银行就更不会顺心了!何况你堂堂一个大博士,到小银行来拉存款?!这不是糟蹋自己吗?!”

听贾好运这么说,郭安邦的胖脸上红一阵白一阵的,他何尝不明白在大银行比在小银行更适合他呀!但是,被大银行轰着走,为了面子,又怎么能够不走！但是，知识分子毕竟是知识分子，太好面子，郭安邦居然把那一肚子的苦水咽了回去。说：“我感觉在国商银行太务虚，与其说像您一样奔四十了出来，不如现在就出来！！”

贾好运不知道郭安邦内心的苦衷，继续劝着：“你和我不一样，我是不懂得官场！现在明白了，也晚了。可你机会大大的！你首先要和领导保持一致；第二你要经常帮助领导出业绩；第三你要经常到领导办公室和家里走走，进入领导的小圈子；第四，你千万别自以为是，别像常太平一样，出什么幺蛾子；第五……”

郭安邦没有想到刚直不阿的贾好运现在却居然变成了这个样子，而且每一句话都仿佛在批评和指责自己似的，便打断了贾好运的话，说：“可是，老哥，我刚才不是说了，我已经出幺蛾子了！！我已经把孔行助给得罪了！”

贾好运睁大眼睛：“你？出幺蛾子？得罪孔行助？”

郭安邦倒平静了，把他那篇稿子淡淡地一说。

贾好运才恍然大悟：“所以你感觉在国商银行没有前途了！”

郭安邦叹口气，算做回答。他终于没有提他已经被国商银行轰出来的这一段事。

贾好运叹口气，忽然眼睛又一亮：“如果老弟没有其他去处，我把你介绍给怒潮集团的兰总得了。以后，你管财务，把钱都存我这里来！”

贾好运话音未落，门开了，侯山探头进来，后面跟着一个长得像罗中旭一样的英俊男人。侯山介绍道：“这位就是常太平介绍来的客户——京都亚太文化发展有限公司的秦总！”

秦鸣笑呵呵地开口道：“我和常太平是老朋友，也是合作伙伴，他说他跟您贾行长是哥们，贷款方便，我才来的。”

贾好运与秦鸣握了手，怎么看怎么觉得来人面熟，突然，想起了那个叫孟亚男的漂亮女孩和自己在国际大厦扫楼的尴尬，便不卑不亢道：“你们不是永远不跟参股银行发展业务了吗？赖崃籁还没有下台呀！”

秦鸣也认出了贾好运，尴尬地笑着：“都是朋友，看常太平的面子，你们给我放两千万，你好我好，常太平得点奖金，他不是也好嘛！”

贾好运望一眼郭安邦,对秦鸣说:“可惜,那常太平死了！还是自杀的!”

秦鸣眼睛一亮:“死了！不会吧？前几天他还给我一部书……”秦鸣自知失言,赶忙住了嘴。同时,心里暗暗窃喜:常太平突然一死,自己不等于凭空捡了一个大元宝吗！因为常太平的书稿在他的手里呢！

郭安邦见贾好运要谈业务了,便喝干了贾好运沏的茶水,起身告辞。

贾好运见郭安邦走得坚决,便也不再挽留他吃饭,一直把郭安邦送到楼下:“我看还是到怒潮兰总那里好！把存款放我这儿,我还可以给你提成呢!”

郭安邦依然刚烈:“可我是学金融的,到怒潮去,业务量太小呀！就不相信,我一个堂堂的清华大学博士,在资产阶级那里都算做人才的人,在中国,还是共产党的中国,就在银行找不到一份适合自己的工作!!”而后挥手和贾好运道别:“老哥,我就不给你添麻烦了。我在报纸上看到发达银行的一个招聘启事,我到那里应聘去。”

贾好运望着挤上了公共汽车的老部下,突然有了一些酸楚的感觉,大声喊道:“听说发达银行要被外资收购了！一定要多留一个心眼！小心上当!!”

三十四、小试牛刀

京都市大山区有个山底下村，这山底下村的农户们都跟上了中国市场经济的步伐，是很有经营头脑的，一来由于本村背靠灵山，一些登山爱好者要从这里过，不免要赶早或躲晚地住下来；二来这个村落是由诸个有一百多年历史的老宅院构成的，本身就有参观、游览的价值，因此，有没有营业执照倒不清楚也不重要，反正这里，几乎全村的家家户户都成了小旅馆和小饭店。

现在，董大为的生活居然好得有了轿车开，当然这个车不是他们自己买的，因为他们两个人的经济基础还没有爆发或积蓄到这样的水平。这车是关卫兵秉承韩小飞的旨意主动借来的公车，因为，他董大为的位子越来越重、越来越稳，已经足已影响到韩、关的利益了，而且这种利益于公于私都包括。有了车，人就仿佛有了翅膀，刚一能飞，董大为便拉了骆雪驱车来到了这里。

董、骆先到村里定下了一间农房，准备晚上爬山回来住。小两口留下了多余的衣物，便穿过村落，往灵山背后的黄草梁爬来。

阳光照在无边的白雪上，没有金黄，反而有一些刺眼；满眼里几乎全部是白色的，只有没有被盖严实的树尖和草尖给大地点缀出一点其他的色彩来；脚底下满是“咯吱咯吱”的声响；呼吸进来的是湿润而清馨的空气，董大为有一个美丽的骆雪陪伴，而骆雪有一个疼她爱她的董大为相拥，于是，在他们心里的内部世界和眼中的外部世界都万物和谐，仿佛世界也开始共同演奏着美好和浪漫的乐章了。

当骆雪不注意的时候，那董大为却在她的脖口里灌进了冰凉的雪；当董大为得意忘形的时候,骆雪却猛推了董大为,而且没有忘记把自己的腿及时地放在董大为的脚前,做一个绊马桩。那董大为一个大男人还是毫无办法地被他的弱女子摔了一个大马趴。董大为叫了,而骆雪笑了;董大为按住伤腿不知是哭是笑,骆雪却真实地哭了。她后悔对老公太凶残了!

但生活毕竟不是美好和浪漫的乐章,生活只是一首不和谐的旋律,它时而优美,时而悲壮,时而无奈。当董、骆欢畅异常地陶醉在爱情与大自然里的时候,董大为的手机响了。

骆雪先于董大为拿起电话,看了手机上显示的号码,说:“是郝总的电话!”

董大为准备接,而骆雪却拦住了他:“一定没有好事! 肯定是加班。”

“那,我就不接了?”董大为问,骆雪在他的脸上印下一个吻,算是领导者对被领导者请示报告的签批。

于是,他们继续飞翔在白皑皑的山野上,让好心情随阳光一起,四射在世界的每一个地方,让欢畅随着微风一样荡漾。

但是,荡漾了没有一会儿,董大为的手机就又响了。这回骆雪傻了眼:“老公,你还是接吧,好像是葛副行长的电话!”

董大为老老实实地按照老婆的指示办:“您好!”

对面开口了:“我是葛荣。”

“葛副行长!”董大为弓着腰,恭敬地说,仿佛葛副行长就站在自己对面的雪地上一般。

葛副行长说:“听说你和京都市亚太文化发展公司的陈总是大学同学!”

“是呀!”董大为不知道葛副行长的葫芦里装的是什么药,便不假思索地回答。

葛副行长说:“你赶快回来一趟,亚太公司的陈总,你那个同学告我们呢! 非讹我们三百万不可!!!”

董大为支吾着:“可,我在大山区呢!”

葛副行长惊诧着:“大雪天的,你跑山里干什么?”

董大为撒着谎:“我有一个同学病了,他们家住这里!”

葛副行长说:“那好,我们的行务会就改在下午两点开。我们等着你,刘行长也来,你可不许迟到。”

葛副行长说罢,不管董大为愿不愿意,能不能来,就武断地把电话给挂断了。

董大为叹道:“官身不由己呀!”

骆雪看着董大为,玩笑道:“别现在就有成就感! 你是小官,还是民身不由己!”而后顿了顿,秀丽的双眼闪亮着说:“我感觉,现在你发动进攻,夺取你事业平台的时候到了!”

“有这么乐观?”

“你可要该出手时就出手,关键时刻抖一下郝总的底,但是,也不要抖搂太多,否则适得其反!”骆雪嘱咐着。

国商银行营业部,十八层会议室。

刘行长主持会议,葛副行长、郝逍遥、董大为还有营业部法律事务部、信用卡部的老总参加。

刘行长中等个,圆脸盘,戴着一副银边厚片的近视眼镜,他虽然不到五十岁,可已经有了一头花发,由于发福,下巴和腮显得很大,使得整个脸显得有些上窄下宽了。他是不苟言笑的那种人,手握生杀大权,往那儿一坐,不言自威。

他的面前摆着一个宜兴紫砂杯,由于用得久,那本是发红的紫砂现在变得已经发紫了。刘行长见与会者全部到齐,便喝一口杯子里的茶,慢条斯理地说:“先由卡部把情况说说。”那话音虽然音量不大,但里面却充满了威严。

信用卡部的项总魁梧的身板,硕大的头,是一个退伍不久的军队干部。原来在部队里官至正师,本来希望到政府部门当个局长、书记什么的,从骨子里看不起银行的琐碎工作,但是,由于政府部门一时安排不下,便硬是被组织部门安排到国商银行总行。总行人力资源部的于主任也不愿意拱手让给项师长一个主任级的位子,便灵机一动,硬把项师长推荐给了营业部。最后,项师长看在银行工资高的份上,只得在卡部屈就了一个正处级干部。听说他还在找总行于主任及通过八方关系活动着，准备往信贷部门来，希望当个老总或者主管信贷的副行长什么的呢。但是，思想可以很快转变，而业务要从打仗转到货币经营，却没有那么简单，因此，对银行业务压根不懂也没有兴趣的项总，大凡遇上与领导或者与客户针尖麦芒地谈业务，便把手下精通业务的穆副总带着以应付场面。因此，今天项总自己只说了一个开场白，便又隆重推出了穆副总，来具体汇报侵权官司的事情。

其实，刘行长本是个精明人，他也知道项总说不清楚什么，本来信用卡部空出一个正处的位子，他正准备引进一个金融专业海归博士的，但怎奈人活在现实社会里，不能够处处按照自己的想法来，被地方上的权力部门和总行人事部门硬塞来一个项师长，用一个对金融一窍不通的革命战士换了一个满腹经纶的海归博士，他也是万般无奈！要吧，肯定是项师长在业务上对付银行，银行业务无法发展，不出娄子就算万幸；银行呢，在个人前途上，也不可能不对付项师长，不可能不给他安排一个穆副总，以期架空他，或对他有所辖制。不要吧，也不成，这些权力部门谁惹得起！停水停电倒不至于，可今后他刘行长个人的高就，如果有组织部门、人事部门作梗，那就前途难料了！

不过好在国商银行是国有银行，又财大气粗，多养他几个师长、旅长的，还能够承受得起！

精通业务的穆副总很快就把照片侵权的事情说清楚了：

原来，国商银行营业部在发行全市通用的信用卡时，从摄影杂志上用了一张风景照片作了卡的装饰，而那张照片的版权却偏偏是属于陈淑媛的。由于国商银行的当事人当时没有著作权意识，没有和杂志也没有和著作权人打招呼付过费，同时，也可能是著作权人诚心，他们早不告晚不告，等信用卡已经发行了三百万张的时候，著作权人才找上门来，要求每张卡赔付一元，总共要求国商银行赔偿三百万元！

听罢汇报，葛副行长补充道：“当然，这件事的责任人不是项总，他当时虽然来了，但还没有正式进入工作角色；也不是穆副总，他当时做不了主；而是李总，但是现在，李总他已经退休了，也无法追究责任。而且，当时，我也不分管这块业务。所以，经刘行长同意，我们这次，就不谈责任和处理人的问题了。只谈怎么解决纠纷吧。”

葛副行长话音刚落，项总就拿出了军人的气概，率先发言了：“这个亚太公司的陈总，也太不讲道理！这么一张破照片，银行用了，是看得起她，我们没有向她要宣传费，她居然讹起我们来了！！！”项总见大家都看自己，便以为自己说得不错，于是，把脸直对了刘行长，颇为严肃认真地出主意道：“刘行长，您放心。我找一下我原来的老首长，让税务局查一下亚太公司陈总的偷漏税行为，把她给关起来算了！！那钱，她还要个屁！！！”

项总的慷慨陈词尤其是最后一个“屁”字，把习惯于阳春白雪，不喜欢下里巴人的国商银行众领导都给逗笑了。项总以为大家还有什么没有听明白，继续补充：“你们别笑！十个商人九个奸，我就不信她亚太公司的陈总没有偷税行为。”

刘行长对项总的兵话难于评判，也难置可否，于是，像没有听到项总的精彩发言一般对大家继续说：“别人说说。”见大家都不开口，便直视董大为：“小董，你说两句！”

虽然刘行长与董大为同岁同校同届，但是，刘行长却依然叫董大为“小董”，叫的没有觉得别扭，听的也没有感到不舒服。这就是官场，尊卑是按照位子来，而不是按照年龄算的。

董大为见刘行长点了自己的名，虽然是老校友点名，但是心里依然紧张起来，结结巴巴地开口：“刘行长，我倒有个建议，不知道是不是合适？”

葛副行长鼓励道：“对，你是陈淑媛的同学，你应该能够切中她的要害！”

董大为说：“从我对亚太公司的陈总了解分析，她是一个精明的生意人，确实是在追求着最大的商业利益，但倒不是一个不讲道理，唯利是图的人，有正义感，也挺仗义的。其实，她还想从我们这里贷款呢！”

听到贷款两字，半天没有吱声的郝逍遥不甘心风头都被董大为夺了，赶紧说：“亚太公司有求于我们就好，我们就能够拿捏得住他们！”

刘行长问：“贷款办得怎么样？”

董大为说：“营业部已经枪毙了？”

“为什么？是企业不好?”刘行长问。

葛副行长接过话题问:“我怎么没有审批过?”

郝逍遥现在才突然明白,此闹事的亚太公司就是原来自己毙掉的要贷款的亚太公司,但是,也不能够再藏着掖着了,只好说:“天竺支行报了,但是,我感觉规模太小,就没有同意放。”话一出口就感觉此事于己不利,他没有想到平日里老实巴交的董大为竟然在行务会上把自己给抖搂了出来。

那董大为按照骆雪的主意抖搂出了郝逍遥,心里颇为得意,怕郝总怀恨,便想再摸摸郝总的屁股,以期给予安慰:“对,我也是同意郝总意见的。”

刘行长问:“企业怎么样?”

董大为不等郝总说话,赶紧汇报道:“资产规模中等,贷款一千万,搞影视制作,有房产做抵押。”

葛副行长说:“那你们报嘛,我可以批的!”

刘行长沉吟片刻,把目光直视郝逍遥,批评道:“你们搞信贷管理的,也应该在控制风险的时候考虑一下市场开拓！贷款一千万、有房产做抵押你们都不敢放,你们还敢放什么贷款呀！都放怒潮这样的大户？可这样的大户京都市也没有几个！过于保守、谨慎,我们的信贷市场不就越来越萎缩了吗?”

郝逍遥被刘行长骂低了头,支吾着:“我们的客户经理太少！现在已经是一人管十四五户企业了,再接小户,活都干不完了。”

刘行长见郝逍遥竟敢当众顶撞,便索性朝他大声批评道:“什么人手不够！还是观念问题!！干多了没有钱,干少了虽然没有钱,但也没有过!!!因此,多一事不如少一事！同在京都市,参股银行那么重的硬指标不是也再干呢吗？你们要好好学习业务,赶快提高素质,否则,怎么迎接外资银行挑战？京都市发达银行就把我们挤垮了!!”

董大为明知道刘行长是在单独骂郝逍遥,可自己也甘愿陪着郝逍遥受过,假惺惺地连连说“是、是”,虽然他的心里一直是美滋滋的。

葛副行长见刘行长已经骂够了,便对董大为说:“小董,把你对赔款的想法说说。”

董大为说:“我建议我们和他们签一个谅解备忘录,给他们一点钱算了。”

刘行长见董大为这么说,便问:“还有没有可能通过贷款来缓解关系?我们不直接出钱?”

董大为为难着:“爱农银行要给他们一千万,他们的房地产都抵押完了。这样的公司如果办理担保贷款,风险度就高了。”

刘行长沉吟着,会议室里没有人敢出声,包括葛副行长。沉思一会儿之后,刘行长说:“小董,我出三十万,你找找老校友,帮我把这事摆平。”而后叹一口气,“花点钱吧,省得在总行和社会上丢人!”

葛副行长补充道:“谅解函由卡部项总自己签。谁的孩子谁抱走,反正你们也有独立的营业执照。”

三十五、击鼓传花

贾好运为了与怒潮集团套近乎而给京都市远东投资公司放出的五千万贷款，居然欠银行利息了！那郝逍遥从国商银行抛过来的包，像瘟疫一般，经过将近一个季度的潜伏，现在，又鼓起来了。

贾、侯便急急如热锅上蚂蚁一般，开着参股银行配的旧捷达，杀奔远东投资公司而来。却不禁被眼前的情景惊呆了：京都市远东投资公司那好端端的一间大办公室，已经空无一人，被反锁了门。

从玻璃门向里面望去，除了那扇把张梦天老板和员工隔离开来的玻璃幕墙依然存在之外，整个房间空空如也，远东投资公司已经是人去楼空了！！！

机智灵活的侯山赶紧拨了张梦天老板的手机，手机对面居然有了人声，但却是一个标准的女音说："对不起，用户不在服务区。"

可侯山的手机刚挂断，贾好运的手机却响起来，电话是秦鸣打过来的，催问两千万贷款的事情。

这贾好运本来就对秦鸣的模样和其人本身都没有好感，但是为了自己的生存计，还是认认真真地把贷款材料整理了出来，想报到赖主任那里碰碰运气，但是，没有想到，秦鸣的贷款项目，还没有出支行，就先被吴力毙了。理由再简单不过了：小企业，又是私营的，搞它干吗？有精力，再到怒潮公司拉存款放贷款去！

但是，现在，贾好运回答秦鸣还是很委婉、很客气的，什么商业银行无序竞争、什么中小企业贷款难、什么小银行不把支持民营企业发展为己任，总之，贷款没有批下来。那边的秦鸣面对失败，心里头骂骂咧咧的，可也是没有办法，只得挂了电话。

打发了秦鸣，还得救远东公司欠息之火。还是贾好运成熟、老道，他直接就往最坏里想，直接拨通了他在法院执行厅工作的一个东北老乡的电话："是宋大和吗？"

对面回答："我是宋大和。"

"假如一个企业贷了款，就找不到人了，能不能告诈骗？"贾好运没有直接说出京都市远东投资公司的事，佯装作理论探讨一般。

宋大和思索着："一个企业贷了款，就找不到人了？那，银行的信贷员干什么去了？一定是银行与企业共同作案！"

贾好运简直哭笑不得了："老兄，你先别给银行定性！告诉我遇上这种事情怎么办？"

宋大和回答："找担保单位要钱！或者起诉借款人和担保人。"

"可不可以告到公安局去？"

"这种情况，本身签的都是合法的商业合同，离到公安局尚早。如果真的到了公安局，如果这个公司跟你老弟有关联，恐怕要麻烦了！一来办案费用比诉讼费高，二来银行的人也要经过像过筛子一样的调查，没事也得脱层皮！到时候恐怕饭碗都没有了，与其说这样，还不趁早走人呢！"

"趁早走人？这倒也是个办法！"贾好运思索着。

"哪里的黄土不埋人呐！"宋大和在对面感叹一声。

贾好运听了，连声说："明白了，明白了。"心想，看来，告张梦天或是怒潮公司诈骗都不是一件容易的事情，真像宋大和所说：与其把自己搅和进去告来告去等着赖主任之流处理，倒不如自己一走了之，自认倒霉，离开这个鸟银行！！！

自此，贾好运在参股银行已经萌生退意，只是怎么走，他还没有想好，反正他是不能够便宜了言而无信的赖主任之流的。

终于，贾好运拨通了担保人之一怒潮集团兰总的亲弟弟贺总的电话，贺总在对面说："前几天，听说张梦天要搬家了，怎么？你们不知道张梦天搬哪里去了？"

"我们找不到他呀！人去楼空了！"贾好运带着绝望的腔调呻吟着。

"我操，这个张梦天弄一个假合同，已经玩我一把了，别让这小子再给骗了！"对面的贺总也没有了往日的儒雅，故意破口骂道。

贾好运不等贺总骂完先关了手机，也如梦方醒一般地破口大骂："娘稀个屁，我们又让人家给玩了！"

侯山反而没有往日的聪颖，不解地问："谁玩了我们？是张梦天？"

贾好运气哼哼地说："张梦天是骗！是明火执仗！那是我们蠢，还不叫被玩！"

"那玩我们的是谁？"

"就是郝逍遥、韩小飞之流！！"

"不会吧？"侯山诧异地望着贾好运，以为眼前的贾行长已经被急糊涂了，犯了神经官能症之类的疾病呢。便把手在贾好运圆睁着的眼前晃了晃，看贾好运是否有反应。按照医学常识，有反应便是神志正常，没有反应便是神经病无疑！

贾好运见侯山拿手在自己眼前晃来晃去的这副德性，哭笑不得起来："你干什么？你以为我急疯了！"而后气愤地瞪一眼侯山，"亏你还是北大的高材生！这都看不出来！"

侯山见贾好运还有反应、会生气，反而放了心："我真看不出来什么？"

贾好运大叫道："这么一个破企业，老板还搞过假合同，他郝逍遥、韩小飞之流居然推荐给我们！这不是甩包袱、玩我们，是什么？！"

"也对呀！"侯山也恢复了智慧一般地说，"后来我才听骆雪说，原来这远东投资公司是怒潮家具公司的担保单位，后来硬说担保合同是假的，到中央银行告国商银行，是郝总硬是让怒潮家具提前归还了贷款把假合同的事抹平的。后来，那张梦天却开始直接向国商银行贷款了，韩小飞惹不起远东投资公司，便把矛盾往郝总那里推，郝总也惹不起远东投资公司，就把矛盾推给了我们！"

贾好运叫苦连连："可现在远东投资公司这个包，我们已经背上了！我们传给谁去！如果没有下家接，我们可就算一辈子栽了！！"

“我想郝总和韩小飞这么怕远东投资公司,他们一定有把柄被张梦天攥着!”侯山两眼闪亮,放射出智慧的光芒。

“肯定有问题。但是,那与我们无关呀!即便我们发现了他们蛛丝马迹,确定他们是经济犯罪,把他们判了死刑,可对我们也没有任何好处和帮助!”贾好运不屑地说。

“贾行长,那您说怎么办?”侯山没招了。

贾好运沉思着,而后,脸色阴沉着问:“远东投资公司的真实情况你认为有没有必要同参股银行说?”

侯山也沉思起来:“如果说了,按照赖主任的为人和吴力挤走我们而后快的想法,我们死定了!”

贾好运补充道:“不但我当不了一把手,你转不了正,弄不好还会连这份工资也没有,会被赖主任给开了!”

侯山明白了贾好运的想法:“远东投资公司的情况,我们当然不能够实说。”

“我觉得我们应该这么做,你看看是不是合适:第一招,我们先私下调查一下远东投资公司的情况,最好能够把贷款和利息私下讨回来。第二招,我们可以再找怒潮公司,学着郝逍遥、韩小飞之流的样子,我们给怒潮公司再贷款六千万,把远东投资公司的贷款顶出来,不断用贷款还款,把事情搞平。第三招,我们还可以学习郝逍遥、韩小飞之流的招数,可以找发达、爱农银行,让别的银行接手,把包传给下家去。”

“妙!三招下来,我们保证可以躲过这场劫难!!”侯山见原本正直的贾好运在银行无序竞争的压力之下人性已经发生的扭曲,不但没有感觉诧异,反而赞叹起来,他真的开始佩服起贾好运这个老姜了,他适应环境的能力真的比自己高出一筹。其实,此时,人性扭曲的,不光是贾好运,还有侯山自己。

贾好运吩咐侯山:“我给吴力打一个招呼,你从现在开始就一心搞定这桩事!追踪张梦天,出差到外地也可以!”

三十六、敲他银行没商量

陈淑媛最近有点烦，因为在参股银行贷款没有批，而国有的爱农银行受了郝逍遥的影响，同样以企业过小为理由拒绝了她的贷款申请。

正巧董大为按照营业部刘行长的指示，打电话过来，作为国商银行的代表，提出找个地方，与她敲定一下国商银行侵权的私了价码。她便推掉所有的应酬，立刻就答应下来了。

她把与董大为会面的地方选在了位于朝天门外的银柜歌厅。因为，这里比较新潮，比较干净，在单间里有吃有喝，也便于静静地聊天。

在仪宾小姐的带领下，他们上了二楼，推开名叫"海花"的包间，没有见人，却先听到了悠扬的歌声："蓝蓝的天上白云飘，白云下面马儿跑……"

陈淑媛迎出来，对骆、董叫道："才子佳人，多幸福的一对！"

秦鸣也停止了歌声，对骆、董客气着："不好意思，我们两个倒先唱了！"

董大为先像个欧洲绅士一般帮助他心爱的雪儿脱掉时髦的羊绒大衣，挂在衣架上，而后才脱自己老气横秋的羽绒服。陈淑媛玩笑着："秦鸣，看看人家，学着点！"

秦鸣也玩笑着："董总你也太雷锋了吧，把媳妇打扮得花枝招展、青春靓丽，而自己却几十年一贯制，老是一件羽绒服！"

骆雪急忙解释："我们大为就这样，可不是我欺负他！"

董大为自嘲道："保定农村很穷，小时候穷惯了，穿时髦的衣服反倒不习惯，别扭！"

陈淑媛说："你和秦鸣年纪差不多，他像雪儿哥哥，那你也不应该往雪儿爸爸的方向发展呀！"

陈淑媛一句话,让全屋的人都笑起来。只有董大为面露尴尬:"有这么严重?我已经老成那样了?那我真得改改,否则,该让大街上的人瞧不顺眼了!"

难怪银柜歌厅生意兴隆,原来这银柜歌厅除了卡拉OK之外,还免费提供晚餐及晚餐的酒水,而晚餐之后,酒水才开始收费呢。

骆雪听了这个政策,毫不客气,撇下董大为自己先跑了出去。不一会儿,连端带抱,弄回一大堆吃的;再跑出去,回来之后,又连抱带端地弄回一大堆饮料。

陈淑媛笑着说:"我的雪儿,为大姐省钱,也别累坏了身子!"

骆雪红扑扑着小脸,笑言道:"我的原则是只要人家不反对的,我都尽量满足自己!"

眼看着包房的小茶几上已经摆满了盘盘碗碗的,董大为也开始对自己的雪儿不满了:"我说,您也给银柜歌厅留一点利润!要不以后就没有这么个歌厅了!"

"行,老公!"雪儿乖巧地同意了。

于是,大家在欢笑中开始进餐了。

不要钱的东西吃起来,的确是香,即便是富婆也不能够免俗。因为,茶儿上的饮食见少,大家的话也并没有见多,歌更是没有人唱一首。

酒足饭饱之后,秦鸣还是以玉抛砖,先来了一首:《真的好想你》,学花旦模样,模仿女声,那是他的拿手好戏。

等骆雪依然是五音不全地唱起辛晓琪的《味道》时,董大为坐近陈淑媛,言归正传:"我们刘行长,你认识吗?我们那一级,会计专业的,叫刘严鹏?"

"咱们那一级一千多人,哪能都认识呀!"陈淑媛不屑地说。

"他可托我找你,希望用二十二万,把你那张相片给买了!"一方是同学兼朋友,一方是校友兼领导,他董大为在双方的利益上,还真的不好平衡!想她陈淑媛一张照片就能够卖个二十二万,已经仿佛天方夜谭一般,董大为还是把利益的天平倾向了国商银行。他有意比刘行长希望的底线压低了八万,因为他曾经听陈淑媛说起,最初她是想索赔二百二十万的。如果能够少出钱而完成领导的任务，陈淑媛也满意，不是就可以显出了自己的英雄本色来嘛！董大为聪明了一回：刘行长希望的底线他不但不会告诉陈淑媛，他甚至连他的雪儿都没有告诉。

陈淑媛笑道："一个大行长，还是校友，这么小气，才是我心理价位的十分之一!!"

骆雪嘴上在唱歌，其实心里却想着此行的目的呢，她也停下歌声，给董大为帮腔道："陈姐，您一张照片就卖二十二万，可是不少！"

秦鸣也插嘴："雪儿，你们在共产党体制下的人就不明白了，做生意是要抓住机会的！这张照片如果你用了，或是一个什么小公司用了，其实一钱不值；商机就在于国商银行用了，它有的是钱，又好面子。这种商机一年也抓不住两个的。"

董大为说："国商银行的钱的确有的是，可他刘行长君子舍财，要舍之有道。否则，乌纱帽难保，哪里还有无尽的财呢！"

见董、骆都态度坚决和诚恳，陈淑媛沉思片刻，说："这样吧，我总得给老同学一个面子，也给老同学提供创造优良业绩的机会。我要求加三万，凑一个整，就二十五万吧！怎么样？我加的这三万，我不要，算我给雪儿送一件裘皮大衣吧。"

董大为见陈淑媛这么痛快就妥协了，后悔自己当时把开价抬高了，如果开价说十八万，现在也可能二十万就能够成交了！

骆雪见董大为傻愣愣的不说话，便用胳膊捅捅董大为："我感觉陈姐很诚心，除了给我的钱我不要之外，我觉得可以！"

董大为听骆雪这么一说，才如梦方醒，连连点头："可以、可以，那我们就一言为定！改日我请我们信用卡部的项总到你们那里签一个谅解备忘录，二十五万立刻支付给你!!"

陈淑媛拿起啤酒杯与董、骆碰了一下说："我决不失言！"喝罢，陈淑媛没有了平常的矜持态，把一只胳膊搭在她的秦鸣的肩上，喜滋滋地说："前些天，秦鸣又给我弄来一单大生意!!! 是本书，这单生意恐怕不只是一张照片卖二十五万了，至少要一本书卖它二百五十万！"

董大为问:“什么书这么值钱?”

陈淑媛没有直接回答,而是对董大为说:“我痛恨你们那个什么郝总,我好端端的一个项目居然让他提笔就毙了!而且,还把他的保守观念扩散给爱农银行,弄得就要办成的贷款,最后,在爱农银行也黄了!害得我室内剧出不了屋,也未免太霸道!这次这本书,又可以整整他,他那位子,索性你就取而代之得了。”

“刘行长想做事,郝总已经老昏了头、干不了事,大为和刘行长又是校友。我感觉大为的机会来了。以后,倒真的可以有一个平台,让我们新、老知识分子做一点实事了!您有什么好主意?”骆雪诚心诚意地问道。

陈淑媛抑制不住内心的喜悦,说:“我要上电视,做一台专题节目,揭露怒潮集团操纵股市、骗银行、圈钱的事情!动静闹大之后,我就出版这本经济著作!不卖它几十万册才怪呢!一本赚十块,就是几百万呀!”

骆雪问:“就是您上次给我看的那本《上市公司黑幕揭秘》吗?”

陈淑媛得意地点点头。

董大为带着一点不满说:“你写书了?是自己写的?也不让我先睹为快,而且,还神秘兮兮的,只给骆雪看了一部分!”

陈淑媛语塞起来,话在嘴里转了好几圈,却始终没有说出来。

秦鸣对陈淑媛挤挤眼睛:“这书,当然是陈总的大作了!我只是帮她收集材料,否则,这么忙,她也搞不过来嘛!”秦鸣见陈淑媛对盗用常太平著作权的事情又打鼓、徘徊了,便出来打圆场。

其实,这本《上市公司黑幕揭秘》就是常太平委托他炒作的那一本书,只是由于还没有和常太平签合同,那常太平便已经小命呜呼!秦鸣刚提出这个移花接木的主意时,没有想到他的陈总还不愿意呢!说什么怕常太平的阴魂来作祟,还怕良心不安。但是,英俊男人自有他英俊男人的本事,在床上,三下两下,他的陈总酣畅淋漓地大叫一阵之后,就乖乖就擒,言听计从了。但是,陈淑媛考虑此书内容涉及几家上市公司,尤其是直揭怒潮集团公司的老底,商业利益巨大的同时,也存在着风险:谁知那兰宛茹除了极端势利之外,还会不会是一个涉黑人物呢?谁知道她知道有这么一个要她命的材料，她会不会狗急跳墙？因此，陈淑媛答应秦鸣自己充当作者之前，要求他不要对任何人声张书稿之事。

此时，陈淑媛听秦鸣这么说，不觉把脸一红："这本书大部分是秦鸣找来的材料，最后，我只是自己加工，攒写的。"她对窃取常太平的成果依然很不踏实、依然良心不安。

秦鸣见陈淑媛这么说，便作诗一般地打气："从此，陈总除了钱，还能够有名了！书是精神产品，好的精神产品是可以永恒的，我希望陈淑媛的名字能够和《上市公司黑幕揭秘》这本书一起永恒！！"

陈淑媛见秦鸣如此一说，心里踏实了一点，敷衍道："当然，也应该算作我的著作！"

董大为问："我听骆雪提起过书稿，但详情还是不太清楚！你出书固然可喜可贺了。但是，与我的位子有什么必然联系呢？"见骆雪又要开口指责自己愚钝了，董大为赶紧捏捏骆雪的后脖子，示意她不要开口，再听听陈淑媛的高见。

陈淑媛神秘地说："通过我的材料分析，原来那个怒潮集团只是一个空壳企业，早已经是资不抵债了！！而股民和银行却还蒙在鼓里，股民傻乎乎地买股票、银行蠢了吧唧地往里贷款呢！你们国商银行的所有贷款，哪一笔不需要郝逍遥负责任！？"

骆雪点头："国商银行的确是让兰总给骗了！"

董大为则颇不以为然："怎么可能呢！这么大一个企业，还是优质客户，是所有银行竞争的对象！韩小飞年根底下，为了指标好看，又给怒潮集团放了一个亿的信誉贷款！郝逍遥同意了，我也拦不住！"

陈淑媛得意地说："就因为谁都以为怒潮好，所以大家才都会上当！可我早就说兰宛茹不是一个好东西！我就要在电视上揭穿她的真面目，看我们俩，哪个女人可以笑到最后！"

骆雪见大家沉思起来，没有人说话了，便也兴奋地插嘴说："除了陈姐的书，我还有一件秘密武器，足可以让郝逍遥下台，给我们让出平台来！"

这回是陈淑媛、董大为和秦鸣异口同声地问："你有什么秘密武器？"

骆雪先“咯咯”笑了起来，望着众人说：“我看你们大眼瞪小眼的，真好玩！”

陈淑媛道：“雪儿，快说！你老公好了，你们可以施展聪明才智了，我贷款容易了，你不也就好了嘛！夫贵妇荣呀！”

骆雪说：“昨天侯山到我这里来了！”见陈、秦一副感觉莫名其妙的样子，便解释道：“侯山是从我们这里调到参股银行工作的一个小男孩。在我们郝总的诱导下，参股银行箭楼支行硬是给怒潮家具背了一个包！现在，那个贷款的远东投资公司不但欠息，而且连个人影也找不到了！国商银行甩出去的包，在参股银行又鼓起来了！！”

“第一次去，我就知道那个远东投资公司没有实力，连担保五千万的能力都没有，参股银行居然敢给他们贷款五千万！全是沾了怒潮公司的光！其实，和怒潮公司也是关联企业。最后，怎么办了？”董大为关切地问。

骆雪说：“贾处长和侯山拼着命讨债，一直追着张梦天到上海去了！原来那张梦天整天泡交易所，把钱全部砸在怒潮股份的股票上了！而且，据说还有怒潮集团的几个亿的资金，一起在沪市上兴风作浪！”

秦鸣叹道：“难怪最近怒潮股份的股票连续几个涨停板！原来有恶庄！”

陈淑媛问骆雪：“那你的这事又与郝逍遥有什么关系？”

骆雪小嘴灵巧地启合着：“银行的贷款是不准许流入股市的，而怒潮集团的资金却去了！如果加强贷后管理，按照大为那套规范的办法搞，这种问题是完全可以防止的。郝逍遥是营业部信贷管理的头，贷款管理出现问题，责任自然在他，这是一；第二呢，怒潮家具贷款五千万元，一直是依靠贷款还贷款，钱也一直搁在股市里，压根就没有归还过，这次还清远东投资公司担保的那笔贷款，也是总行给怒潮股份的钱，而后转过来还贷款的。可郝总居然睁一只眼闭一只眼的装作不知道！第三，侯山还发现了郝、韩一定与怒潮家具、远东公司有经济往来！”

董大为惊大了眼：“有什么证据？”

骆雪继续说：“远东投资公司那个到广西北海游泳时被淹死的钱副总，其实还活着！”

“你说什么？作假担保合同的人还在！？还活着！！！”董大为惊愕起来，“你怎么不早说！”

骆雪一笑：“其实我今天都不想让你知道，怕你为这事分心！或者马上到中央银行汇报去！”

董大为追问：“我是要汇报！可你怎么知道的？”

骆雪说：“侯山在上海看到的，张梦天与他在一起，一个长得像虾米一样的人，张梦天一口一个‘钱千慊’地叫着，绝对错不了！而且，这个钱千慊回京后居然请郝、韩一起吃饭、泡歌厅、搞按摩！看来，上次我们去远东投资公司，那个张梦天真的没有说实话。事情远没有想象的那么简单，很可能是两个公司再加银行的人，一起作假合同骗银行！在某种意义上说，我们是让人玩了一把！”

“谁玩了我们？”董大为一半是认真一半是不屑地问他的雪儿。

“张梦天玩我们一把呀！”骆雪说。

董大为叹道：“这事真复杂！这事表面上看，是远东投资公司的这个钱副总和家具公司那个谢云联手所为！”董大为思索片刻，“其实我看，实际上张梦天不是什么受骗，对假合同不知道，而是与兰贺串起来，让钱副总和家具公司那个谢云演双簧，有意用的假合同！到时候，把两个当事人抛出来，生死不明！而他们自己正好躲掉债务！只是银行的人，特别是那个韩小飞，陷多深，倒不好说！”

秦鸣不解了：“银行的人为了自己拿钱，可以理解。那企业为什么这么做？”

骆雪回答：“企业的目的吗？很简单：就是根本不够贷款的条件，骗着银行拿到了贷款！”稍作停顿，骆雪一双秀眼放出了亮光，接着说，“而且，企业还可以到还钱时不还贷款，不履行担保义务！同时，抓住银行的把柄，要挟银行！”

董大为说：“只是郝逍遥让我给中央银行写的那份报告，把国商银行洗得一干二净！我无意之间成了助纣为虐！现在倒有被强奸和诱拐的感觉，心里不舒服！”

“一个大男人,谁强奸和诱拐了你?”陈淑媛一直在吃葡萄,没有专心听大家议论,此时贸然插嘴问。

骆雪玩笑道:“当然是张梦天拐,郝逍遥奸了!”

秦鸣听明白了骗保的来龙去脉,惊叹道:“玩得漂亮!玩得漂亮!简直可以编入《避法诈骗大全》!以后,我也这么骗银行的贷款去!”

“除了强奸和诱拐,我们还让郝、韩也玩了一把!”骆雪又分析出了新的结论。

“郝、韩怎么玩我们?”董大为不甘心承认自己的愚钝,反问道。

骆雪说:“事情明摆着,郝逍遥明知道怒潮家具公司和远东投资公司的真实情况,却让你在给中央银行的报告里,大事化小,小事化了!”

董大为沉思着:“国商银行的五千万元贷款,虽然已经解套了,可参股银行箭楼支行又被套住了!击鼓传花,资金链断的时候,便是花砸在手里的时候!到那时,国有财产的损失便可以看出来了!”

骆雪看董大为转过弯来了,便继续说:“那侯山还想趁怒潮企业牌子没倒之前,再把远东投资公司这个包甩给爱农银行的大山支行呢!”

“爱农银行的大山支行就那么傻,会接这么一个包袱!?”陈淑媛不解地问。

骆雪解释道:“爱农银行的大山支行不傻,但是,在银行之间的无序竞争面前,他们一样会成为瞎子!据说已经有眉目了,由怒潮集团贷款,怒潮股份和怒潮家具共同担保,贷款六千万,表面上是用于怒潮集团的流动资金,实际是归还远东投资公司在参股银行的贷款。”

陈淑媛心有所悟:“这样,这个包便又给爱农银行的大山支行背了?”

骆雪淡淡一笑:“是呀!击鼓传花,鼓还没有停嘛!”

陈淑媛若有所思:“看来我陈淑媛已经成为鼓手了!我什么时候把怒潮的老底揭出来,什么时候鼓就停了!京都市金融的损失就浮出水面了!”

董大为坐不住了:“我得赶快给刘行长或者中央银行汇报这件事,不能够让这帮人逍遥法外!”

陈淑媛劝阻道:“你没有证据,乱汇报一通,国商银行的领导同志,尤其是郝逍遥一定会以为你是别有用心！”她说罢，竟独自“哈哈”地冷笑起来：“我想什么韩小飞、什么郝逍遥跟兰宛茹都是一伙的，兰宛茹倒了，他们也就必然完蛋了！”

骆雪见了陈淑媛的怪样子，问：“您是不是有什么想法？”

陈淑媛淡笑一下：“我先以怒潮家具公司和远东投资公司的骗保案，烧他郝逍遥一把，看看他郝逍遥滚不滚蛋！”

见大家个个都像上战场一般，秦鸣却突然笑起来：“为了这么一个位子，费这么大劲儿搞，岂不太麻烦、太累了？我帮董总买个官做得了！”

陈淑媛掐一下秦鸣的后脖子：“你小子又有什么邪的歪的尽管说，别打击我们的积极性！”

秦鸣诡眼一眨，问董、骆：“国商银行总行有个管人事的于主任吧？”

董、骆点头。秦鸣再问：“他有个儿子叫于胜利知道吗？”

董、骆齐声说：“好像听说过。”

秦鸣得意了：“于胜利和我是铁哥们！陈总也见过的。托他给于主任送足银两，董总的‘副’不马上就转‘正’了吗？”

陈淑媛作色道：“你跟我们说的是两码事！大为可不是为了做官才争官，我们是要给大为找到做事的平台！扫帚不到，那郝逍遥怎么会自己跑掉！？”

三十七、透风的墙

常太平的死让陈淑媛意外地获得一部畅销书稿，也获得了同兰宛茹一决高下的关键武器，应该是获益者。但是，常太平之死也有跟着越来越倒霉的人。这就是为常太平喊冤而被国商银行轰出来的郭安邦博士。因为，一连几十天过去了，他还没有找到工作。

中国是一个人才匮乏的国度，京都市是一个经济活跃、生机勃勃的城市，但是，对一个博士来说，找一份工作却也不是一件容易的事。

在上次到箭楼支行找老领导贾好运之后，他在互联网上发了近百份求职简历，可收到的答复却寥寥无几。有几个公司找他参加面试了，但是，对一个堂堂博士从京都市最大的银行之一国商银行的总行出来，投奔一家小公司就是不能够理解。最后，都善意地回绝了他，理由很简单："我们公司提供不了比国商银行更大的舞台，你来了，也还会走的！"

就像常太平因被末位淘汰而感觉不平一样，郭安邦也为自己这莫名其妙地被劝退而愤愤不平过，他也想到了通过法律找说法。他找到了自己本科时的同学——大律师章朗，可那章朗是早已经被市场经济把人眼熏成钱眼之人，虽然是老同学的冤屈，但是，面对着麻烦而无效益的官司，依然婉言推脱了。虽然章朗律师就在京都市，可在手机里愣是告诉郭安邦他在美国呢，需要半年才能够回来！于是，郭大博士对自己在国商银行的不平遭遇，也只能够自认倒霉了。

终于有一天，他的手机响了，液晶屏幕上显示的是一个陌生的号码。郭安邦心里一热：这一定是哪个招聘单位打来的！

果然，电话是 M 出版社打来的，希望他马上到 M 出版社参加经济类编辑岗位的面试。

郭安邦听说出版社工资很低，但想那里必然是个文人聚集、可以做学问和研讨问题的地方，在没有银行肯要的情况下，他还是准备退而求其次了。

但是，从驻地到M出版社要从城西南赶到城东北，整个一个大调角，郭安邦为了能够找到这份差事，还是咬了咬牙，只得舍公共汽车而打出租车；为了节省时间郭安邦也只得直接打一块六的富康车而没有专等一块二的小夏利。

但是，郭安邦着急与兴奋之中竟忘却了自己已经没有了工作、好久没有多少资金进项了，车到了M出版社的楼下，才发现裤兜里的钱却不够了！一个大博士左摸右找，也没有能够再多找出一个硬币来。

郭博士窘红了书生的脸，结结巴巴地对司机尴尬着：“大哥，我今儿忘了带钱包！少了五块钱!!! 您……”他实在没有好意思说自己没有了工作，已经身无分文了。

那出租车司机见状，立刻火冒三丈，急了：“看你丫头的像个人！却他妈讹我五块钱!!! 不行！”说着跳下车，“砰”地摔了车门，冲到车后排，大手瞬间便抓住郭博士的衣领口，把个郭大博士从车里像拎小鸡子一般地一把拎将出来：“不给钱，我抽你小丫头的！”

郭博士自幼是苦读诗书之人，哪里见过这等粗鲁的动作，早已经吓丢了魂，结结巴巴地招供道：“大哥，我不是想讹您！我是清华大学的博士！今天……”

司机见这个乘客没有还手的意思，又自称是博士，号称知识分子，想他大概不是有意与自己过不去，于是，自尊心得到了满足，同时，怒火也平息了许多，他松开了郭博士的衣领子：“你丫还是博士？博士还能够没有打车的钱!?”

郭博士终于招供了：“我让银行给开了！没有工作了！”

司机睁大了双眼：“博士被银行开了!? 谁信呢！”

郭博士一个大男人，在一个粗鲁男人面前，带着哭音辩解道：“这事我还能骗您吗！”

司机一听,倒笑了:“你丫玩儿行长老婆了吧!?”

郭博士更红了脸:“我哪里是那种人呐!我也不敢呐!我只是看不惯一些领导的作风,写了一篇批评文章!”

司机见郭博士如是说,便重新上下打量了郭博士一遍:“看不出你丫这德性,还敢仗义执言!?”

郭博士依然窘迫:“不敢不敢,我当时只是不知道老虎的厉害,只是随便瞎写了几句!哪知……”

司机骂了一句:“当他妈官的,没他妈什么好东西!还是咱贫苦大众实在!”骂罢,转身,回到车里,把郭博士刚才交的三十几块钱,一把扔了出来:“小子!大哥我信你一回!这钱你拿着,下次数好了钱再上车!!”

望着从车窗里飞出来的钱,郭博士的眼里充满了泪水,他一连声地道歉:“对不起!谢谢您!对不起!谢谢您!”

出租车撇下郭博士,一溜烟地开走了。

一张十元的人民币,被车轱辘压住了,与地上的泥贴在了一起。

想到自己还要回去,想到自己还要吃饭,郭博士还是低头弯腰,把地上的大票小钱,包括那贴在泥地上的十元钞票一一捡了起来。

辛苦而来的郭安邦依然被社长那对他离开国商银行的疑惑而拒之于编辑队伍的门外了!虽然工作没有找成,但是,面试时一个编辑听说他是国商银行总行的,倒给他透露了一个令他吃惊的消息:

原来,常太平曾经要在这里出版一本名叫《上市公司黑幕揭秘》的书!这位编辑还告诉他,国商银行的优质客户——怒潮集团按照常太平的分析应该是一个资不抵债、濒临倒闭的空壳企业!

郭安邦当时就问:“书稿还在吗?”

那位编辑回答:“那个叫常太平的作者后来又不准备出版这本书了,书稿他全部要走了。他现在怎么样?”

郭安邦回答:“跳楼死了!”

编辑惊诧了:“不会是他杀吧?我看那书是可以让几家公司,尤其是让怒潮公司倒闭的!”

郭安邦继续问:“书中内容您还能回忆出来吗?”

“具体的想不起来了。常太平这人很聪明,网上摘、自己摸!结论就是那几个上市公司提供虚假财务报表!怒潮公司是个空壳!他死了,真是可惜!”

郭安邦倒没有把常太平之死与他的书和怒潮隐私联系起来,更没有把常太平的死由自杀往他杀方面去想,但是,回到宿舍之后,他又却做了一次“金融忠良”。郭安邦先把怒潮的问题通知参股银行贾好运,贾好运只用鼻子“哼”了一下,对他的消息,以一笑了之了;郭安邦又把怒潮的问题通报了国商银行郝逍遥,郝逍遥早听说了郭安邦被轰走之事,更以为他是挟私报复,更以怪笑应付;最后,郭安邦只得写了一封短信,寄往牛蓓薇任过处长的证券监管委员会的扩股审批处,大意是希望管理机关留意怒潮股份,它已经是资不抵债企业了。不过他这次倒留了个心眼,没有用自己的真名,而使用了化名“金忠良”,只是这些材料能否有效果,他就不得而知了。

郭安邦听说发达银行正谋求与国际金融接轨,为了活着,他就硬着头皮又来到了发达银行。准备再撞撞大运,反正自己已经花司机施舍的钱了,还怕再碰壁吗!

他没有想到的是,原来这发达银行人力资源部的总经理却是一个靓丽非凡的女子!看上去,她的年龄,应该不到三十岁,有一双凹陷的大眼睛,虽然戴着一副镜框窄如黑线一般的眼镜,但是那对大眼的秀丽依然没有被遮了去,还可以分明地看到她的眼白是蓝色的;她的皮肤很白,很细嫩,是嫩如葱白儿、白里透粉、最能够迷倒异性的那种;一身藏蓝套裙行服尽显职业妇女的干练,最是她那一低头的模样,宛若一朵水莲花,不胜点点小风的娇羞,柔媚之极;垂散开的长发,流淌间可以让世界和男人心中都荡漾起风情万种。

“您有什么事情吗?”她的大眼睛从眼镜片后射出明亮的光,很友善地问郭安邦。

郭安邦已经是因为挫折遭遇多多,心缝渐宽之人,很客气但也很轻松地说:“看到你们总行的一个招聘启事,我想投一份简历。”

女经理淡淡地说:“可是,现在已经过了我们的招聘截止日期。我们已经准备对应聘者进行考试了。”

郭安邦拿出了他博士做学问的执著:“您看看我够不够条件。”说着把自己的简历放到女经理桌上,并推到她的眼前。

女经理礼貌地扫一眼郭安邦的简历,正准备退还给郭安邦的时候,却又停了下来,再次把简历放回自己的眼前,仔细看后,惊叹道:“你是清华大学的博士!?”

郭安邦平静地回答:“是。管理学院毕业的。”他看女经理刚才准备退还自己的简历,嘴上虽然话语平静,可心里却呼:完了!脸上虽然表情平淡,可一颗中国知识分子的心,却开始在哭泣、在流血了。偌大一个京都市就要没有他一个大博士的立身之地了!

女经理又惊叹:“你的英语过了专业八级!?”

郭安邦又平静地回答:“能够与外国人正常交谈。”

女经理再次惊叹:“你写过三本经济著作?!”

郭安邦再次平静地回答:“是。”

女经理又再次惊叹:“你是国商银行总行的?!”

郭安邦又再次平静地回答:“是。”而后,他想女经理该问:你为什么不在国商银行工作,而愿意到我们这里来了呢?

果然,女经理没有再惊叹,而是疑惑地问:“你为什么不在国商银行总行工作,而愿意到我们这里来呢?”

郭安邦继续平静而老实地回答:“与领导关系没有搞好。”

“为什么?”女经理继续疑惑着。

“政见不同。他们把银行当官场,我是把银行做市场!”郭安邦痛苦地提炼出了自己遭受磨难的根本原因。

女经理眼中却奕奕闪光地说:“我们发达、国商两家银行虽同在金融街,但是,我们发达银行不是官场,而是市场,而且,马上就要进入国际金融市场了!”

郭安邦见女经理没有了官架子,便也放松起来:“我认为京都市的金融不变革,不进行制度和技术创新,就没有前途,只有死路一条!"

女经理说:"制度和技术创新是我们发达银行的立行之本!我们是一家海外上市的股份制银行,也将成为京都市第一家被外资整体收购的中资银行!"

郭安邦问:"我听说了,什么时候开始操作?"

"明年,也就是还有几天就来临的二零零三年,要完成整体收购。因此,一开年,我们就要从国际和国内引进高级金融管理人才!"女经理兴高采烈地说,看得出来,她对她的银行充满了信心与期望。

郭安邦一来没有什么地方可去,面临生活窘迫,二来希望到发达银行这样的新兴银行大显一番身手,由于在心里对发达银行产生了所求,又怕人家不要,因此,内心世界不觉发生了变化,开始心虚起来,人也没有进门时潇洒了,唯唯诺诺地问:"我能不能……给您……补报一份简历?"

女经理望了郭安邦一眼,起身,很干脆地说:"这样吧,简历,你放在我这里,等我们通知来笔试、面试,好吗?"

郭安邦见女经理真的同意了自己的请求,高兴之余又担心起自己的存款来,便老老实实地汇报道:"我就是拉不来存款!这是我的弱点!大客户只认识一个,就是怒潮集团公司,我和该公司的老总——兰宛茹女士也只是一起吃过一次饭。不知道够不够条件?"说到怒潮公司,郭安邦的语气变软,他现在自己也吃不准怒潮到底是好还是坏;到底是银行主流对还是常太平之流对了!

女经理被郭安邦憨厚老实的模样逗乐了:"拉不来存款?这是你的弱点?"

郭安邦见女经理反问自己拉存款的事,心里立刻阴沉起来,想:看来是天下乌鸦一般黑,参股银行有个贾好运所说的赖主任,发达银行就会有一个女的赖籁崃!

女经理不会猜出郭安邦的心思,只顾自己笑着说:"我们发达银行是在引进高级管理人才,谁让你拉存款了!拉存款,高中生就够了,还引进什么高级人才!大客户会因为我们的新产品和良好服务而找我们,至于你与兰宛茹女士吃没有吃过饭,吃过几次饭,在我这里,都没有意义!”

郭安邦忐忑着:“进你们发达银行,不需要带存款和客户来?”

女经理把郭安邦这个大博士送到楼梯口,继续微笑着:“盲目竞争,无序吸存,只是京都市金融的暂时现象。我们发达银行的资金来源主要依靠海外,海外的资金成本很低,只发愁没有好的项目,用不出去!要你拉存款干什么?!”

郭安邦进了电梯,对靓丽的经理诺诺连连:“这样好,这样,中国的金融就有希望了!”

女经理微笑着,做出了其他银行人力资源部老总不可能做,也不屑做,同时也不敢做的事情,就是向应聘者报出了家门:“我叫安娜。有事尽管找我好了!”

安娜老总的热情让郭安邦看到了中国金融的希望,看来,世界没有想象的那么差,除了国商银行的尔虞我诈,除了参股银行的见钱眼开,看来,中国的金融还有第三条路,就是与国际金融全面接轨,从制度和技术上创新,把中国银行资金来源的渠道伸向海外、扩张到国际资本之中去。

尤其是安娜老总送别时那桃花一般的脸蛋上一抹迷人的微笑,让郭安邦这个大博士也俗心顿起,一连几天辗转反侧、夜不能寐。更不给传统知识分子争气的是,他竟做起春梦来了。

郭安邦就这样挨过了一天又一天,熬了一个时辰接一个时辰,到两个星期的头上,他实在熬不住了,不由得拨通了老领导贾好运的电话。把自己的遭遇和想法与贾好运说了,想听一听贾好运的看法。

那贾、侯通过自己不懈的努力,通过到怒潮集团做工作,通过对爱农银行大山支行的利益诱惑,由爱农银行大山支行成功地为优质客户怒潮集团发放了贷款六千万元,而后又成功地由怒潮集团利用这笔贷款归还了远东投资公司五千万贷款的本息,终于把国商银行甩过来的包,再传给了爱农银行。虽然在参股银行工作三个月的时间已经到了,行长的位子还没有着落,但是,现在他的心情还是非常舒畅的。见老部下郭大博士打电话来,很高兴。他先让老部下挂上电话,自己再打过去,而后便兴致勃勃地聊起来。反正参股银行的电话不用白不用！

郭安邦说："到发达银行，我才知道，小银行不都是拉存款，也需要高级管理人才！"又问："如果发达银行去不成，您能不能把我介绍到参股银行总行去？"

"想什么呢！都混这份儿上了，你还是这样天真！"贾好运指责道，"参股银行总行一个处长，什么压力没有，年薪二十几万，是我们这种农民子弟去的地方吗？别忘了，你我在国商银行一个月三四千块钱，都没有混好！"

郭安邦悻悻地问："参股银行不拉存款的，都是什么人呢？"

"高干子弟及其七姑八姨，大老板子弟及其八姨七姑！"贾好运没好气地说。

郭安邦则依然悻悻："没有这么绝对吧？"

贾好运说："你不是已经到发达银行应聘了吗？看那个安娜老总要不要你嘛！"

"她是我在金融圈里见到的很少有的一类领导！"

"很少有的一类就是另类！一个另类女子，居然能够做到总行的人事部门总经理，年薪一百来万，不是哪个大老板的小蜜，会是什么！你可要小心点，别没吃到荤腥弄身骚！还是那句话，如果老弟真的没有地方去，我给兰宛茹打个电话，你到怒潮集团跟丁博士一起混去得了！你也好看看怒潮集团到底是好还是坏！"贾好运想起了郭安邦上次打电话提醒自己注意怒潮公司的话。

郭安邦没有想到与贾好运只离开了三个月，便开始话不投机了，而且已经有了话不投机半句多的感觉。他没有敢提起他曾经给证券监管委员会牛蓓薇任过处长的扩股审批处写信的事，只好再悻悻地说："好，好，我再考虑考虑，我一个清华大学的博士，总不至于混不上一碗银行饭吃吧。"

可理想归理想，书生意气归书生意气，兜里没有钱倒是现实问题。如果怒潮公司真能够聘自己管财务，倒也可以解决吃饭问题，还可以满足好奇心。于是，郭安邦真的按照贾好运的思路，拨通了怒潮公司丁博士的手机。丁博士此时正在美国，正是深夜，从睡梦中被郭安邦叫起来，懵懵懂懂地问：

“谁呀?”

“我是郭安邦,原来国商银行总行的,在你们那怀密度假村做英文诗的那个矮个子!”郭安邦怕丁博士想不起来,又重复了那首英文诗。

“噢噢!”丁博士想起来了,“总行领导呀!有什么指教?”

丁博士一句“总行领导”倒把郭安邦叫了个大红脸:“别!别!我还想到你那里打工呢!还什么领导呦!”

“开玩笑!你?到我们怒潮集团打工?今天不是愚人节呀!”

“没有开玩笑,是真有这想法!”郭安邦认真起来。

“好哇!欢迎欢迎!只是……”丁博士不说话了。

“我干什么都可以!”郭安邦急切地推销自己。

丁博士在大洋彼岸沉默了片刻,苦笑着说:“我看你还是再考虑考虑,如果你来了,可就走不了了!”

郭安邦不管三七二十一:“我不考虑了,等你的消息!”

丁博士再次沉吟了一会儿:“我跟兰总商量商量,你等我的消息。”

自此,郭安邦对怒潮集团开始有了好奇心,有事没事地也开始上网收集怒潮公司的信息和资料了,而且,把这些材料不断地以“金忠良”的化名,邮往证券监管委员会牛蓓薇任过处长的扩股审批处。

郭安邦放下打给丁博士的电话不久,电话的铃声便又响了,是发达银行通知他参加入行考试了!

三十八、夺权攻势

这边郭安邦日子难熬，而此时的国商银行，却乱乱哄哄起来了。

二千零三年元旦一过，京都市中央银行、金融工委、国商银行总行便分别收到了三封匿名信，信是用计算机打的，也没有笔迹可查。信封是一样的，都是牛皮纸；发信地点也是一样的，都是京都市怀密县；信的内容也是完全一样的，都是金融界中的某位革命群众，看不惯国商银行的官僚习气，容忍不了国家财产的损失，而奋起揭发远东投资公司和怒潮古典家具有限公司沆瀣一气诈骗贷款，投机股市的事实：

1997年9月12日，京都市怒潮古典家具有限公司从国商银行贷款五千万元，名义上的用途是开发新产品所需流动资金，而实际上是与京都市远东投资公司一起投机于股市。此笔贷款的担保单位便是京都市远东投资公司。在此笔贷款中，中间人钱千慊获取好处五十万元，除自留部分外，还分别分给办理贷款的国商银行天竺支行和营业部相关人员送了钱。

京都市怒潮古典家具有限公司本是一个以经营古典家具为幌子，从事非法融资活动的企业。其拿到贷款后，没有为其家具生产支付分文，全部于1999年9月13日支付给远东投资公司，再由远东投资公司汇入股市坐庄炒股。三年来，怒潮古典家具有限公司的生产经营由于产品没有市场，难以为继，贷款只有依靠在国商银行不断办理借新还旧维持而隐瞒现状，利息也是以贷还息，只有靠银行不断追加贷款来支付。但是，国商银行从来不对贷款企业真实资金用途进行调查，他们把吃饭当现场调查，把进行卡拉OK和桑拿按摩作为下户调查情况。他们进行的所谓贷后检查或照抄企业汇报材料，或与企业沆瀣一气，隐瞒企业的真实经营情况。从表面上看，贷款银行的贷款质量是好的，企业的经营是正常的，但是，国商银行的贷款实际上已经像阳光下的冰棍，越来越小了。待到企业宣布破产的时候，国家财产便会分文无回了！

令人震惊的是：远东投资公司居然违法持有两枚公司法人章。1999年，他们为怒潮古典家具有限公司签订的担保合同居然是加盖假公章的无效合同。而国商银行居然把五千万元贷款放出了！

这叫什么银行的信贷管理？简直与银行和企业串通，转移国家财产无异！这种做法，银行的当事人有没有责任？应该不应该处理？银行当事人或有权者，有没有经济问题？应不应该一查到底！

更有甚者，目前，远东投资公司已经是人去楼空，而这样一个企业竟然在国商银行获得过五千万元贷款的担保资格，而且其自身的五千万元贷款申请，居然也获得了国商银行天竺支行审贷会的通过！

如果金融主管部门不对此事有一个合理合法的处理，本人将继续保留向国家领导及新闻媒体反映的权力！

一个普通的革命群众

2003年元旦

三封信中的两封分别由京都市中央银行、金融工委，批转给了国商银行总行。国商银行总行在上级转来的两封信基础上，再加上总行自身收到的那封一起，由孔行助分别划了三次一样的圈，分别批了三句一样的话：“查！办！”再一起转给国商银行营业部的刘行长。

刘行长认真地看过，提笔写道：“一查到底！情况如属实，责任人要严处!”便批转给了主管信贷的葛副行长。

葛副行长看了信及各级领导的批复,倒吸了几口凉气。心想:这回这个韩、郝可有的瞧了!人民群众告他们有经济问题、工作失职、管理混乱!好在自己平日里勤政廉洁,没有和他们穿一条裤子,否则,这次非栽进去不可!

看信中这对企业和银行情况的熟悉程度,想必作者应该是行里员工。只是这行里面,谁这么歹毒?有线索不找他葛副行长汇报,却偏偏把信贷一条线的人都捅到上面去,居然还敢威胁要往国家领导人那里捅!是何居心呢?恐怕不光是为了保护国家财产吧?

葛副行长继续推断:如果不光是为了保护国家财产,那是为了公报私仇,还是为了夺权?如果是公报私仇,他本人得罪人的地方恐怕会有,那郝、韩就更少不了。如果是夺权,他明白,自己一个快到退休年龄的人,靠边站已经是早晚的事情了,不应该有人这么着急要自己这个位子。在这方面,如果没有人算计自己,那么就应该有人算计郝、韩!

葛副行长又深入思索着:韩小飞上来不久,挡别人官路而形成的积怨,恐怕还没有那么深;而郝逍遥就麻烦了,信贷部老总的位子,他一坐就是十年,妨碍了多少革命同志进步呀!可要谋他位子的人能够有谁呢?是董大为吗?老实巴交的也不像。不过如果郝逍遥下了台,董大为倒真真切切地是一个受益者。但是,篡位的、报仇的加在一起,人很多,恐怕还真的无法对文章的作者判断出个大致的眉目来。

葛副行长揉一揉昏花的老眼,思维再也深入不下去了。他怎么想也想不明白了。于是,索性大笔一挥,批示道:“请郝总速查!速办!”

那郝逍遥看了短文和各级领导批示,把葛副行长原来在脑海中的分析像拷贝一样又进行了一遍,但是,他比葛副行长思维深刻了许多,他把作者的可能范围缩小了,可以说是直接缩小到了董大为的身上!因为,企图公报私仇的人很多,仇恨自己的人恐怕也不少,但是,有一点他葛副行长没有注意到,而他郝逍遥注意到了,那就是企图公报私仇、仇恨自己的人虽然多,但是,他们都在国商银行业务的外围,对许多事情都是懵懵懂懂的。而对京都市远东投资公司业务知道如此清楚的人只有董、骆,而这两个人虽然没有办理结婚证却已然夫妻一般打得火热了。而且,自己一旦倒台,最直接和最大的受益者,也只有他董大为!因此,他董大为再老实、表现得再谦卑,本文的作者或者策划者恐怕也是非他莫属!而且,他董大为依靠与刘行长的校友关系,也已经有了取而代之的行动:

在信用卡事件行务会上,他公然给自己难堪!在摆平此事上,他也公然越过自己,直接对刘行长负责!看来,这个家贼,还有那个骆雪不除,就不足以有自己安心的日子过了!

目标锁定了,可怎么除去身边这对狗男女呢?自己虽然人老位重,但是必然没有直接开除他们的权力,何况他董大为还有刘行长那么一把保护伞。打狗还要看主人不是吗?

业务上不给或少给工作,臊着他们?这种手段,倒是可以办到,但是,从臊着他们开始,到他们主动觉悟而离开本部,尚需时日,也许旷日持久,更也许还没有等他们主动滚蛋,说不定自己倒提前退休了!

业务上设套?也麻烦!因为,本部任何事情都是自己拍板说了算,还轮不到他们负责。

找经济问题?这两个人都还太嫩,还没有到翻手为云,覆手为雨,为自己牟私利的份儿上。

想来,只有在男女作风上找茬子了!这两个人,身为共产党员,居然未婚同居!当然,在董大为的住处不好抓现行,但是,在宾馆里,就可以按照卖淫嫖娼抓起来!

思来想去,郝逍遥终于拿定了主意,准备在国商银行营业部信贷业务部发动一场以自己为司令员也以自己为士兵的锄奸战役,战役的目标是给自己位子的竞争者以有力的迎头痛击,并最好置其于死地。

想起还要摆平这封群众来信,还要写报告,郝逍遥便不再找董大为,而是直接找了杨兰兰。

那杨兰兰本是一个人小心大、唯恐天下不乱的女人,老公的不幸越发激起了她的勃勃野心,甚至对出人头地的强烈追求简直有些心理变态。其实,她在郝总看到此信之前,已经从同住一个宿舍楼的总行于主任那里知道了此事。她的心里想:此一事件之后,把上到刘行长、葛副行长,下到郝逍遥、董大为一干人马全部免职,才感觉开心呢!因为这样,她杨兰兰便可以乘虚收获位子,至少可以取代了现在的董大为!她杨兰兰是不甘心只在信贷业务部做一个副科长主持工作的,她要重造段主任曾经有过的那种辉煌。

在郝总处,杨兰兰一边装作认真地读着群众来信,一边从郝总的态度和反应里,盘算着此一事件对自己现实的利害得失、机会与风险。她感觉郝总已经开始不信任董、骆了。否则,遇上这等事情,他总会把董、骆这两个笔杆子找来的。既然郝总叫自己来处理这个事情,一定是信任自己,要与她杨兰兰结盟,不说是对付,至少也是要防范董、骆了。

但是,这么一个棘手的事情,她杨兰兰是不愿意把自己直接掺和进去的,这也是总行于主任给她出的主意。螳螂捕蝉,黄雀在后。而她杨兰兰就是要做那只黄雀!

见杨兰兰不开口,一副愁眉不展的为难模样,郝逍遥却"嘿嘿"地笑起来。

杨兰兰这才说了话:"郝总,这么大的事情,您还有心思笑呢!"

郝逍遥胸有成竹地说:"这事,说大就大,说小就小!但是,有一点是肯定的。他刘行长是准备到总行做行长之人,肯定不愿意在自己的任期内出事;而葛副行长老了,又不懂多少业务,退休之前也不希望出事。"

杨兰兰疑惑地说:"是,您说得对。可这跟眼前这事有什么关系?"

"关系就在于,只要我们的报告里有一个合理的说法,他们就会签批'同意'而往上报。而上报之后,什么金融工委呀,什么中央银行呀,他们是大共产党,不了解具体情况,最后还不是得听小共产党的!而小共产党就是你和我!"郝逍遥老道而得意地说。

杨兰兰似有所悟:"这倒是!只是我们怎么报呢?"

郝逍遥正准备给杨兰兰面授机宜,桌上的电话却突然响起来,他拿起电话,立刻又放下了,说:"我先不接!"

但是,他刚要开口,可电话又响了。

他骂道:"你还真顽固。"虽然骂声刚落,可拿起了电话,嘴上还是在话筒上很职业地说:“你好!”

对面传来葛副行长的声音:“那事怎么样了?刘行长急着问呢!我们可别为这个事,耽误了人家提拔当总行的行长!”

郝逍遥拍拍自己的瘦胸脯,放言道:“您放心,这点小事,还能够难住我们!”

“你怎么处理?”葛副行长在对面依然焦虑。

郝逍遥爽朗地说:“您可别见怪,我准备给自己写一点成绩,汇报汇报呢!希望营业部给我一点表扬!”

葛副行长诧异了:“你?还写成绩汇报!还要表扬!”

“是呀!”郝逍遥颇为认真。

“表扬什么?”葛副行长不解地问。

“我要表扬一下我自己老眼识诈,有效控制信贷风险,断然收回远东投资公司担保的怒潮家具五千万元贷款本息!”

葛副行长如梦方醒般地问:“你是说,我们已经与那两个公司没有信贷关系了!”

郝逍遥:“现在没有任何关系了!我正让杨兰兰总结我们以前在信贷管理上存在的一些问题呢!准备扬长避短,以利再战嘛!至于说我和韩小飞的经济问题,他们又没有证据,我们也没有问题,营业部再一表扬,谣言就不攻自破!”

葛副行长听了郝逍遥的话,不由笑出了声:“你个老滑头,真有你的!不过,给上级单位的报告,你可要抓紧写呀!”

郝逍遥爽快地答:“题目我已经想好了,叫《控制信贷风险,洞察秋毫信息》!”

三十九、捉奸要捉双

冬日的京都市,灵山脚下的风景,也是美的。

黄草梁没有了上次见到的皑皑白雪,留下的却是一片枯枝败草的苍茫。漫山遍野的蒿草是枯黄色的,满目皆是的万千杂树,龟裂着枝干,是深褐色和黑色的。

原来在骆、董的心目中,京都市的冬天除了下雪的白色外,似乎是没有颜色的,站在黄草梁上举目远望、低头细看,才醒悟:京都市的冬日其实也是有色彩的,只是色调由春红、夏绿和秋天的多色,变成了现在的枯黄与深褐。那满眼的枯黄和深褐,映衬在蓝天白云之下,再配之以突兀的高松巨柏的枝杈所勾勒出的大自然间的刚直线条,除了苍凉之外,还给人以浩瀚的感觉,也使人陡然在内心产生了一种雄浑的力感。

今天的郊游,他们没有上次踏雪的好心情,与其说是来郊游倒不如说是来散心。因为,由陈淑媛导演,骆雪执笔,秦鸣跑腿的以骗保案来倒"郝"之剧,上演得很不成功。其结果是,那个郝逍遥不但没有被弄出经济问题,不但没有被追究管理责任,更没有下台、让出平台,反而因此而获得了国商银行营业部二〇〇二年度信贷标兵的光荣称号,并领了奖金一万块!

葛副行长在全行的表彰大会上,是这么表扬郝逍遥的:主要事迹是发现并及时规避了远东投资公司和怒潮古典家具有限公司的信贷风险!远东投资公司新的贷款坚决没有放,怒潮古典家具有限公司的老贷款也本息全部收回了!他在工作中敢于碰硬,不惜得罪社会上一些不怀好意、居心叵测的人!

在会上,听着葛副行长的讲话,骆、董也感动得竟迷失了自己,反观一下自己的内心，发现自己原来不是想对郝逍遥取而代之之后，好顺利地在国商银行营业部推行类似《规范贷前调查和贷后检查》的新政，而却把自己沦为了“社会上一些不怀好意、居心叵测的人”！如果不是感觉郝总对自己越来越虚情假意多、越来越真情实意少的话，骆、董真的感觉自己没有融入国商银行的主流社会，并已经开始对自己的所作所为进行反思甚至忏悔了。

他们从山底下村出发，爬了四个小时人迹绝无的荒山，再用五个小时从原路返回的时候，天色已经擦黑了。他们从老乡家直接抓了土鸡，在从老乡菜棚里直接取了各色青菜，由老乡家的女主人做起了农家饭。

老乡家的床不是木板床而是土炕，这土炕与炉灶相通，做饭的时候，烧柴的热量同时也把土炕搞得暖融融的。村妇的农家饭还没有做好，虽然锻炼了体魄、陶冶了情操但却累惨了的骆雪，便已经斜依在董大为的身上，到了似睡似醒之间了。迷迷糊糊地还在说：“这个郝总真厉害，我们好像玩儿不过他！”

董大为埋怨着：“就是你太着急，错误地估计了革命形势！结果，过早地暴露了自己，从而提醒了敌人！”

骆雪继续闭着眼睛说：“我听着，你怎么好像在背历史课本呀！这不是在总结八路军百团大战的得失吗？”

玩笑间，村妇端着热腾腾、香喷喷的土鸡炖香菇上来了。

骆雪闻到了土鸡的香味，像饿急了的小馋猫一样，“忽”地坐起来，高叫着“好吃好吃”扑向餐桌。董大为看着村夫端来的棒渣粥，关切地叫道：“先喝粥！对胃有好处！”

骆、董大吃大嚼之后，又取来了老乡家的二锅头，滋滋润润地对斟起来。

一个说：“对酒当歌。”

另一个和：“人生几何？”

一个吟：“举杯邀明月。”

另一个诵：“对影成三人！”

骆雪醒过闷儿来：“我说大为，你是附庸风雅！”

董大为依旧惺忪着醉眼：“郝逍遥手下还能够出什么人！”

骆雪继续揭露:“那诗都背错了!”

董大为更加晕头转向:“没有错!”

骆雪说:“那诗都是独饮独斟,而我们是两人对饮。应该是‘对影成六人’!”

董大为已经是酒足饭饱,除了思淫欲想搞搞下里巴人的活动之外,已经没有兴趣再继续阳春白雪了。他拉起骆雪的小手说:“老婆,你知道我买了什么吗?”

骆雪甩开老公的手,又与董大为的酒杯碰了一下,继续她的阳春白雪:“其实我们两个比什么苏轼呀,李白呀,幸福得多!因为,我们是相知相爱的一对!”

董大为却继续下里巴人着:“我买了一种新的避孕套,进口的,据说戴了跟没有戴的感觉一样!”

骆雪用细指尖点一下老公的鼻子:“就你坏!老想这个!我们可没有结婚证!”

董大为狡辩着:“秦汉和林青霞孩子都有了,也没有结婚证!”

骆雪说:“这是在中国大陆!就像我们的银行没有与国际接轨一样,中国内地的性爱也是没有和国际接轨的!”

话虽是这么说,可当两个人玩累了闹累了的时候,在夜色苍茫中,一对恋人还是开始了漫长的性爱游戏。

但是,他们怎么也不会想到的是,在郝逍遥的策动下,X派出所今晚却在这一带旅游区打响了扫黄战役。

其实,郝逍遥倒没有神通大到可以为巩固自己的位子排除异己到动用国家机关的地步,而且,话说回来,国家机关又不是郝家开的,国家机关里面的同志绝大部分都是好同志,是讲党性也有党性的,凭什么听他个人指挥?何况扫黄打非也是公安局派出所应该做的公务,是对党和人民都有好处事情。但是,在什么时候扫黄,到哪里扫黄的问题上,郝逍遥却利用了X派出所的胡所长。

这胡所长有个哥哥,叫胡京洪,官居国商银行大山支行的信贷副行长,与郝逍遥已经共事近十年。可以这么说，像天竺支行的韩小飞一样，没有郝逍遥的关照与提携，就没有他胡京洪的今天。由于胡京洪年长郝逍遥两岁，于是，一来二去，胡京洪敢跟郝逍遥称兄，胡所长便只得在郝逍遥面前道弟了。

当周五郝逍遥从杨兰兰那里得知骆、董要到山底下村爬山的时候，他便约了胡京洪和胡所长一起吃皇城老妈涮火锅了。

几扎啤酒下肚之后，郝逍遥开口，以不经意的口气向胡所长举报了山底下村的卖淫嫖娼问题。并恶狠狠地说："我就痛恨这些男盗女娼的事情！"

那胡所长本是个正义之人，听郝逍遥这么说，立刻来了责任心："既然有群众报案，那我们明天夜里就一定出警！"

在山底下村鸡也不鸣、狗也不叫的时辰，随着一阵鸡鸣狗叫，骆、董被敲门声惊醒了。

"开门！开门！"门外粗鲁而急迫地高喊。

骆、董都心惊肉跳起来，他们以为山里来了毛贼，或者他们住进了黑店，骆、董的本能倒不是穿衣服，而是紧紧地抱在了一起。

董大为战战兢兢地问："你们是谁？"

"警察！快开门！"

骆雪一听是警察反倒放了心："我们睡了，有事明天再说！"

"我们就是找睡着的！快开门！"门外高喊。

骆雪索性钻回了被窝："不开！你们凭什么打扰我们？"

董大为倒理性，和骆雪商量："我还是给他们开门吧？否则，以为我们干什么呢！"

见骆雪没有吱声反对，董大为就准备披衣下炕，可这个时候，农家本来就不结实的门，却已经被推掉了，几个黑影闯进来，几个大手电筒分别照住了躲在炕上的骆、董。

胡所长走上来，阴沉地说："你们的结婚证，拿出来！"

骆、董面面相觑，没有话说，都躲在被窝里不动。

胡所长又重复道:“拿出来,你们的结婚证!”

“我们还没有办呢!”关键时刻骆雪还是比董大为冷静,大声解释道。

胡所长盯着手电照射下的骆、董:“你们没有结婚证!”

董大为也赶忙解释:“我们早就在一起了,只是想学学新潮,还没有办结婚证!”

胡所长旁边一个警察讥笑道:“卖淫嫖娼的,都这么说!”

骆雪一听就急了:“你怎么这么说!侮辱人格!我要告你去!”

胡所长冷静地一笑:“跟我们走!你们有没有人格,到所里就知道了!”见骆、董不动,胡所长继续说,“怎么不动,还要不要给你们拍照留下证据!”

胡所长旁边的那个警察用纸垫着手,捏起了骆雪扔在地上的避孕套,冷笑着说:“所长,这里有证据,如果还不承认,查一下 DNA 就知道了!”

胡所长转身吩咐道:“带着这脏东西!我们走,别看他们,给他们一点人道主义!”

刚出门,从院子外面跑进来一个大个警察,报告道:“胡所长,又抓到两拨,人赃俱获!”

胡所长问:“都是什么人?”

大个警察回答:“一个广东佬,从桑拿室带来一个按摩女嫖宿。态度较好,已经认罪,希望我们罚款放人!”

“另一拨呢?”胡所长问。

大个警察回答:“是一个老头,带两个妓女!硬说是自己的干女儿!”

“怎么逮着的?”胡所长问。

大个警察回答:“光着屁股在一个被窝里!”

“大老头和干女儿在一个被窝里!他还睁着眼睛说瞎话!有证据吗?”

“有避孕套!但是,里面没有那脏东西!没有办法查 DNA!”

一个喜读诗书的警察插嘴道:“此翁必是望幸之女甚众,本有心广布其种,难奈自产之雨露无法尽泽矣!”

胡所长一板脸:“不许开玩笑!”

大个警察接着报告:“不过我们已经现场拍了照片,不怕他不承认!”

“老家伙是干什么的?”胡所长问。

“他就是不说!不过从打扮和开的顶级A6奥迪车看,应该是个有身份的人!”

胡所长拍一下大个警察的肩膀:“干得漂亮,我们肯定抓了一条大鱼!”而后,又看一眼屋内骆、董的身影,“弄不好,里面这两个倒真是追时髦的小两口。不过,一块带走!让他们单位来认领!我们要准和狠,决不姑息养奸!”

当骆、董被带上警车的时候,他们看到了同时被抓起来的那两拨人,有一个老头和两名妓女上了另外的一辆警车。

董大为吃惊的发现,那个老头分明在哪里见过!他身材短小精悍,穿一身背带裤,精瘦的小脸上,一对不大的眼睛异常明亮,总是奕奕地闪光。这分明就是总行主持审批怒潮股份公司三亿元贷款的那个孔行助!

但是,这么个嫖娼被抓的老头怎么可能与高高在上、大权在握的总行孔行助连到一起呢!董大为确信一定是自己看错了。

四十、暗礁出水

就在董、骆双双被带到 X 派出所那天的晚上，就在孔行助受窘的同时，京都市东四环外却发生了一起车祸，死者是一个叫钱千慷的人，他就是张梦天谎称已经游泳淹死的远东投资公司的原副总经理。

那是一个月亮很圆、很大、像个大玉盘，群星璀璨、争相眨着小眼睛的夜晚。在京都市东四环一条叫广渠路的街道上，依然是路灯昏黄，不见行人，只是偶尔一辆卡车通过，才给这夜的寂静增添了几许生气。

在离东四环桥不远处的路边，停着一辆白色的凌志轿车，车旁站着一高一矮两个瘦男人。瘦高个足有一米九的身高，像个大虾米似的，瘦矮个则只有一米六几，戴着眼镜。他们说话的声音由开始时的轻声细语，变得越来越大，最后演变成了争吵。

高个钱千慷冷笑几声，叫道："我为你们丫头的背了死名，现在想不给钱，哼，等着瞧！"

矮个的张梦天则恶狠狠地应道："行，给！给你钱！"

"你丫别玩虚的！骗银行成，骗我，没门儿！"

张梦天进了凌志轿车，在关门之前说："明天，我办公室，拿钱！"

钱千慷叫："明天拿不来，咱可没好果子！"

凌志轿车启动了，向西开去；钱千慷也转身，向东走了。

虽然月亮依然明亮，星星也依然可人，但是，大街的四周却依然不见一个人影和车形，此时，才最让人体悟出了北方冬夜的冷清与萧瑟。

但是，那白色的凌志轿车开出没有多远，却忽然转过头来，追赶没有走远的钱千慷。

钱千慊自打和谢云、韩小飞一起用假合同帮助兰贺骗了国商银行五千万贷款之后，便假托被淹死，实际上是隐姓埋名干些见不得人的所谓大生意去了。一方面他跑到上海，以兰贺的名义，帮助兰贺坐恶庄，在股市上兴风作浪；另一方面他私自还从国外购买了一种破解银行卡密码的设备和技术，克隆储户银行卡后，派人在自动取款机上私提储户现金。两三个月下来，他及喽啰们已经在全国各地的取款机上，私自提款近千万元了。参股银行赵副行长的银行卡，便是被他先偷再还，克隆了去，而后再由小喽啰私提了现金的。由于那个提款的小喽啰被公安局跟得紧了，他也感觉苗头不对，便想拿了钱逃亡海外躲避一下，或者索性永远在海外做寓公了。因此，才为了钱的事情，与张梦天闹翻了脸。

此时，他见到了车的灯光，以为张梦天还有什么话要对自己说，便在路边站下来，狐疑着问："张梦天，你丫不是反悔吧？"

但是，他没有想到，那白色的凌志轿车不但没有停下来，反而却突然加速，直奔自己冲来，那速度之快，令他根本躲闪不及。

于是，惨祸便在瞬间发生了。

钱千慊也在瞬间由生迈入了真正死亡的门槛，彻底离开了这个营营于金钱与利益的尔虞我诈的世界。

白色凌志轿车撞了人，没有做片刻停留，便立刻消失在冬夜的凄清里了。

再说总行的孔行助带到山底下村的两个婊子，的确是韩小飞找来的。就在孔行助去山底下村之前，孔行助在歌舞厅唱歌一直到了十一点钟。谁想那孔行助宝刀不老，唱歌还不过瘾，又悄悄地独自行动了，才上演了被抓现行的那一幕。

而韩小飞，送走孔行助之后，又独自喝咖啡到了凌晨一点钟，正准备回家的时候，却被一个瘦小的黑影从后面捅了一下胳膊。扭头一看，却是远东投资公司的张梦天，一副惊魂落魄的样子，幽灵一般站在自己的身后。

韩小飞惊问："哥们儿，你怎么了？谁把你欺负成这副模样？走，咱们一起找他去！”

张梦天结巴着：“韩行长，我跟你这么铁！你丫却和钱千慊一起玩我！”

韩小飞开始感觉诧异，但见张梦天如此认真地提起钱副总，便明白：一定是远东公司用假合同为怒潮股份担保的实情被他知道了，便含糊着：“其实，用假合同没有和你商量，也不算什么事！当时，兰总急着用钱到股市里坐庄，银行一定需要这么个手续，也不想让更多的人知道，才直接和钱副总、谢云一起这么做的！”见张梦天一副苦大仇深的模样，韩小飞继续解释着：“你也没有什么损失呀？要不是为这份假合同，你能从参股银行贾好运那里骗五千万走吗！”

张梦天急赤白脸了：“你和兰总光玩我也就算了，我不计较！可你们把钱千慊那个孙子翅膀养硬了！丫居然私提了我股市里面的钱，要跑！”

韩小飞惊问：“为什么？”

张梦天垂头丧气：“我们做赔了！那支破股票，连续十几个跌停板，一个亿弄得不值两千万了！”

韩小飞叫道：“怒潮股份不是做得不错吗？听说你还大赚了一把，兰总还跟我夸你呢！”

“怒潮股份是赚了！可不是那支股了，而是我们自营的另外一只股票！”

“去贷款！补仓呀！”

“贷款？哪里这么快！而且，怎么补也不行呀！股票从几十块一股一路跌下来，怎么补？而且，据说，这只烂股还要被退市呢！”

韩小飞急问：“姓钱那孙子，人呢？”

“让我给……撞死了！”张梦天有气无力，索性瘫坐在地上。

“你？把他撞死了！”韩小飞语调阴沉而惊恐，“而后，你跑了！”

“没有停车就跑了，不知道有没有人看到，反正当时大街上没有人，四周黑乎乎的，路灯一点也不亮！”

韩小飞抱怨着：“你弄死他干什么？这可把事情搞大了！性质也变了！”声音里带着绝望。

“丫跟我掰了！还要一百万！否则，丫不但要把骗保的事，还要把你、我和兰总他们的事都抖搂出去！银行里其他哥们儿也跑不了！并且，丫已经去了爱农银行，说了许多对我不利的话！”

韩小飞问：“爱农银行跟你有什么关系？”

张梦天支吾道：“你们原来放的那个五千万贷款，参股银行贾行长接了后，又把我推给爱农银行大山支行了！丫姓钱的非跟他们说我是个壳！让他们收我贷款！反而，人家爱农银行大山支行倒骂丫是个疯子！”

韩小飞骂道：“丫姓钱的坏规矩！小丫的早就该死！”

“所以我就……让丫真的死了！这可都是为了你们！我希望你和兰总想想办法，为我弄一个交通肇事逃逸什么的，叛个两年，再缓他两年，大家都能够混过去！否则，谁他妈也好不了！”

韩小飞嘴上敷衍着：“好，好，大家想想办法！”可心里却完全凉了，他明白如果不按照张梦天的想法把他弄一个交通肇事逃逸的罪名，他张梦天进去了，自己便只有等着吃枪子脑袋开花了，而且枪毙几次的罪都够，脑袋开几次花都不为多！

韩小飞正犯愁的时候，他的手机突然响了。此时，总行的孔行助已经被X派出所抓了，他在电话对面操着上海话开骂了：“你个姓韩的小赤佬，不得好报！我到底是哪里得罪了你，你他妈送了婊子又找警察！你毁我，我他妈先毁了你个小赤佬！”

韩小飞懵了半天，才明白原来总行的孔行助是嫖娼被抓了，赶紧解释：“孔行长，我哪里知道您没有回家又出去了！那两个骚货玩完就完了，谁知道您还有兴趣！怎么又带她们……否则，我怎么会让您单独行动呀！”

总行的孔行助并没有领情，继续大骂，认识问题更加深刻了：“你个小赤佬不就想和刘严鹏一起夺我的位子吗！”

韩小飞急忙鸣冤：“我和刘严鹏没有私交！”

“你个小赤佬没有私交，他能提你这么个小赤佬当行长！别扯淡！”

“我要和他有关系倒好了！”韩小飞高声辩解。

对面的孔行助不管三七二十一，不管不顾地继续骂：“他姓刘的，利用了你这小赤佬，当了总行的行长也饶不了你这小赤佬！就你这么个小赤佬，他一定让你没有饭碗，我也一定让你小赤佬不得好死！”

骂完了，总行的孔行助便把电话挂断了。

韩小飞想再解释解释，可也自知没用，也没有意义了。他总行的孔行助因嫖娼被免职，区区一个支行的小副行长能够管得了吗？这里还是共产党的天下呢！

眼看自己突然之间已经到了破罐破摔的地步，韩小飞也不觉骂道：“这个老丫头的！老赤佬！你丫凭什么在总行当行长，高高在上，作威作福！其实你丫连他妈当一个信贷员的能力都没有，早该下台，这是报应！”

张梦天疑惑地问：“你在说谁？”

韩小飞气哼哼的：“总行一个老丫头的！丫以为丫天生就该作威作福！让派出所给丫抓了！丫还怪我！走大街上，我非把这傻B攒巴攒巴吃了！”

张梦天急了：“你还有心思管什么总行老丫的营业部不老丫的！快想想我的事吧！”

韩小飞凝视着在地上瘫坐的张梦天，心里恶狠狠地骂：如果不是我现在在国商银行混不下去了，在中国再没有了好日子过，我立马就开车也轧死你丫头的得了！省我多少事情！

但是，韩小飞转念一想，现在看来，自己弄死张梦天已经没有什么必要，为总行花老头子的事情，国商银行也饶不了自己，自己在国商银行作威作福、花天酒地的日子已经一去而不复返了！与其说，等着和张梦天之流同归于尽或者被总行撤职查办，倒不如我自己三十六计，开溜算了。把张梦天的屎屁股留给兰总自己去擦，把总行花老头子的事情留给国商银行自己去办。如果没有事，我韩小飞过一段再回来，继续当一个共和国的公民，如果有事，我韩小飞就此与大陆拜拜，移民了！

只是现在，韩小飞还需要稳住张梦天，不能够让他或者拖延他抖搂出自己的时间，这样自己才能够顺利外溜。

于是，他扶起张梦天，一同来到自己的奥迪车里，把兰总家里的电话号码抄在纸上，交给他，说：“就算咱们要弄一个交通肇事逃逸的罪名，可也不能够现在就自投罗网呀！等事发再说。万一没有人看到你的车号，你不是就什么事情都没有了吗?”

韩小飞这么一提醒,张梦天仿佛如梦方醒:“是呀!我被吓糊涂了!我干嘛主动蹲监狱呀,如果没有人发现,就什么事儿没有了!如果有人看到,我还是一个交通肇事逃逸呀!”

韩小飞赞许道:“这就对了,如果运气好,我们什么事都没有了!”

可韩小飞必然没有张梦天这样天真,他不但怕张梦天出事,更怕张梦天这个人:张梦天胆小如鼠,心性极弱,怕事胜于怕死,恐怕是沉不住一天两天气,自己就自首去了。无论面对的是警官、检察官,还是法官,张梦天恐怕挺不过两天就会把知道的事情全部交代,避免“抗拒从严”争取“坦白从宽”了。

韩小飞没有停留,立刻赶到他在机场附近私购的别墅,取出十万美钞和两本护照。这两本护照一本是他韩小飞本名的大陆护照,一本则是化名为何安然的香港护照。于是,块大心细的他,一刻不停地奔他的活命去了。

四十一、难得糊涂

国商银行营业部的刘严鹏行长吃罢饭，自己偷闲看了一会儿电视新闻，而后，便上了独属于自己的二层，静下心来，习惯性地开始他的经济著作：《银行绩效与考核》一书的写作。

他才把什么是银行绩效、什么是考核的定义在书里规定明白，办公桌上的电话铃就响了。

“小刘吗？我是李鼎银。”李鼎银是国商银行总行的行长，一把手，他可是新中国自己培养的第一代学金融学的大学生！应该说，李鼎银行长直接往他家里打电话的次数也是可以数出来的。

刘严鹏很恭敬地应着：“李行长，您好。您有什么指示吗？”心想：不知哪一家支行肯定又出大乱子了！

李鼎银行长开门见山：“那个老孔出事了！”

刘严鹏还没有从自己的著作和自己猜想的问题中醒过闷儿来，一时茫然起来，问：“哪个老孔？”

李鼎银行长急切地说：“还能够有哪个老孔！就是孔光荣，孔行助！”

刘严鹏习惯性地思维着：“他身体怎么了？是否需要我联系京都市的医院？”

“哎呀，联系什么医院嘛！他又没有病！”李鼎银行长着急了。

刘严鹏茫然了：“那是什么事？”

李鼎银行长无奈着：“让派出所，给抓起来了！”

刘严鹏不敢相信自己的耳朵：“抓起来！孔行助？为什么？”

李鼎银行长叹口气：“唉，这个人，哪里都好，就是总有那么个爱好改不了?”

“没听说孔行助有什么特别的爱好呀?”刘严鹏疑问着。

李鼎银行长在对面拍了自家的桌子:“太好女色!一个大老头子,一个晚上,居然找两个妓女!还带到山里农民家里嫖!玩什么‘三明治’!临老临老还玩这种浪漫!恶心!恶心!恶心!”李鼎银行长气愤到了极点,“一下子就玩到公安局里去了!逮住了,他还不承认,派出所把他转到了分局,他才说实话,他才想起来找我!”

刘严鹏倒颇为冷静:“李行长,您也别急。京都市的公安部门我都熟悉,我一定把影响降到最小!”

李鼎银行长哭笑不得地说:“现在需要到公安局去捞他,要不就要把这个老东西拘留十五天了!”

刘严鹏说:“我马上找人,先把孔行助放出来再说!”

李鼎银行长听刘严鹏这么说,焦急之情才有所缓解,恳切地说:“小刘,上级主管部门已经跟我谈了,我的位子早晚要挪了。唉,老了,原来学的苏联那套东西,已经适应不了二十一世纪的新形势了!我已经向上级推荐了你,你现在是帮我的忙,把这事帮我处理好!在我让位前,给我留下一点面子!”

刘严鹏急忙谦虚:“李行长您还年富力强,还应该多带我们几年。”而后应承着:“孔行助的事情,您放心,我马上办!”

李鼎银行长叹一口气,继续说:“听说被抓起来的,还有你们信贷部的一对小两口,怎么这么巧!会不会有人以此来给咱们国商银行脸上抹黑?会不会有人以此来给你和我的提升制造障碍?”

刘严鹏问:“那同时被抓的小两口是谁?您还有印象吗?”

“好像男的叫什么大为,女的叫骆雪。”

刘严鹏听了不由一沉,心想:这个董大为平日里老实巴交的,怎么今天会搅这个浑水,嘴上赶紧说:“是有这么两个人!只是那董大为的确是一个老实人,他绝不会干出什么歪门邪道的事情来!”

李鼎银行长说:“我想这小两口不会是设圈套之人,他们不会拿自己一辈子的清白与孔老头子同归于尽的!”说罢,李鼎银行长又问:“你们天竺支行是不是有个叫韩小飞的?”

刘严鹏回答:“好像有。”

李鼎银行长气愤地说:“据说,那两个妓女就是他找的,他拉着老孔玩,那老孔竟然没有玩够,又自己偷着出来了! 那个韩小飞,整个一个害群之马,要注意他和他周围的人,事实查清,一定要处理! 我们国有银行不能够有这种人渣!”

刘严鹏应承道:“我明白。”

四十二、非法同居者

刘严鹏行长接到总行李鼎银行长的电话之后，没有半刻停留，在既不扩大影响又要动员国商银行营业部全部活动能力的基础上，再叫上兼管党政工作的葛副行长，连夜赶往山底下村所在的公安分局。把总行那垂头丧气的孔行助接了出来。

本来想给这个花心老头办一桌酒席压压惊，但是岂奈人有脸，树有皮，那孔行助自感酒席上无法再讲什么党情国情的大道理，甚至无法应对自己的这批老部下们，便像惹祸的孩子一样要直接回家。刘行长见状，只好让自己的司机开走了自己的车，自己则充当了司机，开起孔行助的顶级奥迪 A6，亲自送孔行助回家。

营业部葛副行长则带队杀奔 X 派出所。在 X 派出所里，董大为早已是一脸的懊丧，而骆雪却依然是一脸的不服气，还扬言要通过法律讨回公道呢。

胡所长则振振有词："你们俩，虽然与那几个人性质不同，但是，你们两个再怎么爱得地久天长，到我这里，也是非法同居！"

葛副行长显出了一派长者的风范，他在证明董、骆恋爱关系的证明上签了字之后，把非法同居的一对恋人领了回来，并玩笑道："我可成了你们两个的证婚人了！不过，婚事你们可要赶快办哟！否则在银行里影响不好的！"

董大为对葛副行长诺诺连声："我们马上办！"

骆雪也说："就选在下下个星期，情人节那一天办！葛副行长一定当众再做一次我们的证婚人！"

星期一，董、骆都没有上班，直接通过电话向郝总请了假。他们从单位开了结婚证明，便到医院进行婚检，而后又到婚姻登记处，去办理结婚手续了。

看来，在一个俗社会里，自己免俗，是要付出代价的。非法同居也是罪呀，好在有国商银行担保，这小两口只有内心恶心，而没有形成实际损失。

在婚姻登记处，董大为认真地问骆雪："如果没有这桩事，你还会嫁给我吗？"

骆雪诧异起来："我不是已经嫁给了你吗？"

董大为也诧异了："你不是说：'我们虽然那个了，也还没有订婚，除了那个，我还要永远地追你，永远地珍爱你，你才会嫁给我吗？"

骆雪笑了："那是我说着玩的，你如果不娶我，我还一定要……"

董大为问："要什么？"

骆雪把小手放到董大为的脖子上，做出刀割脖子状，小嘴里发出："哧"的一声。

董大为笑道："原来你那些新潮的想法都是假的！"

骆雪赖皮着："也不是，想是那么想的。但是，真的和你相爱了，才知道中国人原来就是中国人，永远也成为不了美国人，传统就是传统，是根植于血液里面的，不是看几本书，就可以改变的。再有胡所长的帮助教育，因此，现在，我已经是一个地道的传统的中国妇女了！我们要白头偕老，永不变心！"

董大为倒乐不可支了："我压根就是传统的中国人，我不但希望与你白头偕老，永不变心，我还要和你相敬如宾、夫唱妇随呢！"

骆雪娇嗔着："我才不夫唱妇随呢，我要妇唱夫随！"

董大为憨厚着："反正就那么个意思，怎么说都成！"

当两人拿着红皮的结婚证书出来的时候，骆雪对董大为说："我们还应该感谢郝总！"

董大为问："为什么？"

骆雪诧异着："这还用我说，让派出所来找麻烦，不是他对我们的报复，还能是什么！还能有谁能干出这种事！"

董大为听罢，愕然了，他还真没有想到这点！

在对孔行助嫖娼的事情上，刘行长的腿快，可新闻工作者的嘴更快。因为，现在报业也改革了，报纸已经由单纯的党的喉舌，同时摇身一变，成为了经营实体。记者由无冕之王，也变成了需要依靠写稿子养活自己的俗人。

无论是谁，在饭碗面前都是不会含糊的，因为家里有老的少的嗷嗷待哺。记者们是绝对不会放过能够给自己带来丰厚回报的花边新闻的，尤其是这花边的背后，还隐含着沉重、深刻的思想内容。

于是，二○○三年二月，在京都市一份早晨卖的小报上，头版头条登出了一则新闻：《国商银行总行孔行助嫖娼被抓》，新闻后面还附了一则评论，题目是：《商女不知亡国恨，隔江犹唱后庭花》：

时代的滚滚列车已经把中国推进了世界贸易组织，外资银行已经在中国的沿海大城市成功登陆。今天南京已经有花旗银行夺走“摩托罗拉”公司的外汇业务；明年上海将向外资银行开放全部银行业务，包括各项人民币业务；二○○五年，京都市的金融市场也将全部对外资银行开放。

银行是第三产业部门，是要依靠雄厚的资金做后盾、先进的技术手段做依托开展业务的经营部门。而中国恰恰一直是一个资金短缺、技术手段落后的国家，面对海外大量无息或低息资金随外资银行的一同进入，还在不择手段拉存款以吸收资金的京都市银行，将如何应对？将怎样竞争？

银行是第三产业部门，是要依靠优质、高效的服务赢得客户的服务部门。而我国银行的历史却是一部垄断经营的历史，银行业者习惯于对客户高高在上，唯我独尊，一副你求我办业务的尊容，服务意识淡薄。面对品牌大、服务规范的国际级大银行的竞争，我们怎么改进服务才能够不被挤垮？或在兼并中能够把自己卖一个好价钱？

在京都市金融面临严峻考验的时刻，我们京都市的银行家们已经在勇于探索了。比如，发达银行已经进行了整体出售，通过吸引外资入股并由国际金融业者直接经营，达到了与国际金融一步式接轨。他们让我们看到了中国民族银行的希望。

但是，在京都市金融面临严峻考验的时刻，国商银行却也存在孔光荣这样的人。他们把市场当官场，不懂经营之道，只知谋官之术；他们把党的信任当成自己牟取私利的资本，一人得道，鸡犬升天，致使银行内部冗员累累，改革举步维艰。更有孔光荣之流，道德败坏、品质恶劣，其所作所为，不但愧对于共产党员的称号，不但愧对于一个银行白领的荣誉，甚至为一个普通百姓所不齿！

在京都市金融面临严峻考验的时刻，孔光荣之流却依然是男盗女娼，甚至其品行之卑劣竟为一般嫖徒所耻笑。真正是"商女不知亡国恨，隔江犹唱后庭花"，不由得我不在此大喝一声：醒醒吧，京都市的金融家们！你们不只代表你们自己，你们肩上还扛着民族的金融业！

郝逍遥这几天因为董、骆在山底下村出了洋相并还有可能在营业部招来许多后续的麻烦，心情好极了。

但是，当他看了案头的那份报纸，读了《商女不知亡国恨，隔江犹唱后庭花》之后，不觉又连连叫起苦来：

他本想整整一对小鬼儿，却没有想到套着了阎王！怎么就把那个平日里对自己在各方面都很支持和关照的孔行助给牵扯进去了呢！如果光是为此毁掉一个孔行助也就罢了，虽然这也应该算一种投资损失，以前通过金钱和无微不至的服务而培养起来的关系就此付之东流，但是，毕竟自己还可以经过努力再培养出一个为自己出力、为自己代言的领导。他怕的是，由于孔行助和董大为、骆雪的同时被抓，而引起别人对自己的怀疑。尤其是那两个妓女是韩小飞介绍的，韩小飞会不会把火引到自己身上来！董、骆，尤其是骆雪会不会对自己有所怀疑，以至最终暴露出做套的自己！如果真的有这样的事情发生，他郝逍遥在国商银行的功名就将毁于一旦！

他给韩小飞打电话，想从韩小飞那里打听一下，有没有什么人为孔行助的事情与他有过交涉。但是,一连往韩小飞的办公室打了几次电话,都是没有人接;又给韩小飞的手机一连拨了几次,竟然都是同一个女声回答:“对不起,该用户没有开机!”

“他妈的,莫非这个小子,已经被总行传去了解情况了吧!”平日里老谋深算、处乱不惊的郝逍遥,有了一种本能的不祥之兆,这位在“海咆哮,云重浪滔天”的天气里,在“海鸥狂飞惊展翅,鱼龟张惶石底钻”的时候,依然“人同海作难”的弄潮儿,这次还真的感觉心里没有底了。

找不到韩小飞,郝逍遥索性拨通董、骆的电话,请他们到自己的办公室里来坐坐,一来表示对这对新人的祝福,二来表示一下对受惊鸳鸯的安慰,当然,三来顺便查看一下,他们对自己的态度。

现在,董大为到郝逍遥办公室已经不再拿本带笔加小跑了,他看骆雪经过了自己的办公室,才起身来到郝逍遥这里。因为董大为明白,他再怎么拿本带笔加小跑,也不可能消除郝逍遥对自己的疑心和对自己的排斥。反正已经这样了,不如索性坦荡、磊落和舒服自由一点。

见了骆、董,郝逍遥打心眼里别扭,但是还要硬着头皮与他们斗法,这也是能够在国商银行做一个领导者的基本素质了。只是郝逍遥怎么努力也是没有心思再给他们朗诵自己的诗了。因为,郝逍遥明白,他自己每朗诵一次诗,每献上自己的一篇作品,他从这对男女那里得到的不会是欣赏和敬佩,而是嘲笑和轻蔑。但是,郝逍遥毕竟是在官场上打拼出来的人,虽然没有朗诵诗歌,但是,他做到了话说得比他朗诵的诗还要美,还要动人。

他先抨击了公安机关,什么土包子不懂浪漫,什么黑狗子不懂人权,什么法制不健全,总之把骆雪想骂而没敢骂的,他郝总都帮助骂出来了。之后,郝逍遥总结道:“不过,他们倒也帮了你们一个忙,让你们这么快就定下终身大事了!”

董、骆心里冷笑,而嘴上却同声敷衍着:“感谢郝总关心,到情人节那天,再到我们婚礼上吃喜糖去!”

郝逍遥又关切地说:“不过我还有一点要提醒你们,你们要有思想准备。按照国商银行的规矩,你们小两口,是不能够在一个部里工作的。当然,你们两个，都是我们部里的中流砥柱，我哪一个都舍不得放。”

骆雪心里说：看来，你郝逍遥闹腾这么一下，好处还是很明显的，至少反对派的力量被削弱了一半！而后，她笑一笑，嘴上说：“我从和大为好的那一天，就有思想准备了。我倒想去考博，让大为留下来。”

听说骆雪萌生去意，郝逍遥暗自大喜，心说：“我虽然只让你们得了一个未婚非法同居的美名，还没有完全把你们搞臭，但是，毕竟挤走了一个，看你董大为一个孤掌难鸣的书呆子，今后还怎么闹腾！”可嘴上没有按照心里想的去说：“你想离开国商银行！那多可惜！不要走嘛，读博士完全可以在职读嘛！”

董大为开口和稀泥，把没有实现的事情婉转一下：“还没有最后定，到时候再说吧！”

郝逍遥办公桌上的电话铃突然响起来。郝逍遥接过电话，只说了一句“你好”，就又把电话悻悻地递给了董大为，脸色难看地说：“是刘行长！他找你。”

董大为接过电话，刘行长在电话里说：“小董，你到我办公室来一趟！”

董大为听出刘行长的严肃口气，赶紧放下电话，像是对郝逍遥，又像是对骆雪神情紧张地说：“我先上去！”

郝逍遥见了董大为的紧张模样，刚才刘行长没有找他而找董大为所引起的不快瞬间消失了，他在心里冷笑起来：如果是业务问题，刘行长肯定不会跨过我去，只有质询和骂人才会单独进行，这回可有董大为好受的了！心里有了幸灾乐祸的快意，他的老脸却仍做慈祥状，微笑着安慰骆雪：“刘行长不会是为你们在山底下村的事情找大为，一定是直接交给他什么业务办！”

董大为毕恭毕敬地轻敲刘行长办公室的门，见里面没有应答，他便鼓足勇气在自己的手指上加大了力气，又敲了几下，这次刘行长听到了董大为弄出的动静，应道：“请进。”

董大为拿捏着自己的两脚，尽量使走路的噪音减小，以此表达对刘行长的敬畏之情。

刘行长正低着有了满头花发的脑袋，眼睛透过厚厚的近视镜片在批阅文件，由于发福而在下巴和脖子之间生出的赘肉，把他系着领带的衬衫领口涨得满满当当的。

董大为见刘行长没有抬头，坐也不是，说话也不是，只得双手握笔记本，不敢有一丝响动地站在刘行长的大办公桌前。虽然他董大为与刘行长同岁同校同届，人也才到中年，社会地位便已经有了如此的差异！而且，董大为心里，对目前这种官阶造成的一坐一站，不但没有什么异议，反而却感觉这是难得的荣耀呢；而刘行长对目前的这一坐一站更感觉正常了。他批罢厚厚的文件，才抬起头来，招呼董大为就座。

董大为感觉坐在刘行长对面的沙发上离刘行长太远，说话不便，便从沙发旁搬来一个椅子，坐在了刘行长办公桌的对面。他正准备听刘行长对自己在山底下村的荒唐事作出批评的时候，刘行长的话却让他吃惊了。

刘行长说："韩小飞失踪了。你跟他同过事，你说说你了解的韩小飞的情况。"

"韩小飞失踪了？"董大为此时还真不相信自己的耳朵了，反问刘行长。

刘行长很平静地说："公安局抓了一个杀人犯，叫张梦天，遇害者叫钱千慊。杀人犯供出了韩小飞的一些经济犯罪问题。市检察院向我们了解韩小飞的情况。如果情况基本清楚，不会出现冤假错案的话，他们便准备与公安局一起对韩小飞抓人、抄家了。"

董大为感觉出了刘行长对自己的信任和自己身上责任的重大，如果他现在把韩小飞包装成一朵花，经过刘行长的努力，就有可能延缓对韩小飞的批捕，如果自己把韩小飞的劣行一一道来，刘行长便可能同意市检察院对韩小飞的立即抓捕。如果此时他董大为对韩小飞的问题提供了错误信息，就有可能对韩小飞案造成不利影响，从而对他董大为甚至刘行长的前途造成影响。

此时的董大为才第一次有了一言千金的感觉，反倒不知道从哪里说起了，便笼统介绍道："韩小飞是个地地道道的老京都人，祖上一概都是城市贫民，世居细米巷胡同三间灰墙灰瓦的小平房里。但是，现在，这三间平房里居住的已经是浙江人了。因为，自打一九九二年小平同志南巡之后，银行业开放搞活了，韩家也就翻身了。他们不但住进了高楼大厦，而且还出租了这三间小平房。他挺会做人的，刚入行的时候，只是一个高中生，总是单位里来得最早的一个，也总是单位里走得最晚的一个；工作是做得最多的一个，说话和报酬又都是最少的一个；领导的私事他记着，同事的麻烦他也主动去分担。于是，最初几年，单位里实惠的事情轮不到他，但是，评个先进之类的虚名却总能排上。他在储蓄所的表现，很快就得到支行领导的认可，九十年代初期，他便从储蓄所的储蓄员变成了支行工业信贷科的信贷员。他也八面玲珑的，在金融秩序没有整顿之前，银行私自搞高息揽储、账外经营，韩小飞便是拉低息存款最多，贷款利息放出最高的人。他便又由信贷员变为了副科长，而后又升任科长，成为当时营业部最年轻的科级干部。”

刘行长见董大为顾虑重重，把话题扯远了，便会心地笑笑，索性直接问道：“韩小飞平日在经济上有什么反常没有？”

董大为见刘行长问，赶紧把自己的思路从各种利益得失中拉回来，实话实说了：“我感觉有一些反常。”

刘行长拿起了笔，在笔记本上划拉起来：“具体有什么？”

董大为也是一不做二不休：“他平日里不在银行宿舍里面住，我怀疑他自己买了商品房，甚至别墅。”

“见到过他另外的房子吗？”刘行长问。

董大为答：“没有。但不回银行宿舍住，是千真万确的，许多人都可以证明。”

刘行长点点头，示意董大为继续说。

“他有一次买家具，居然花了十八万，竟是从东南亚直接进口的红木家具！他有个儿子，一上中学就送到美国读书去了！”

刘行长在本上记着，董大为则继续说：“他有一次酒后说，他借给怒潮集团的朱副总十万块。他一年的收入不过如此，他凭什么借给企业老总钱！另外，九十年代中期，我们都还骑自行车的时候，韩小飞就自己有了奥迪车。好几个春节，他都是带着一家人到什么新、马、泰出国过的。”

刘行长点点头：“好，还有没有可疑的地方？”

董大为思索着：“再有就是作风方面的了。”但是，董大为话一出口自己的脸倒先红了。因为他的心里有鬼：自己的作风问题还没有掰扯清楚，凭什么检举别人！

刘行长似乎猜到了董大为的心思，说："你跟骆雪的事情，我已经知道了。小董，咱们都是八十年代的大学生，虽然没有现在的年轻人前卫，但也不至于把未婚同居视为作风问题吧！这个观点我已经和葛副行长和郝逍遥表了态。这事不会对你们两个造成太大的影响，以后注意就是了！"

听刘行长这么一说，那董大为差点喊出："共产党万岁毛主席万岁"来。

刘行长继续说："不过，骆雪必须调到另一个部门工作，这样工作方便，郝逍遥这么建议的，我也同意。计财部、公司业务部都可以考虑。"

董大为说声"谢谢"之后，抑制着对刘行长的感激之情，继续就韩小飞的问题揭露道："韩小飞每天都要以请客户的名义唱卡拉OK，洗桑拿，可实质却是找小姐。我原来当信贷员的时候，就看见他陪总行孔行助、甚至陪我们郝总去过。"

见董大为揭出了郝逍遥，刘行长没有动任何声色："只是这些吗？"

董大为继续说："这只是韩小飞的幌子，其实他韩小飞不光自己嫖娼，还把妓女送给领导。听关卫兵说过，韩小飞还发明了什么三明治玩法，我说着都恶心！"

刘行长问："什么意思？"

董大为不打折扣，老老实实地如实禀报："就是一次找两个妓女！"

刘行长不由拍案而起："国商银行怎么有如此害群之马！而且，这种人，居然还经过我的手提拔成了副行长！"

董大为赶忙帮助领导排遣："不能够怪您，韩小飞上上下下围了许多人！"

董大为走后，刘行长看着自己笔记本上关于韩小飞的几点记录沉思着，他的笔记本上清晰地写着："韩小飞，天竺支行副行长。一、有自己的行外住房；二、用进口高档家具；三、送子出国读书；四、有自己的高档轿车；五、借给贷款关系人十万元；六、去海外度假；七、纵欲成性。"

再联想到他为总行孔行助召妓和突然失踪之事，他不再犹豫，也不敢再徘徊，赶紧拨通了市检察院领导同志的电话："我是刘严鹏，经过我们调查，韩小飞确实有经济犯罪的嫌疑。我代表营业部和营业部党委，同意你们立即批捕韩小飞的计划，并且全力配合你们办案。"

四十三、船舱理论

国商银行紧锣密鼓地给检察院报告了韩小飞的情况，检察院也一刻没有耽搁，立刻立案批捕。但是，检察院和公安局的干警们却扑了一个空，办公室、宿舍、亲朋好友家、一切能够寻找的地方，却都没有了韩小飞的影子。经过艰苦努力，检察机关在韩家查获人民币五百万元，查明属韩小飞的位于机场附近的私人别墅一栋，价值人民币三百多万元。但是，罪犯韩小飞却始终没有抓获。只有一条线索表明韩小飞已经经香港外逃了。就在张梦天出事的第二天，韩小飞在自己的国际信用卡上存入美元十万元，并用本名护照飞往香港，而后在香港用本名把这十万美元全部提出，就再也没有下落了。

只有兰总在张梦天出事那夜，接到了韩小飞的一个电话，当时，偏巧兰总在洗澡，是丁博士接的。韩小飞把张梦天的情况，与丁博士说了。他希望兰总出于自身安全和利益的考虑，为张梦天导演一幕像常太平一样的自杀之戏。

那丁博士放下电话，不敢怠慢，急忙冲进浴间，把事情的原委说与兰总听。那兰总被韩小飞搅没了沐浴的雅兴，也搅没了与丁大博士亲热的情致，她披衣而出，厉声叫道："那姓钱的如果当时真死了，怎么会有现在的麻烦！你们就是自作聪明！"而后，对丁博士埋怨道："就是你！净出馊主意，还让他假死！结果是聪明反被聪明误！"

"兰总，你太过虑啦！"丁博士虽然还没有和兰宛茹办理结婚手续，但已经好似夫妻一般地同居了多年，然而，直到现在也始终没有给兰宛茹找到一个恰当的昵称，永远以兰总呼之，"我和朱副总，对公司的人力资源，全部是进行了船舱式管理的！"

“船舱式管理？你这是什么时候发明的歪理论!”兰宛茹嗔怪道。

丁博士挺直了身子,秃头在灯光的照射下熠熠闪光,他竖起一个指头,放在嘴前,像个大学教授一般对他的兰总讲道:“一个大的船舱是由许多小的独立空间组合而成的,一个空间坏了,进了水,只要把该空间的门一关,其他空间和整个空间依然完好无损！我们的人力资源安排,就是比照船舱理论进行划分的。”

兰宛茹明白了,也有了一点轻松:“你是说那个姓钱的和张梦天,对我们不构成威胁?”

丁博士继续解释道:“韩小飞背着张梦天由钱千慊提供了远东投资公司的假合同,兰贺佯装不知,支付了钱千慊五十万元担保费,却拿了银行五千万元贷款。钱千慊只能够咬到韩小飞,连张梦天都咬不到！而我们和张梦天没有接触,兰贺只是他的资金提供人,也没有什么把柄,因此,他张梦天杀不杀钱千慊,跟我们没有什么关系。”

兰宛茹依然不完全明白:“那张梦天干嘛跟钱千慊过不去!”

丁博士继续讲演一般地说:“钱千慊和张梦天用兰贺的钱在股市上兴风作浪,只给兰贺百分之十五的固定回报,剩余利润分不均匀再内讧起来,自然难免！另外,韩小飞还有可能在我们这条船外,和钱千慊、张梦天有其他的勾当。听说,那钱千慊有一台克隆银行卡机,参股银行取款机被盗取现金,弄不好就是他干的！他这么干,把银行搞乱,倒有利于我们。我没有插手他那事。因此,这两个人,对我们不构成威胁,也和我们没有关系。”

兰宛茹摸一下她的大博士的秃脑袋,笑了:“看来,我的博士把这个空间的门设计为韩小飞了！可韩小飞如果出事了,怎么办？你考虑过吗?”

丁博士得意地笑了:“我办事,你放心！韩小飞准备外出,去哪儿？他没有说,但我心知肚明！我可帮助他做过一本香港护照呦！他这道门就算关上了！这门一关,钱千慊和张梦天如何被损坏、如何进水,都与我们的船没有关系了!”

兰宛茹依然不放心:“如果韩小飞这扇门关不好呢?”

丁博士笑了,在他兰总的脑门上亲了一口:“他韩小飞已经重新做人了,全世界都是他的新生之地，还有什么风险？我就差给你列一个数学模型，对这扇门的安全性进行推导了！”丁博士突然想起了什么，“说起人的问题，我倒想起来，原来国商银行总行的那个郭博士还想到我们公司来打工呢！”

兰总笑了：“他？那个比你还呆的傻博士？到我们这里来干什么？来给银行当卧底？”

“他？还能够当卧底？笑话！我没有再搭理他，他也没有再找我。”

“我看，这个傻博士还真的把我们当成共产党的企业了！”

四十四、制造罪犯

近来感觉不舒服、不愉快的，不只是被各色案件搞晕了头的国商银行的一班人马，参股银行的赖主任感觉日子也不太好过。

总行赵副行长还有其他几个储户的钱在自动取款机上被盗一事，虽然公安局抓到了取钱者，也获知了克隆银行卡的元凶是一个叫钱千慊的现在已经死亡的人，虽然这种案子的发生跟他的管理没有什么关系，但是，储户的损失却要银行赔，而银行的损失就是要直接冲减他经营所创造的利润。

原来在京都市同业排名比自己后一位的发达银行，由于外资的进入，经营理念的转变，管理和技术手段的创新，到了二零零三年二月末，在京都市同业排名居然超越了参股银行，排在了自己的前一位。

这让赖主任对自己位子的危机感更加强烈了。尤其让赖主任头疼的是箭楼支行，原来的眼中钉吴力继续是眼中钉，因为虽然来了贾好运，对他的位子有了取代之势，但此厮依然我行我素，业绩没有任何长进，存款甚至有所下降，由于吴力个人依然有十三亿的日均存款，依然是留不得免不得的。

这个眼中钉，赖主任还没有解决，那个贾好运又成了赖主任新的眼中钉。因为，那个贾好运来参股银行早已经超过了三个月，除了一个怒潮集团就再没有客户，贷款户还有一个远东投资公司，可五千万贷款不久也莫名其妙地还了。这贾好运不但个人存款没有超过老眼中钉吴力，而且总是像逼宫一样，不停地向自己要官做！他对贾好运挖国商银行墙角的能力发生了怀疑也失去了耐心。

在贾好运位子的问题上，总行那个不管事、要退休的赵副行长倒也曾经询问过，可最近，那老东西又由于经济问题已经被双规审查了。

于是，赖主任终于铁了心，对他贾好运的位子，如果怒潮集团不贷款十亿以上，存款不搞个七八亿，就不见兔子不撒鹰了！至于以前的承诺，在关系到能不能保护自己的位子面前，在有机制创新作掩护的情况下，让信誉去他妈的鬼吧！

贾好运棉中带硬地质问："赖主任，您可是个大领导，您如果不跟我许了愿，我贾好运可是不敢登您参股银行这个门！而且我现在已经出国培训去了！"

"哎呀，你没有创造出业绩来，就怒潮一个户，就那么一点存贷款，我给你提了，你怎么服众嘛！"赖主任依然是站在真理拥有者的一方。

贾好运带了哭音："您如果先跟我说，存款不超过吴力就永远转不了正，我借十个胆子，也不会离开国商银行呀！"

赖主任还是有理："看！看！是你说你欣赏我这里的机制的！你说，我这里机制灵活，效率高，不养庸人，你就是冲着这个来的。我们这里就是这种机制，是按照业绩说话的！你有了存款，自然就有了位子！赶快再找怒潮公司拉存款去！"

"你原来为什么不这么说！"

"我说了，只是你自己没有完全理解！"赖主任耍起了无赖，"不过，好运，你的学历高，资历好，如果其他银行有更合适的地方，如果你有更好的位置，我是同意放你去的！怒潮集团嘛，现在这点存款，你也就没有必要带走了。"这个赖主任就像玩腻了一个大姑娘之后说"我很穷，假如有有钱的男人爱你，你可以改嫁"一样！

贾好运感觉同赖主任这路货色已经没有什么话可说了，自己先挂了电话。

但是，秀才就是秀才，有多高的学历和学位，也不能学会拿刀拿枪地找人拼命。虽然背信弃义的是人家，可唯一敢欺负的却只是自己，因为欺负了自己既没有反抗也没有影响。

此时的贾好运，一肚子的窝囊没有地方撒，用头撞墙又怕动静太大，便趁着办公室没有人，抡开了双臂，照定自己的左右脸狠命地抽起来。每抽一下还要骂一句：

“你他妈还想走在京都市金融的前沿！”

“你他妈还以为摸住了京都市金融的脉搏！”

“你他妈得着舒服还不要！”

贾好运每打一下，心里就舒坦一点，可人性也就发生一点扭曲！他感觉这记不清多少下的嘴巴仿佛都是赖主任打的。他要报复，他如果不报复，他就他妈的不配做男人了！

正当贾好运停止了抽自己嘴巴的运动，开始进入沉思状态的时候，有人敲他办公室的门。

贾好运赶忙整整衣衫，揉揉自己火辣辣的脸。而后，说声：“请进。”

一个小瘦脸探进门来，而后，侯山的整个小瘦身体也溜进了门，他望着贾副行长，笑眯眯着：“告诉您一个重大新闻，韩小飞出事了！”

于是，侯山幸灾乐祸把韩小飞的事情描述了一遍。

贾好运若有所思地骂道：“他妈的，这大块头倒聪明，比我们踩得是点！不过，他老婆孩子呢！应该有窝赃罪呀！”

侯山一笑：“说可怜也可怜，韩行长老婆是分理处的副主任，听说老公的事情之后，只一个星期，满头黑发全白了！真是朝如青丝暮成雪！说不可怜也不可怜，她一个大字不识几个的人，居然能够坐上分理处副主任的位置，而且孩子还在美国读书，值了！比我们强，您实际上不也就是这么个位置嘛！孩子还没有钱到国外读书呢！”侯山是哪壶不开提起了哪一壶，弄得贾好运因韩小飞的倒霉事才好一点的心情，又阴暗下来。

贾好运没好气地说：“侯山，咱们哥儿俩也够倒霉了！看来，我贾好运不拉他十个亿的存款，不把吴力的窟窿堵上，是不会有什么好下场了！恐怕只有滚蛋！不甘心呐！”

贾好运的话把侯山从虚幻世界拉回了现实，他黯然神伤：“看来拉存款与搞银行管理是两码事。我已经过了三个月的试用期，吴力也不给我转正！工资也上不去！我也不甘心呐！贾行长，您帮我说说！”

贾好运叹口气：“我可以去说。不过，这小子以挤走我们为快，只怕是这小子口是心非，说人话不办人事呀！”

侯山叹口气，忽然发现了贾好运脸上的红印，诧异地问：“贾行长，您的脸怎么了？”

贾好运打死也不能够跟别人说脸是自己打嘴巴抽红的，只好笑笑，学着《智取威虎山》里杨子荣的模样：“防冷涂的蜡！”

侯山笑了，也学了座山雕：“怎么又黄啦？”

贾好运继续幽默：“精神焕发！”

侯山开心了：“贾行长您真行！这份儿上了，还能够幽默出来！”

贾好运赶忙转移话题，问侯山今后的打算：“转不了正怎么办？”

侯山讲演一般地说着：“转不了正，不可能总赖在这里拿几百块钱！”

贾好运继续问：“那你准备到哪里去？”

侯山恶狠狠地说：“反正这么走，不甘心呐！”

贾好运想起了财务室的仇洋和她那总是忘记锁的铁柜子，自语道：“别人毁我，我却不毁他，天理不容！”说话的时候，他的心里突然形成了一个危险的犯罪计划。

四十五、天意人谋

骆雪为了董大为能够在国商银行工作顺利，自己萌生去意之后，准备到美国大使馆申请去斯坦福大学读西方经济学博士学位签证的路上，却看到发达银行黑色大楼的门口，悬挂着红色的巨型横幅，上书几个大字："欢迎国内国际硕士博士精英人才加盟发达银行"。

她好奇地进去了，却意外地发现了被国商银行逐出行门的郭安邦，没有想到这个大博士终于找到了自己的位置，居然当上了发达银行的董事长的秘书！现在，正帮助总行进行招聘呢！

"您都被资本家招安了！"骆雪玩笑道。

郭安邦听骆雪这么说，倒一时语塞，他再有他乡遇故知的感觉也不能够把自己因为常太平鸣不平而被国商银行轰走的事实说出来，便低调地说："国商银行的工作环境，我不太适应，才到发达银行的。你怎么回事？怎么也想出来？"

骆雪当然也不能够提起因夫妻两人同在一个单位感觉不便才想换地的事，便说："我一个外地来的打工妹，在国商银行没根没蔓的，混到何时是个头！"

郭安邦让身边的小伙子帮助自己支应其他应聘者，他把骆雪请到里面，找了个座，倒了一杯水，爽朗地说："你曾经是营业部最早的几个研究生之一，你在总行小伙子心中可是个知名人士，当时总行很多光棍汉都惦记着你呢！包括我！"

骆雪听郭安邦半玩笑半认真地谈起了生活之事，便笑道："惭愧呀，小女子早就有主了！"

骆雪此话是一语双关，既回答了郭安邦问题，又给她与郭安邦的关系划上了界限：最多是友谊，婚恋之事自此不要再劳心费力动脑筋了。可话一出口，又感觉自己的言辞与郭安邦的热情对照显得过于冷漠，便关心而玩笑着补了一句："您这么一个大博士，早就妻妾成群了吧？"

见骆雪这么高看自己，郭安邦倒面露尴尬之色，红了脸，支吾道："惭愧惭愧，我是高分低能的典型！家庭、事业都是惨不忍睹！"

到目前为止，郭安邦在男女方面真的尚无胜迹。进入发达银行之后，为了为自己对安娜的那一段情有一个交代，他大着胆子请这个洋美女吃了鸳鸯火锅。虽然洋美女答应得痛快让他兴奋，但是，在餐桌上洋美女的表现却令他失望异常。因为，当他话里话外地表露出对安娜的爱慕之情时，这个洋美女却恰到好处地拿出了老公和儿子的照片，做无限幸福状！郭安邦见了，只得知难而退。

此时，骆雪认真地说："如果真是这样，我倒有一个同学叫孟亚男，自称红颜薄命无知己，我给你介绍一下怎么样？"

"行！行！"郭安邦一副诚恳的模样，满口应承着。

傍晚，骆雪把董大为拉到陈淑媛位于怀密水库边上的那个幽静的山庄里来，准备为孟亚男谋划对象之事；而陈淑媛则正想把借倒"兰"以赶"郝"的计划透露给董大为。

大家欢快、轻松地吃着保姆烹制的四川风味的农家菜。

骆雪直接问孟亚男："亚男，我给你介绍一个博士男朋友，怎么样？"

孟亚男见骆雪关心自己的婚嫁，一改平日里大大咧咧、天不怕地不怕的劲头，居然羞涩起来："谁敢要我？尤其是那些书呆子！而且，对这样的相识，我也不习惯！"

陈淑媛顺着骆雪的话茬，认真地说："雪儿，我们亚男可不是嫁不出去的姑娘！你可得找条件好的！"

骆雪打趣道："什么条件吗？"

陈淑媛半玩笑半认真地说："年龄要比你们家老董小，学历要比你们家老董高，模样要比你们家老董靓！”

董大为听了打趣道：“要有这样的人，我的老婆早就不找我了！”

骆雪听董大为这么说，白了自己的老公一眼：“你别美！别以为自己是个白马王子！”而后又对孟亚男说：“那个郭博士除了个头稍矮，就具备了陈姐说的条件！”

陈淑媛问：“他在哪工作？”

“发达银行总行！梁董事长，也是梁行长的秘书！”骆雪脱口说。

秦鸣诡笑起来：“我说雪儿，听说你不是要调到发达银行去吗？你这不是为了给发达银行的领导拍马屁，而拿我们孟亚男同志送礼吧！”

骆雪见秦鸣如是说，立刻气红了脸，顾不得董大为高兴还是不高兴，冲过来，照定秦鸣的肩膀就是几个小拳。

陈淑媛忙打圆场：“别跟秦鸣一般见识！他自己肠子长，就老想别人肚子花！”而后，又认真地问骆雪：“雪儿，你真的要去发达银行给资本家打工？”

骆雪点点头：“我有这打算，只是不知道人家要不要呢！据说，工资比国商银行高几倍！”

陈淑媛说：“傻雪儿，工作不能光看工资，还要看工资的含金量，更要看自己事业的发展！董大为再提一级的机会就在眼前！那郝逍遥下台在即！你们在国商银行的好日子就要到了！”

秦鸣收了诡笑，插嘴道：“我们准备把怒潮黑幕揭出来！《上市公司黑幕揭秘》首印十万册！陈总出名，我们得利，你们升官的日子也来了！为什么要走呢！”

孟亚男也不闲着：“十万册书，每册定价三十二元，已经放在印刷厂的仓库里，准备在下月的图书订货会上六折投放，如果顺利就有一百九十二万元的收入，扣除成本，利润也很可观。现在，秦总已经安排好在电视台上做一期节目，题目叫《呼唤诚信》，或者叫《揭开怒潮黑幕的人》。由陈总以作者身份分析京都市金融及上市公司的弊端！”

秦鸣表功道：“电视台的老乔原来也是个京漂，是我的哥们儿，我们得利，他也可以借机出出名！他有名了就有利！”

陈淑媛颇为振奋地玩笑道:“郝逍遥之流,在正义的呼唤面前,必如摧枯拉朽一般倒台,你董大为就等着登基,大展你的宏图伟业吧!你甚至连当营业部副行长的希望都存在!”

董大为在众人欢欣鼓舞的时候,倒显出了几分老成:“直接进入决战,是不是操之过急?骆雪你说呢?”他问起了他认为比自己智商高的老婆。

“金融欺诈、欺骗股民不只是简单的经济问题,还是非常敏感的社会和政治问题,一来电视台能不能从这个角度播,二来他们敢不敢播,我感觉都有一点悬!”

秦鸣嚷嚷起来:“雪儿竟然怀疑我的办事能力?电视台的老乔还没有出道、还是京漂那会儿,与我同吃同睡同劳动却一分钱不用支付,现在让他白帮忙他都得干,何况他弄不好,他还可以出出名呢!而且,我们是以书的名义切入主题的,由小见大,台长们不会审批的!”

骆雪赶忙解释:“我可不是这个意思。我是说,我们不能够就书论书,一定要就怒潮事件揭出京都市金融体制和股市运作方面的深层次问题来!而不能够光说一本书!”

陈淑媛赞叹道:“雪儿,你的小脑瓜还真够用,比董大为强!”而后,很认真地问骆雪:“那你的意思呢?”

骆雪继续说:“以《立即停止给怒潮集团发放贷款》为题,给市委、市府领导及中央银行、金融工委写信,看看情况再说!我想她兰宛茹只是蒙蔽了个别的共产党而没有代表整个的共产党,上面发现怒潮的问题,一定会勒令各家银行停止给所有怒潮企业贷款的!到那时,企业的资金链条一断,怒潮企业必死,银行责任人还是一个也跑不了!你的书照样畅销!我们还该干什么干什么!”

秦鸣先叫道:“高!高!我同意!”

董大为也点头赞许着:“骆雪说的对!”说罢爱怜地用手抚弄起爱妻长发后面的细脖颈来,“只是我感觉,现在这做法,你陈总似乎不是为了个人恩怨了,也不是为了我董大为的官了,似乎成了一种力量!”

孟亚男一直在和骆雪说着什么:她还是同意与那叫郭安邦的博士见面

了。她听董大为这么说，立刻提炼："陈总就是正义！我就是正义的匕首！"

秦鸣笑了："得得，你们连个共产党员都不是，何必给自己找高帽子戴！咱们老百姓，最终还不是为了两个东西：一个是'名'，一个是'利'嘛！"

陈淑媛倒没有想自己为了什么，她疑惑着："这么做，好是好，可上次为怒潮家具和远东投资的事，我们给中央银行、金融工委写信，层层批转下来，不但没有效果，反而让郝道遥得了一个奖状，顽固派更巩固了！再这么做，能不能有效果，我表示怀疑！"

骆雪也从孟亚男那里转过头，补充道："陈姐的顾虑也有道理，我建议把信同时寄一份给《京都金融内参》，这可是京都市最高领导必看的报纸，这些记者正发愁没有重大事件的报道来评职称提官呢！保准给登出来！"

董大为的智慧受骆雪熏陶仿佛也日见深刻了："不过如果这么做，你陈淑媛可就要留真名、留真电话了，让人家核实时能够找到你。可别再以一个革命群众的名义瞎闹腾了！"

秦鸣道："还得骆雪执笔，我继续充当跑腿的！"

是夜，大家在地下室欢歌笑语、对斟豪饮之后，陈淑媛又带着董大为、骆雪、孟亚男上了小别墅的三楼，依然是两间只有门没有锁的房间，依然是两间一个有大双人床，一个有两张单人床的房间。但是，现在的陈淑媛却轻松了许多，说罢"你们随便住"，便带着她的秦鸣下楼去了。

这回孟亚男可没有上次那么客气了，她不但不给一对情侣提供方便，反而竟拉了骆雪直接住进了那个有大双人床的房间！要知道那里可曾经是他董大为由童子变男人的地方！

董大为也没有这么好说话，不愿意轻易放弃他的阵地，赖了吧唧地随着两个美女进了房间，却被孟亚男推了出来。孟亚男用她那好听的哑嗓儿玩笑道："今夜骆雪属于我！"

董大为依然不甘心，赖在门口不走，眼睛直呆呆地望着自己的爱妻骆雪。孟亚男见状，索性把董大为推到门外，玩笑开得更没边没沿了："你个老董，总不至于想娶两个老婆吧！"

骆雪笑了："他可消受不了你!"

已然老态的董大为在新的女性面前，只得败下阵来，到对门，老老实实地独守空房去了。

可等孟亚男在自己的身边唠唠叨叨够了，心满意足地睡去的时候，骆雪却蹑手蹑脚地下了床，溜出门来，摸进对门，还是爬到了董大为的床上。

爱侣有如鸳鸯，仿佛彼此之间存在着磁性，棒打也是难分离的。

四十六、致命打击

一份由京都市中央银行、金融工委层层批转下来的署名为陈淑媛的文章《立即停止给怒潮集团发放贷款》的复印件，摆在了国商银行营业部刘严鹏行长的办公桌上。

文章是揭露怒潮集团公司利用虚假财务信息从银行骗取贷款，从股市上圈钱的。金融工委的领导同志批示："尽快调查、采取有效措施，保护人民财产。"中央银行的领导也批示道："澄清事实，妥善处理怒潮集团总公司及其下属公司的贷款问题。"国商银行总行李鼎银行长批示："怒潮贷款，你行最多，由你行牵头负责对怒潮贷款进行全面调查，千方百计保全我行信贷资产。"

刘严鹏坐在自己的老板椅里，又一遍一遍地读着文章和领导的批示，按照他的智商水平，他对此事早已经做出了本能般的反映：第一，立即停止对怒潮集团的新增贷款；第二，立刻摸清企业情况；第三，情况属实，马上进入保全资产程序；第四，总结管理漏洞；第五，处理责任人。但是，他却拿不定主意，因为，银行的组织是严密的，贷款是层层授权的，如果怒潮集团的九亿元贷款出现损失，他无论怎样处理基层的责任人，自己也无法脱得了干系。他刘严鹏到营业部任行长是上级部门的安排，是锻炼镀金出成绩的，可千万不要把怒潮贷款之事变成了自己职业生涯的滑铁卢。韩小飞携款外逃案已经够闹心，现在又来了个怒潮事件！这个关口可怎么过？而且，他真的害怕怒潮事件再惊走一个两个韩小飞之类的贪官。这种可能性不是完全没有。根据市检察院的反映，那杀人犯张梦天为了免于一死，不但咬出韩小飞，而且还揭发了郝逍遥，好在除了作风问题，其他倒没有什么证据，而且也不一定都是真的。但是,他作为一行之长,却不得不有所警惕。

对怒潮事件,自己有责任,葛荣副行长有责任,那个郝逍遥更是责任重大。对怒潮集团每一笔新增贷款的发放都是他郝逍遥亲自签批出去的。如果怒潮贷款形成损失,他刘严鹏又怎么处理郝逍遥?郝逍遥本身当然没有什么可顾虑的,但是,他的老子,那个政界的郝首长怎么应对?

难难难!世上都言做官好,谁知做上没头了!人人都想被提拔,付出甘苦谁知晓!难难难!难呐!

正当刘严鹏茫然沉思之时,办公桌上的红色电话的铃声响了,这是一个专门联系总行行长和总行各部室一把手的专用电话。

刘严鹏赶紧拿起电话:“您好。”

“我是李鼎银!”

刘严鹏习惯性地坐直身子:“李行长。您好!”

李鼎银行长开门见山:“郝逍遥的事情,我已经帮助你搞定了。郝首长同意把他调走。这样,以后你处理其他人才方便。”

刘严鹏真诚地说:“感谢行长对我的关怀,韩小飞一案基本完结,我一定处理好怒潮事件。”

李鼎银行长沉吟了一会儿,异常冷静地说:“我看,你尽快回总行来吧。我需要你,也不希望你掉到营业部的泥潭里去!”

刘严鹏的眼中立刻盈满了泪水,带着颤音回答:“我感谢领导的厚爱,但是……”

李鼎银行长打断了刘严鹏的话:“别‘但是’了,你就听从组织的安排吧!”

刘严鹏感悟到自己在营业部工作的时间不会太久了,便进一步加速了自己的工作节奏。

第二天,他一上班便召开了处理怒潮事件紧急会议,葛副行长及资产保全部、财务部、公司业务部、信贷业务部的一把手都参加了。只是刘严鹏没有叫郝逍遥而是叫了董大为。

他干净利索地讲读了《立即停止给怒潮集团发放贷款》这篇文章及金融界各级领导的批示，在大家还窃窃私语的时候，他把自己刚才已经思索好的五条方案布置了四条，只留下“第五，处理责任人”，他没有说。

大家一片茫然。感慨的有之：叹市场风云变幻莫测，一个三A级优质客户转眼就成了一个空壳骗子！踌躇者有之：疑虑着此一事端不知道又要连累出多少革命同志！义愤者也有之：他们痛恨这个叫陈淑媛的作者，闲得没事不在家好好恪守妇道，管银行的闲事干吗？无端给银行的革命同志找事！

而董大为却按捺不住地惊喜。一喜党和金融行业的领导人英明睿智、高瞻远瞩，不但识破怒潮骗局而且本着对人民负责的精神很快做出正确决策；二喜郝逍遥此次必倒无疑，如果还能够为此再拿一次奖状，简直是没有王法，简直是天理不容！三喜他郝逍遥明明白白坐在办公室里，可开会通知时，要他董大为来，而绕开了郝逍遥！

而此时的郝逍遥正坐在办公室里，他刚才听到了楼道里喊“开行务会”，习惯性地拿本出来，却发现行长秘书只把董大为叫走了。这是什么意思？“总”闲着，“副总”开会？这不是发生了法国的“雾月革命”，自己被造反派夺了权、篡了位吗！

革命经验丰富的郝逍遥同志急忙回身冲进办公室，抓起电话，分别打给资产保全部、财务部、公司业务部，得到的答复分别都是：“总”开会去了！“副总”在家。

老谋深算的他开始慌张起来，一颗平日里处乱不惊的老心也开始“砰砰”乱跳了。他不知道韩小飞的问题把自己揪了多深，如果涉及经济犯罪，恐怕老爹也救不了他了。虽然老爹是一个大共产党，但必然不代表共产党，还不能够完全阻挡住整个共产党反腐倡廉的步伐。

他拨通了韩小飞办公室的电话，没有人接，他又拨通了韩小飞的手机，一个女声回答：“该用户没有开机。”

此时，他才醒过闷儿来，原来，他寻找并要交流情况的韩小飞早已经携款外逃，不知道在地球的哪个地方逍遥自在呢！

就在郝逍遥神志全乱的时候，办公桌上的电话铃响了。

“找谁?”他竟忘了说“你好”。

“我是爸爸。”对面传来了老子苍老而慈祥的声音。

“您怎么打这儿来了?”虽然已经是人近五十,可儿子永远还是儿子,老子永远还是老子,郝逍遥对老爹依然很不客气地说。

“发达银行京都分行的洪长虹退休了,有个行长的位置,我要安排你去!”首长对儿子不容置疑地说。

郝逍遥感到突然:“为什么?”

“不用问啦,那里一年五十万的年薪,你这里才多少? 你在那里本本分分地干几年,就可以退休养老啦!”

“您还算年轻干部,我怎么就要退休了!”郝逍遥跟老爹撒着娇。

首长并不理会郝逍遥的牢骚:“发达银行是京都市金融改革的先锋,也可能是京都市金融今后的样板。以后要全面与国际金融接轨,你这学历是很难进去的! 你可要好好干,否则,那些大资本家可不买我的账!”

“我一点思想准备都没有。”郝逍遥有点垂头丧气了。

“你明天就到发达银行去报到。总行的李行长和营业部的刘行长都已经同意了。”

郝逍遥似乎如梦方醒:“原来,您已经跟他们商定好了! 我说今天开会怎么没有叫我去!”说罢,忽然又有了受侮辱的感觉,“怎么不先跟我商量! 我都五十岁了,倒还像小孩请家长一般!”

“行了,我忙着呢! 我只忠告你一句:忘了你的老子,本分做一个平民!”老爹说罢就把电话挂了。

郝逍遥把个咖啡瓶重重地摔在自己的办公桌上,办公桌被砸了一个坑,咖啡瓶随着“咣当”之声破碎成几片,咖啡颗粒撒了一桌一地。同时,郝逍遥怒吼:“我操你董大为、刘严鹏的妈! 老子不服,孙子,等着瞧!”

但是,个人只要愿意在组织体系里混,便是永远也拧不过组织的。郝逍遥虽然猖狂,但是,依然乖乖地交了位子,到发达银行报到上班去了。

四十七、尔虞我诈

在刘严鹏办公桌上摆放着陈淑媛的文章《立即停止给怒潮集团发放贷款》复印件的时候，同样的文件由中央银行批转参股银行总行，再由参股银行总行林行长批示了“尽快清贷，调查后处理责任人”之后，也同样转到了赖主任的办公桌上。

这个东西有如炸弹，让赖主任发了蒙，虽然经他批准只给怒潮股份贷款了四个亿，可总行下达给他的资产质量指标是新增不良贷款不得超过五千万元，仅怒潮一个企业一笔贷款，就让他不可能完成指标，他以前的一切努力也都将付之东流。

赖主任真想马上再下一道免职令把个贾好运这条丧门鱼处理了，以顶上他赖主任应该承担的责任。但是，赖主任突然想起来了，他赖主任还一直没有给贾好运下达过任何任命书呢！连个副行长的任命也没有下过，因为，他见贾好运不甘心于副行长的位子，害怕下了一个副行长的任命，反倒把个贾好运惹蹦起来！

怎么处理这个贾好运呢？马上到箭楼支行宣布免职，还是再利用贾好运一次，让这条榨不出存款来的鱼去给自己清收回怒潮集团的四亿元贷款本息？

赖主任拿不定主意，他在自己四四方方的办公室里，迈着小短腿，挺着长身子，晃晃荡荡地踱起方步来。

忽然，电话铃响了，赖主任拿起了电话：“你好，参股银行。”

“我说，赖主任，您的承诺还有谱吗？”是贾好运找上门来了。

奇怪的是今天贾好运没有一点唯唯诺诺之感，却是一副咄咄逼人的架势。经过四个多月的内心煎熬，贾好运在人间炼狱里已经豁然开朗了，宛若成佛一般，他终于想明白了：他在参股银行原来只是谋生，在挣一份工资！如果工作只是为了挣一份工资而不是终生的事业，他完全可以不要这份工作，也可以到别处再找一份挣工资的工作用来谋生。尤其是韩小飞的悄然出走，又让贾好运的思想往更深层发展了：原来人并非天生就要做某种人、生活在某个国度、某个小圈子里面的！换一下环境，无论好坏，也等于死一次再活一回，有什么可怕的！

有了这种思想，再有了某种准备，贾好运不但不再惧怕赖主任，反而从骨子里面轻视这种小人了！

赖主任依然是真理的拥有者，他赖着："好运，你要努力呀！我连副行长都没有给你下文，不就是准备给你任行长的嘛！"

贾好运还不知道怒潮集团的事，拍胸脯说："你希望挖怒潮股份，兰总老爷子的葬礼，我带你去了！你想让怒潮用贷款，我给你放了四个亿！你希望我拉存款，我也拉来两个亿！我还没有做事吗？"

"不够呀，吴力还有十三个亿的存款呐！"赖主任继续坚持着真理，忽然想起贾好运提起存款的事，立马回过闷儿来："怒潮现在还有多少存款？"

贾好运冷笑一声："一分钱没有了！"

赖主任惊叫："一分钱没有了！"

贾好运忽然来了绝望中的得意："一分没有了！我行长的位置一直没有定，兰总不高兴，都提走了！"而后，竟逗弄起赖主任来："要不要我再约兰总一次，你赖主任再请她吃一顿饭，存款就来了。您的位子也更稳了！"

赖主任听出了贾好运话语里的不恭，虽然心里恨得咬牙切齿，但是，赖主任毕竟不是京都市胡同里的坯子，也不是A省的流氓，他是参股银行京都管理部的党政一把手，他很克制地说："好运，你想尽一切办法，可以用任何手段，赶快把怒潮的贷款本息收回来！"

贾好运问："为什么？"

赖主任继续用了老伎俩诱惑道："本息收回，行长就是你的！好运，好好干吧！"

贾好运开始逗闷子了:“三A级优质客户,为什么要收?”

赖主任一脸晦气:“别提什么三A级优质客户了,已经出事了,赶快收吧!”

贾好运见赖主任又有求于自己了,赶忙乘胜追击:“那我的位子……”

赖主任见贾好运没完没了、穷追不舍,心想:不再玩他一把,他贾好运就不服管!他就不知道官场是什么!想到自己准备在奥运城再开办一家新支行并且已经内定了行长人选,便说:“现在,你就有一个当一把手的机会!”

贾好运将信将疑:“真的吗?哪家支行?”

赖主任笑言:“奥运城支行!新支行、一把手!”

贾好运喜形于色:“那好呀!”

赖主任则故作矜持:“不过,你需要竞聘!”

“竞聘?”贾好运疑惑起来。

“人力资源部的阮总也是一个人选,你们两个竞聘!”赖主任的谎言,此时已经变成了自己的真实计划,因为,他明白,贾好运人生地不熟的,根本就不是阮总的对手,只能够充当竞聘的分母。如果竞聘落败,看他贾好运还闹腾什么!

贾好运没有想到赖主任就一把手的事情,把组织的承诺改为了自己的争取,当然对自己不利,但是,似乎也比总不给自己机会强。他一时倒搞不懂自己应该怎么办了。嘴上则含糊着:“谢谢赖主任的信任!怒潮的贷款,我马上去清收!”

赖主任连声说:“好!好!好!好运同志,这就对了!”

贾好运挂断了电话,心情异常复杂起来。为了自己能够获得一个竞聘一把手的机会,他要先弄清怒潮到底出了什么事。

他没有找吴力要管理部的文件看,而是拨通了国商银行总行信贷业务部1312号房间的电话。老部下李励接了电话。寒暄几句之后,贾好运直问到主题:“小李,怒潮怎么了?国商银行的评级改了吗?

李励总是知无不言:“什么三A企业!就是一个空壳!我亲自去了一趟他们在怀密的保鲜基地,一片荒地,也敢要贷款几个亿!我们就要把怒潮的信用等级降为一个 B 了!”

贾好运惊诧了:“由最好变最差!那你们贷款政策怎么掌握的?”

李励依然坦诚:“还没有最后定,还要调查一下再说!只是暂时停止了增加新贷款,兰总现在正又告状又登报,找陈淑媛打官司恢复怒潮名誉呢!”

贾好运说:“我们倒快,已经要清收贷款了!”

李励压低声音说:“您是我的老领导,我给您一个建议吧!”

“你说!”贾好运很诚恳。

李励更实在:“赶快清收,赶快起诉,得着什么搂什么!怒潮必亡无疑!”

贾好运诚心诚意地跟博士讨教:“你怎么这样肯定?”

李励继续压着嗓子:“您想,企业再好,资金都压在产品和设备上了,没有银行新增贷款,企业无法扩大生产,产品再好也没有那么多钱流回来!怎么还能够继续给贷款?企业不死等什么?何况怒潮本来就是一个不怎么样的破企业!”

“操他妈的!老子放了四个亿呐!”听李励这么说,贾好运真的急了。

李励深谋远虑道:“快收,收不回来,下一步准会被处理,弄个处分恐怕都是轻的!”

贾好运正只顾妄自菲薄着,办公桌上的电话响了。是吴力打来的。他在电话对面说:“贾行长,阮总通知我,说准备让你去竞聘奥运城支行一把手了!恭喜你呀!”

贾好运一片茫然,认真地问:“我应该准备些什么呢?”

“当然是拉存款的业绩报告了!”吴力指点着。

贾好运试探着问:“竞聘成功的希望大吗?”

吴力沉吟了一会儿,而后,“嘿嘿”笑起来:“贾行长,您是金融研究所的硕士,是高智商的人,您心里还能够不明白?”

贾好运诧异着:“我来参股银行晚,真不明白!”

吴力恨不得让贾好运明天就离开箭楼支行自己才舒服呢,如果贾好运假戏真做地去竞聘,那不定又要在自己的地盘上混几个月呢;如果不参加竞聘,他贾好运也可能下个月,也可能明天就滚蛋了!于是,吴力说:“贾行长,我听说您来之前已经承诺您做一把手了吧？怎么又改为需要竞聘才能够当一把手了？”

贾好运被吴力点到了痛处，苦笑着“哼”一声算答复。

吴力继续说：“承诺的都不算，竞争的，能有多大把握，您还能够不明白！”

贾好运颤着嗓音说：“我甘愿当一个分母！”等吴力连说几声“好好、佩服佩服”之后，贾好运先把电话挂断了。

吴力的好心话，让贾好运的心情坏到了极点。

他真想大哭一场，可他不能哭，因为，他现在已经不是孩子了，他已经找不到了母亲的怀抱；同时，他还是个男人，泪水怎么能够轻弹而出呢！

绝望之中，他忽然想到了调到其他银行或者辞职去经营老婆自办的中介公司，这样不就可以一了百了了吗？凭自己的学历和才华在哪里还不能够混碗饭吃，不能挣回活命钱来？

他拿起电话，向人力资源部的阮总咨询调离问题。那阮总虚情假意着：“贾行长，你对我们的体制有一点不适应是正常的，过一段自然就好了！何必马上就走呢！而且，听赖主任说，不是还要安排你和我竞聘奥运城支行的行长吗！”

贾好运仿佛铁了心，语气很硬地说：“如果我要坚持呢？”

阮总支吾着：“贾行长，您是做过怒潮公司贷款业务的人，调走或辞职恐怕都要经过离任稽核。如果没有问题，如果贷款能够顺利收回，我才敢给你办手续呀！”

贾好运诧异着：“赖主任好像说过，其他银行有合适的位置，可以放我走呀！”

阮总继续支吾道：“赖主任也跟我说过，但他是指对你离任稽核之后可以走。这是中央银行规定的，不是我……”“刁难”二字终于没有从阮总的嘴里吐出来。

贾好运放下电话后，不禁又对自己开骂了：“操他妈，我他妈为什么偏跑参股银行来干呀！”如果不是上次抽了自己的嘴巴，使自己不舒服，现在的贾好运不定大嘴巴抡起来把自己的一张沧桑之脸抽成什么鬼模样了呢!

想起侯山转正的事情还没有着落,贾好运到了吴力的大办公室,想找他求求情,可吴力却恰巧没在。说是到营业厅财务室找仇洋去了。

贾好运来到一楼,穿过营业厅,直接进入财务室,却没有找到吴力,也没有看见仇洋,只是仇洋的保险柜居然又没有锁,依然可以看到空白的存款单。

贾好运见四周无人,竟然从一沓空白凭证中悄悄抽了一张空白存款单出来,并迅速地塞进了自己的西服内兜里。虽然心口"砰砰"狂跳,但是,他拿了单子之后,立刻就神不知鬼不觉地溜走了。他的盘算已久的报复计划就这样轻而易举地实现了。

按照贾好运原来的报复计划,把偷出来的那张空白单子一毁,就有吴力和赖主任好看的了!丢重要单据,总行不让他们撤职也会给他们背个处分什么的!

回到自己的办公室,想到吴力和赖主任要为这张单子付出的代价,贾好运不禁哈哈大笑起来,那笑声虽大已然穿越了玻璃窗,但是,却充满怪异、扭曲的音符,难听极了。

此时,贾好运笑得开心极了,心里舒服极了,自打进了参股银行,他还从来就没有这么开心过呢。

突然,电话铃声响了。贾好运很不情愿地拿起了电话。电话竟然是怒潮集团的财务总监丁博士打来的。不等贾好运开口说"你好",丁博士就阳光灿烂地开口了:

"好消息!贾行长!"

贾好运现在已经不知道什么是好消息什么是坏消息了,他强打精神问:"什么好消息?"

"近来,公司经营状况不错,一些闲置资金想存一下。"丁博士回答。

"那好!那好!"贾好运嘴上说"那好",心里却没有多少激动,如果换上刚调到参股银行来的时候,听到存款,他非得蹦起来,通过电话传声,也要亲吻丁博士三口不可。

丁博士在电话那边客气着:“不过还需要你们银行来人取支票呦!”

贾好运惯性地说:“应该!应该!当然!当然!”

丁博士说罢就挂了电话。这些存款是怒潮集团公司为了扭转陈淑媛对自己的攻击而形成的不利局面,配合自己重塑形象的宣传攻势而采取的举措之一。

贾好运没有想到,他去了几次怒潮公司,那怒潮公司便连续几次让他拿走了用来存款的支票。每次一二百万,全部作为定期存款存在了参股银行。

手里捏着这一张张转账支票,想着那兰总从各家银行弄来的钱多得一定数不清,再琢磨着韩小飞的舒服日子,贾好运竟然有了一念之差。他没有撕毁那张空白存款凭证,而是趁营业室的同事们上楼吃饭,留下看门的仇洋又去卫生间小解之时,竟在自己偷来的空白凭证上偷盖了支行业务章和经办员私章。而后,他再把这张存单私自填了二百万元,交给怒潮公司,作为存款证明。而手里的二百万元支票,他却没有入参股银行怒潮公司的账,而是偷偷地把支票拿到了信用社,直接存入了老婆所办的中介公司的账户里。

贾好运的老婆——仇雪看着自打到了倒霉的参股银行便一天天消瘦下去的老公,见贾好运一天天魂不守舍的样子,并不知道小两口的自办公司里已经趴进去了二百万人民币,心疼老公的同时,忽然眼睛一亮,对贾好运说:“你不就是不想在赖主任手下干了吗?”

贾好运点点头,算作回答。

“多容易的事儿呀!”仇雪用手摩捏着贾好运的后脖颈,“明儿找我当医生的大舅哥,给你开病假条去!填一个‘肝炎’!先休他三个月再说!参股银行不是不想让你舒服着走吗?那咱们就泡上它了!不去上班,工资照拿!”

于是,贾好运按照老婆仇雪的安排,真的开始泡病假了。

只是他的心除了为自己私吞的那两百万而忐忑不安之外,依旧难以免俗。他做了好几次他竞聘参股银行奥运城支行行长的梦。

在梦里,有一次他成功了;有三次,他失败了。还有一次最奇绝:他把竞聘的讲台当成了对赖主任怒斥的舞台。

那是在参股银行的大会议室里，阮总讲完了竞聘的话，在热烈的掌声中下了台；他贾好运便气宇轩昂地站在了主席台上。

他穿着参股银行的行服：蓝西服、白衬衫、红领带。他望着参股银行黑压压的员工开始竞聘发言了：

“我知道我今天是一个分母，但是，我依然要参加奥运城支行行长的竞聘！因为，我有这么个理想，就是要建立这么一个支行，用诚信来赢得客户，用技术来吸引客户，用服务来留住客户。哪怕这个理想被某些人所讥笑与不齿，但是，我依然坚持，因为我相信，这才是中国银行业发展的方向！”

见贾好运言语乖张，花白头发、胖乎乎的吴力受赖主任指派，借送水之机，上来提醒道：“可别乱说呦！”

梦里的贾好运比现实的他勇敢得多，他喝了一口水，根本就不管赖主任之流那一套：“我原来在国商银行总行当处长，放弃了出国考察的机会，到参股银行来，应聘的是一个支行行长的位子，为的是实现我心中的理想。但是，今天我为什么又站在这里来竞聘行长呢？这本身说明了什么？说明，我们尊敬的领导——赖主任不诚信！他把存款看得比诚信更重要！当一个银行的领导者都没有诚信的时候，以信誉为本的银行业还何谈发展！最终受害的不光是国家、银行，还有我们员工自己！因为没有诚信，才有银行之间尔虞我诈的恶性竞争，堂堂的银行白领才会沦落为存款追逐者……”

齐副主任带头鼓起了掌，会场上的大部分人也都鼓了掌。

赖主任在台下立刻蹦起来：“他疯了，快把他送到精神病医院去！”

吴力和阮总见赖主任大喝，便立刻冲上台来，扑向贾好运。贾好运在搏斗中大叫着：“我不要做分母！你们这是欺骗！你们毁了我的前程，我也让你们没有好下场！”

阮总则挥起老拳直捣贾好运的老脸：“闭嘴！禁止你污蔑我们参股银行的新机制和赖领导！”

这时，贾好运被吓醒了，心砰砰乱跳。但是，每每回味这个梦，他便感到开心解气。但是，现实的他泡病在家，赖主任即便是神经错乱了，也不会给他这个讲演的机会了！

但是,生活在梦境里不是强者所为,也不是弱者的长久之计。每每想到自己手头这二百万不是好来的,一旦东窗事发,自己弄不好还要掉脑袋,他便开始后悔、后怕起来,想把那钱再私下送回去。可怎么个送法呢?早知今日何必当初呢!真是一步错了步步错!与其说这样,倒不如杀了赖主任之流,为京都市的金融界锄奸,倒还落得个痛快而磊落。但是,他又没有这个胆量。于是,他想到了出国。何不学习一下失踪的韩小飞,自己也失踪一把呢?

贾好运想起了他的老乡,一个八十年代就下海先闯京都,在一个古典家具公司做过副总经理,后到俄罗斯和东欧做服装生意的人:谢云。

这次的联系倒非常顺利,谢云很快就接了他的电话,并轻车熟路地指点了他出国的套路。谢云虽然应自己的原老板——兰贺之邀,很快要回国,但却不希望放掉这条送钱来的大鱼,依然主动要帮助落魄的贾好运:"我什么都能够办,只要你有钱。"

贾好运气也挺足:"只要你能够办,我肯定有钱!"

谢云继续说:"这样吧,咱们都是兄弟,我也不宰你,你带两万美元给我,我给你做一个护照,包括出生履历、学历!别人要做,我要他五万美元一套呢!"

四十八、怒潮的反击

陈淑媛的小别墅与外界相连的只有一条僻静的柏油盘山道。这条盘山道一头连着到京都市城内需要经过的京密路，一头连着通往大山深处的国道。这条柏油盘山道只有三公里长，却是幽深而险峻的。盘山道的一侧是杂木丛生的山，一侧是水库浩渺的水。鸟语花香、风景优美，唯一遗憾的是这路基与水库的水，足有十几米的落差，向下望去，倒着实有一点吓人。

一天下午，正赶上京都市一个少有的好天气，盘山道旁的山，杂树越发茂密葱绿；盘山道下的水，更是绿里泛蓝，在金黄色的夕阳下，水波像珍珠翻滚一般，泛起点点的粼光。

在盘山道的较宽处停着一辆大红色的波罗轿车，车的前盖掀起来，还冒着白烟。车旁的树阴下站着一个红衣美女。应该说这是一个标准的美女，她有着修长而婀娜的身段；像所有的美女一样，她有着白白的脸蛋、俏丽的鼻子和明眸与皓齿；而与一般美女不同之处，也是她最迷人的地方，则是她笑起来时，腮上突现的那一对大大的酒窝。

一辆小面的车见了，停下来，一个男人的头探出窗外："姐们儿，要帮忙吗？"

美女摇摇头、摆摆手没有说话。

男人的头只得收回来，骂骂咧咧地甩下一句："装什么丫头的！爱搭不理的，老子还不伺候了呢！"骂罢，轰鸣而去。

一辆宝马见了美女，也停下来，一个戴墨镜的光秃脑袋伸出来，半中半洋地问："小姐，Can I help you?"

美女依然是摇摇头、摆摆手没有说话。

宝马车也只得悻悻地走了。

秦鸣开着陈淑媛的老奥迪独自从国际大厦的办公室赶回陈淑媛的小别墅。今天孟亚男没有跟着来，为了父母的生日，她回家尽孝心去了。

秦鸣一路上听着小曲，吹着口哨，轻轻松松驶出京密路，进入了这条幽静的盘山道。

突然，他在路旁看到了大红色的波罗牌小轿车，看到了掀着的车前盖，也看到了树阴下的那个红衣美女。他本能地想停车，来一个英雄救美，以找回在陈淑媛身上得不到的男人气概，但是，他不敢，他不敢对其他女人轻举妄动，否则，大美女孟亚男的处女膜早就不知被他捅破多少次了！他怕陈淑媛，他需要陈淑媛，只是他是否爱自己身边的这个女人，他倒说不清楚。

秦鸣正准备轰一脚油门，从红衣美女身边驶过的时候，那美女却对他挥手大叫起来："大哥帮帮我！我的车坏了！"

秦鸣在美女的招呼下，还是停了车。

其实，美女亦萍是按照朱副总的吩咐，专门在这里等候秦鸣的，朱副总在不远处帮她扎坏了水箱就走了。朱副总的目的很简单，就是要给敢于与兰宛茹作对的陈姓女人戴一顶绿帽子，让这个女人别舒服了！让这个女人体验女人最不愿意体验的羞辱！同时，如果能够把陈淑媛的老相好，变成怒潮集团的一个耳目则更好。

此时，美女亦萍故做无助状，央求道："大哥，帮我拖一下车好吗？钱，我付！"

秦鸣见了亦萍，立刻就感觉到了自己心理的冲动和下面那杆大枪的壮伟，早把在别墅里等候的陈淑媛忘到九霄云外去了。望着亦萍，他本想满口答应，但勾引女人的本能，让他依然强忍着，做矜持状："什么毛病？就拖车！"

亦萍做羞愧模样："好像是水箱坏了！"她有意贴近秦鸣，以使自己身体的芳香能够被这个英俊男人嗅到。

秦鸣趴在车盖下看了看那没有一滴水的水箱，笑了："真行！有你这么开车的吗？水一少，车内显示灯就亮了！早补点水，也不至于这样呀！你不懂，你的男朋友也应该懂呀！”秦鸣试探着了解亦萍的感情和婚姻状况。

亦萍见秦鸣问，便急忙做娇嗔状：“人家天天演出，没有时间修，没有人关心的嘛！”

“你是演员？”秦鸣问。

“跳舞的。”

见美女妩媚地点头，秦鸣立刻就在与亦萍的刹那交流之中，找到了做大男人的感觉，心潮起伏、下身的玩意儿更加坚挺，心说：如果不是陈淑媛在家，我秦鸣今天就把你丫头的拖回小别墅去，用一杆大枪永远地关心你得了！

可嘴上，秦鸣却很克制，他问：“那我把你的车拖哪里去呀！”

亦萍做焦虑态：“听大哥的好了！”

秦鸣想了想：“只好回到京密路上去了，往城里走走！”

亦萍见鱼已经上了钩，赶紧附和道：“行，全听大哥的！”

那秦鸣乖乖地调回了自己的车头，又把亦萍那辆小红车的车头也调过来，找出自家的拖车绳，颇为耐心地手把手教会亦萍如何空挡跟车、如何空挡刹车之后，便拖着亦萍和车驶出盘山道，往城里方向走了。

是夜，秦鸣没有回陈淑媛的小别墅住，而是和小美女在五星级宾馆包了房。虽然亦萍豁出去了自己美丽的小身板，让个英俊男人颠来倒去地折腾，前前后后地尽性，可天都要亮了，英俊男人还没有宣告胜利结束。小美女只得告饶：“歇了吧大哥，明天我都走不了路了！”

秦鸣怕以后小美女在床上怯阵，只得勉强收场。可白天，他见了陈淑媛，告诉她一夜未归的原因却是：原来的几个京漂朋友来了，大家一起聚了聚。

而从那以后，秦鸣虽然没有把陈淑媛的业务与“倒兰”的事情，对外人说什么，但对陈淑媛的感情，却越来越是装的多真的少了；对陈淑媛的态度却越发的殷勤，也再不敢耍俊男人的脾气了。只是那陈淑媛对她的秦副总依然是一往情深，为“倒兰”之事忙碌得以至忽略了“阳道壮伟”的秦鸣与自己同房次数越来越少并多次不举这一危险的信号。

而兰宛茹一班人马，面对继承了常太平衣钵的陈淑媛之流的攻击，面对陈淑媛《立即停止给怒潮集团发放贷款》的文章给公司生产经营带来的巨大负面影响，从舆论上、高层领导出面上、拉高股价上、业绩作秀上，进行了全面的反击。

那丁博士更有邪主意，拍着自己的秃脑袋叫道："我还要动员下面的人，直接或间接地弄几个案子，他们赚点小钱，让银行也别消停了，一乱起来，谁还有精力来查我们的家底呀！"

兰宛茹拍拍她的博士的肩膀，点头应允："以前，银行的人争权夺利，管理混乱，不断有案子，应该说，还的确让我们舒服了一阵子。只是现在这么搞，可别因小失大，给我捅出娄子来！"

朱副总也帮腔："天下大乱才能大治！浑水才好摸鱼呐！"

兰总像有能力驾驭自己的数十亿资产和控制上万名员工一样，也有能力操纵一些媒体。于是，经过兰总出色的反击，社会上的"倒兰"之声减少，为怒潮鸣不平、歌功颂德的"拥兰"之声渐成主流。银行因为对怒潮的实底吃不准，也都开始摇摆不定了。

二〇〇三年三月，在京都市一份晚上卖的报纸上，突然刊登出一份关于怒潮集团公司和其董事长兼总裁兰宛茹的正面报道。

这才让正在看这份报纸的国商银行总行的李鼎银行长对兰总的身世有了一个全面了解。

原来这个兰宛茹出生于B省C市美丽湖畔的红旗村，虽然不是三代挖煤，却也是苦大仇深。祖爷爷是渔民，衣不裹体；爷爷是渔民兼农民，吃糠咽菜；由于有了共产党的土改政策，再加上兰家几代勤劳，又没有赶上什么大灾大病的，到爸爸那辈（也就是在京都市死去的兰老爷子）的时候，家势渐旺，终于出了美丽湖，脱离了渔民，成了红旗村的农民，有了一点够自家吃喝的土地，吃饱穿暖了还在美丽湖畔的庙堂村里有了两间属于兰家的瓦房。

兰宛茹生在新中国，长在红旗下，自幼便在村小老师的带领下，树立了向历代革命英雄学习，"干大事惊天地，做鬼雄泣鬼神"的革命理想。

她自幼豪侠性格便已经突显出来。她的弟弟兰贺在学校里面挨了揍，她从来不胆小怕事、息事宁人，她总是提拉起哭哭啼啼、畏畏缩缩的兰贺找欺负弟弟的同学讨说法。虽然兰宛茹像大多数江南女子一样身材娇小，但是，面对比自己高的男人，她却依然行动威风凛凛，说话掷地有声。那些男孩子，胆小的见了她，赶紧赔笑脸，发誓以后不再欺负兰贺；胆大的见了她，就在想出手没有出手的当口，早已经被兰宛茹扬起小手狠狠地抽了耳光，以后再欺负兰贺时也先在心里打了鼓；不怕死的见了她，那兰宛茹满脸笑嘻嘻的麻痹着敌人，还没有等别人抄家伙，早已经把小手里的泥巴甩在了混孩子的眼睛里。

少年豪侠兰宛茹除了打架稳、准、狠之外，身体技能也过人，短跑她比男人快，上树摘果子只有她能办。再加上学习出众，女学生兰宛茹居然在村小学、乡中学一直坐住了大队长的宝座。

但是，也是兰宛茹生不逢时，她的少年时代，中国还是动乱的年代，大家以考试得零分交白卷为荣，兰宛茹就是在校园里再怎么英雄豪杰、再有天大的本事，中学毕业之后，也还是要当农民！

面向黄土背朝天，修理地球做人妻，显然这与兰宛茹儿时的鸿鹄之志是风马牛不相及的。但是，任何名人或者说大人物之所以能够成为名人或者说大人物，都不是偶然的，都有着时代的因素。兰宛茹从一个农村的柴禾妞成为现在一个大名鼎鼎的兰总，也得益于我解放军的招兵工作。虽然那个时代当兵入伍是年轻人心目中最光荣的事；对老百姓来说，当兵入伍也是像中举一样的艰难，但是，好运的兰宛茹却没有使任何银两居然光荣地成为了一名人民解放军的革命战士，而且服役在充满浪漫色彩的南海舰队，驻扎在同样充满诗意的舟山群岛。

女战士兰宛茹还偷偷地爬上了位于江心的普陀山，在古老的寺庙里求得了一个上上签，签上写着莫名其妙的话："本是一仓黍，得风顺水生，上天可御风，下海伴鳖虫。"

当下，女战士兰宛茹问和尚："这是什么意思。"

头顶上烫了六个圆点的黄衣和尚没有再睁开眼，敲着木鱼说："俗人得上签上,欲人得上签危。施主如若广结善缘,人生淡泊,则上为上。”

女战士睁着江南女子的一对秀眼问:“我还是似懂非懂!”

和尚又说:“宛如非真如,施主一生要诚心、淡泊,则无有大碍。”

但是最后,兰宛茹终于搞明白了和尚是要她在这一生中不要有野心,要甘心做个俗人,平平常常地过俗日子。但是,女战士兰宛茹几十年前并没有预料到自己会当上腰缠几十个亿人民币的兰总,当时,她只希望自己能够当上班长,而后再能够读一个军校,她最大胆的设想是嫁一个高干子弟,脱离农门,在军队大院里一住,坐几次吉普车,此生即足矣。

从军并不是一件只有浪漫的事情,更多的却是艰苦。站在一百多米长的导弹驱逐舰上,日复一日地清扫船甲板,比脸朝黄土背朝天的耕耘日子也好不了哪去。兰宛茹也并非是个淡泊之人,经过岁月磨练,她把在甲板上的感觉写出了一首励志诗:

我欲上天摘日,
长恨无云作翅!
明日叫海作天,
夹日在我两指!

兰宛茹矫健的身手和聪明才智最终还是得到了部队领导的赏识。她在军队里光荣入党,之后,又再次光荣:被送到军校学习机械原理,在革命军营里实现了大学梦。

虽然现在,兰宛茹这工农兵学员的学历有的地方作大专生处理,有的地方干脆就不承认,但是,当时的兰宛茹真正是军队里的佼佼者。她从此从基层上升到管理层,而且官运亨通,居然以副师级退伍转业。

转业后,她很如愿地没有回家务农,而且在党的拥军政策下,她还在B省F市做了机械局的副局长。

改革开放让庸人害怕,市场经济让低能儿恐惧,但是,却造就了兰宛茹。她虽然从来没有认真读过书,但却成功地把自己包装成了经济管理学硕士、机械制造学博士，而且，学位证书经过检验，都是真的！只是颁授学位的大学里有没有做出兰宛茹学习的档案，倒不得而知了！

兰宛茹不愧为女中豪杰，也堪称商海巨鳄，她利用国家配给B省C市的上市指标，把自己下属三个企业改组为怒潮股份有限公司，并在沪市成功地上市了。同时，兰宛茹及时放弃了官本位，主动丢弃了副局长的宝座，当上了怒潮股份有限公司的董事长兼总经理。在对原机械局其他下属公司进行进一步股份制改造的过程中，形成了包括怒潮股份有限公司在内的怒潮集团公司。

她兰宛茹是吃透了党的政策的人，在改制的过程中，自然知道哪里是红灯哪里是黄灯哪里是绿灯，总之，股份制改造的结果，是挂着国有牌子的怒潮集团中，国有资本全部或部分退出，她兰宛茹及其他私人的个人股份却全部或部分地入主了怒潮企业。经过不到十年的经营，具有混合经济成分的怒潮集团，已经发展到了现在的规模，分布在全国的子公司就有百余个，已经成为一个全国屈指可数的经营农产品加工和保鲜的大型企业。目前，只银行贷款就已经高达三十一亿元。

兰宛茹的事迹，被国商银行总行的李鼎银行长看完了。

李鼎银行长四方脸，胖墩墩的，没有眼镜，眼睑下垂，一副威严而慈祥的样子。正当李鼎银行长正看着报纸上兰宛茹的事迹沉思的时候，秘书敲了敲他的门。他说："请进。"

秘书探进干干净净的小白脸，一对明亮的小眼睛从镜片后望过来，毕恭毕敬地问："郝首长来了。您准时见他吗？"

李鼎银行长回答："见。不是已经约好的吗？"

秘书把白色近视镜框后的小眼睁了睁，试探着继续说："人力资源部的于主任刚打来电话，说郝首长现在已经退居二线，没有任何职务了！"

李鼎银行长见秘书这样说，沉思片刻："退居二线？没有任何职务了？这么快！他约我的时候可没有说这事！"

秘书试探性建议道："郝首长是来给怒潮正名的，而怒潮是好是坏现在尚没有一个定论。在这个时刻接待他,您是不是忙不过来?”

李鼎银行长明白秘书希望自己回绝郝首长的意思,但是,自己又不好直接按照秘书的想法办。他对秘书摆摆手,决定了:“好了,让他们上来!我是个大行长,又不是小商人。郝首长没职务怎么了?市委又没有说他犯了错误!我们不能够用人靠前、不用人靠后。没职务怎么了?郝首长也还是老党员嘛!我们怎么能见人下菜碟呢!”

郝首长的外形与郝逍遥相比可以说是别无二致,只是白了头发、驮了背、瘸了一条腿。李鼎银行长是在革命战争回忆录上知道郝首长这条伤腿的来历的:那是在长征过程中被马步芳匪军用小马枪打伤的。望着这条伤腿,李鼎银行长差点感动得流出眼泪来:“首长,您怎么还亲自来了!”

郝首长由男秘书搀扶着坐在李鼎银行长的沙发上,没有坐稳,又赶紧让秘书把自己拉起来,找了一把木椅子坐下来:“人不服老不行呀!沙发这新玩意,既不喜欢也不适应了!对新东西总有隔世的感觉!!”

四十九、危险调查

郝逍遥忽如一阵小风从信贷业务部总经理的位子上飘走了，这一来可乐坏了骆雪、得意坏了董大为。

董大为虽然没有搬到郝逍遥的01号房间去办公，但是毕竟开始副处长主持工作了。而现在的骆雪，在国商银行交了五千块钱提前终止劳动合同违约金，便高高兴兴地到发达银行总行的信贷审查部报到上班去了。

只是繁杂的事务性工作，根本就没有给董大为剩下时间来全面推行他的新政，尤其是陈淑媛捅出怒潮事件之后。虽然，《京都金融内参》没有按照陈淑媛的预期，马上登出那篇《立即停止给怒潮集团发放贷款》的文章，也没有让京都市委市府的最高领导人看到，但是，金融行业的领导对这个问题已经足够重视了，这场烧去兰宛茹伪装的大火，应该不会就此平息，而且可能会越烧越旺。一连几个星期，董大为几乎都在忙活怒潮的事情了。

参股银行等小银行不管三七二十一拼命清收贷款，国商银行等大银行则观望等待，按兵不动，兰总则继续大举反攻。她在法院，对京都市那家率先登出《立即停止给怒潮集团发放贷款》这篇文章的报纸进行起诉，当然，也没有忘了起诉京都市亚太文化发展公司的陈淑媛；同时，还利用从银行获得的巨额贷款，投入股市，继续拉高了怒潮股份的股价。

怒潮股价突然来了一个涨停板，中小股民顿时欢呼雀跃起来，因为他们在怒潮事件刚出来的时候，趁着几个跌停板抄了底，现在便开始赚钱了！

谎言重复百遍便成为了真理，这是人类心理上的弱点。

兰总的努力，把许多人都搞懵了，以至于董大为都开始怀疑陈淑媛是否搞错了：这么一个大排场的怒潮公司居然是和银行、社会唱了一出空城计？

兰总骗一个韩小飞可以，拉一个韩小飞下水容易，可十几家银行三十一个亿的贷款怎么骗？难道银行家都是傻子？可周围的人个个是猴精猴精的，没有看出谁带着傻模样，怎么就都会被一个姓兰的女人给骗了？

董大为心里的平衡开始偏离陈淑媛，不断向兰宛茹倾斜了。

国商银行总行的李鼎银行长感受到了来自上方的压力，不敢对怒潮企业贷款问题轻下定论，只有责成贷款额最大的营业部负责调查。这样一来，如果调查有误，把责任推给营业部，自己也还有退路。

营业部的刘行长心里的一杆秤也难得平衡了。他也感受到了来自总行和社会的压力，也不敢贸然说清收，更不敢大胆说支持。如果说清收，一旦怒潮集团像兰宛茹所描绘的那样，是一个把高科技用于农产品，提高中国农产品附加值，为农民兄弟谋福利的优质企业，他刘严鹏如何向总行、向市委、市府交代？这不光是一个失去优质客户的经济问题，而牵扯到舆论导向的政治问题。如果说支持，万一那怒潮集团真的如陈淑媛所描绘那样是一个骗钱的空壳，就不要说政治上损失大大的，就连这新增贷款形成的损失，自己也是背不起的！

看来要知道梨子的滋味，只有自己亲口尝一尝。他必须派得力、诚实的干部亲自去怒潮调查，把怒潮的真实情况搞清楚。否则，他刘严鹏再聪明过人，也同样是任何决策都无法做出的。

他想到了老校友董大为，他为人厚道，不会溜须拍马，也不会弄虚作假，而且信贷业务部刚刚空出一个正处长的位子，正好也给董大为一个表现的机会。

于是，他召开了行务会，会议只用半个小时就把情况说明白、把工作布置完毕了。董大为成了国商银行怒潮调查组的组长，带队赴B省美丽湖作贷后检查，以期对怒潮股份以及整个怒潮集团公司有一个正确、全面的了解。组员有天竺支行的关卫兵科长和营业部本部的杨兰兰科长。在郝逍遥离开之前，杨兰兰已经由主持工作的副科长提升为科长了。

临行前，董大为给老同学陈淑媛打了电话，说出了自己对陈淑媛手中材料真实程度的怀疑。陈淑媛一笑:“我不给你看我的材料了,避免你先入为主!但是,我倒希望,你能够把你调查到的第一手资料第一时间传给我!我倒准备对兰宛茹的劣迹进行补充!”

董大为见陈淑媛这么肯定,依然狐疑着放下了电话。

才当上组长的董大为刚一说去美丽湖,兰总就派朱副总送来了飞赴B省的飞机票。兰总不但与董大为一起赶赴飞机场、飞赴B省,而且居然动用了一辆挂着军牌的黑色顶级奥迪A6车。司机也居然是我军的一个少尉,高个子,白静脸,英武而文静。

董大为带着杨、关走出营业部大楼,来到黑色奥迪车前的时候,朱副总拉开车门,兰总主动下车与董大为热情握手,而后,董大为被荣幸地邀请与兰总同车并排就座。而杨、关则不幸被朱副总请到了自己的白色奥迪车上。

兰总的着装依然是大红色打扮,只是她却有些瘦了。近来她的麻烦事太多了,诸事缠身,一个女人,怎能不瘦!

此时,兰总用她那种挂在脸上的永恒的微笑面对着董大为,先对司机说:“小邢,警笛可以开,但车不要太快。”而后向董大为解释道:“他是我的秘书。我军真正的尉官。”小邢见兰总说起自己,便扭过头来对董大为友善地笑笑,算做打招呼。

董大为与兰总就座,还没有来得及感到半点尴尬,便不知不觉地被兰总引入了谈话的话题中,他诧异地问道:“你们公司还与军方有联系?”

兰总微笑着,淡淡地说:“合作搞一个项目,小邢就过来了。”

黑色奥迪车拉着警报沿着四环呼啸而过,把挡在前面的所有车都轰到了一边。一个靓女开的一辆湖蓝色的新款小轿车,慌张躲闪,险些与右道上的桑塔纳追尾。

小邢带着大家一骑绝尘,直奔机场。

董大为自祖上八辈以来,第一次享受了鸣锣开道的待遇,第一次感受了高人一等、唯我独尊的感觉。俗人自然难于免俗,他的脸上也就把他的这种快意完完全全地写了出来。

兰总见状,不失时机地说:“董总,你是钦差大臣,这次你可要多为我美言呐!"

董大为从美妙的感觉中转过闷儿来,重新回到了俗社会中,半真半假地应付着:"总行只是在评估程序中对怒潮的信用等级进行了调整,但是,对你们的信贷政策还没有变。"

"我听说总行有个叫李励的博士居然把我们的信用等级从三个A调成了一个B!把我们变成最差企业啦!!"兰总有些不满地说。

董大为说:"总行有些人就是从书本到书本来指导基层工作的。我们营业部并没有接到总行调整你们公司信用等级的文件。"而后打岔道:"我看了报纸上您的事迹,您其实也不容易呀!"

兰总见董大为说起自己的身世,便很得意地说:"我由一个农村姑娘发展到现在,一直是多贵人助的。现在想来,我的一生只有两个女人为我设了两道坎。这两个女人偏偏都是那种号称女强人的老姑娘!一个是证券监管会的牛蓓薇,一个是亚太公司的陈淑媛。一个不让我扩股、一个说我是空壳!"

董大为不敢提起自己和陈淑媛的关系,便附和道:"人的一切都是劫数。只是真的假不了,假的也真不成!"

兰总的脸上失去了那永恒的微笑,恶狠狠地说:"不过这两个嫁不出去的老女人,已经开始有报应了!"

董大为问:"什么报应!"他尤其关心陈淑媛。

"证券监管会的牛蓓薇已经内退下岗,新上来的处长很年轻,不会再不让我扩股;亚太公司的陈淑媛就要接到法院传票了,我让她赔偿怒潮公司五百万元无形资产损失!而且,据说陈淑媛的家庭也开始不美满了!她那个男人……呵呵!"

董大为急忙问:"陈淑媛的家庭?什么意思?"

兰总望着窗外的美景,继续"呵呵"地笑了,没有回答。

赶到机场,负责拿飞机票的杨兰兰准备把朱副总代购的机票钱还给他,而朱副总坚持不要。推搡到没人处,朱副总悄悄地对杨兰兰说:"何必给我钱,三张机票都是公家报销的事情嘛!"

杨兰兰坚持着:“既然我回去能够报销,何必要你出钱呢!”

朱副总也坚持着:“飞机票你拿去回银行报销就是,我是没有用的。钱你也不用给。”

杨兰兰继续坚持的时候,朱副总却转身走了,对董大为说:“你们银行太认真,为我们企业办事,怎么能够你们银行出钱呢!”而后对大家宣布道:“兰兰已经把钱还我了,我留着到美丽湖请你们喝酒吧!”

杨兰兰在一边不好说话了,怕再推搡起来,大家会以为她与朱副总在经济上有什么猫腻,手捏着兜里的五千多块钱,只好不吱声了,可脸却红红的。

郝逍遥的仙人羽化,让董大为的人生登上了辉煌的顶点,第一次坐飞机的他,下得机来却有一辆大奔560在飞机下面迎接他。

奔驰车旁站着一个男人和一个美女。男的五十开外的年纪,一头花发,细高挑的身材,大大的眼睑完全下垂了。美女有着修长而婀娜的身段,像个舞蹈演员一样;还有着白白的脸蛋、俏丽的鼻子和明眸与皓齿;笑起来时,腮上突现了一对大大的酒窝。

关卫兵惊叫道:“魏市长!他亲自到飞机场来接我们了!我上次和韩小飞来,只是见了个面!”

董大为叫道:“魏市长?多大个干部,怎么来接我!”

关卫兵见董大为表现出一副畏官的模样,想这董大为真是河北保定出来的土老帽,虽然当了董总却依然没有见过世面,便用他那慢条斯理的腔调,帮助董大为打气道:“C市只是一个县级市,市长也就是一个处级干部,有什么可怕的!”

“女的是什么人?”董大为问。

“亦萍!兰总的干女儿,遇有重要客人,她才来!看来,我们这回又有好玩的了!”

杨兰兰不解地插嘴问:“玩什么?”

关卫兵见杨兰兰问,却并不回答,只顾蔫了吧唧地捂了嘴,偷偷地笑起来。

五十、孤胆“英雄”

对京都市金融体制理解最深刻的人之一，也应该算是怒潮集团公司的兰宛茹了。因为，她竟然可以在怒潮大厦将倒之际，从京都市第一家通过规范的市场运作实现外资参股并准许外资控股的上市银行——发达银行那里骗得二亿元贷款，当然这其中，郝逍遥的无知也是功不可没。

目前，发达银行内部虽然中国内地的股本依然远远大于银行总股本的百分之五十一，董事长、行长也还是具有真正中国大陆血统的布尔什维克，但是，人员结构、资产状况、技术设备方面却与国商银行有着天壤之别。

郝逍遥自认为已经在社会上浪迹五十载，见过大风大浪，甚至在“海咆哮，云重浪滔天，海鸥狂飞惊展翅，鱼龟张惶石底钻”的时刻，依然敢“人同海作难”的他，也感到了不适应。

发达银行总行靓女如云，俊男如尘，年轻人满眼皆事，这使得郝逍遥暗叫“廉颇老矣”，开始自叹老朽而生不逢时了。

发达银行总行甚至包括他领导的京都分行居然有了金发碧眼的欧洲外援；有了虽然不是金发碧眼，但依然操鸟语的日本鬼子、韩国鬼子、新加坡鬼子；有了既会鸟语又会中国话的香港、澳门特区人、海归大陆人。这些洋外援一来，动则“巴赛尔协议”，不动则“穆迪”、“摩尔”，把个郝逍遥搞了个晕头转向，都给弄懵了。以至于他对喜欢洋话的上级不知道怎么汇报，对会说鸟语的下属不知道如何笼络。而且，这里更没有人愿意欣赏，也更没有人能够听懂他最新的诗歌，包括打油诗的创作了。

郝逍遥现任发达银行京都分行的临时负责人，由于京都分行行长属高管人员，除了报总行外，还要报中央银行京都管理部审批。由于自己的学历说不清道不明，充其量让人认作一个大专，郝逍遥的心里一直打着鼓，害怕因学历的问题，中央银行不肯照顾，他不能登上发达银行京都分行行长的宝座。

郝逍遥在发达银行唯一认识的两个人一个是郭安邦，一个是骆雪，真是风水轮流转！这两个在国商银行混不下去的倒霉蛋，在这里居然成为了他郝逍遥的领导。

那郭安邦守在总行董事长的身边，对他郝逍遥是若即若离，没有热情；那骆雪也身居总行要位，总是一本正经，对他郝逍遥的贷款项目严格把关，没有半点私情。

郝逍遥的工资比在国商银行多了几倍，他的公车也由国商银行的桑塔纳2000换成了发达银行现在的日产本田。但是，郝逍遥却依然感觉不舒服，他真的不想多要钱，也不想换好车，只想回到国商银行，回到他工作战斗了几十年的国有银行的老体制中去，继续老谋深算，继续叱咤风云。只是国商银行的大锅饭和官场风云，现在，对他来说，已是桃花逐水春去也，无可奈何。

郝逍遥心里明白，现在发达银行在中资控股的时候，都是这个样子，等外资全部进入，股东全部成了外国人，还不跟在美国上班一样？自己一个土包子，可怎么混下去哟！

但是，郝逍遥毕竟是个强者，他暗暗下了决心，就是要以发达银行最低的学历，带着国商银行最不国际化的思维，在发达银行干出一番有中国特色的伟绩出来，来给金融界的土八路们增增光、添添彩、出出气，以后也还能够再见国商银行的江东父老。

郝逍遥本人在应用理论上还真没有董大为那两下子，因为，他除了在学校根本没有学过经济课程外，在银行里压根也没有在基层干过，一直做领导了。至于资产负债表哪一栏与哪一项对应，哪一项与哪一栏平衡，郝逍遥都说不出个所以然来。就连问一下资产负债率是用总资产除以总负债，还是用总负债除以总资产，他郝逍遥竟也在两个答案之间徘徊，看哪个都像，可哪一个也说不清楚。因此，郝逍遥心知肚明，以他这样的知识基础，依靠自己的实力搞银行的管理创新恐怕有如登天一般。于是，在发达银行出业绩、以业绩服手下，以团队业绩作为取信行领导及洋鬼子和假洋鬼子的突破口，只有选择在拉存款、放贷款方面了。因为，拉存款、放贷款，他郝逍遥在行，他有的是关系，对老板哥们儿、老板姐们儿振臂一呼，不怕他们不咸集于发达银行并团结在自己的周围，如往昔一般，猫呀狗呀一样地争宠。

郝逍遥首先想到了兰总和她的怒潮集团，这是他最能够控制的大老板和大企业。正巧这时兰宛茹也在有求于郝逍遥，希望郝逍遥引见郝首长。于是，郝逍遥为了证实一下自己对怒潮的原有好印象，答应了兰宛茹的请求，陪着自己的老爷子把怒潮集团全国的领地视察了一遍。当然，他们不会查看兰宛茹的土地有没有土地证，是租的还是买的；也不会问怒潮的产品生产了能不能卖出去，是否赢了利。他们看着股市上怒潮股份的股票“蹭蹭”猛长，听着新闻媒体上地毯式轰炸般的正面宣传，再感动于从怒潮集团农产品收购中获益的农民们的赞歌高唱，山呼万岁，郝家人顿时感觉怒潮企业及兰宛茹的形势一派大好了。

因此，热情的郝首长除了到国商银行找了李鼎银行长，去参股银行找了赖主任，希望给予怒潮企业继续贷款支持外，还陪发达银行代表中资的董事长兼行长梁老亲自去了一趟美丽湖，感受了当地政府和农民的真诚及对怒潮企业的期盼。

于是，郝逍遥领导下的发达银行京都分行拿出了敢为天下先的创新勇气，在冰寒雪俏的时候，学腊梅花迎寒独开状，决定给怒潮股份公司贷款两亿元，同时，用怒潮集团公司通过美丽湖度假村所持有的一亿股法人股股票作为此次贷款的质押物。

发达银行总行由于行长亲自考察过，同时，怒潮股份的市值为八元五角，净资产为三元二分，有一亿股法人股股票作为此次贷款的质押物，这样测算下来，贷款的风险度非常低，因此，此笔贷款在总行批注“要把股权在上交所过户我行”之后，总行就同意放出了。据说此笔贷款，只有董秘郭安邦提出过异议，而且意见很尖锐，认为怒潮股份已经资不抵债，希望梁董事长再考虑一下。但是，人微言轻，大家对他像疯话一般的意见都没有在意，劝谏没有奏效！

此笔贷款成为了兰宛茹继陈淑媛发难从而大打辟谣宣传攻势之后，获得的第一笔银行贷款。而且这笔贷款居然是从以全新理念打造自己品牌的中外合资的发达银行放出的，其意义非常重大。洋银行都认为“好”的企业，土包子银行还敢说个“不”字吗？

此笔贷款一放，可把在发达银行总行信贷审查部工作的骆雪急了个团团转。因为此时，她的老公正在美丽湖进行贷后检查，准备给国商银行提出怒潮企业真实情况的调查报告。这份报告决定着国商银行信贷政策的走向。临行前，她与董大为对怒潮企业的看法基本上是否定的。但是现在的情况却复杂了。此行，如果董大为对怒潮集团提出了否定的看法，现在就说明郝逍遥和发达银行犯了一个天大的错误；而如果按照发达银行郝逍遥的思路提出肯定的看法，怒潮企业还真的没有坏到成为一个空壳的地步，也是麻烦。因为，根据陈淑媛的材料和自己的判断来看，兰宛茹的狐狸尾巴早晚还是要暴露出来的，只是暴露的时间有可能往后延迟。一两年之后，到损失真正出现的时候，董大为又怎么办？只能说明当时的肯定性报告是假的，他董大为只是为了保住自己一时的利益，便谎报了军情！这个样子，他董大为以后在国商银行还能够混下去吗？没有了饭碗不说，岂不成了千古罪人！

她不断地拨打董大为的手机，却总是不在服务区。她从国商银行问到了杨、关的手机号码，拨过之后，居然也是不在服务区。

无奈的她只得拨通了陈淑媛的电话。陈淑媛听到了发达银行贷款的消息，开口就问：“你怎么不给她毙了！你不是在总行信贷审查部吗？我们是要打倒兰宛茹的！”

骆雪支吾起来：“贷款材料是报到我这里了，我作为审查员，倒应该有机会提出反对意见。”

陈淑媛追问：“那你为什么不提？”

“据说是总行梁行长亲自考察的项目，我不能强为不能为之事嘛！而且，郭博士反对都没有效果！”

“两个亿收不回来，你的责任不是更大？”陈淑媛焦急起来了。

“我没有签意见。见事情棘手，我只能‘独善其身’了，根本就没有接，我们一个留美的海归小伙子，主动拿过材料，去看的！他签的‘同意’！”

陈淑媛乐了：“小滑头！”而后又叹道，“洋鬼子和海归们，错把京都市当美国了！他们根本就不了解京都市尔虞我诈的信用状况，不知道洋银行里还有郝逍遥一样的土包子，看到有股票质押，当然就同意了！也难怪。只是怒潮集团一完蛋，那一个亿的法人股就成了一张废纸了，跟没有股票质押的结果是一样的！”

骆雪说：“他们大概认为这种情况在京都市不会出现！”

“不会出现？现在，中国马上就有企业永久退市政策了！”

“不过，我认为怒潮靠两个亿也翻不了身！”骆雪继续说。

陈淑媛沉思着：“就怕别的银行跟着再受骗！”

“怒潮已经没有可以用于抵押和质押的东西了！我想不会有银行再进入了！”

陈淑媛用鼻子哼一声：“不好说！到时候各家银行又开始竞争优质客户怎么办？郝逍遥之流在京都市的银行里多着呢！”

“倒也是，怒潮资金链一连起来，又可以骗一阵了！”骆雪一时倒没有了主意，沉吟片刻，转移了话题：“陈姐，您近来还好吗？”

“不好！兰宛茹到法院告我了！让我陪她商誉损失五百万！”陈淑媛停顿了一下，“如果她赢了官司，我的身家性命就全完了！”

骆雪思索着：“有没有跟兰宛茹妥协的可能？”

“妥协？”陈淑媛诧异了，“没想到，我的雪儿能说出这种话！”

骆雪急忙娇嗔地解释：“我是为您考虑嘛！因为，您作为一个商人、企业家，与兰宛茹的对抗，利益与收入没有成正比呀！而且，咱们最初不也就想卖卖书，治治郝逍遥，出出恶气嘛！”

陈淑媛沉思片刻，叹口气：“雪儿，现在我才明白，你其实，还是个小女孩！我与兰宛茹的斗法，表面上看，起因于商业利益，也是为了商业利益，但是现在，我扪心自问，其实，我是从骨子里看不惯这种人！我就不信中国的经济社会能够容得这种人为所欲为！可以任瞒天巨骗横行！如果只是为了商业利益,我现在的处境,不但不值,又何必呢!我就是想找一个说法,赌一次人生,只为看一个结果!”

骆雪听了,真心地赞美道:“陈姐,大为曾贬低您是刀子嘴侠客心,不像女人,我倒觉得他身上倒应该有您这种品质才好!”

“好哇!董大为居然背后说我坏话!是不是还说我唯利是图?!”

骆雪笑道:“没有没有,其实他是赞美您呢!”

陈淑媛停了笑,转移话题,老道地说:“看来,我不但要塑造我自己,我还要塑造一名敢于与神话抗衡的电视节目主持人老乔了。”

骆雪问:“您有什么好主意?”

陈淑媛说:“在电视台工作那老乔,天天琢磨着要出名呢!这回,我给他创造机会!雪儿,大为一有消息,马上让他把怒潮的真实情况给我传真一份材料来,我把原来的材料再补充补充。之后,我马上要到电视台抖搂兰宛茹去!现在我们作为‘倒兰’派,已经面临了对‘拥兰’势力的决斗!”

“电视台已经同意了吗?”

陈淑媛胸有成竹:“要知道,我现在不光是为了炒作我的书,客观上或者更大的意义上,‘倒兰’便是在保护国家财产!我们是站在正义一边的,电视台当然应该支持我们!电视台的老乔,也肯定愿意在‘倒兰’过程中,出这个风头,我心里有数!”

骆雪玩笑着:“陈姐,我怎么忽然觉得您挺伟大的!”

“哎,对于一个商人,人伟大了利益也就大了!”陈淑媛得意地笑起来,“开个玩笑,但愿我真的伟大起来,这样就不至于被兰宛茹搞一个倾家荡产了!”

五十一、桃色事件

到怒潮企业调查的董大为一行三人,依然是住在怒潮度假村的一个总统套间和一个贵宾间里。由于从京都市飞来的时间已经晚了,大家吃罢丰盛的晚餐便各自休息,关卫兵也困极了,在董大为总统套间的外间,老老实实地睡了一宿。

住房的安排是董大为动了脑筋的。他给自己留了一个心眼,坚决不能够自己独住。一来怕自己独住,会出现说不清道不明的麻烦,于是,好说歹说,终于把关卫兵留下来与自己同住总统套间,算是给自己夜晚的行为留一个见证人,二来也怕关卫兵独住会干出什么越轨之事,给自己和国商银行脸上抹黑,把关卫兵留在自己的房间里,也算是监督。而杨兰兰自己住在贵宾间,那杨兰兰虽然不是盏省油的灯,但毕竟是女流,不主动出击,在这种地方是不会受到骚扰、惹出什么大麻烦的,这一点董大为倒是放心。

于是,董大为一行三人来美丽湖调查的第一夜,平安无事。

第二天,董大为带着大家马不停蹄,整整用了一天的时间,细致地考察了美丽湖畔的怒潮股份有限公司和美丽湖度假村集团公司。董大为吃惊地有了几大发现:

第一大发现是国商银行的贷款担保没有实效且有违规操作之嫌。国商银行给怒潮集团的数亿元贷款是怒潮股份担保,而给怒潮股份的数亿元贷款,又是怒潮集团担保,一旦怒潮企业出现问题,所有怒潮企业都会像多米诺骨牌一样倒塌,银行无处讨债。因此,这种循环担保,对银行来说,便没有了任何防范贷款风险的意义,而国商银行原来的这种做法完全是在自欺欺人。这样做的目的是什么?

特别是怒潮集团为怒潮股份担的保，可以算作违规操作。因为，怒潮集团表面上不是而实际上还是怒潮股份的母公司。表面上看，怒潮集团不持有怒潮股份的股票，但是，实际上兰总通过自己的全资子公司——美丽湖度假村集团公司的持股，依然对怒潮股份实现了控股，而怒潮股份的董事长汪怡然女士居然是兰总亲弟弟兰贺的现役老婆！而证券监管会早在2000年就已经明确规定母公司不能够给其上市子公司提供担保！

就此，当事人关卫兵还红着脖子脸地辩解着："从法律上看，怒潮集团和怒潮股份没有任何关系？"

董大为质问："担保是为了做样子给别人看，让贷款通过，还是为了防范贷款风险？"

关卫兵讪笑起来，慢条斯理、不温不火地争辩："董总，您比我清楚，国商银行已经'三无'的贷款企业还多着呢！企业没人、没场地、没资产，而怒潮到现在为止，还没有到这个地步，还是我们国商银行的优质客户！"

董大为见关卫兵狡辩，想他关卫兵一直分管着怒潮集团，本是此山中人，实际上或是表面上不识此山真面目，也是必然。如果识了，怒潮又有问题了，他关卫兵该当何罪？恐怕并不是简单的行政处分就可以了之的！

见董大为不吱声了，关卫兵有些幸灾乐祸，声音轻柔而缓慢地说："董总，其实我也知道有问题，可那韩小飞偏偏让我们这么做！他说国商银行上下都知道这情况的。我们要是能够出趟国，把他抓回来问问就好了！"

杨兰兰插嘴说："听总行领导说，韩小飞的儿子在美国读书，公安局到美国蹲守，那韩小飞硬是从来也没有跟儿子联系！"

关卫兵继续慢条斯理："是呀，韩小飞没抓着，公安同志出国玩一圈，可我们支行却支付差旅费好几万！现在，没有人再张罗抓韩小飞了！得不偿失呀！"

董大为的第二大惊人发现是怒潮集团财务报表虚假成分巨大。从兰总提供的整个怒潮集团的合并财务报表来看，怒潮企业到处是欣欣向荣的景象，总资产近百亿元，年销售收入二十八亿元，利润十亿元。怒潮股份等单个企业的财务报表也是一片莺歌燕舞，产销两旺。但是，他却始终找不到产生这种财务景象的现实场地。他看了美丽湖畔所有企业的生产车间和库房,以求证财务报表的结果。结果依然让他大失所望。这里的生产车间冷冷清清,生产能力闲置,而库房里的产品却堆积如山。这样的企业不但不可能有财务景象的蒸蒸日上,而且焉能不死?倒让人不解。

兰总不生产赚钱的产品,生产出的产品又卖不出去,她的资金是怎么循环的?没有产品的产出,怒潮股份的股市圈钱计划又由于证券监管会牛蓓薇处长的原因迟迟没有启动,却能够维持整个企业庞大的开支!兰总的钱从哪里来?她还没有神通广大到自办印钞厂吧?因此,董大为结论只能够有一个:兰总是依靠银行贷款的大笔注入来维持整个企业财务收支的。如果没有贷款的大笔注入怒潮企业恐怕维持不了一个月!

董大为的第三大惊人发现是怒潮企业所拥有的所谓土地,实际上没有土地证,没有交纳土地出让金,也没有土地所有权,大片的土地实际上是租用、联营性质,但是,这些土地却堂而皇之地作为兰总公司的资产计入了财务报表的固定资产科目。最可笑的是,兰总居然为自己的家乡美丽湖修了一条连接国道的高速路,所投入的一亿元也算作怒潮集团公司的固定资产,而这条路不收费,也不会给企业带来任何直接收益!董大为粗略估计,仅土地、公路一项便虚增怒潮集团合并财务报表的资产近二十个亿!

董大为的第四大惊人发现是京都市的经济社会里糊涂人或者是太聪明的人多得不能够再多了!社会的商业信誉也已经差得不能够再差了!这样一份几乎是欺世盗名的财务报表居然经过了中美合资的天诚会计师事务所的审计,几个注册会计师和那个叫丁志强的博士所长居然在审计报告里大言不惭地写道:“我以中国注册会计师的名义声明,我们按照权责发生制的会计原则,对怒潮集团及其下属企业的财务状况进行了审查,数据真实且无误。”

可气的是这么一个企业,拿着这么一份财务报表,竟在全国各地骗遍国商、参股、发达、爱农银行无敌手,弄了三十几亿贷款无事又平安!而且,董大为自己也曾经为怒潮股份的贷款能够在总行通过,而充当过妙笔生花的吹鼓手!到头来自己却浑然不知韩小飞之流的叵测居心,还和爱妻骆雪一起，在整个贷款过程中，挥一挥衣袖，不带走半点云彩呢！

忙活了一整天，在吃晚饭的时候，董大为带着关、杨来到了美丽湖畔。放眼望去，湖面浩渺如大海，烟波悠远无穷尽。远方的湖水与蓝天交汇之处，没有阳光的地方，天与水同样的湛蓝；阳光照耀的地方，水与天同样的银白，难以明确地找出天与水相连的那一条线来。收目近看，湖中除了清澈的水，便是一片现在已经只剩枯叶的荷花荡。

不一会儿，美丽湖已经被暮色渐渐地遮去了秀色，越来越暗，一层神秘的黑纱，很快就把她严严地裹住了。怒潮度假村开始有了灯光，那灯光随着美丽湖逐渐被暮色隐去，也变得越来越明亮，水中长桥上那一长串的廊灯，项链一般绕湖而去，点点昏黄色的灯光，在夜色里，眨着眼睛，与天上的星星和月亮呼应着。

杨兰兰贪婪地吸一口美丽湖畔湿润而清爽的空气，内心获得了一片难得的恬静，她轻松地说："我们夏天来多好，这里云蒸霞蔚，一定非常漂亮。"说罢她哼起了民歌："清早船儿，去呀去撒网，晚上回来鱼满舱。四处野鸭和菱藕，秋收满畈稻谷香……"

听杨兰兰轻松地唱着，关卫兵轻声慢语道："谁知道兰总能不能挺到夏天！"

杨兰兰仿佛没有听到关卫兵的话，美丽湖的夜色似乎勾起了她的思乡之情，回忆起了她那些还值得回忆的青春往事，再想自己一个人陪着一个疯癫癫的丈夫在京都市单打独斗的，也不知道是为了什么。于是，她不禁感觉出了几分凄凉，为了排遣不良情绪，她朗诵起了白居易的《忆江南》，那声音里饱含着浓情："江南好，风景旧曾谙。日出江花红似火，春来江水绿如蓝，能不忆江南！"

关卫兵并不知道段主任那段难对外人道的风流事，听了杨兰兰的朗诵，皮笑肉不笑的想说两句，又没有敢开口，沉吟一会儿，还是没有管住自己的嘴，轻声慢语道："兰兰，咱就别得便宜卖乖行吗？如果江南真这么好，您干嘛还来京都市呀！"

杨兰兰被说到了内心的痛处，立刻愠怒道："你管我呢！背首诗你也不舒服。讨厌！没文化！”

关卫兵见状，感觉受到侮辱，脸上的褶子都抻起来，也开始变慢条斯理为急赤白脸了，结巴着：“我没有文化，您又比我强多少，没有段主任，您还不得在水边上打鱼吗？清早船儿，去呀去撒网的！”

杨兰兰秀气的脸由白变红，再由红变白，她真想把个关卫兵推进美丽湖去，但是，她没有。女人毕竟是女人，她的愤怒始终没有找到一个适合发泄的地方。当一双秀眼里噙满了泪水，待泪水就要流淌下来的时候，她只得无言地跑了，连一声呜咽都没有。

董大为望着杨兰兰那远去的已经少了几许风韵的背影，还要给二位打圆场，便对关卫兵说：“别闹了！走，咱们还是吃菱藕去！人家兰兰也不容易，你一定要去道个歉！”

在餐厅吃饭的时候，餐厅的另一侧，又增添了两桌吃饭的人。关卫兵的大眼珠子不停地向那边左一眼右一眼地踅摸着。董大为诧异了，也顺着关卫兵的目光找寻过去，却发现那两张桌上的食客，竟是清一色的十八九岁的美丽婀娜的黄花大姑娘。她们个个苗条，个个清秀，其中那个领队模样的女孩，更是美丽动人。只见她有着修长而恰当凹凸的身段；有着白净净的脸蛋，还有俏丽的鼻子和明眸与皓齿；她笑起来的时候，腮上突现了一对大大的酒窝，最是好看。

兰总见国商银行的两位男士都拼命地往远处寻芳猎艳，会心地笑了笑，朝远处那个美女叫道：“亦萍，到我们这里来，见见董总！”

董大为见自己意识里的一点非布尔什维克的东西被兰总立刻窥到并且被瞬时夸张出来，不禁窘红了老脸，鼻尖上竟也沁出了汗。

关卫兵的内心世界没有这么复杂，他望着花一样飘来的美女，却兴高采烈地对董大为说：“这就是兰总的干女儿！亦萍。真正的舞蹈演员。”

亦萍端着一个小酒杯，飘了过来，用云一样的微笑，霞一般的嗓音娇嗔道：“干妈，是让人家先跳舞，还是让人家先喝酒呢？”

董大为见亦萍这小女孩儿一般的神态和乖巧的小模样，反倒笑了，心情放松地玩笑道：“不好意思，我们一来，给你们增加这么多革命工作！”

关卫兵自恃跟亦萍熟悉，于是放肆着："只要陪好领导，先干什么都可以！"他有意把"干"字加重拉长，再糅进了淫荡味儿。

亦萍不肯吃哑巴亏，用两个细而白的指头，一下子揪住了关卫兵的大耳朵："跑了韩行长，就要算关哥是坏人了！"关卫兵见亦萍来了硬的，赶紧龇牙咧嘴地讨饶。

兰总见桌上的人都笑了，便微笑着对亦萍说："亦萍，怎么能够这样没大没小呢。关科长脾气再好也是你的长辈呀！"说着，兰总便把第一次见面的董大为和杨兰兰介绍给亦萍。

董大为是主动伸手与亦萍握的，他感到亦萍的手小巧而湿润，冰凉凉的。心想：这女子一定身体不太好！

杨兰兰此时早已经恢复了平静，她很不情愿地与亦萍伸过来的手握了一下，便很快地放开了。杨兰兰的心里恐怕在骂着："那里来的狐狸精，手上不会带着性病的病菌吧！"

亦萍按照兰总的指示坐在了董大为和关卫兵之间。关卫兵盯着亦萍的细眉毛叫道："亦萍，你这眉毛怎么比我上次见到时更细了！真像柳条贴脑门儿上一样了！"

杨兰兰在桌子底下狠踢了一下关卫兵，嗔怪道："人家就不许修，管这么多干什么！累不累、恶心不恶心呀！"正好报了湖边上关卫兵的一言之仇。

关卫兵被杨兰兰这一踢一训，自感没趣，收敛了笑容，悻悻地不吱声了。

兰总见状，微笑一下，对大家说："今天晚上，我安排了我们怒潮歌舞团的演出。亦萍排了个新节目，叫什么来着？"兰总问亦萍。

亦萍回答："《图兰朵》。是从我在的歌舞团学回来的！"

兰总说："对，《图兰朵》。一点也不比张艺谋在太庙搞得差。只可惜是片段。"

董大为急忙推辞："不行，我今晚得加班赶报告！"见关、杨都脸色阴沉了，自己又赶忙说："让他们去，我自己加班！"

在大家走出餐厅去看演出的时候，朱副总悄悄地拉了一下兰总的衣袖。兰总会意，放慢了脚步，等大家走远了，朱副总才低声说："报告您一个好消息!”

兰总用一对秀丽的大眼睛询问着助手,并没有开腔。

“国商银行总行的于主任到营业部当行长啦！这人可没有少废咱们的银两!”

兰总没有表示出兴奋模样:“这与我们没有直接关系嘛!”

朱副总提醒道:“您那个老战友——项羽不是总想到信贷部门而一直没有去成吗？这次有机会了!”

兰总乐了:“对,项羽如果管了贷款,就跟我自己管贷款差不多了！他除了打仗、做思想政治工作,对银行业务,整个一个什么都不懂!”而后,又摇摇头,“可那于主任怎么会听咱们调遣？就像那刘严鹏不听咱们的一样!”

朱副总得意了:“于主任和原来的刘行长不一样！于主任与韩小飞和我都是朋友,咱们银两也花到了位,项羽自身条件又不错,求于主任一下,八成他就同意了！他怎么会知道我们想干什么,他肯定以为我就是给项羽找一个油水大的岗位呢!”

兰总放心了:“好,你去办吧,不过对董大为也不能够怠慢和大意,该怎么办还怎么办,一旦得罪了,真跳出来反对我,也是麻烦!”

董大为在大家载歌载舞、歌舞升平的时候,自己躲在房间里赶写起了他的调查报告。他把自己对怒潮的惊人发现归纳成几条,通过财务数据和实地考察情况进行了分析,报告最后形成了‘倒兰’的结论是:整个怒潮企业已经资不抵债,完全靠贷款维持现状;建议国商银行立即停止对怒潮企业的一切新增和转期贷款,立即开始贷款本息清收和贷款保全工作。

报告写完了,也已经是晚上十一点钟了,他正惦记着关卫兵他们为什么还不回来的时候,门口却出现了敲门声。

董大为赶紧走过去开门,正准备对这么晚才回来的关卫兵埋怨几句,却发现门口站着的不是丑男人关卫兵,而是美女亦萍。在早春里,亦萍穿着薄如蝉翼的纱裙,满身香喷喷的。那香气清馨馥郁,不知道是来自美女的体香,还是来自美女身上的香水味。此时,亦萍一对亮亮的大眼睛,正含笑望着自己，眼神暧昧，不可名状。

"我能进来吗?"亦萍用娇滴滴的小嗓音问。

望着亦萍的俏模样和亦萍寓意暧昧的神态，快四十岁的董大为不知所措了："亦小姐，你……有事儿吗?"他说话居然结巴起来，感觉自己的下身，也突然像船儿出海，莫名其妙地扬起了帆。

亦萍媚笑着闪进屋来，尖着小嗓子，做出可怜状，说："我冷。"

董大为似傻似愣地说："你应该多穿点嘛!"

"刚演出完，人家没来得及换衣服嘛!"亦萍嗲了嗓子。

董大为一本正经道："我帮你找一件大衣!"说着，就到衣柜里找衣服了。

"好的。"亦萍乖乖地坐到床上，把一双小手夹在自己两腿之间，开始可怜得瑟瑟发抖了。那副爱怜之相，哪个男人能够不动心，哪个男人不愿意付出一点男人的热情!

董大为专心找衣服，没有时间注意亦萍的小可怜相，最后，终于找出一件绿色的军大衣，这大概是房间里准备着供客人夜晚外出观湖景用的。董大为径直拿了大衣，不假思索地披在了亦萍的肩上。

亦萍会心地笑笑："谢谢董哥。"

董大为殷勤地尽着大哥的本分："我再给你倒杯开水，一会儿你就暖和了!"

亦萍披着董大为送上的大衣，喝了董大为端上的水，仿佛感觉舒服了许多，爽朗地笑一声，尖起小嗓子说："董哥真是个老实人!"

董大为诧异着："怎么看出来?"

亦萍用大眼睛直视董大为的眼："如果遇上了你们的韩行长和关科长，我现在已经被他们压在身底下了!"

董大为不屑地说："怎么可能! 他们压你干什么?"

董大为这副傻乎乎不解风情的样子，倒把亦萍给逗乐了："压个美女在身体下干什么，你一个大男人还不知道? 用韩行长的诗说：'一枝红杏出墙来，嘿咻嘿咻冒大汗'呗!"说罢，亦萍趁还杯子之机，竟然把小手搭在了董总的老手上!

见亦萍大胆的调情或者说是放肆的骚扰，董大为竟红了脸，他赶紧把手抽回来，拿了杯子，含糊着："他们？'嘿咻嘿咻冒大汗'？还'一枝红杏出墙来'？不至于吧！"

亦萍此时倒没有羞答答的模样了，轻松自如地说："上次韩行长来，搂着我的腰不松手，便宜让他占尽了！"

亦萍的话音未落，她的小手机却响了。董大为才得以松口气。

电话是秦鸣从京都市偷偷打过来的，约亦萍晚上唱歌。亦萍没有好气地说："我在外地呢！"就把电话挂了。

董大为诧异地问："对你爱人，怎么这么不客气！"他提起"爱人"这个词是希望打消亦萍狐狸精一般的邪气。

亦萍没好气地说："我哪里有爱人！是一个老板，陪了他一晚上，他就恋恋不舍地缠上我了！"

董大为并不知道电话对面的是秦鸣，便打岔道："什么老板？哪个公司的？也许我认识！"

亦萍娇嗔着："不提他嘛！"说着就坐到了董大为的身边。

此时的董大为完全明白了亦萍的来意，原来这是兰总的美人计，把一个鲜活的大美女当礼物送给自己了！董大为也是男人，是男人就有占有美女的本能，而且作为雄性动物当然是占有的越多越开心。但是，董大为即便是有半推半就的贼心，也真的没有那将计就计的贼胆。爱妻骆雪虽然没有亦萍的风情万种，但是也算得上一个美女，而他与爱妻结婚才不到一年，男女之间的那股新鲜劲和热乎劲也还没有过去。对其他女人身上的部件及结构，他董大为没有什么好奇心、更没有探索的欲望。同时，今夜如果要了亦萍，一晌贪欢之后，明天自己报告中的'倒兰'立场就得改！否则，兰总赔上一个大美女，再挨董大为的'倒'，她能够善罢甘休吗？

董大为这样一想，亦萍进门时给自己挑起的冲动顿无，下身的帆也落将下来，自己也感觉正常舒服了。

亦萍见董大为不说话，一时真难于揣摩眼前这个男人的心思了，但是，有一点她亦萍是有数的：男人是猫，天下哪里有不吃荤腥的猫？而且，自己薄衣轻纱，满体芳香，美丽动人，怎么能够不无往不胜！

于是，亦萍继续挑逗道："韩行长可赖皮了，得不到我，居然一晚找了我们两个小演员。前一个光着，后一个也没穿什么，玩什么三明治，看什么两朵莲花同时开！把自己夹在两个演员之间，避孕套都搞漏了！"

董大为听不下去了，打岔道："关卫兵和杨兰兰呢？"

"被干妈拉走打麻将了，在另一个楼呢，今晚不回来了！这个楼，今晚就我们两个人了！"

董大为听亦萍这么说，感觉不妙，这回真是遇上个小狐狸精了，赶紧找脱身之策："那我们也去打麻将嘛！"

亦萍娇嗔道："关科长说你不喜欢玩麻将。干妈才让我来陪你嘛！"

董大为支吾着："我对干那个也没有兴趣！什么'嘿咻嘿咻冒大汗'！恶心！"说着，就准备起身往外走。

亦萍见董大为要溜，居然连自己这么一个大美女都冷落不要了！不由恼火起来，憋红了小脸蛋，发火了："董总，你怎么不像个男人！你以为我和谁都来的吗？要不是干妈求我，我才不干这个呢！要知道我是真正的演员呀！平日里，你追着我签名，我还不签呢！"

董大为见亦萍伤了自尊心，不觉怜香惜玉起来，他走回屋，望着独坐床头哭泣的美女，安慰道："我只是一个乡巴佬，又有老婆，跟韩小飞、关卫兵他们不一样。"见美女依然呜呜咽咽地哭，董大为好心安慰道："你就跟兰总说，我董大为不爱美女爱打牌，目的已经达到了，不就行了嘛！"

亦萍见眼前这个土老帽实在开不了窍，自认倒霉，也只得作罢，依然娇嗔道："那我们现在就去打牌嘛！你可要输钱给我！"

董大为欣然同意道："好！走！"

亦萍推一下董大为说："人家要换衣服嘛！他们就在对面的楼上！"

董大为正好就坡下驴："得，那我先去，等着一会儿，我还要赢你的钱呢！"

亦萍没好气地说："赢你的鬼！情场得意，你赌场输定了！"

董大为来到对面的楼上，牌桌上的人们正兴致勃勃。

兰总见了董大为不觉一愣，使眼色给朱副总，同时，心里突然有了一个感悟：如果把董大为这个位子，换成项羽坐着，岂不比拉拢腐蚀、威胁利诱董大为之流来得更快、更稳妥！

朱副总和董大为打了招呼，稍站片刻，便借口上卫生间，出去了；关卫兵见了董大为，淫笑一下，慢慢腾腾地一语双关："这么快就完事儿了！"杨兰兰见了董大为没有任何反映，依然低头搓麻，过了好一会儿才说："今天，我的手气好极了！董总，你也玩玩，我好赢你的钱呀！"

过了一会儿，董大为见亦萍换了原来吃饭时穿的衣服也来了，便对美女笑笑，打了招呼，稍停片刻，趁大家不注意，便又悄悄离开牌桌，独自溜回了住处。

董大为这一回来不要紧，他不禁大惊失色了：他晚上赶写出来的那份调查报告，却怎么找也找不到了！自己的"倒兰"立场在兰总的老窝里暴露无遗！兰总能不能放一个"倒兰"派从自己的地盘上顺利回京，发动"倒兰"攻势呢？还真难说了！

五十二、艰难的抉择

董大为由于丢失了调查报告，一宿都是心事不宁的，睡觉其实也是在清醒、入睡、做梦之间的徘徊，以至于搞得董大为都分不清哪里是现实、哪里是睡梦了。

他梦到了亦萍的裸体，她的身体的确迷人，肌肤温热、滑腻而有弹性，小嘴香甜而空灵，尤其那神秘的黑土地真让人销魂动魄，以至让董大为迷失了自己生与死的界限。而后，他又梦到了兰总，她依旧是大红的着装，只是这次见了他，没有了往日的微笑，代之以虎面獠牙，伸出沾满鲜血的胖手扑向他："你敢揭露我，你董大为不让我活，我兰宛茹就先让你死！"

关、杨只在旁边看笑话，阴阳怪气地冷笑："看这个当过战士的女人怎么收拾你董总吧！"

"快来帮助我！"董大为对两人大叫。而关、杨依然在冷笑，就是不出手帮忙，关卫兵还幸灾乐祸地说："人家兰总对您不错，从来不陪客的大美女都给您玩儿了，您董大为还不给人家说好话！太不仗义了吧！"

杨兰兰也说："兰总又不是骗你董大为自己的钱，你何必说实话？把大家都搞得没好日子过呢！缺德！"

董大为正感到孤立无援的时候，爱妻骆雪来了。董大为像找到救命的稻草一样大叫："老婆，快救我！"

而骆雪不但没有救他反而劈头给了他老脸一掌，叫道："你还敢玩女人！还敢放弃原则，把调查报告给怒潮！你到底是'拥兰'还是'倒兰'？你还有没有脑子！"

董大为正在最窘迫的时候，忽然听到了"咚咚"的敲门声。他睁开眼，依然发懵，思维急剧地判断着现在是梦还是刚才是梦。

“咚咚”，敲门声又响了。董大为这才知道是房间外面有人敲门了。他赶快下床，开了门。

关卫兵手里拿着一份材料依然神采奕奕着走进来，酒劲儿过去了，舌头也利索了许多：“董总，您睡得好香呀！怎么把调查报告丢门口了！您怎么是这么分析的？全部都是怒潮不好呀！回头咱们跟兰总怎么交代？”

董大为揉揉惺忪的睡眼，问关卫兵：“几点了？”

“早晨七点。”

“你们才打完麻将？”

“是呀？您怎么中途走了？亦萍还找您，要赢您的钱呢？”

董大为从关卫兵手中接过那份材料，突然怔住了。这果然是自己的那份调查报告。难道这份报告没有丢？是自己粗心掉在了门口！不可能！他明明白白地记得，他是把屋里屋外全部找了个遍的！于是，他的心里不觉阴沉起来：看来，这份报告一定是被人偷走，复印之后，再被送回来的！谁能够干这个事情呢？是亦萍？或者是自己离房之后的其他人？

他不好把这事说出口，因为，这是自己大意造成的，丢失报告对自己极为不利，但是对别人来说，却谈不上什么失窃案！何况，现在这报告又完璧归赵了。虽然想看报告的人目的已经全部达到，可失窃之事却难再说出来！

关卫兵见董大为不开口，便又说：“报告内容，咱们是不是再讨论一下？让我和兰兰也心里有一点数。”

董大为见关卫兵主动问起报告的内容，而且“拥兰”的态度很明显，想他与兰总关系不一般，弄不好是串在一起的，不如自己表面上退一步，把“倒兰”的态度隐晦下去，让他带过话去，让怒潮的人摸不清自己的底细，也便于自己斡旋，便说：“当然，我们应该讨论一下。我这只是初稿，先谈的问题，好的地方还没有加呢！所以嘛，肯定有不完整和偏颇的地方！”

吃早餐时，兰总和朱副总都没有来，是亦萍来陪的。此时，亦萍与董大为已经熟悉得宛若一对情人，给大家倒牛奶的时候，她在董大为的身后，趁关、杨只顾吃饭的瞬间，居然用小手捏了董大为的老腰。董大为疼龇了牙，却没有敢叫出声：如果叫出了声，他不就等于在大庭广众之下向大家宣告着什么吗？宣告什么呢？只能说明他董大为与亦萍已经有了一腿，有了肌肤之亲！这个小狐狸精，真是太诡太诡了！

可怜的董大为本没有碰到什么荤腥，却已经弄上了一身臊腥。而且，更大的臊腥还正在等着他！那个笑容可掬的兰总已经为他制作好了桃色陷阱，而且，他已经落了进来，只是他自己还浑然不知罢了。

早饭还没有吃完，一头花发，细高挑身材，眼睑完全下垂的魏市长便等在了餐厅门外。市长大人准备亲自来接国商银行调查小组的一行三人到他所辖的县级市考察，印证怒潮集团对C市当地政府、人民和经济做出的杰出贡献。

怒潮股份有限公司所在的B省的C市，是一个人口众多的以农业为主的县级市。C市的国民经济总产值主要来自美丽湖的水产品和加工工业。而怒潮股份有限公司便是C市加工工业的龙头老大，占C市工业产值的百分之八十九，税款占C市整个税收的百分之九十二。可以说，没有怒潮股份有限公司的存在，便没有C市今天的繁荣，也便没有C市明天的发展。假如她兰总有个三长两短，影响的不但是整个怒潮集团的经营与发展，还会动摇C市的整个经济基础，影响C市安定团结的大好政治局面，甚至影响C市四百万人民群众的生计。

因此，除为了挣钱写《上市公司黑幕揭秘》和以揭短为乐的常太平之外，这里的党、政、工、团、群，没有一方面的人不盼着兰总步步高升，也没有一方面的人不盼着怒潮集团公司兴旺发达。通过与魏市长和C市各方首脑的恳谈，董大为也深深体会到了这种党情、政情和民情。

魏市长还望着兰总出资修建的延伸至美丽湖畔的高速公路说："没有兰总，就没有美丽湖人民的今天！兰总可是个大好人呐，她修了这条路，却没有向市里伸手要一分钱！人、车行走也全部是免费的！"

董大为点头称是，脸上也做出了感动状，可心里说：你这里免费发展了，银行贷款的本息向谁要去！银行都是不良资产了，老百姓到银行挤兑怎么办？你这才是真正的地方保护主义和本位主义呐！

最让董大为感动的倒不是魏市长对兰总的歌功颂德,而是美丽湖畔红旗村那因为兰总而脱贫致富的农民们。没有兰总投资的美丽湖红旗村,原来只是一个贫困的小渔村,是国家级贫困县里的特贫村。虽然美丽湖非常著名,但是,由于湖太大,汪洋于两省七市一十八个县之间,游客们没有人听说过红旗村,也没有人到红旗村来旅游,老百姓们只有少数耕地,大部分人是靠打鱼为生。兰总来了,她硬是把红旗村红军时期留下的革命文物包括美丽湖进行了修建,终于招揽来了一些游客。怒潮集团的几个企业大量地吸纳了当地的农民工,同时,怒潮股份的农产品保鲜项目还为当地农民的农产品和水产品找到了销路,当地的老百姓有钱赚了,都夸兰宛茹好,好得像红太阳一样。

特别让农民们山呼兰宛茹万岁的是,美丽湖畔农民们低矮的小茅草房,只要遇上兰总占地,全部由兰总出资,住进了每栋造价将近二十万元的小楼,当然,从财务报表上看,这些小楼也是算作怒潮集团的固定资产的。按照这样的辉煌事迹,如果兰宛茹愿意,她一定可以成为中国的扶贫英雄或者捐助模范的!

小楼里的乡亲们,见到魏市长和董大为都眼含泪水地说:“兰总可是个大好人!”乡亲们的话是发自内心的,不是兰总教出来的;乡亲们的真诚,也绝对不是伪装出来的。如果董大为告诉现场的群众说,兰宛茹是个骗子,是个金融诈骗犯,怒潮企业欠银行三十一个亿的贷款基本上是肉包子打狗,有去无回!那群众一定不会相信,而且,被咒骂甚至被殴打的,恐怕不是兰宛茹,而一定是他董大为自己!

晚上吃饭的时候,兰总依然没有来,朱副总和亦萍来了。朱副总依然是一副深沉而和善的样子,关、杨你一言她一语地赞叹兰总的丰功伟绩,董大为也不断点头附和着。大家和和气气、热热闹闹地吃罢饭,趁上楼后关、杨到贵宾间闲聊的时候,朱副总闪进了董大为独处的总统套间里来。

朱副总首先关上了房间的门,而后坐在客厅的沙发上,笑嘻嘻地望着董大为,抽出纸烟,递一只给身边的董大为。见董大为摆手,便收回递出去的烟,自己点燃了一只,说:“董总不吸烟,好习惯。我听关科长说起过。”

董大为见朱副总的来头，不像是随便坐坐的，但也猜不出他葫芦里到底卖的什么药，便附和着：“从小就穷，买不起烟呐！”

朱副总不等董大为说完，便从衣兜里摸出一盘录像带，放在沙发旁他与董大为之间的茶几上。而后，从录像带的纸盒里抽出一张信用卡，推到董大为手边，不动声色地说：“董总，我们的情况，您已经很清楚了。您的观点和态度的变化，我和兰总也清楚了。感谢您对怒潮业绩的表扬！”而后，朱副总吸一口烟，看着烟圈散去后，接着说：“兰总和我都是知恩图报的人，要不，韩小飞也不会有现在的逍遥。我们也是爽快人，对朋友也从来就不小气。”他看了一眼茶几上的卡，“这卡，您收着，八万。不多，但以后您不是就有钱买烟了吗？”

董大为见朱副总突然给自己塞钱，倒慌张起来，他与关卫兵合住的目的就是怕他这手和亦萍那手！他这一辈子还没有也没有机会面对这么大的不义之财呢！

他赶忙把卡又推回到朱副总一侧，态度坚决地说：“不能这样！”

朱副总阴沉一下脸，吸口烟之后，又重新微笑起来：“事情并不为难！你董总只要做出一个中性的报告就可以了。把你发现的问题删几条，把我们的业绩写几条，就够了！”

董大为很策略地含糊其辞：“我会尽量采纳关卫兵他们的意见，但是，卡，你拿回去！”

朱副总见董大为这么说，阴险地一笑，把手边的录像带推给董大为：“我的手下录了一盘毛片，有亦萍，还有你董总！这小子要拿到京都市卖钱，为了董总的名誉，我给制止了。您有没有兴趣看看？”

董大为顿时懵了：“光屁股的录像？还有我？怎么可能？”

突然，门外传来了敲门声，朱副总把食指竖在嘴上，示意董大为不要出声。关、杨在门外议论道：“里面好像没有人呐！”

“肯定是朱副总带着董总哪里潇洒去了！把我们甩了！”

等关、杨下楼的脚步声传远了，朱副总起身，拿起录像带，放进电视机下的录像机里播放起来。

他董大为真的当起了毛片的演员：

亦萍穿着薄如蝉翼的纱裙敲起了董大为总统套间的门。一个中年男人来开门。他大约三十七八的年纪，个子不高，长方脸，眼睛不大，鼻子挺括，头发黑黑的，带着自然卷，留着寸头的发型。这就是他董大为！

亦萍一对亮亮的大眼睛，眼神暧昧，用娇滴滴的嗓音问："我能进来吗？"董大为问："亦小姐，你……有事儿吗？"

此时，他的下身有一个大特写，裤子里面像有一门大炮，鼓鼓的。亦萍媚笑着进屋，说："我冷。"

镜头切换成室内拍摄：

董大为："你应该多穿点嘛！"亦萍嗲声说："刚演出完，人家没来得及换衣服嘛！"董大为："我帮你找一件大衣！"

董大为找了衣服，径直拿了大衣，披在了亦萍的肩上。亦萍笑笑："谢谢董哥。"董大为："我再给你倒杯开水，一会儿你就暖和了！"

亦萍披上董大为送上的大衣，喝了董大为端上的水。

镜头切换成浴室内拍摄：

亦萍穿着薄如蝉翼的纱裙进来，一件一件剥去衣服，竟然成了裸体。与董大为梦中的形象别无两样！而后，她走进浴缸开始洗澡并对外面说："董哥真是个老实人！如果遇上了你们的韩行长和关科长，我现在已经被他们压在身底下了！"

董大为在浴室外的声音："怎么可能！他们压你干什么？"亦萍："压个美女在身体下干什么？'一枝红杏出墙来，嘿咻嘿咻冒大汗'呗！你一个大男人还不知道？"

镜头再次切换，还是浴室拍摄：

是董大为独自在洗澡了，他那私处也被一览无余！亦萍在浴室外面说："上次韩行长来，搂着我腰不松手，可占尽便宜了！"

镜头转换到了床上：

亦萍裸体和一名男子拥抱、做爱，疯狂之极。只是看不清男子的模样，可以说是董大为也可以说不是。

镜头再次切换回房间:

疯狂之后的亦萍和董大为又在房间里,亦萍依然穿着薄如蝉翼的纱裙,一手拿杯子,一只小手搭在了董大为的老手上!说:“上次韩行长来,拉着我不松手,可赖皮了!得不到我,居然一晚找了我们两个小演员。玩什么三明治,看什么两朵莲花同时开,把自己夹在两个演员之间,避孕套都搞漏了!”

董大为:“我对干那个也没有兴趣!”

亦萍:“关科长说你不喜欢玩麻将。干妈才让我来陪你嘛!”

董大为:“那我们也去打麻将嘛!”

亦萍:“那我们现在就去打牌嘛!你可要输钱给我!”

董大为:“好!走!”亦萍推一下董大为说:“人家要换衣服嘛!他们就在对面的楼上!”

董大为:“得,那我先去,等着一会儿,我还要赢你的钱呢!”

亦萍:“赢你的鬼!情场得意,你赌场输定了!”

五十三、毛片危机

就在怒潮公司接受国商银行现场贷后检查的时候，兰贺手下的原副总经理——谢云可把参股银行搅了个乱糟糟，他先协助参股银行的贾好运成功外逃了俄罗斯，后又回国在参股银行的箭楼支行偷盗一张银行承兑汇票，并用这张汇票从海南购得一千万白金钻戒！这可害了经办人侯山，苦了赖主任和吴力。但是，银行内部问题百出、银行之间恶意竞争，正是怒潮公司兰总最希望看到的美景。

如果不浑水摸鱼，如果没有银行之间瞎闹腾，近一年来，她怎么能够这么顺利的又增加了十个亿的贷款呢！各家银行如果有了精力，还不得到她分布在全国的领地上今天查明天看的，谁敢保准就不会露出马脚来。对董大为一行的现场调查，就已经让她放心不下了。

虽然安排朱副总给老实巴交的董大为施了美人计，拍摄了淫秽录像，作为要挟的罪证，希望他就范，希望他为怒潮所用，但是，能不能真的起作用，兰总心里也还是没有底。

望着董大为消失在机场安检的小门里，前来送行的兰总，只能够双手合十，默默祷告：希望董大为从此就范；希望在刚刚进行完的国商银行营业部人事调整中，已经成为董大为上司的老战友——项羽能够力挽怒潮大厦于既倒。

其实，兰总的担心并不多余，董大为从B省美丽湖飞回京都市，没有回家，就被陈淑媛直接接到了她在怀密县的家，以研究和发起“倒兰”的最后决战。

从京都机场出来，秦鸣开车，后排就坐的有陈淑媛和爱妻骆雪。一见董大为，秦鸣、陈淑媛先与他击掌相庆。

在董大为外出的日子里，骆雪见到过一次秦鸣。有一次她在电脑城为发达银行购买一台液晶电脑，她先碰到了拿着银行承兑汇票的侯山，而后又看到了鬼鬼祟祟的秦鸣。她还听到秦鸣在电话里叫“谢云”，不久，她便听说侯山的汇票被盗了。当然，骆雪只能够同情面临被开除命运的侯山，而无论如何也不会把秦鸣与盗窃汇票相联系，更不会把秦鸣和已经失踪多年的怒潮家具的谢云相联系。

车上，陈淑媛颇为得意：“怎么样？本人一篇小稿子《立即停止给怒潮集团发放贷款》，够分量吧？举市上下无不震惊！”

董大为苦笑着：“可《京都金融内参》没有登！分量还是不够！也还没有让兰宛茹现出白骨精的原形！还害得我来了这次危险调查！”

骆雪也插嘴道：“郝逍遥最先用行动反击你的文章！他不但不相信怒潮骗局，而且还为兰总继续输血，又给了两个亿贷款呢！”

秦鸣回过头来说：“你们别着急，《京都金融内参》还在跟我们陈总落实情况呢！有你的材料，马上就可以登出来了！我看他郝逍遥真是拿鸡蛋往石头上扔！有多少钱能够填满那个没子宫女人的洞呀！”说罢，秦鸣坏笑起来。董、骆都能够感觉出来，这个英俊男人对自己、对陈淑媛都越来越热情和殷勤了。他们不知道秦鸣自打与亦萍有了一腿之后，就心怀了鬼胎，还以为是陈淑媛对这个英俊男人施了什么魔法呢。

陈淑媛捅一下她的秦鸣，嗔怪道：“你又没正经！”

秦鸣这次开的车不是陈淑媛那辆老奥迪了，而是一辆纯白色的帕萨特，据说是秦鸣今天才买回来的。那秦鸣似乎是发了一笔不大不小的财，不但买了新轿车，中指还戴了一枚大大的白金钻戒，而且换了手机和里里外外的衣着，里里外外的衣着已经由时髦的不名牌，全部换成前卫的世界名牌了。这气派、这打扮更增添了他“罗中旭”一般年轻英俊的男人模样，更招来了陈总无限的爱怜，不但一口一个“秦鸣”地叫个没完没了，还时不时地用手捏捏她的秦鸣的后脖颈，以示拥有。

由于怒潮一事已经到了关节口上，陈淑媛在饭桌上就拿过了董大为的调查报告,认真翻看。陈淑媛还没有看上几页就叫起来:“董大为,你捣什么鬼！怎么为兰宛茹说了这么多好话!”

秦鸣插嘴道:“董总不是让那个姓兰的女人给拿捏住了吧?”

骆雪接过报告扫了几眼:“整个报告中性偏好！结论应该是对怒潮的贷款政策还要研究等待！这倒帮助我们发达银行郝逍遥的新增贷款进行了论证!”

陈淑媛以少有的严肃问:“董大为,你告诉我真话,怒潮真的有这么好吗？如果是这样,我们还折腾什么劲！国有财产安全无恙,我的书也别卖了!”

董大为苦笑笑,又从包里拿出一份材料:“这份是我真实的观点!”

陈淑媛接过材料,仔细看了,叫道:“这才是我需要的东西,我就是要找到怒潮是一个空壳的更多的证据!”

骆雪见自己老公一副徘徊不定、有苦难言的窝囊模样,想他居然准备了两份观点截然不同报告回来,有违他一贯老实巴交、实实在在的作风,心里不免蒙上了阴影,生怕他董大为干出什么对不起自己的事情来,并让人拿了把柄,便悄声问:“他们把你怎么了?”

陈淑媛虽然没有听到骆雪的声音,但是看骆雪的表情和口型,便猜到了骆雪的意思,说:“董大为,我们可都是你的知己,你没有必要掖着藏着！否则,毁了的,是你自己!”

骆雪焦急起来:“你不会是拿了人家钱吧?”

秦鸣说:“拿了钱也没有关系,自己留点,连报告再其余的钱往行长那里一交,更有名有利!”

董大为支吾着:“我董大为还没有糊涂到那个份上!”他不愿意讲出朱副总想塞给他的那张卡,更不愿意谈起那盘压抑着自己的录像带,因为,那带子里必然有自己和亦萍的裸体,还有自己与亦萍亲热的对白,他怕自己解释不清楚,更怕骆雪误会了,饶不过他。如果这样,他在银行将失去了位子,在家里,他将失去自己的爱妻！他就什么也没有了!

秦鸣不管此时董大为怎么想,自己眼睛一亮,充满智慧地说:“兰总让你睡了！”而后，再一琢磨，“不对，她一个没有子宫的老女人，哪如如花似玉的骆雪！怎么可能！”他倒没有想到他日夜惦记着的美女亦萍，会与董大为有染。

陈淑媛见秦鸣的话引起了董、骆的不快，赶紧插嘴：“秦鸣，你一说话就没有正经的！说不准，别瞎说！我还不了解董大为，借他几个胆子都不敢干出对不起我们雪儿的事情！”

骆雪心里对自己的老公干了什么，也没有底，心想：怎么也得先让他开口说话，这样才有搞清楚问题的可能，于是，便有意激董大为道：“我们相信他有什么用！男人嘛，哪里经得住美女诱惑呀！俗话说：‘男追女隔座山，女追男隔层纸’！”

董大为被大家你一言他一语搞得恼羞成怒了：“你们相信我，我也真的什么也没干，可他们居然给我做了一个毛片！”

秦鸣听了，看着董大为的窘相，哈哈大笑起来：“怎么？兰总给你来了一次偷窥！让你当五级片演员啦！”

陈淑媛也开心起来：“咳，肯定是镜头拼接！小手段！但是，假的还是真不了！带子呢，我看看！”

秦鸣和骆雪都面露窘色，异口同声地叫道：“陈总，您还亲自审查带子呀！”

陈淑媛见秦鸣和骆雪那副猴急的模样，一时倒懵了，搞不明白他们为什么反对自己看毛片，再看董大为满脸汗水、大红着脸的羞愧模样，才反应过来：“噢，对对！我陈淑媛是不能够亲自审查的，男女有别嘛！何况这男星是我的老同学！”

骆雪抢过了董大为包里的录像带：“我先看！”

秦鸣则从骆雪的小手里使劲抢那盘带子，可骆雪死活就是不给，叫着：“不，我先看！”

陈淑媛劝道：“雪儿，还是让秦鸣先看。鸡鸣狗盗的事情他都懂，之后，好告诉你哪里是真的，哪里是假的！”

骆雪娇嗔道：“不嘛，我怕秦总毁了董大为的罪证！”

陈淑媛安慰着:“你就相信董大为吧,他绝对不敢干出这种事情!相反,这盘带子倒是兰总诬陷国家工作人员的罪证!而且,她兰宛茹肯定也会有备份的!秦鸣毁了,再到兰宛茹那里要去!”

董大为满脸悻色地补充道:“怒潮朱副总说,这是他们一个员工偷拍的,想到大街上去卖,他给扣住的!”

听董大为这么说,秦鸣哧哧地笑了,陈淑媛也微笑着说:“董大为,你太善良了!黑道上这点东西你还一窍不通!他们这是在给自己找台阶呢!你想,他怒潮朱副总现在还没有倒,怎么也算个有一点身份的人,明明自己干了这等下三烂的事情,可自己不能承认自己是个下三烂呀!他们处处都是在骗你!”

董大为继续老实巴交地说:“可我手下的关、杨也都跟企业一个鼻孔出气,搞得我很孤立,以至于我对自己的判断都怀疑了!”

陈淑媛说:“他们拿好处,你扛雷!就这么简单。天竺支行那个关卫兵,人似乎挺仗义,但别看蔫了吧唧的,也绝不是一个善茬子,鬼才知道他陷了多深,你可要小心!”

吃罢晚饭,陈淑媛带着董大为两口子,在地下室唱歌喝咖啡的时候,秦鸣从楼上下来了,手里拿着董大为自演的毛片,脸色异常阴沉。

他没有想到,他才搭上不久的美女,原来是兰宛茹手下的美女肉弹!他感觉不舒服,仿佛心里打碎的不光是对亦萍纯真无瑕的假想,还有一个五味瓶。但是,想到至今自己也没有什么损失,想到自己也比那亦萍好不到哪里去,他的心才开始坦然了。

秦鸣把带子递给骆雪说:“没有什么,技术太差了!连一个董总的正面镜头都没有!让我拍,一定不是这个差样子!”

骆雪听秦鸣这么说,连碰都不愿意碰那盘录像带了,她已经完全相信自己的老公没有做对不起自己的事情了,淡淡地说:“烧了吧!”

秦鸣任自己的一颗花心在滴血,脸上却无法掩饰住阴郁,强作高声:“那女星真漂亮,烧了可惜!”他还想找亦萍算账呢,哪里舍不得烧掉带子!

陈淑媛接过带子,也赶忙说:“别烧呀,这可是证据!你们不要,我留着,靠这盘带子，我就能敲她兰宛茹几十万！”

董大为没有想到自己觉得可以使自己一辈子抬不起头来的东西，却原来对自己没有构成威胁和伤害，赶忙插嘴：“得得，这带子我还是自己留着吧！我可不希望别人看我的西洋景！”

陈淑媛又严肃起来：“不过，我说董大为，这带子的事情，我陈淑媛什么时候都帮你背着，兰宛茹什么时候敢抖搂这个带子，我什么时候就帮你讨公道，甚至反戈一击，也敲她一笔！”

董大为转移了话题，问陈淑媛：“《京都金融内参》上次为什么没有登那篇《立即停止给怒潮集团发放贷款》呀？”

“秦鸣不是说了吗？不是他们不登，是他们在落实情况，希望我再充实内容进去！你以为记者编辑们不希望一鸣惊人吗？他们积极着呢！这次我把标题和内容都做调整，内容就以你反映怒潮企业资不抵债的报告为主，原来的资料为辅，标题就用《关于怒潮企业资不抵债情况的情况反映》！怎么样？”

董大为顾虑着：“别像上次写远东公司材料那样，你这里没有搞出什么名堂，我又被卖了！这次恐怕就不是郝逍遥之流得什么奖状、我被抓未婚同居了，恐怕我就要被国商银行开了！”

骆雪也赞同：“对！陈姐，你用大为的文章，一定要改改口气，别让人看出这材料他是始作俑者！”

“你们放心，我怎么也不能够像你们说的杨兰兰那么不负责任吧，贷前调查完全照抄企业报告！我会把‘我银行’都改为‘我企业’的！我只用大为的数据和观点，报告内容统统改写。根据我的判断，《京都金融内参》一登这份报告，领导们这次的批示，一定是做出决定，而不是再要求落实了！另外，电视台那边也有了眉目，准备搞个节目，题目叫《呼唤诚信》！双管齐下，我就不信她兰宛茹还能够再骗下去！”

董、骆听陈淑媛这么说，才把心放下来。陈淑媛对董大为叮嘱道：“但是，怒潮的真实情况，你可要给国商银行如实汇报！支持我一把，从国商银行这里形成‘倒兰’的突破口！咱们这最后一击，一定要把个兰宛茹打倒！”

五十四、01 号来了新主人

按照与陈淑媛的约定，董大为除了把反映怒潮资不抵债真实情况的报告复印一份交给陈淑媛，供她到电视台做节目、到《京都金融内参》作说明之外，一上班就又复印了几份，准备把报告直接报送葛荣副行长并刘严鹏行长。

但是，当董大为来到位于金融街的那座二十二层巧克力色的摩天大楼的第十九层，来到国商银行营业部的信贷业务部的时候，正要打开自己的 02 号办公室的门，却发现 01 号办公室的门也开着。董大为诧异了：莫不是被挤走的郝逍遥又回来了吧？

董大为试试探探地来到 01 号办公室的门前，发现原来郝逍遥的位置上，坐着一个方头方脑、膀大腰圆的人。他眼细而嘴阔，鼻宽而额大，坐在郝逍遥的椅子上，一副八面威风的模样。

董大为试探着走进来，而后，突然诧异地问："项总，您不在信用卡部待着，怎么……"

大块头项总见了董大为，从老板椅上站起，爽朗地大笑起来，反客为主地说："小董，听说你今天要回来，幸会幸会呀！"

大块头项总转身，从自己的办公桌上拿起一个纸杯，倒没有学着郝逍遥的样子给董大为冲咖啡，而是直接接了一杯水，递给董大为，说："我项羽，还得感谢你呢，没有你的帮助，上次为那张照片的事情，那个陈淑媛还不知道怎么闹腾我呢！"

见董大为脸上露出诧异的表情，便继续说："没错，我以后就和你隔壁办公了！"

董大为依然感到莫名其妙，不知道卡部的大块头是来这里干什么的，于是，又问："您是……"

大块头又爽朗地大笑三声："以后，咱们就要一同战斗和生活了。我比你小董年纪大，你叫我项总可以，叫我老项也可以！"

董大为惊愕，继之恍然大悟：莫不是刚挤走一个郝总，营业部马上又给他调来了新领导——项总吧！

项总伸出大手，请董大为在自己办公桌对面就座，以领导的派头体恤下情："小董呀，此次出差辛苦了！"

董大为对又来一个领导的事实，依然不甘心地继续问："您到我们信贷部门是考查还是锻炼呀？"

项总高声大嗓地回答："我这么一大把年纪了，既不考查也不锻炼了！我现在已经想开了，什么职务高呀低的，以后就以国商银行为家，在营业部信贷部门终老南山，工作到退休为止了！"

董大为暗暗叫苦，心说：你在这里干到退休算了，可我董大为的提升问题怎么解决呀！我董大为总不能够在02号办公室里也陪你这大块头终老南山呀！面对这比自己大几圈的新对手，董大为试探着问："您原来在卡部的工作呢？"

项总诧异了："怎么？组织没有跟你说起过我？于行长也没有说到我？"

董大为苦笑一下："可能是我一直出差在外吧！"他忽然感觉有些不对劲儿，"于行长是谁？"

"于行长就是营业部马上上任的新行长呀！原来总行人力资源部的于主任！"项总回答，见董大为对营业部的人事变动似乎一无所知，沉思片刻，继续说："看来，我还要跟你说几句，自我介绍一下，也便于我们今后工作上默契配合！"

董大为的内心在流血，他没有想到自己外出这一个多星期，营业部居然发生了这么大的变化。尤其是为了01号办公室这个位子，他机关算尽、战功卓著、舍生舍命的工作，换来的却只是主持了几天工作，新政尚无眉目，便又继续被人领导了！他没有说话，只是对项总点点头。

项总大着嗓门说:“我是七十年代中入伍,九十年代末复员的军人。在部队,我是航空兵师政委,与怒潮的兰宛茹在一个部队干过。她原来也是我们部队的红小鬼呢!不过,现在怒潮的问题,包括兰宛茹的问题,该怎么办就怎么办。我是一个共产党员,实事求是,决不搞邪的歪的!”

听说新领导与兰宛茹认识,董大为虽然暗暗叫苦,但是,依然心怀鬼胎般地问:“兰总没有跟您提起过我此行的事情?”

项总会心地笑笑,因为兰总的确跟他说起过一些事情,可他嘴上说道:“宛茹同志没有说!她只说董总不错,是个老实认真之人,会实事求是地反映问题,支持怒潮的工作!”

董大为点点头,没有吱声,更没有表态。

项总则继续说:“兰宛茹复员早,是直接到了B省,我复员晚,是直接复员到京都市的组织部。原来想,怎么也应该在政府部门做个局级或副局级干部!咳,可没曾想,到银行来了!”

董大为不怀好意地附和着:“可我们这里才是正处呀!”

项总叹口气继续说:“现在国家机关正精简机构,进不去了。自己也找不到合适的岗位,组织部门先让我参加了两年培训,学的是金融。给了个文凭,算是研究生班毕业,只是没有硕士学位!”

董大为感叹道:“您比我强!我到现在为止,才是个本科!还是军队好,政治待遇高,处处为群众前途着想!”

项总反驳道:“军队才不好呢!我当了那么多年的师职干部。每个月才挣一千块钱,到这里,我官降了两级,可工资却涨了七八倍!在军队我才分了一个小两居的住房,建筑面积不到六十平方,而现在你们国商银行却可以分给我三室两厅的房子,建筑面积可以达到一百六七十个平方了!我真得感谢党的安排,虽然位子稍低,可实惠多了!”项总说罢,爽朗地哈哈大笑起来。

董大为的心虽然继续流淌着鲜血,但是,嘴上还很客气:“项总,你的银行业务很熟悉吧?”

项总倒是个直率之人,直接揭露了自己的老底:“除了卡部这一年时间,一天银行没有做过,除了在研究生班学的理论,就只有自己存钱时在银行办理过储蓄业务了!”

董大为终于忍不住在心里大骂起来:“就冲这样安排干部,国商银行的明天也他妈没有个好!岗位和福利、企业和政府整个搅和到一起了!”可嘴上却依然乖巧:“您属于我军我党我国的精英人才,进入并熟悉银行业务会很快的!到银行来,是屈了您的才呀!”

项总倒没有判断出董大为的话是好是坏,大大咧咧地说:“兰宛茹也建议我到信贷部门工作,这不,于行长一到任,我也就来了。宛茹同志还跟我说,我的工作最容易,大家都说好的企业,我就签‘同意’;大家都说不行的企业,我就签‘再查’!”

董大为听了项总的话,不知道是应该哭好,还是应该笑好;不知道应该为自己哭好,还是应该为国商银行哭好!

唉,可怜的董大为!可叹的国商银行呀!

董大为想兰宛茹送给项总的那句话:“大家都说好的企业,你就签‘同意’;大家都说不行的企业,你就签‘再查’”,按照这个逻辑,董大为按照现在怒潮还没有完全被揭露的现状说怒潮“好”,项总一定是会在报告上签“同意”的,如果把反映怒潮资不抵债真实情况的报告拿来,项总一定会批“再查”的,如果这样,他董大为查到什么时候是个头呢!

董大为急中生智,他把反映怒潮资不抵债真实情况的报告绕过了新来的项总,直接送到主管副行长葛荣的手里,当然这在兰总看来,应该属于狗急跳墙。

这个瘦老头见了董大为,热情地招呼着,让董大为在沙发上就座,先谈了关于项总的人事安排:由于董大为出差在外,组织上没有正式征求他董大为的意见,便让项羽同志上任了。这个任命是即将上任的于行长提议并同意的。现在,葛副行长代表党委正式补上这个程序。之后,葛副行长语重心长地说:“项羽同志无论是在军队,无论是研究生班,无论是在卡部,工作都很出色,在业务上你小董要多帮助他;在组织才能和领导经验上,你小董还需要向他虚心学习。”

葛副行长见董大为送来的报告上没有项羽同志的签字，便看也没有看就把报告推还董大为，说：“现在，既然是项羽同志负责信贷业务部的工作了，这份报告就先交他签字、把关吧！”

董大为从葛副行长这里出来，心情郁闷，哑口无言。他又大着胆子去找楼上的行长刘严鹏，看看他是否还在。行长的办公室却锁了门。秘书告诉他，刘严鹏行长就要调回总行工作了，这两天正在办理工作移交，上班不很正常，现在也许是在总行呢。

董大为诧异着：“他这么快，回总行干什么？”

秘书笑了：“董总，你在开玩笑吧？你的同学都当了总行副行长了，你还能够不知道！”

董大为悻悻地问：“于行长什么时候来？”

秘书回答：“再有两天吧！”

董大为也算是机关算尽，再没有办法了。他本着一个共产党员的良心，只得把他那个反映怒潮资不抵债真实情况的报告交给了项总。项总很诚恳地拿了报告，对董大为说：“我拜读拜读，一会儿就还给你。”

但是，项羽同志拜读那份报告没有一会儿，便大叫着推开了董大为的门：“小董！报告怎么能够这样写呢！这不是把兰宛茹也把帮助和支持她的人全部装进去了吗！甚至，银行的同志也没有跑出来呀！不行，得改！”

晚上一下班，董大为依旧坐上国商银行的班车回到了国商银行分给他的宿舍，依旧做好了饭，等待骆雪回家。

由于发达银行工作强度很大，弄得骆雪每天上班像打仗似的，所以，董总自愿放弃了老总的架子，甘愿在家庭里做一名家庭妇男了！谁让爱妻的工资比他高，发展的前景比他广阔呢！

董大为一直等到了八点半，楼道里才传来了“咚咚”的脚步声，这声音他再熟悉不过了。董大为赶紧跑到门口，顺着猫眼往外一望，果然是像个小毛丫头一样的爱妻，摇晃着头顶上的发髻跑上楼来了。

董大为热情洋溢地伺候骆雪吃了饭，又赶紧主动收盘拾碗地准备收拾残局。骆雪有些过意不去，赶紧拦住董大为："大为，别这样，你等我这么晚，我已经过意不去，怎么能够让你收拾碗筷呢！"

董大为想着新来的准备在国商银行干到退休的项总，苦笑一下："我这辈子已经注定是家庭妇男了！"

骆雪见董大为这副臊眉耷眼的模样，以为老公对自己的早出晚归不做家务有意见了，急忙偎进老公怀里撒娇道："人家忙嘛！不准许你有意见嘛！"

董大为亲了骆雪的小脸蛋，感叹道："我不是对你有意见，找你这么个老婆，我这辈子都要偷着乐呢！"

骆雪问："那为了什么呢？"

董大为叹口气："我是感叹我的官运不济呀！看来，原来咱们对国商银行信贷部总经理位子的谋划全白费了！陈淑媛还说我能够当上副行长呢！狗屁！还是混日子吧！国商银行根本不按照银行的牌理出牌！"

骆雪钻出董大为的怀抱，一下子坐直了身子："你是说，信贷部又新来了总经理！？"

董大为无奈地点点头。骆雪疑惑地猜测着："听说我们发达银行要免郝逍遥，不会是他又回来了吧？"

董大为苦笑笑："还不如他回来呢！他怎么说也算个文化人！"

"新来的人是谁？"

"走了一个打油诗人，来了一个霸王武夫！他就是盗用陈淑媛照片的信用卡部的那个项总！以后，不要说干事业了，帮他堵乱子擦屁股的事情恐怕就够我用出全部精力了！而且，他居然和兰宛茹还是战友！"

骆雪许久没有说话。董大为亲一下她的脸，试探着问："不是找我这么一个无能之辈后悔了吧？"

"怎么会呢？"

"那你想什么？为什么不说话？"

骆雪叹口气说："说来说去，我们俩只是个小人物。上一辈是老百姓，没根没蔓的；自己这辈子还是老百姓，单打独斗的；在这种体制下，我们没有郝逍遥那种优势！”而后，像想起了什么，站起来，用兴奋的语气说，“听说，我们发达银行的京都分行，也要换行长了，新行长是女的，新加坡人，博士，叫安娜。要不你也到我们行来得了！”

董大为叹口气，摇摇头：“我知道自己的半斤八两，我的外语全忘了，在国商银行也养成了惰性，不愿意折腾了！”

骆雪诧异道：“你这一辈子就不想轰轰烈烈、干一番大事业了？”

董大为沉吟片刻，支吾道：“我觉得做个俗人和庸人也挺好的，平平淡淡也是真。何必把自己搞那么累？只要你不嫌弃我就行了。”

骆雪则一派贤淑模样，撒娇道：“在我眼里，我老公永远是最优秀的！无论命运把你怎么安排，我都这么认为！”

董大为笑了，心里的抑郁和不踏实感觉立刻飞到九霄云外去了：“我们新来的项总工作的信条是：大家都认为好的企业他就批‘同意’，大家都觉得有问题的企业他就批‘再查’，以后呢，凡是他批‘同意’的，我也同意；凡是他批‘再查’的，我就组织再查，大家都舒服、大家都满意就行了。这样一来，我永远当个副总，陪项总到老，每月七千块拿着，大房子住着，何乐而不为！”

“真是堕落！”骆雪望着天花板，面无表情地感叹着。

董大为诧异了，“你怎么又反对了？”

“我是说你都变成了这样的人，真是国商银行的堕落！”骆雪感叹之后，问董大为：“新来的老总，对怒潮怎么看？“

“当然是看好？他把咱们跟陈淑媛商量的方案全推翻了！“

“那你准备怎么办？”

“我正准备听听你的主意。如果坚持报咱们商定的报告，项总通不过不说，恐怕还会殃及我的饭碗呢！”

骆雪沉思片刻，而后说：“做英雄难呀！咱们也没有当英雄人物的本钱，正像你说的，在国商银行还是做个俗人好！”

“那我怎么办？”董大为对爱妻充满了信任。

骆雪说：“让陈淑媛孤军奋战吧！她有的是本钱，奋斗了，也有利益。报告呢，我建议你也不能够完全听项总的，那样一来，怒潮一完蛋，你也说不清楚了！”

董大为豁然开朗：“我把好的和坏的都写进去，进可攻退可守！”

夜晚，骆雪给无奈的董大为以百般的柔情，让自己的老公尽性施展男人的本事，她想以此让自己的老公感觉到他自己还是个男人，只要有环境，他就能够干事，而且干得非常漂亮。

是夜，就在这一对夫妻恩爱缠绵的时候，亦萍和秦鸣这一对苟且的情人，却在护城河畔一家叫京枫茶馆的雅间里，打了起来。

起因很简单，秦鸣刚在亦萍身上找到的一点做大男人的感觉，却因为董大为的一盘毛片而突然烟消云散了。那秦鸣感觉自尊心受到了伤害，一口一个“婊子”，一句一个“工具”的大骂，非让亦萍把她跟怒潮公司的关系以至他们这段感情的真假交代清楚。那亦萍勾搭上这个英俊男人之后，搭出了身子付出了时间，除了获得一枚白金戒指之外，几乎一无所获，本想甩了这个搞伤了自己身体的绣花枕头了事，却不曾想他反而大闹起来。于是，气就不打一处来，亦萍便率先从茶桌旁拍案而起：“你是谁？先搞搞清楚！凭什么要求我？”

秦鸣也怒不可遏，站身相和：“我是谁？我是你……”秦鸣突然没有话了，哑在那里，憋红了脸。

亦萍一扬细眉，“呵呵”冷笑起来：“说呀！你是谁？”而后，她冷下白皙的小脸，挖苦道：“我告诉你吧！你跟我没有关系！你只是陈淑媛裙子底下吃软饭的东西！离开女人活不了的男人！”亦萍下面还想说：“你是一个流氓加无赖！绣花枕头加面瓜！”可话还没有说出口，恼羞成怒的秦鸣终于来了阳刚之气，用出全身力气抡起瘦胳膊，就扇了美女一个大嘴巴。

那亦萍自幼就是人尖，是被众人捧着的心肝宝贝，哪里受过这种委屈，硬是舍了名牌衣服，倒在地上撒泼打滚地大哭地闹起来。哭一声叫一句：“我告诉陈淑媛你强奸了我！”抹把眼泪再豪一声：“我让朱哥废了你！”

秦鸣来了混劲儿：“没有女人我也能活！你和陈淑媛，我还都不伺候了呢！兰宛茹和朱副总还想废我！跟他们说，过几天，我主动找他们去！他们的小命还握在我秦鸣手里呐！”

秦鸣说罢，起身，把亦萍这个大美女丢在地上，抽身走了。门口的服务小姐拦住他：“先生，您还没有结账呐！”

秦鸣指指雅间，撒谎道：“我老婆还在里头！挨了老公揍，也得买单呐！”边说边趁着夜色溜走了。

五十五、英雄本色

董大为经过爱妻的同意，终于学乖了，把在美丽湖畔经过关卫兵、杨兰兰讨论通过的稿子交给了坐01办公室的项羽。项羽扫了一眼全稿，满意地点点头，说："这么写客观得多嘛！会上，你再把活情况汇报一下，这件事情不就这么了了嘛！"

"那对怒潮到底是应该支持，还是应该清收贷款本息？"董大为问，心里依然没有好气。

项羽笑笑："为官之道最忌偏颇，非此即彼的思维方式不科学！难道就没有中间路线，'维持'行不行？"

董大为没有话说，只是无言地点点头。

项羽又起身，拿出纸杯，走到饮水机旁打了一杯水，递给董大为："小董，有一个事情，我还要给你打招呼呢！"

董大为诧异了，不知道项羽葫芦里又装了什么药，便虚情假意着："您客气，您是领导，有事您只管吩咐，不用商量。"

项羽故弄玄虚般地说："噢，这可不行，这可是组织原则！"而后，笑笑，对董大为小声问："杨兰兰，你了解吗？"

董大为更糊涂了，看项羽的这副神秘劲儿，真怕杨兰兰在美丽湖那里出了什么事情，也像自己被拍了毛片一样被兰总抓了把柄，尤其是朱副总代买的那三张飞机票，钱是否按照规矩结清了，他也一直心里打鼓，只是没有办法查证。想到这里，董大为便急忙敷衍道："好同志，美丽湖一行兢兢业业，不辞劳苦！"

项羽诡秘地一笑："当然，她是你小董的老下属，还能够错得了！我也是这么跟营业部人事处表得态!”

董大为又诧异了:“跟营业部人事处表态?她不应该有什么问题吧!”

项羽笑了,用食指敲一下办公桌:“咳,你想哪里去了!营业部是要提她当副总经理,征求我的意见,我这么表的态!她可是你的手下,啊……哈哈哈。”

董大为见项羽以笑声取代了下面要说而没有说的话,他明白项羽没有说出口的话一定是:我都同意把你手下的人提拔成副总经理了,我没有搞帮派吧?我为人怎么样?难道你小董以后还不给我老老实实地干活。但是,项羽毕竟是后来人,他却没有盘算出董大为对杨兰兰的真实看法:杨兰兰不但不是什么董大为手下的自己人,甚至这个机关算尽、平步青云的女人倒有可能是他董大为这个不大官位的掘墓人,当然,这是他董大为以为自己可以当上总经理时候的想法。现在看来,青云直上的杨兰兰,不但可以成为自己的掘墓人,而且还有可能继之成为他项羽的掘墓人!只是项羽或者没有意识到,或者有比杨兰兰更杨兰兰的本事罢了!

只是想到杨兰兰这样一个女人居然要与自己平起平坐,董大为昨天已经平静下去的甘愿在国商银行做一个俗人的心又翻腾起来。董大为支吾道:“杨兰兰?当副总经理?”

项羽见董大为露出不屑的表情,反问:“怎么?你不同意?”

“她只是一个大专生,两年以前还在湖北荆州做信贷员,京都市企业的情况,她不一定很熟悉!”

项羽看出了董大为与杨兰兰的不睦,甚至还有挺深的隔阂,不觉感觉惬意起来,看来,以后他不必担心两个副总联手架空自己了。他只要按照蒋介石先生的御人之道,挑动一下两个副总之间的关系,利用两个副总之间的矛盾,就可以把万事摆平,从而稳坐钓鱼台。

于是,项羽煞有介事地说:“其实组织征求我们意见只是走形式,听说,任命文件都起草好了,和我的任命一起下!”

董大为无奈地摇摇头,再无奈地叹口气,有气无力道:“我同意,杨兰兰是个好同志,我是怕她一下子担子太重。”

项羽会意地笑了:“她是大专,我是没学位的研究生班毕业,她是刚来的外地妹,我是才来的门外汉,所以,你小董才要多出力哟!”

听项羽这么说,董大为差点就哭出声来,心里骂道:我也他妈跳槽走人算了!看来在国商银行干事不容易,要混到退休也难!这么多人等着位子希望往退休里混呢!

下午,葛副行长主持召开了怒潮问题汇报会。

项羽带队,董大为和杨兰兰参加,计财部、保全部等部门的老总也来了。董大为除了拿着那份经项羽批示“同意”已经上报的中性报告外,还不怀好意地带上了他那份与陈淑媛约定好了已经被项羽否了的反映怒潮资不抵债真实情况的报告。

走了刘严鹏行长,于行长还没有到任,在这真空时段,葛副行长理所当然地坐在了大会议室中央的位置。这个小瘦老头正襟危坐,左右环视,在行务会上还没有机会这么神气过。

他先讲了国商银行对怒潮贷款的决策对国商银行未来的发展乃至整个金融界的重要意义,而后把发言权让给了项羽。项羽还挺大家风范,感觉在这种场合由自己解读董大为的报告没有多大意思,便左看一眼董大为,右瞅一下杨兰兰,说:“报告我们已经讨论过了,是董副总和杨副总亲自考察的,还是由他们二人具体汇报。”

杨兰兰今天第一次以老总的身份出席行务会很是兴奋,真想自己全文读解董大为的调查报告,无奈地是自己没有动笔写,便先于董大为开口道:“这份报告我们在美丽湖一起研究了,先由董总汇报,之后我来补充。”

杨兰兰的咄咄逼人和喧宾夺主,让董大为愤怒起来,他开始汇报时,话语都有一些哆嗦了,杨兰兰则隔过项羽,望了一眼董大为,悄声说:“别紧张,慢慢来。”

董大为听罢更感觉受到了侮辱,他没有和骆雪商量,也没有征求项羽的同意,竟然在行务会上读起了他“倒兰”的报告。

他汇报了怒潮集团公司生产经营和国商银行在管理上存在的几大问

题：

第一，怒潮集团财务报表虚假成分巨大。从整个怒潮集团的合并财务报表来看，怒潮企业到处是欣欣向荣的景象，总资产近百亿元，年销售收入二十八亿元，利润十亿元。怒潮股份等单个企业的财务报表也是一片莺歌燕舞，产销两旺。但是，调查组却始终找不到产生这种财务景象的现实场地。调查组实地考察了美丽湖畔所有企业的生产车间和库房，以求证财务报表的结果。但是，却发现这里的生产车间冷冷清清，生产能力闲置，而库房里的产品却堆积如山。

第二，怒潮企业所拥有的所谓土地，实际上没有土地证，没有交纳土地出让金，也没有土地所有权，大片的土地实际上是租用、联营性质，但是，这些土地却堂而皇之地作为怒潮公司的资产计入了财务报表的固定资产科目。仅土地、公路一项便虚增怒潮集团合并财务报表的资产近二十个亿！

第三，国商银行的贷款担保没有实效，特别是怒潮集团为怒潮股份担的保，可以算作违规操作。国商银行给怒潮集团的数亿元贷款是怒潮股份担保，而给怒潮股份的数亿元贷款，又是怒潮集团担保，这种循环担保，对银行来说，便没有了任何防范贷款风险的意义。

第四，国商银行在贷前调查上没有实行双人实地进行，贷后检查没有定期严格进行，同时，贷前调查和贷后检查都存在敷衍搪塞，走过场的情况。致使怒潮企业可以顺利地从银行获取大量贷款。

项羽听一会儿感觉不大对劲儿，他倒想不到董大为胆敢临场倒戈，他用胳膊肘碰碰董大为，说："不对吧？这是我修改的那份报告吗？"

杨兰兰知道这份报告是由好坏两部分内容拼凑的，以为董大为是别出心裁先说问题，再谈优点的，便自作聪明地对项羽说："优点，我们在后面说！"

葛副行长见项羽和杨兰兰在窃窃私语，便打断董大为插嘴道："你们要补充什么吗？没有关系，我不搞一言堂，大家可以讨论。"

杨兰兰找到了出风头的机会，赶紧不失时机地说："怒潮也有一些优势。"

葛副行长说:“听了小董这几条,我感觉怒潮公司不但要死了,而且压根就是一个大骗子！还有什么优势？小董,你汇报完了吗?”

“基本完了!”

项羽和杨兰兰急了,分别以眼示董大为,要求他开始进入下一部分的汇报。杨兰兰见董大为故做木鸡状,就是不吱声,便迫不及待地开口提醒:“董总,下一部分,优点!”

葛副行长听见了:“怎么,还有下一部分？还有优点?”

董大为此时已经是铁了心,断然说道:“怒潮集团没有任何优势可言,至于他们扶贫问苦,捐助公益事业的事情,都与商业银行的经营无关!”

葛副行长问:“你的结论呢?”

董大为斩钉截铁道:“整个怒潮企业已经资不抵债,完全靠贷款维持现状;建议立即停止对怒潮企业的一切新增和转期贷款,立即开始贷款本息清收和贷款保全工作!”

董大为的话弄得会场上的人,包括葛副行长在内,各个瞠目结舌,好一会儿,会场上都是鸦雀无声。最后,葛副行长干咳了两声,喝下一口清茶,说:“小董,你是不是有一点悲观呀?”

董大为没有退缩:“这是事实!”

葛副行长问:“这么肯定?”

董大为依然斩钉截铁:“我以一个共产党员的党性保证！我以我在国商银行的饭碗做赌注！赶快保全资产,怒潮必亡!”

葛副行长环顾左右:“大为同志的血气方刚、仗义执言我是认同的。看看,别人还有什么补充?”

项羽和杨兰兰此时心里都没有了底,一来对怒潮的真实情况没有底,二来对葛副行长未来的态度也没有底,都好汉、好女不吃眼前亏,只顾低了头,没有话说了。

葛副行长见状,点名了:“兰兰,你说两句！项总才来,情况不熟悉情有可原,你是亲赴美丽湖的!”

杨兰兰被葛副行长搞了一个大红脸:“我是去了,怒潮是有一些问题,不过……”

葛副行长问:“不过什么？说出来,大家听听!”

杨兰兰依然低着头就是不做声,葛副行长见从杨兰兰这里再也榨不出油水,想她身为女流又曾经是总行领导的家属,也不好继续为难,便放了杨兰兰一马。

葛副行长又干咳几声,再喝了几口清茶,发话了:“这样吧。”葛副行长的话一出口,在座的老总们,包括董大为,都齐刷刷地拿起了笔,伏在笔记本上准备记录。

葛副行长见状,笑了:“你们别都听我的,要像大为同志这样,进行独立思考,要有为真理不怕丢饭碗的气魄!”听葛副行长这么说,那杨兰兰把头埋得更深了。

葛副行长指示了:“大为同志的调查是好的,建议也很中肯。但是,如果按照大为同志的说法,我们国商银行九个亿的贷款可就要泡汤啦！我对国家怎么交代呀！我们还怎么好意思继续吃党和人民给的这碗金融饭呀!”

听葛副行长这么说,项羽先抬起了头,杨兰兰也抬起了头,并四下里查看着大家的表情了。他们发现,董大为一脸悻色。

葛副行长继续说:“项总,这样吧。你再组织三个组,把怒潮在全国的企业分成三部分,再对怒潮企业进行第二次彻底调查。你和兰兰各带一组;大为也要去,也带一组,只是大为不要去美丽湖了,去其他的地方,美丽湖由你项总亲自带队去!”

散会的时候,除了曾经与董大为打过交道、精通业务的卡部穆副总钦佩地拍拍他的肩膀之外,没有人和他寒暄,也没有人抬头看他。回到信贷业务部所在的第十九层,那杨兰兰直接去了 01 号项羽的办公室,并随手关上了门,项羽也没有再招呼他过去开会。

董大为感到孤独与孤立,他反思自己是不是真的做错了什么？害得大家要丢饭碗,甚至对不起国家对不起党了？

落魄的董大为拨通了骆雪的电话,把事情的原委一说,不但没有听到爱妻的埋怨,反而得到了她的赞美:“大为,你这样做,才像个汉子！我为你而骄傲!”

董大为感叹道:“你骄傲了,我的饭碗却有可能丢了! 这么多年的辛苦也要付之东流了!”

骆雪由于忿懑,使自己的话语变得慷慨激昂了,她在电话对面说:“不怕! 大为,中国是共产党的天下,邪永远压不了正! 欺骗只能得逞于一时,不可能得意于一世!”

“只是兰总不得逞的时候,我也下岗回家了!”

“不会! 事实马上就要大白于天下,怒潮倒台的日子不会太远了! 另外,即便你下岗了,我也爱你,我相信你离开国商银行也有能力开拓出更大的事业来!”

董大为听了爱妻的鼓励,心里暖融融的,差点感动出老泪来。对于董大为来说,什么都可以再换,什么都可以从头再来,唯有家庭和爱妻是他不希望换也不能够换的!

骆雪为了让老公开心,晚上还安排了一项活动,为孟、郭博士说媒,请董大为一起作陪。

“在什么地方?”董大为问。

“护城河边上的京枫茶馆。”

五十六、蛋黄理论

古老的京都市有一条同样古老的护城河;护城河环绕内城而过,像条绿色的项链一般,挂在这座城市的脖子上。京枫茶馆就坐落在古老的护城河畔一座石舫一样的码头上。由于这里一面向河,三面环柳,茶间宽大而幽静,茶水与食品的价格也很公道,因此,京都市的墨客骚人,闲人及阴谋家皆咸聚于此。

董大为开着桑塔纳轿车赶到京枫茶馆的时候,在用仿古的花窗隔离出的一间临水的茶间里,已经来了两个美女和一个矮胖、戴眼镜的小伙子。

苗条美女骆雪率先招呼:“大为,我们在这里!”

高个、大眼、大脸庞的美女孟亚男也用哑嗓玩笑:“董总!恭迎大驾!”

矮胖小伙子郭安邦也急忙起身对董大为微笑点头,表示欢迎。郭博士自打调入发达银行,当上了梁董事长的秘书,仿佛鱼儿得了水,在学校含辛茹苦修炼出的十八般武艺都派上了用场,人也没有了在国商银行和找工作时的落魄模样,人精神了但也胖了,由于个子不高,赘肉没有地方消化,肚子也就有了一点腆。

骆雪给董大为和郭安邦做了介绍。董大为握着博士的手谦虚道:“郭博士是总行领导,原来领导我,现在又领导骆雪。我们本应该早就认识,可惜却总是无缘相见呐!”

郭安邦听董大为说道“总行”二字,不觉红了脸:“惭愧惭愧!在国商银行总行时,我也是老听说董总的大名,可今天才见了面!”

董大为就座之后,郭安邦神秘地说道:“董总,骆雪可要远出英国了,你可得做好思想准备!”

骆雪不等董大为问，便先插嘴：“有这么快吗？”

郭安邦说：“你来发达银行之前，我不就跟你说过吗？”

董大为整个是丈二和尚摸不到头脑：“什么事？”

郭安邦泄密道：“我们要派一批人到英国读金融管理硕士，我在我们梁董事长那里看到了报批名单，骆雪在名单里，而且，董事长已经批了！”

孟亚男听了，忘记了在郭安邦面前做矜持状，惊喜道：“真的！雪儿要留洋啦！”

董大为思索道：“好事！中国都靠我这样的土包子，确实难于实现金融的国际化和现代化了！”

孟亚男点破了董大为的另一番心思：“雪儿走了，你董总可要独守空房了！想雪儿，也没法儿找了！”

骆雪赶紧给老公打圆场：“我们都老夫老妻了，还是想想你们自己吧！”骆雪有意说你们，而没有说你，她真心希望促成这对才子佳人的好事。

四个人的座位是骆雪已经精心设计好的：董大为坐在郭安邦的旁边，对面是爱妻骆雪；孟亚男坐在骆雪旁边，对面是郭安邦。这样，有可能成为恋人的一对，便可以直接地尽情观赏、审视对方了。

本来此次活动的主要目的是为了促成郭、孟的好事，大家心知肚明，那骆雪也使尽了浑身解数，为他们创造着机会。她一会儿说说孟亚男之温情可人，一会儿再谈谈郭安邦之才华横溢，还时不时地创造机会拉老公出了茶间，把空间留予孟亚男和郭安邦独处。但是，也不知那郭大博士是不解风情，还是装傻充愣，始终是一副在国商银行时那“金融忠良”的派头，对大家，也单独对美女孟亚男一路滔滔不绝的大谈着金融理论与银行实践。

董大为插嘴打断了郭大博士的理论：“听说郝逍遥在你们那里不太顺心？”

郭安邦听董大为问，便停止了高谈阔论，顿了顿，回答道：“听说他的位子有点悬！”

董大为诧异道：“不会吧！他可是个高干子弟！”

郭安邦笑了:“我一个农民出身的人感觉舒服自在的地方,肯定不太适合郝逍遥!我们这里靠本事,而不是靠关系!”

骆雪也帮腔:“就是,完全是两种文化!如果在国商银行我肯定是不可能有出国深造机会的,那杨兰兰还不早就哭着喊着地出去了!”

董大为听骆雪谈起杨兰兰,不觉皱紧了眉头:“听总行的李励说总行人力资源部的于主任,有可能接刘行长的班,来营业部当行长呢!据说他和杨兰兰是邻居,关系非常好!”

骆雪无奈地笑了:“行,这回我走了,你就不寂寞了。一个杨兰兰就够你应付了!”

郭安邦不以为然了:“虽然我对于主任有一点私人恩怨,但是,我认为人是可以随着时代改变的,人是个体,也就是体制的产物。也许那于主任一当上行长就可能推陈出新,勇于改革进取呢!”

骆雪用小鼻子“哼”一声:“你倒真是大人大量的!旧体制、旧思维、旧人员,于主任要改革,凭他的水平和为人,我看,难!”

郭安邦等骆雪话音一落,偷瞥一眼没有吱声的美女孟亚男,又顺着骆雪的话茬,开始谈理论了:“目前,京都市国有银行的官僚习气和小银行的商人作风,主要还是中国资本管制、不开放,从而形成了封闭的金融市场造成的。比如,我们发达银行的股东有的是美元,国内利息也高,但是,现在却无法进入中国市场。因为,中国虽然入关,但是还要对金融进行几年的保护。三四年之后,如果资本管制一放开,我们发达银行在中国内地的优势恐怕国内没有哪家银行可以比拟……”

在郭安邦的真知灼见发表一通之后,董大为和爱妻赶紧溜了出来,以为郭、孟提供独处的机会。在茶间外、河水畔,望着远去的流水,董大为颇有几分遗憾地说:“我看那郭大博士是不中意于你的美女孟亚男!”

骆雪问:“为什么?”

“顾左右而言他!全是理论,根本不着婚姻正题!”

“你以为男人都跟你似的?一上来就把人家抱在怀里跳舞!”骆雪娇嗔道,她提起了第一次在陈淑媛家的约会。

董大为争辩着:“要不就是这郭大博士色大胆小!”

骆雪笑道:“我看,是郭大博士在向我的美女炫耀才华!有如雄孔雀开屏,向雌孔雀炫耀羽毛一样!”

董大为听爱妻这么分析,叹口气:“也许,那郭大博士心里痒痒着呢!也许,现在,人家正进攻呢!”

“走,咱们看看去!”骆雪坏笑起来,拉着老公溜到门缝往茶间看去,只见美女孟亚男把胳膊放在桌上,双手托着自己美丽的大脸庞,一对大大的秀眼,直视着郭大博士。郭大博士此时似乎在内心里没有在发达银行才见到新加坡人安娜小姐时的复杂与龌龊,望着唯一的听众,依然滔滔不绝。

董大为苦笑一下,玩笑着对爱妻说:“看来,这小子没有组织的关心,是找不到老婆了!我得教教他!”

骆雪也只得随了老公进了茶间。等骆雪为聊饿了和看饿了的人,都要了一个茶叶蛋的时候,孟亚男终于忍受不了郭安邦的滔滔不绝了,她瞥一眼对面的郭安邦,故做娇嗔地说:“我从来都不吃蛋黄的。见了蛋黄就感觉头晕呢!”

骆雪会意,知道是自己的美女已经对郭安邦有了意思,希望郭大博士,表示表示态度,主动献献殷勤,于是,自己便主动为郭安邦找了一个献殷勤的梯子,希望郭大博士主动顺着梯子爬下来:“打小,都是你的哥哥帮助你扒掉蛋黄,对吗?”说着,对孟亚男挤挤眼。

董大为也明白了爱妻的小把戏,希望把为郭大博士准备的梯子摆得更顺当一些,就说:“正好男同志都喜欢吃蛋黄!”说罢便以目视郭安邦,希望他顺势帮助美女剥蛋黄,甚至产生肌肤之亲。

只见那郭大博士沉吟了片刻,望一眼大家,面对大家准备好的套近乎用的梯子,似乎明白了什么,虽然没有行动,但是,终于开口了:“蛋黄与蛋清嘛!这正是京都市金融的问题!蛋黄就好比是不良资产,蛋清就好比是优质资产,而我们吃鸡蛋的人,则好比是银行的管理者。我们明明不喜欢吃蛋黄,却就是不肯自己用手把它剥了去,非要捂着盖着,直到整个鸡蛋全烂了,问题无法医治了,才算了结!京都市金融的问题真的有如这蛋黄与蛋清的问题!”

在座的三个人,想想辛辛苦苦为郭大博士摆设的梯子,居然没有起到帮助他用于与美女套近乎的作用,反而引出了他关于京都市金融的蛋黄理论,不由得先是大眼瞪小眼,而后,再面面相觑,直看着那个大博士独自把自己的蛋黄和蛋清一口吞下去,依然没有美女孟亚男什么事的时候,都无奈地摇头笑了。

董大为终于忍不住了,一下子站起了身,要率先垂范,以榜样的力量带动郭博士。他拿起孟亚男盘子里的鸡蛋,用餐刀剥去蛋黄,把白白的蛋清,直送到美女孟亚男的嘴边,说:“郭博士,人家孟亚男等你帮助剥蛋黄,就这么简单的事情,你怎么搞得这么复杂!怎么就和京都市的金融套上了呢!”

郭安邦见状,终于明白了,傻愣愣地红了脸,望着骆雪说:“噢,她是让我帮助剥蛋黄呀!”

没有想到,那骆雪顾不得郭博士的尴尬,却先一下就把站着的老公按坐下来,圆睁着一对秀眼,嗔怪道:“你真讨厌!怎么在家里就不知道这么给我献殷勤!”

董大为的心一惊,手一颤,可惜那白白的蛋清先掉在了桌子上,而后又一滚,竟落到了地上。

见董大为的义举,引来了骆雪的醋意和打击,再见那董大为一脸悻色和羞愧的模样,这次倒轮到孟、郭捂着嘴偷偷地笑了。

四人谈笑间,忽然,有一个男人走进来,望着大家微笑,却没有吱声。

他的个子不高,中等身材,略显发胖,穿着一身中国最古典的夏季大红色唐装,一张大大的圆盘脸,戴着一副老式圆镜片的金丝眼镜。

董大为见来人面熟,但又想不起来在哪里见过了,便起身,与来人招呼:“您是……”

“董总!您把我忘了!”来人与董大为热情握手,自我介绍道:“鄙姓兰,单叫一个‘贺’字!家具!古典家具!”

董大为想起了那批古典家具,想起了那张榆木棺材板做的战国桌:“想起来了!您是怒潮家具公司的贺总!”

兰贺见了骆雪，急忙伸出手去："骆雪，古典型侍女！你还记得我吗？"而后又与孟、郭点头招呼。

骆雪也起身招呼："记得记得！您那茶道，没说的！"

董大为问："您这是……"

兰贺解释道："我也是和两个朋友来坐坐，看你们这里美女如云，笑声不断，有点好奇心！没有想到是您董总在！"

郭安邦也客气着："大家一块坐嘛！"孟亚男见郭安邦要请生人同坐，很不情愿地撅起了丰满的嘴唇。而骆雪则对兰贺和他身后的人上下打量着没有说话。

"不了！"兰贺退身和大家告辞，"三个朋友还等着我！"

董大为与兰贺寒暄之后，顺着兰贺离去的身影望去，只见前面还有两个男人。一个身材魁梧，方头方脑的；一个瘦高个，脸上有棱有角的。他诧异了，这瘦高个不正是在美丽湖给了自己一盘录像带的朱副总吗！董大为正犹豫是否主动出击，打个招呼的时候，三个人却已经消失了。

兰贺身后这两个人，一个是在俄罗斯兴风作浪的谢云，一个的确就是怒潮集团的大人物朱副总。他们进了雅间，谢云先开口了："以前都是你们请客，这次我赚得多，我买单了！"

兰贺依然是一副儒雅、绅士的派头："在参股银行箭楼支行弄张银票，这单生意虽然漂亮，只是跟那叫秦鸣的小子合作，我感觉不太踏实！"

谢云不经意地一笑："咳，他是我以前当京漂时的朋友，他也不认识你们！有什么不踏实！"

朱副总也有几分不放心："虽然我们有一些控制他的手段，但这小子很滑头，如果真招出你来，我们也麻烦！"

谢云不屑地说："没有两天，本人就回俄罗斯了！他又奈我何？"

朱副总阴沉了脸，冷笑几声："谢老弟如果真为这一单生意出了事情，可只能咬那姓秦的一个人呦！"

谢云见朱副总脸色难看，便讪笑几声："放心，咱哥们儿办事，还有错！贺总那笔贷款，老弟还不是做得天衣无缝吗？连张梦天都不知道！"

兰贺继续儒雅:“谢云本是海外得道人,还有谁人能相疑!”

雅间外,除了董大为,其他人并不认识谢云和朱副总。等董大为重新一落座,孟亚男先开口了:“我感觉这些人像黑社会似的!尤其是门外那高个的,一脸的杀气!”

骆雪解释道:“贺总可是大名鼎鼎的兰宛茹的亲弟弟!”

郭安邦说:“我对怒潮也没有好印象,可我们那郝逍遥硬给他们放出两个亿去!”他隐去了自己给证券监管委员会牛蓓薇任过处长的扩股审批处邮寄怒潮公司材料的事情,一直没有对外人说起过。

董大为重新坐下,说:“古典家具骗我们贷款五千万,顺利过关。现在,这几个人在一起,不知道又在搞什么把戏!”

骆雪分析着:“贺总文质彬彬,也许和兰宛茹一伙不一样?”

董大为经过几次摔打,他的智商似乎终于超过了爱妻,叹口气说:“这个社会,有唱红脸的,有唱白脸的;有在台上演的,有在台下导的,好坏都很难说!”

第二天,郭安邦主动打电话给孟亚男,想约她老地方见面。平日里风风火火的大脸庞美女,一时竟然没有了主意,她不置可否地放了电话,赶紧请教骆雪。骆雪顿时来了猴精劲儿,出了坏主意:“同意去,但不要去!”

孟亚男倒于心不忍了:“怎么好让他一个人空等,我不守信用呢!”

骆雪咯咯地笑出了声:“你要相信,是你的,跑不了!不是你的,得不到!!现在要抻着劲儿,考验他一下,让他知道得到你不容易,以后他才能真心对你好!”

“你跟老董也是这样的?”

骆雪支支吾吾,没有正面回答。于是,孟亚男言听计从了。

骆雪这么一个坏主意可苦了郭安邦,他提前半个小时就坐在了茶馆昨天他坐过的位置上,坐麻了屁股也没有见到他心仪的那个大脸庞美女出现在他的对面。眼看约会的时间已经过了四十分钟,孟亚男才给他打了电话,并装出有气无力的声调通知他:美女病了!

郭安邦急切地希望来看望病中的美人，美女却忍着笑，告诉他：约会改在明天，时间和地点都不变！

郭安邦苦笑着摇摇头，正准备起身的时候，他却看到一个身影熟悉的老男人搂着一个年轻貌美的女人进了茶馆的大门。

“于主任！”郭安邦在心里叫道，他简直怀疑自己的眼睛了，因为，国商银行总行于主任的老婆已经是年过半百、满头花发的老太婆！难道这个平日里道貌岸然之人对美女也有心理和生理的需求?！郭安邦赶紧背过脸去。

于主任根本没有注意他的存在，一口一个“杨兰兰”，一口一个“小宝贝”地走过去。他一只老手牵着杨兰兰的小手，另一只老手却放在兰兰同志丰满的臀部上!!

五十七、家贼难防

就在陈淑媛一切准备就绪，就要拉响常太平制作、自己又增大威力的炸弹，投向兰宛茹及其怒潮一伙的时候，她自己家里的炸弹却先爆炸了。

在兰宛茹的办公室里，突然闯进了一个长相酷似歌星罗中旭的英俊男人，并大言不惭地声称：他的手里握着兰宛茹、朱副总、丁博士以及整个怒潮企业的小命。他便是陈淑媛日夜厮守的未婚夫和得力的助手——秦鸣。

朱副总从亦萍那里并没有得到什么于怒潮有利的消息，亦萍也没有跟他提起她已经与秦鸣闹掰之事，她主要的目的就是给陈淑媛戴绿帽子，关键时候告诉陈淑媛，好让这个女人痛不欲生、生不如死！现在见秦鸣居然找上门来了，心想：你姓秦的一个小喽啰居然闹到太岁头上来了！一来不想让这小子知道自己更多的底细，二来要杀一杀这个小子的嚣张气焰。那朱副总不等兰总吩咐，只略展双臂，未施小技，便在瞬间就把这个英俊男人生擒于地下："说！你到底想干什么？"

英俊男人被按在地上，嘴唇已经贴着了地皮，龇牙咧嘴地尖声吭哧着："来者不善，善者不来！你们别把我当成常太平！"

那兰宛茹还没有把眼前这个英俊男人与陈淑媛身边的男人秦鸣对上号，也不知道这英俊男人与自己的手下或手下的手下已经有过千丝万缕的勾结，见嘴啃地皮依然强硬的英俊男人如是说，对朱副总摆了摆手，淡淡地说一句："让他起来吧。"

朱副总像提小鸡一样提起了英俊男人，把个英俊男人的双臂反剪，只用一只手便把他的两只胳膊抓牢了，恶声喝道："老实说！"

英俊男人把嘴里吃的泥土向地面狠狠地吐了一口，冷冷地一笑："东西在包里，那可是《上市公司黑幕揭秘》的全本，还有电视台《呼唤诚信》节目脚本！”

兰宛茹见英俊男人如此煞有介事，一副认真的模样，不像是欺诈，便亲自走上来，狐疑地拉开英俊男人带来的皮包，再从皮包里将信将疑地拿出两大本打印的手稿。

她只翻看了几页，立刻，她的身心便从里到外都仿佛被黑暗笼罩了，她的心脏也像突然停止了跳动一般，眼前金星乱冒，天也旋，地也转的。

但是，兰宛茹毕竟是个身经百战之女人，她只是身体摇晃了几下，却居然坚持着没有倒下去。

她沉吟片刻，咬牙切齿的低声骂道：“这个常太平！死有余辜！一货吃两家！这边拿我的保密费，那边还……”兰总停顿了一下，苦笑着摇摇头，“我还是吃了心软的亏！”

朱副总接过手稿一看，大惊失色，凶相毕露地盯住英俊男人：“你……怎么有这东西?!”

英俊男人见状，得意地冷笑起来：“我是来救你们一命的！你们却这样对待我这个朋友！”

此时，兰宛茹已经悄然锁住了自己办公室的门，示意朱副总放开英俊男人。见英俊男人拍打着身上的灰尘，主动坐到了沙发上，便恢复了脸上那永恒的微笑，对英俊男人亲切地说：“好！我兰宛茹佩服你的勇气，也感谢你及时捎来这个信。”

英俊男人冷冷一笑：“兰总何必客气。大家道上混着，不都是为了一个‘钱’字嘛！谁都不容易！”

朱副总走上来，对兰总耳语了几句，把秦鸣的背景告诉了她。兰总听了，也报英俊男人以淡淡的一笑：“我知道你和那个叫陈淑媛女人的关系，也相信这些东西是真的。开个价吧！”

英俊男人不假思索：“一百万！”

朱副总看了两份手稿，再见英俊男人如此模样如此说，便又蹿上来，锁住了英俊男人的脖颈：“你丫老实点！”

兰宛茹又对朱副总一摆手，轻轻一笑："他可不是常太平！"

英俊男人活动一下被朱副总捏疼的脖子，嬉皮笑脸着："对，我当然不是常太平！我可没有那么容易就被人控制！还是兰总英明！"

"说吧，知道这事的，除了陈淑媛那个女人，还有谁？"兰宛茹问秦鸣。

秦鸣回答："我、陈淑媛，还有一个人！"

"谁？"兰总、朱副总几乎异口同声地追问。

秦鸣一笑："只是这个人，我不能够告诉你们！"

"为什么？"兰总诧异了。

秦鸣再笑："我什么时候死了，或失踪了，这个人什么时候就把材料送到公安局去！"

"有你小丫头的！"朱副总骂道，心想：有你与谢云的一桩事，就可以把你丫送局子里办了！有你和亦萍的丑事，也可以让你丫吃不成软饭了！

兰宛茹冷笑几声："你很聪明！但是，可别聪明反被聪明误呦！"

秦鸣倒一身轻松："道高一尺，魔高一丈。我知道，我的小命不值钱！"

兰宛茹见秦鸣这副德性，知道碰到的不是一个好对付的善茬子，便压去心头的怒火，脸上又挂起了微笑，和蔼地问："陈淑媛什么时间行动？"

秦鸣望一眼兰宛茹，再瞅一下朱副总，伸出一只手来，举在兰宛茹和朱副总的眼前，拇指与食指慢慢地搓捏了一会儿，见兰宛茹和朱副总就要发火的时候，才说："钱！先说钱！"

此时，朱副总的眼中已经泛出了血丝，他直视秦鸣的一对水汪汪的大眼睛："钱？你他妈也太黑了！你丫这条小命值他妈一百万吗！"

秦鸣冷冷地一笑："我可说的是美元！是一百万美元！"

兰宛茹哑然了，朱副总除了眼中继续泛起凶恶也没有了话说。

一百万美元就是八百多万人民币，兰总一次对常太平的心软，却要付出这么高的代价！怎么想，这桩买卖都不合算！

秦鸣见兰宛茹和朱副总语塞，自己则越发得意起来了："是的，我的小命是不值这么多，那常太平的小命更他妈不值！但是，谁让事到如今呢！您兰总和朱副总的命，可是值这么多钱的呦！"

兰宛茹没有想到自己此生除了一个牛蓓薇、一个陈淑媛两个老姑娘对手之外，又遇上了这么一个新对手，而且，这个对手却是这么一个打了不走、哄着不乖、不正不邪、不男不女、长了一副女人般俊俏模样的男人！

朱副总见兰宛茹坐在自己简朴的办公桌后，不动声色地沉思，自己倒不知道应该怎么做应该怎么说了，也只得把眼睛凶狠地盯住秦鸣，身体僵直地挺立着，不说也不动。

秦鸣见大名鼎鼎的兰宛茹和朱副总，在自己的大智大勇面前也不过如此，甚至是束手无策地任自己摆布，越发得意起来。本来不吸烟的他，居然从茶几上的烟盒里抽出一支烟，又自取了打火机，煞有介事地点上，再煞有介事地抽起来。

兰宛茹靠近办公桌后的老板椅里，从来不抽烟的她，居然也从抽屉里，抽出一盒摩尔昆烟，把咖啡色的细烟卷衔在嘴里，用一个异常精美的小打火机点燃了。

朱副总赶紧走上去，又与兰宛茹耳语了几句。兰宛茹听了突然“咯咯”笑起来，轻松地吸了一口，没有下咽，便把烟雾慢慢地吐了出去。而后，眯着一双大大的秀眼，拉长声音开腔了：“秦鸣，听说，你最近发了点不大不小的财，对吗？”

秦鸣听兰宛茹点到了自己的诡秘处，赶紧把手里的烟捻到烟灰缸里：“没有！我……怎么可能会发……财呢！”

兰宛茹继续拉长声音：“我真的可怜陈淑媛，她怎么就能够迷恋你这么个男人！又搞女人又贪财！”说罢，兰宛茹再吸上一口烟，再吐出来，说：“亦萍你认识吧？谢云，你也认识吧？那个身材魁梧，方头方脑的人！”

秦鸣听了“亦萍”的名字，没有什么反应，可一听“谢云”这个名字，英俊的脸立刻煞白：“我们……只是一般认识！”

兰宛茹冷笑一声：“一般认识？参股银行那张一千万的银行承兑汇票怎么说？”见秦鸣发愣，便突然起身一声断喝：“谁跟谢云一起偷的！”

秦鸣被兰宛茹的一声大喝，舌头都不好用了：“您……怎么知……道这么多？”

朱副总见秦鸣不敢坐了,自己倒坐进沙发里,冷笑几声:“谢云那小子,原来是个京漂,犯了事,还是我亲自送他到俄罗斯去,救他一条小命呢!鸡鸣狗盗的,他干什么坏事我不知道!谢云那坏蛋,才在俄罗斯干了一票,又回到京都,我和他在京枫茶馆还喝过茶!”

秦鸣傻了眼,他是在隔壁那家美国公司串门时,知道怒潮股份与这家外企的设备生意的。他告诉了曾经也当过京漂的老朋友谢云,是谢云告诉他这是个挣大钱的机会,指点他盯住了侯山,最后,由谢云在公共汽车上下手偷票的。但是,秦鸣现在猜想:看怒潮之人与谢云的熟悉劲儿,弄不好怒潮股份一出票,谢云那厮就知道了消息!弄不好,自己原来都不是消息的原始提供者,而只充当了一次金融盗窃案小喽啰的角色,甚至是被怒潮的朱副总利用了,成了一起真正刑事案件的帮凶。真是螳螂捕蝉,黄雀在后!自认为聪明绝顶,自诩为靠智力挣钱,自认为偷票一事干得天衣无缝的他,此时,倒不由自主地倒吸了几口凉气,后怕起来了。

兰宛茹见此时的秦鸣精神上已经没有进门时的亢奋,人也蔫了许多,便微笑起来,说:“怎么样?我把亦萍的事捅给姓陈的女人,你可吃不成软饭了!我把这事再捅给公安,可就要了你的小命了!”

朱副总也帮腔:“用这两个秘密换你的材料,你还能够要一百万吗?”

秦鸣听兰宛茹和朱副总这么一说,被惊恐抑制了的智力又开始恢复了,心想:“你们捅出我,你们他妈也捞不到什么好处!一样是完蛋!”智力一恢复,精神也好起来,他又重新坐回到沙发里,又点燃了一根烟,慢条斯理地说:“话说回来,我这次来了,就没有怕你们跟陈淑媛说什么,这个老女人我已经玩腻了,她的钱我也花腻了!而且,也不需要了!亦萍不比她强百倍?我同样也不怕你们和公安局说什么,因为,那样,我就可以让大家一起沉没!”

秦鸣一来混的,兰宛茹、朱副总一时哑然了。

过了一会儿,见兰宛茹和朱副总始终没有开口,秦鸣又得意起来,他以胜利者的姿态,开始吐起烟圈了。

但是,当秦鸣见兰总脸上那永恒的微笑渐渐消去,代之以越来越多的阴沉和凶恶的时候，他自己的笑却立刻越来越少，并且逐渐地消失，而后代之以惊恐了。

他开始害怕了：万一兰宛茹和朱副总狗急跳墙，真的不管三七二十一，直接要了自己的小命可怎么办？那岂不成了自己来送死吗？

内心的害怕，马上便从他的行动上表现出来。他再不敢在沙发上自鸣得意了，他急忙起身，对兰总谦卑道："不过，钱嘛，多少还可以商量！"

兰宛茹见秦鸣在自己无言自威的压迫之下率先投降，心里笑了起来，但是，此时，她兰总已经打定了主意，已经铁了心，她对僵立的朱副总使了个眼色，那朱副总立刻心领神会，不等兰总和秦鸣再开口，便重新把秦鸣按到了沙发旁的地上，并把一条灰突突的抹布直接塞进秦鸣的嘴里。

秦鸣嘴啃着地皮，在朱副总的铁臂下无奈也无效地挣扎着，嘴里发出沉闷的"呜呜"声。

兰宛茹笑了，咯咯的笑声很清脆："我们就此再见吧，今夜在国际大厦里，就会有一个从十九层跳楼的英俊男人了！"说着，收拾自己的小皮包，就准备出门。

见兰宛茹要走，秦鸣强烈地挣扎着，由于嘴里的抹布影响了呼吸，被憋得满脸通红。

兰宛茹在秦鸣身边站住，脸上依然带着微笑："我马上派人除掉陈淑媛，回来再收拾你！"而后对朱副总吩咐道："就把他捆在这里，这个楼层不准许人上来！"

朱副总拿过茶几下的包装绳，四股合成一股，立刻把秦鸣五花大绑起来。那秦鸣连蹦带跳地挣扎着，"呜呜"地鸣叫着。

兰宛茹看了，平静地问秦鸣："你想说两句？"

秦鸣使劲地点头。

兰宛茹见了，对朱副总柔和地说："让他说两句吧。"

朱副总依照吩咐，抽出了秦鸣嘴里的灰抹布。秦鸣大口地喘着气，鼻涕眼泪一起流了出来。

兰宛茹笑了，调侃道："我出一元，要你的消息，封你的嘴！不少吧？"

秦鸣顾不得回答,无力地瘫坐在沙发里,继续贪婪地呼吸着。

兰宛茹则继续笑道:“我可只给人民币!”

朱副总见秦鸣只顾喘气不回答兰宛茹的问话,便一言不发,照准他小腿的迎面骨就是一脚。秦鸣立刻出声了,哎哟哎哟地尖叫着,连声说:“可以可以,只要你们放了我!不给钱也行!”

兰宛茹听了,像老师表扬自己学生一般地赞美道:“哎,这就对了!”而后转身,对着朱副总耳朵轻声吩咐道:“审问清楚,立刻行动!这个秦鸣,先留一段,看情况再说。万一知道消息的那个第三者捅出消息,也麻烦!”

说罢,兰宛茹准备出门,走到门口,又像想起了什么,转回身来,对朱副总轻声叮咛道:“这次危险,你不要亲自出马了!让你手下的人去办。我马上去上边,搞定电视台那边的事情去!”

五十八、一哭唤英雄

再说那陈淑媛却并不知道自己心仪且欲定终身的男人早已经背叛了自己，还居然为了钱而出卖了自己。

那秦鸣早晨一出门，便再没有见到个人影，到了下午约定去电视台做节目《呼唤诚信》的时候，她却在办公室和小别墅里怎么找也还是找不到他，打了他的手机也总是没有人接。

终于，在孟亚男拨打第 N 次电话的时候，手机有人接了。孟亚男赶紧把电话递给陈总。

"你跑哪里去了！"陈淑媛厉声责怪秦鸣道，厉声中充满了焦虑，而且那焦虑是出自真心的关切。

此时，秦鸣被朱副总派人看管着，在对面只得言语含糊地支吾着："我突然感觉不舒服，在朋友家……待着呢。"

陈淑媛一听秦鸣说病了，立刻便把到嘴边上的电视台的事情放下了，急忙问："什么病？要不要紧？我看你去！"

对面的秦鸣听说陈淑媛要来看自己，急忙推脱："不要不要，其实也没有什么，一会儿，也可能一两天就好了！"

他怎么让这个女人来看？一来自己被关着，往日的英俊已经全部变成了现在的猥琐，二来一个"色"字早已经割断了他与陈淑媛的一丝情感，一个"钱"字则把他内心的龌龊演变成了对这个女人实际行动上的背叛。

陈淑媛当然猜不出身边这个英俊男人骨子里的小九九，依然是一往情深。她叹口气，埋怨道："你这个家伙，关节眼儿上，不帮我，却临阵脱逃！"沉吟片刻，陈淑媛苦笑着摇摇头，"电视台的老乔你联系了吗？怎么没有他的电话?”

秦鸣面对被自己出卖的女人,语调虽是依然诚恳,但声音却显得异常空洞:“最后修订的脚本就在他那里,他应该主动找你的!他过去是我的铁哥们儿,能办的事情,他绝不会推的!”

陈淑媛说:“好吧,还是我主动找他吧!”

秦鸣虚情假意着:“你可要注意安全!”

陈淑媛道:“行啦,管好你自己,别让我操心就行啦!”

才放下电话,电话铃却又响了。

陈淑媛以为是秦鸣打来的,赶紧又拿起电话,“喂”了一声之后,发现对面却是一个陌生男人的声音。

那男人问:“您是陈淑媛女士吗?”

陈淑媛狐疑着:“我是。”

对面的男人说:“我叫宋大和,是法院执行厅的。”

陈淑媛一时还没有转过闷儿来:“法院?”

宋大和很职业地说:“怒潮集团的丁志强博士代表怒潮集团起诉你损害其公司商誉,索赔五百万人民币。法院准备下星期四开庭,给你的传票已经发出了,还有七天时间,我先通知你一下!”

陈淑媛惊愕了,她没有想到兰宛茹动手这样迅速,而且还来真的了。虽然她的内心波澜起伏,但嘴上却依然平静:“您认为他们的上诉要求合理吗?”

宋大和也平静地回答:“这要看在法庭上怎么判,我有可能到那边做法官,但是,还没有最后定。不过,一来听说您是董大为的同学,我跟他认识;二来我是从心里佩服您,因此,说一句本是好心但却不该说的话,我建议您还是好好准备一下,请个好律师也可以,避免开庭时被动!因为,兰宛茹已经花巨资,请了京都市最好的大律师——章朗!这个人见钱眼开,死的有本事说活了!”

陈淑媛惊愕了:“你是说我可能会输掉这场官司?!”

“我可没有这么说,我只是好心,希望您好好准备一下,要注意到社会的复杂性。”宋大和说罢，与陈淑媛打个招呼，就把电话挂了。

放下电话，陈淑媛的大脑竟然一片空白起来。自认为大智大勇、聪明过人的她，现在，有生以来却突然感到了从来没有感受到过的无助与孤独。

孟亚男急忙走上来，问：“陈总，您的脸色不好，很苍白，要不要吃药?”见陈淑媛无言地摆手，孟亚男又问：“要不，到医院看看！”

见陈淑媛依然摆手没有说话，孟亚男便建议道：“我们赶快把《呼唤诚信》在电视台播出来，与怒潮的官司不就不打自赢了吗！”

孟亚男的话倒把陈淑媛从失智状态拉回来，她赶紧吩咐孟亚男：“对，赶快找电视台的老乔！”

孟亚男马不停蹄直接拨通了电视台老乔的电话，幸运的是老乔真的在办公室里，电话“嘟嘟”响了几声之后，老乔就接了电话。陈淑媛赶紧抢过了电话。

由于老乔比陈淑媛大半岁，陈淑媛没有寒暄，只是把“老乔”换成了“乔老”，内容却是开门见山：“乔老，《呼唤诚信》什么时候制作?”

没有想到的是老乔在电话那边支吾了半天才吭哧出声来：“陈总，你那节目还得放放。”

“放放！为什么?”陈淑媛没有想到板上钉钉的事情居然会有变故。

老乔继续支吾着：“节目……节目一时安排不开……台里……”

陈淑媛急了：“如果是广告费——钱的事情，好商量，这台节目算我做广告，我出钱也可以！”

“陈总，您是不知道。我们……哪里有您那么自由呦！我们是喉舌，要注意舆论导向的呀！”老乔依然支吾。

陈淑媛愤怒了：“我的《呼唤诚信》为党为国与恶势力斗，有什么导向问题！?”

“咳！”陈淑媛的话也把老乔弄急了，“这么跟您说吧，是上边有人打了招呼，说怒潮一案尚无定论，我们不能够走到前面去，如果搞错了，电视台收不了场，我的饭碗也就没有啦！”

陈淑媛语塞了，沉吟半晌，才阴沉着说：“我明白了，一定又是那个女人，欺骗了某位领导!”

老乔辩解道:“咱们是朋友,如果可能,我能不帮助您吗! 您想,我从一个京漂,混到这个份儿上,我容易吗?”

陈淑媛听老乔如是说,自己反倒平静了,安慰老乔道:“不怪你,我们都是俗人,都要活着,都要吃喝。我自己没有想过当英雄、做伟人,更没有理由强求你放弃什么。我只求你一件事。”

听陈淑媛这么说,对面的老乔才话语平顺了:“陈总您吩咐! 我和秦鸣虽然不是一路人,但是,刚来京都时,他还是帮了我许多忙,我明白,其实他那些钱,都是您出的,我知道,我欠您的情,我也知道要还给您这个人情!”

陈淑媛听老乔说到一个“情”字,突然勾到了自己的伤心处,泪水立刻顺着大眼睛流下来,呜咽声也顺着话筒传给了老乔。

对面的老乔听出陈淑媛哭了,不觉慌张起来,连声安慰:“别别,陈总您可别哭,我就怕这个! 其实,我现在这碗饭,没有您的帮助,都吃不上。如果我自己能够说了算,我就是舍得一身剐,硬上这个节目,跟丫兰宛茹斗,也没有什么! 只是现在,没有组织的力量,我自己想上也上不去呀!”

陈淑媛听老乔说起“组织”的力量,不觉心头一亮:她兰宛茹通过欺骗可以调动社会的力量,我陈淑媛向领导、向组织阐明怒潮真相就不可以调动社会的力量吗? 如果不是自己单打独斗,如果把反欺诈反邪恶的社会力量全部调动起来,还能够不把个兰宛茹淹死吗?

有了这个念头,陈淑媛豁然开朗了,她用衣袖擦了一下泪水,换之以灿烂的语气对老乔说:“乔老,你说得对,我们个人的力量是有限的。马上,我也四处找人汇报去!”

老乔见陈淑媛不哭了,赶紧说:“对对,一定要找,不成到市委大楼告状去!”

“我是有这个打算,只是还不想马上实施。看来,现在我也只有走这条路了! 对,我到市委大楼,告状去!”陈淑媛此时已经打定了主意:“乔老,我刚才要求你的那件事,就是《呼唤诚信》的脚本和先期制作的材料不要毁了,等我找找,之后再说! 我就不相信,在共产党的天下里,假的可以成真,邪的可以压正!”

老乔一口允诺:“我们还可以先继续制作片子,看看你在上面的情况,只要上面一发话,我就立刻播!”

孟亚男在旁边听出了门道,用她那优美的哑嗓异常兴奋地叫道:“闯市委大楼?与天王老子对话?我也去!”

五十九、制造车祸

被怒潮集团一伙人视为股市中圈钱绊脚石的京都市证券监管会的牛蓓薇处长,其实,并没有如兰宛茹所说和希望的那样下岗回家,而只是离开了扩股审批的岗位。

早些时候,证券监管会连续收到了一个叫“金忠良”的人邮寄来的材料,反映怒潮公司提供虚假财务信息骗取银行贷款的问题。组织上鉴于目前包括怒潮股份在内的几家上市公司提供虚假财务信息问题严重,特别成立了一个专案调查小组,要彻底查清楚这几家涉假公司的真实情况,特任命牛蓓薇同志担任了这个专案调查小组的组长。

经过几个星期的工作,专案调查小组对包括怒潮股份在内的几家上市公司的虚假财务信息问题已经有所掌握,并已经向有关领导进行了汇报。鉴于这些问题事关重大,京都市证券监管会的领导同志认为需要再进一步取证,并向京都市最高领导人做一次详细汇报,以最后决定对包括怒潮股份在内的几家上市公司的处理。

因此,在陈淑媛危机四伏的时候,牛蓓薇领导的调查小组,也在为大量的调查、统计、写报告等繁杂而琐碎的工作而忙得不亦乐乎。

就在忙无头绪的时候,牛蓓薇却突然接到了上级的电话通知,要求她立刻到市委大楼汇报情况去。

牛蓓薇着急了:“可几家公司的材料还没有最后汇齐呀!”

电话对面说:“能够汇总到什么程度,就先汇报到什么程度!”

牛蓓薇为难了:“怒潮集团的情况最复杂,虽然有一个叫金忠良的人提供了一些分析材料,但许多问题还是真假难辨!”

电话里又指示道:“你以事实为依据,客观地反映现在掌握的全部情况就行!”

牛蓓薇本是个死较真,办事从不糊弄的人,面对不成熟的材料尤其是怒潮集团的问题,她犹豫了,但是,去市委大楼的指示无异于军令,她无论如何也不能够推脱。于是,牛蓓薇一生终于第一次,赶着鸭子上架了,她只好带着厚厚的材料,上了办公大楼门前接她的黑色桑塔纳2000型轿车,匆匆而去。她相信,只要把自己的良心摆正了,只要把自己的眼睛擦亮了,假的终究真不了;真的也一定假不成。

怒潮公司一班人马从秦鸣那里得知了陈淑媛准备进行殊死一搏的信息和具体的行动计划之后,兰宛茹当然不希望自己一生的辛苦付诸东流,尤其不希望自己近一个时期艰苦卓绝的努力因为陈淑媛这样一个女人而前功尽弃,她面对陈淑媛又要制造的危机,只是对朱副总淡淡地说:“看来,你还要再制造一个常太平了!”

朱副总从沙发上站起身,问:“要不要把那个女人活着请来,您当面出口恶气?”

“我已经不是小孩子了!还搞这种斗气的把戏干什么?”兰宛茹说罢,起身,胸有成竹地轻盈而去了。

朱副总自然对兰总的旨意心领神会,他没有再要求丁博士提供什么新的发明,也没有要求丁博士帮助设计方案,他对远住郊外别墅的一个女人,有的是手段对付。于是,他只找了一个手下死党,去陈淑媛的小别墅那边踩了道,便制定了一个再简单不过的“灭陈”计划:山道旁边日夜蹲守,随时准备在其出门时动手!

陈淑媛怎么也不会想到身边的爱侣还会给自己带来生命的危险,不会想到有杀身之祸悄悄地跟在自己的身后。一天来,她脑子里想着的只有闯市委大楼会出现的难度,体味着的是闯市委大楼之前所引发的情绪亢奋。

陈淑媛此生从来没有这么忐忑过,陈淑媛今世也从来没有这么庄严过,因为,今天她要以一个非党群众、一个私营业主、一个普通知识分子的身份,带着《上市公司黑幕揭秘》的全本、带着《金融大厦的背后》这篇分析文章,带着电视台《呼唤诚信》节目脚本,去东西大街上的新华门,进入市委大楼,面见京都市的最高领导人。如果守卫的战士们不让她进入,她就要冒着蹲监之险强行闯进去!

昨天晚上,正巧董大为给她怀密县的小别墅里打了电话,通报了他在营业部行务会上逆组织而动,大胆揭露怒潮真相的事情。之后,董大为问:"怎么样,老同学,你应该说我是傻子吧?"

陈淑媛停顿之后,说:"没有,我不但没有觉得你傻,反而觉得你现在才像个大老爷们!雪儿嫁给你没有错!我也没有白当一次红娘!"

当陈淑媛向董大为透露了准备闯入市委大楼,直接上书京都市最高领导人一事时,董大为不禁迟疑起来:"这可不是闹着玩儿的!这可是你人生的豪赌!弄不好,什么都完啦!我看,还需要再琢磨琢磨。"

骆雪听说陈淑媛要闯市委大楼,一把抢过董大为手中的电话,依据她的聪慧和智商水平分析过后,对陈淑媛说:"陈姐,我真应该向你学习!我也和你一起去!闯一次市委大楼!"

陈淑媛见她的雪儿如是说,不觉笑了,轻松与愉快的心情立刻充满了整个身心:"你可别跟我来,你的锦绣前程还远着呢!不过,我倒想听听你对这事的看法!"

骆雪用她那睿智的思维分析着:"此行利大弊小!"

"怎么说?"陈淑媛认真地倾听小姑娘的分析。

骆雪继续分析:"第一,市委大楼不是封建皇宫,为告状闯了,也没有什么大祸,最多是行为不当。但是,有兰宛茹一伙阻塞言路,为了我党我国的大义,这个不当,我敢肯定,可以得到党和政府的原谅。第二,京都市最高领导人不是封建皇帝,上市委大楼告状也不是什么冒犯天条的事情。领导也是兼听则明,他们知道了怒潮的真相,自然会有一个于国于民有利的处理。第三,您本是个自由身,没有什么行长、经理的管着,不存在饭碗问题!去吧,我看没有问题!"

陈淑媛笑了，亲昵地对电话对面的雪儿说："照这么说，我早就该走这一步！"

骆雪继续闪烁着理性与智慧的光芒："不是不报，时候未到！早了没效果，迟了坏人已得道！现在，才是添一分则长，去一分则短的时候！"

董大为抢过电话补充道："我这老婆可是思维怪异，上述观点仅供参考，可别全听她的！"

陈淑媛笑着对董大为玩笑道："还是雪儿聪明，她敢跟我闯市委大楼，你董总敢吗？"

董大为感觉难堪，也打个哈哈："上次，逆着我们新来的项羽，汇报了怒潮的真实情况，还不知道他会怎么收拾我呢！现在，我还敢去市委大楼？只是建议你三思而后行，我们不怕冒险，可我们也不要冒失！"

陈淑媛说了声："谢谢！"正准备挂断电话的时候，董大为突然想起了什么："哎！听说明天我们那葛副行长要去市委大楼开支持中小企业发展座谈会，要不，找个借口，你跟着混进去？这也比你闯进去强！"

陈淑媛一笑："得了，害了你，国商银行不是又少了一个干实事的人嘛！"

于是，陈淑媛心里揣着从骆雪那里得来的必胜的轻松，同时，怀着董大为给的及由于自己不自信而产生的惶恐，带着兴奋异常的孟亚男，开起自己的老奥迪，别了小保姆，驶出了小别墅的院门。

此时，正值京都市的初春，静谧的路边迎春花怒放着，一团团一簇簇的黄色，鲜艳而耀眼；无人的山间，槐树也开花了，树是绿中间杂着白色，花是一串串的珠子一般，幽香扑鼻。

呼吸着新鲜空气，浏览着人间美景，孟亚男用磁性十足的哑嗓唱起了悦耳的歌。

陈淑媛见了，说："年轻，真好！无忧无虑的！"

孟亚男停了歌声："您更好！多刺激！"

陈淑媛苦笑一下："我？还好？我一直想让你远远地等着我，不要靠近市委大楼的门！这种行为方式必然是违反常规的！"

孟亚男活泼而天真地笑道："我就喜欢这样的生活！要么是英雄要么是

鬼雄!”

陈淑媛感叹着:“人跟人真是不一样,雪儿跟你年纪一样大,又是同学,你天真活泼,她却算得上老谋深算了!”

“所以在大学的时候,我是狼,她是狈,我们一起闯到哪儿,都是无往而不胜!”

陈淑媛精神也放松了许多,笑道:“雪儿给你介绍的那个郭博士怎么样了?”

“昨天他约了我,我没有去!”孟亚男咯咯地笑起来:“今天,白天陪您闯市委大楼,晚上我们还要见第二次面,这次我也要提前一点去!他还要送我两本他自己的经济著作呢。没有想到,他一个大博士,第一次看到我,始终不敢提正题,顾左右而言他的,就跟看见老虎差不多!”

“怎么回事?”陈淑媛好奇起来。

孟亚男正准备描绘一下与郭安邦约会时,那郭大博士的蛋黄理论引发的笑话,突然,奥迪车转了一个弯,孟亚男却看到山坡开阔地上停的一辆越野车,便先转移了注意力:“陈总,还有比我们早出来的人,弄不好是在山里过夜的呢!”

陈淑媛看了一眼停着的越野车,并没有意识到有什么不对劲儿,反而不经意地说:“中国开放了,什么神经病都有,越疯玩越时髦!”

于是,孟亚男开始给陈淑媛绘声绘色地讲述约会时蛋黄理论的故事了,她们一路轻松地谈笑着,陈淑媛此时也不再感到有多少忐忑、有许多沉重了。

但是,陈淑媛的车还在怀密水库边无人的山道上盘旋下行,还有几公里才能够驶入京密路,当车行进到山道最险处的时候,她从后视镜里,发现老奥迪车的后面,突然出现了刚才在路边上停着的那辆越野车,正以时速足有一百公里的速度追上来。那车高高大大的,是日产沙漠王子,车窗上,贴着黑暗的防晒膜,根本看不清里面的人;车体本是半新不旧的,但是,却没有车牌照。

奥迪车里的陈淑媛从反光镜里关注着后面的来车,觉察了沙漠王子气势汹汹的势头，立刻预感到了不妙：看来，来者不善！

正当陈淑媛准备停下来躲避来车，以期再做周旋的时候，沙漠王子越野车却早已经从山道的里侧毫不迟疑地撞将过来。

说时迟那时快，还没有容得陈、孟思考什么是后果、什么是害怕的当口，随着一声巨响，老奥迪车早已经被沙漠王子径直撞出了山道，冲出路基，翻滚着向水库边的软泥地跌去了。

沙漠王子行了凶，见前后无车，居然在距出事地点不远处的大槐树旁停下来。

一个瘦高的男人从副驾驶的位子上钻出来，他戴着几乎遮了半个脸的墨镜，站在树下，手搭凉棚向跌落山下的奥迪车眺望着。

司机没有下车，说：“朱哥，你回去，我下去看看，如果还有活的，就再补丫头的两砖头！保准干得漂亮了！”

瘦高的男人摘掉了墨镜，他大约三十出头，留着大背头，一张棱角分明的大方脸，高鼻阔嘴，脸上的皮肤由于生了几颗麻子，显得粗糙。他就是朱副总，兰宛茹的助手、打手兼保镖。

他布置他的心腹死党在陈淑媛的别墅附近已经蹲守了几天。但是，他却依然对手下的办事能力放心不下，今天一早，特地来视察一下，不想运气出奇的好，居然亲自碰上了陈淑媛出来。也活该那陈淑媛倒霉，两条小命就这样让他这个职业魔鬼逮了个正着。

“不必了。”朱副总阴沉着脸说，“这么久人还没有爬出来，不死也动不了了！”

“我还是去看看！”司机倒颇具职业精神。

司机的话音未落，只见远处水库边的盘山道上，一辆白底蓝道的警车飞快地向这边驶来。

朱副总见了，感觉不妙，只用一秒钟便跳上了沙漠王子车：“快走！别啰嗦！”

白底蓝道的警车上坐着的不是别人，正是发达银行京都分行临时负责人郝逍遥、原国商银行大山支行的信贷副行长胡京洪，开车的则是被郝逍遥利用了一次的 X 派出所的胡所长。

此时的郝逍遥依然沉醉在怒潮企业的优质品牌里，但是，胡京洪却与他的感受大不一样了。现在，胡京洪已经调离了国商银行的大山支行副行长的位子，而到爱农银行的大山支行任行长去了。巧合的是，爱农银行的大山支行有一个优质客户，便是怒潮集团公司，贷款余额六千万元，但是，现在居然已经欠息了，而且欠息额高达五百万！

胡京洪只知道郝逍遥与兰总熟悉，想通过郝逍遥约见兰总以期怒潮集团及时归还银行那五百万贷款利息，而他打死也想不到：爱农银行大山支行的这六千万贷款，便是怒潮集团用于归还参股银行箭楼支行放给远东投资公司的那笔贷款！而这笔贷款的源头本是怒潮古典家具有限公司不能够归还国商银行天竺支行的那五千万元贷款！而此笔欠息贷款的俑作者，便是他郝逍遥本人！

胡京洪来之前，得知弟弟胡所长正巧倒休，便也把他强拉了来，一来让胡所长放松一下紧张的神经，二来也让怒潮集团感悟一下爱农银行大山支行良好的银警关系，表示友善的同时，也为今后催收利息向怒潮那班子人马示示威，留一个伏笔。

上次在山底下村进行的扫黄行动，胡所长虽然实际上是被郝逍遥利用了一下，但是，客观上郝逍遥却帮助胡所长立了功，获得了分局的表扬，因此，厚道的胡所长始终没有搞明白郝逍遥骨子里的小九九，始终对郝逍遥心存了几分感激之情，因此，哥哥一招呼，自己也只好跟着来了。

车上，胡京洪神秘兮兮地说："前不久跟一户企业到泰国考察，在泰国的普济岛，看到一个大块头怀里抱着一个黑皮白牙的泰国妹。你知道那个大块头像谁吗？"

郝逍遥反问："你不会告诉我看到了韩小飞吧？"

胡京洪一拍大腿："没错！就像他！"

郝逍遥半真半假："那正好让胡老弟抓去！又可以立功了！"

胡京洪叹口气："只可惜，那大块头人影一晃就不见了，没有看准！"

胡所长没有掺和哥哥和郝逍遥的谈话，他专心开着车，车开到了陈淑媛她们的遇险之处，他虽然没有看到已经溜走的沙漠王子越野车，但是，只路旁一棵被毁坏的树，就唤起了他的职业敏感，他立刻就搜寻到了山下的目标：那辆跌落山下的老奥迪车。

胡所长不假思索的一个急刹车，一边熄火出车，一边说："得，看来，我这次休息改加班啦！"

郝逍遥狐疑着："那车不是人家开到水边玩的吧！这是交通警察的事，你何必管他！"

胡所长听郝逍遥这样说，不解其意一般地望着这个老兄。

胡京洪见郝逍遥如此说，弟弟又似乎不解其意，便也附和道："就是，开车违章，跟你没有什么关系！还是催利息要紧！"

胡所长笑了笑："你们是商，我是警，我吃的就是这碗饭，看见了不能够不管！"他一边出车，一边胸有成竹地说："绝对是个案子！你们看那车，虽然没有翻，但顶部瘪了，底部已经陷到泥土里，肯定是被撞下去的！"

说话间，胡所长已经三步并两步爬下路基，飞快地往奥迪车那里跑去了。

见胡所长不管三七二十一地走了，郝逍遥无奈地摇摇头，胡京洪则建议着："我们也去看看？"

郝逍遥叹口气："行，看一眼热闹也好！"

再说国商银行营业部的葛副行长本来今天准备到市委大楼开"国有商业银行支持中小企业发展研讨会"，可一早起来，却发起了高烧。瘦老头只好给已经早早就到了办公室的董大为打电话，让他代替自己去市委大楼开会，并打发自己的司机开着一辆乌黑瓦亮的崭新的帕萨特轿车来银行接董大为。

董大为一听到葛副行长的这个安排，电话还没有放下，心就要跳出嗓子眼了，情绪也在瞬时之间进入了亢奋状态：他可以借开会之机，用公家的轿车把陈淑媛偷渡进市委大楼去！

董大为没有来得及再冷静思考此举的利害得失，就立刻拨打了陈淑媛的手机,手机接通了却没有人接;董大为再打,还是没有人接,一向心性平稳的他,现在终于沉不住气了,他急赤白脸地疯狂拨打陈淑媛那部手机的号码,但是,结果却是千篇一律的没有人接。

楼下葛副行长的司机已经来了,把电话打到了隔壁,催他下楼。

董大为情急之中想到了陈淑媛身边的秦鸣和孟亚男,但是,一向粗心的他,却又没有这两个人的电话,他赶紧找到了爱妻骆雪,没有解释原因,先要了这两个人的手机号码,就跟爱妻拜拜了。他挂了骆雪的电话,再拿起来立刻拨打,心想:这次必定可以找到那个要闯市委大楼的老同学了。

但是,董大为风风火火地打过去,两个人的电话同样没有找到人。秦鸣的手机已经关机,孟亚男的手机几乎拨暴了,电话却始终没有人接。董大为哪里知道此时的秦鸣依然被怒潮一伙关押着,而美丽姑娘孟亚男却已经孤独地躺在太平间的尸柜里了。

葛副行长的司机亲自上了楼,对董大为说:"董总!再不走,咱们可就晚啦!"

董大为嘴上说:"走!"挪动脚步下楼的时候,心里却哀叹道:"真是天不助'陈'呐!"

等随车落入水库泥地上的陈淑媛醒来的时候,她的身边却只有一个穿白大褂的护士。

陈淑媛恍惚着,努力在记忆里找寻自己来医院的过程。护士见陈淑媛醒了并努力思索的模样,便主动解释道:"你们出车祸了,一个警察开着警车,把你们送这里来的!"

陈淑媛终于在记忆中找寻到了那辆呼啸而来的沙漠王子车,便问:"那些人是谁?"

"哪些人?"护士诧异了,"除了姓胡的警察,我谁也没有看到!对,还有一个女孩……"护士停住不说了。

见护士神色不对,陈淑媛焦急起来:"对!那女孩,孟亚男呢?"

"她……"护士预言又止,试探地问:"她是你什么人?"

"她是我公司的员工!"陈淑媛直截了当地回答。

护士轻松了一些,脸上的表情也平和了一点:"噢,她是你的员工呀!这回你们可麻烦了!"

"怎么了!你快说!"

护士以为陈淑媛与孟亚男只是一般的雇佣关系,便快人快语:"一送来,人已经不行了!现在已经送太平间去了!这大概要算工伤,你们要赔几十万吧?!"

陈淑媛惊愕了,呼地坐起来,被打着吊板的胳膊一动,引起一阵剧痛,但她依然坚持着惊问:"你说什么?孟亚男死了?"

护士赶快扶陈淑媛躺下,解释着:"听警察说,她没有系安全带!如果您不系上安全带,也是很危险的!"护士见陈淑媛表情木然,以为她在盘算公司赔钱之事,便好心安慰:"你们是大老板,破点财也没什么!人家小姑娘多惨呐!都摔得没有人样了!损失的是生命呀!"

陈淑媛没有跟护士理论什么,只是本能地脱口说道:"晚上,她还有约会呢!"

陈淑媛的脸色死灰,难看极了;她没有再说什么,只是无言地躺在病床上;她根本无法认知这个现实:不久前还兴奋异常、欢歌笑语的美丽女孩——孟亚男,现在会成为躺在太平间冰冷尸柜里的尸体!

陈淑媛始终以为自己是在做梦。但是,随着时间的流逝,她的臂伤越来越痛。这疼痛让她重新认知了世界。当她认知了不久前发生的那一切之后,她开始流泪了,她用医院自己不认为干净的白色薄被蒙住了头,独自呜咽着。

那呜咽是对一个美丽生命的哀叹,是对人世间罪恶无奈的控诉。那呜咽之声透过薄被飘出窗外,与初春的美景交融在一起了。

下午,例行打针的时候,护士轻轻推开病房的门,却惊愕地发现:那个叫陈淑媛的女病人跑了!她还欠着医院大笔药费、医疗费,她的员工也还躺在太平间里等待付费处理呢!

六十、怒闯市委大楼

陈淑媛是从病房的柜子里找到了《上市公司黑幕揭秘》全本、《金融大厦的背后》、《呼唤诚信》节目的脚本和钱，然后，又是吊着伤胳膊，打车跑进城里来的。

她让出租车司机把车径直开到了东西大街上市委大楼的新华门门口。出租车走了，可站岗的武警战士却客气地拦住了她，真的不准许她进去。

“我给领导送材料！”陈淑媛大声叫道，横下了闯关的决心，也鼓足了闯关的勇气。

武警战士异常礼貌地挡在门口，异常礼貌地说：“公事需要走西南门！”

陈淑媛见武警战士这样说，立刻泄了气，只得用那只没有受伤的手，砸了自己的头，责骂自己的愚钝而缺乏常识。自己感觉再在这里待下去，除了是无理取闹，已经没有任何意义和解释了，于是，只得撇下了新华门的武警战士，绕着市委大楼的高大红墙，一瘸一拐地往西南门疾走而去。

新华门的武警战士警惕性非常高，陈淑媛的身影还没有消失，电话已经打给西南门那边的武警门卫了。

就在陈淑媛艰难地行走在这两门之间不到一千米的路程上，刚向北拐过弯来的时候，突然，“吱”的一声，一辆乌黑瓦亮的崭新的帕萨特轿车在陈淑媛的身边来了个急刹车，停了下来。

由于有了早晨在怀密山道上的遭遇，陈淑媛已经知道了兰宛茹的厉害。她本能地抱紧了怀里的上告材料，准备在京都市最庄严的地方以一死来捍卫她人性的尊严，也告慰那已经永远安息了的美丽姑娘——孟亚男。

但是，陈淑媛怎么也想不到的是从车里下来的，不是兰宛茹，也不是凶神恶煞的什么杀手,而是一个满脸欣然微笑着的中年男人。

他大约三十七八的年纪,个子不高,也算不上魁梧,轮廓清晰的长方脸,皮肤稍黑,眼睛不大,鼻子挺括,最扎眼的是他的头发,留着寸头,黑黑的,带着自然卷。

“董大为！怎么是你!”陈淑媛叫起来。

董大为一出车门,先埋怨:“你怎么不开手机！我怎么找也找不到你!”

陈淑媛急忙找寻自己的手机,却真的怎么也找不到了。

她回想起了早晨发生的事情:那手机一定还留在水库边的奥迪车里!

见到了董大为,陈淑媛感觉到了神经放松,还体会了从来没有过的亲切感,但一听到董大为这劈头盖脸的埋怨,她忽然感到了委屈,她的大眼睛里,立刻噙满了泪水,虽然强忍了一会儿,但泪水还是顺着脸颊流淌下来。她哭了,虽然没有出声,但陈淑媛还是真的哭了。

董大为见陈淑媛哭起来,急了,一把拉住陈淑媛,急切地叫道:“你哭什么？现在真是老天助你！天要灭‘兰’！我们葛副行长病了,到市委大楼来开的会,他不来而让我来了！我一直找你,想拉你混进来！却怎么也找不到你！真没有想到,在这里又碰到你!”

“混进去!”董大为的话倒让陈淑媛忘记了自己的委屈,神经立刻重新绷紧了,她诧异着:“那以后,查出你来怎么办?”

董大为对陈淑媛压低声音说:“这比‘闯’成功率高！车上只有我们行里的司机,他什么也不知道！你别吱声就行了。进去之后,我去开会,你直接去找领导汇报!”

陈淑媛继续疑惑着:“如果以后要查呢?”

“我也不管那么多！反正已经顶了一次银行领导,再骗一次门卫,私自找一次市委领导,最多也只是下一次岗!”董大为一把把陈淑媛拉进了车,当着司机的面,再换上一本正经的面孔,说:“陈总,你可要跟领导好好汇报！要不,以后也可能没有这个机会了!”

司机见了陈淑媛,以为是提供材料、一块开会的人,礼貌地点点头,没有吱声,更没有问什么,他根本就没有想到老实巴交的董大为会搞什么新花样。

董大为对陈淑媛使了个眼色，示意她不要再说话，便指示司机把车驶到了市委大楼西南门的大门口，在把门的两个武警战士身边把车停了下来。

董大为把开会通知及自己的工作证、身份证主动递给左侧的武警战士审查，脸上尽量使表情平静，可胸里那一颗从来没有经受过大起大落磨练的心脏，现在却简直要蹦到嗓子眼上来了！

此时，他脸虽然没有红也没有白，可冷汗却已经沁满了前额和鼻尖。

虽然陈淑媛屏住了呼吸，但却也苍白了面色。

倒是银行的司机无知而无畏，若无其事，反倒悠闲地哼起了小曲，见武警战士认真审查，还打趣地说："我还没有去过市委大楼呢，这次托董总的福，也开一回眼！"

拿了证件的武警战士警惕地扫视一下车内，审核证件无误后，正准备放行的时候，右侧的武警战士却狐疑地环顾四周，又仔细地打量着车里的人，突然，他像发现了什么，指着陈淑媛问："她也是国商银行的吗？"

董大为坚定且毫不迟疑地说："是，也是银行的！"

发现问题的武警战士走上来，与验证的武警战士耳语了几句，把新华门那边传来的信息与眼前陈淑媛的外形进行了核对，于是，验证的武警战士立刻阴沉了脸，警惕起来，一指门边，向银行司机厉声喝道："旁边停车！"

发现问题的武警战士则把手中的钢枪握得更紧了。

陈淑媛暗自叫苦，怕自己进不去再连累了董大为，于是，她不等轿车停稳，便率先独自下车，对司机说："你们走！别管我！"

武警战士见状，把枪平端起来，警惕地大喊："谁也不许动！"

陈淑媛的脸此时已经由苍白变为通红，她呼吸急促地叫道："你们没有错，我就是刚才在新华门要求上访的人！他们只是见我受了伤，可怜我，搭我一段路，这事与银行没有关系！"

银行司机不知所措了，他惊恐地看看武警战士，瞟瞟革命战士黑洞洞的枪口，莫名其妙地望望陈淑媛，再诧异地瞅瞅董大为，结结巴巴地说："这事可与我没有关系，我只是银行的司机，送董总来市委大楼开会的！"

武警战士一指董大为:“他刚说过你们是一起的!”

另一个武警战士揭露道:“想蒙混过关?没门!”

陈淑媛见董大为为自己难脱干系了,便情绪激动起来,索性大叫:“我要找市委领导,我要揭露怒潮公司兰宛茹,我要抖搂他们欺骗国家、欺骗银行的真相!”

武警战士却不管陈淑媛怎么说,一人警惕地盯视着陈淑媛一行,一人及时用电话向上级进行汇报:“有人以开会为名,想私自进入市委大楼找领导反映问题!”

就在陈淑媛继续辩解的时候,从市委大楼里面驶出一辆黑色的桑塔纳2000型轿车,陈淑媛以为定是里面的更多的武警战士出来了,来处理自己和董大为,便对着车高喊:“我要反映怒潮集团公司的欺诈行为!我要见市委领导,我是伸张正义!”

黑色的桑塔纳2000型轿车果然在陈淑媛的身边“吱”的一声停住了,副驾驶的车门缓慢地开了,但是,从里面下来的却并不是荷枪实弹的武警战士,而是一个女人。

这个女人个子不高,白静脸,戴白塑料框眼镜,满头花发,大约五十多岁。她下了车,狐疑地望着陈、董,问:“你们有怒潮集团的材料!你们是什么单位的?”

陈淑媛正准备上前解释,却被董大为挡在了身后。董大为终于来了英雄救女的气概,毅然决然地迎着来人走上去,努力用平稳的语气说:“我是国商银行营业部的,我叫董大为,我们想在开会的同时,向市委领导反映怒潮公司信贷欺诈的问题!我们有怒潮公司的第一手资料!”

陈淑媛依然怕连累董大为,冲上前来,又用身体挡住了董大为,急忙解释:“可能有点误会!是我……”

武警战士依然警惕着,他打断了陈淑媛的话:“误会?你们就是想混进去!一定得把你们查清楚再说!”

花白头发的女人见武警战士已经把董大为一行视为可疑分子,便拿出自己的证件,交给武警战士看过,说:“小同志,我是证券监督委员会专案调查组的组长牛蓓薇,我们才跟领导汇报完了怒潮的一些情况。这样吧,我把信访局的同志叫出来,带他们进去问话,他们自然会调查明白,你看怎么样?”

小战士见牛蓓薇这样说,才放松了神经,也没有那么严厉了,说:“信访局领导来了,他们才可以走!”

牛蓓薇立刻用手机和在市委大楼里面工作的领导联系上了,不一会儿,一个大个子武警战士跑步出来,对牛蓓薇和董大为、陈淑媛们“啪”地敬个礼:“首长请你们马上进去!”

银行司机糊涂了:“这是哪儿跟哪儿呀!一会儿是‘枪’一会儿是‘礼’的!董总,我是回去?还是等着?您什么时候能出来呀?可别犯了事儿!”

董大为说:“你先回去吧,我的时间不好定。就说我跟市委领导反映怒潮公司贷款欺诈问题去了!”

陈淑媛赶忙拦住董大为:“你还是让他说开会去了好!”

董大为此时倒轻松了,这是他一生从来没有过的轻松,他对陈淑媛的急赤白脸只是淡淡的一笑,诙谐着:“不是鱼儿死,就是网儿破!我已经准备明天到马路上卖红薯去了!还有什么可怕的?跟大名鼎鼎的牛处长走一遭,活这一辈子,值!”

牛蓓薇见董大为这样说,似乎猜到了什么,笑了一下:“她兰宛茹再有通天的本事,邪的也不可能永远压住正的!她还造谣说我已经被下岗了呢!看,我牛蓓薇现在不是好好的吗!恐怕今后卖红薯的是她兰宛茹,而不是我们!别忘了,站在我们一边的不只是你们和我,还有组织和许多有良知的同志呢!”

陈淑媛拉一把董大为,跟在高个武警战士和牛蓓薇身后说:“这样看来,我要让那兰宛茹连卖红薯的机会也没有了!”

牛蓓薇话语威严而冷峻:“要相信,这是社会主义的共产党的中国!”而后,又急切地说:“我正需要银行方面和企业一些最实际的材料!你们帮了我的大忙!”

这天，一直辛苦到晚上的不光是市委大楼里面的陈淑媛一行人。在京枫茶馆那个孟亚男曾经喝茶的临河雅间里，那个孟亚男曾经坐过的椅子对面，坐着郭安邦。

他与孟亚男第二次见面的时间约定为晚上七点整，他从六点多一点便坐在这里了。茶桌上摆着两本他的经济著作。

轻轻流淌的护城河水，送走了灿烂的金色夕阳，迎来了血色的黄昏余晖，而郭安邦却没有迎来美女孟亚男；静静翻涌的河水的涟漪，送走了血色的黄昏余晖，又迎来了淡淡的暮霭，而郭安邦还是没有迎来美女孟亚男；蜿蜒而去的护城河送走了淡淡的暮霭，又迎来了万家灯火和繁星闪亮，那郭安邦却依然没有迎来美女孟亚男。

一个胖墩墩的小伙子，在古老的河边一直耐心地等待着他的心上人，他坚信他的美女孟亚男会心仪于他，他也坚信他的美女孟亚男一定会来。可叹的是，正在进行生死搏斗的人们，没有人想起来告诉他：他心仪的美女孟亚男已经永远地离开了这个世界，永远也不会再赶到他的身边来了。

他利用业余时间对怒潮公司进行分析，并多次以“金忠良”的化名把分析材料邮寄给了证券监管会牛蓓薇任过处长的扩股审批处，却没有人知道。难道此情此景，是邪恶之神对他这种诡秘做法的报复吗？

六十一、怒潮大曝光

二〇〇三年春天的时候，在一个很平常的晚上。月亮很亮，星星很多，气温不凉也不热，也没有风。

董、骆没有外出，也没有加班工作，而是吃罢晚餐，坐在了电视机前准备看一台现场直播的经济节目。陈淑媛告诉他们，今天晚上就要播出她的心血之作《呼唤诚信》了！

骆雪给老公沏上了一杯今年的清明茶，那嫩而青绿的茶尖，泡在滚烫的水里，一点一点地舒展开肢体，沉淀在杯底，把一杯白水渲染得黄绿而晶莹，把房间里也散满了茶的清香。

董大为品了一口，立刻做出了陶醉状，赶紧把杯子端给爱妻骆雪，做到了奇茶共品尝。

骆雪轻轻端起杯子，美美地呷了一口，随着茶水的清香带来的充满身心的温馨，她索性偎在了老公的怀里。

小两口没有谁说话，却在尽情享受着小日子的安详和甜蜜；分享着陈淑媛的胜利与快乐，虽然，这甜蜜和快乐里时时隐含着对孟亚男之死的悲伤。

此时，已经到发达银行工作的郝逍遥也在电视机旁，随意消遣着。

他看罢新闻联播，没有像往常一样立即换台看什么德甲、英超之类的足球比赛，品咖啡的不经意之间，忽然看到电视里有一个现场直播节目，标题叫作《呼唤诚信》。

这是一个很严肃的现场直播经济节目，主持人老乔采访一个叫陈淑媛的四十来岁的女人，这个女人是京都市亚太文化发展公司的总经理，高个、大眼、淡妆轻抹的。

郝逍遥感觉陈淑媛及京都市亚太文化发展公司这两个名字都有点耳熟,但是,他又想不起来在哪里听到过这两个名字,也想不起来在什么地方见到过这个女人了。

只见那个叫陈淑媛的女人,花枝招展的模样,神采飞扬的劲头,虽然用白纱布吊着一个伤胳膊,却依然摆出一副救世主的模样,大谈一些上市公司利用种种手段提供虚假财务信息,欺蒙银行和股民、骗取贷款和拉高股价等等问题,特别把怒潮集团资不抵债的情况作为个案进行了透彻的分析,结论是目前京都市的信誉环境较为恶劣,为了京都市能够在WTO中坚实地走好,为了京都市未来经济的发展,各级政府和经济管理部门,甚至企业和个人,要把重建商业信誉作为本部门和个人的一项工作甚至准则来执行和遵守。

陈淑媛从六个方面揭露了怒潮公司的欺诈行为,提出质疑:没有造血的产品,怒潮的资金是哪里来的?没有良性的经营,怒潮的资金又是怎么循环起来的?没有产品的产出,股市圈钱计划又由于京都市证券监管会牛蓓薇处长的原因迟迟没有启动,为什么怒潮集团却能够维持整个企业庞大的开支?

陈淑媛的结论是:怒潮企业是依靠银行贷款的大笔注入来维持整个企业财务收支的。并预言道:如果没有扩股,如果没有银行贷款的大笔注入,怒潮企业恐怕维持不了一个月!

最后,主持人老乔以很钦佩的语气说:“陈总,您研究上市公司的问题,是不是面临着很大的压力呢!”

接下来,按照老乔事先拟订的脚本安排,该帮助陈淑媛炒作一下她那本已经出版的《上市公司黑幕揭秘》了。

节目脚本是这样安排的:那陈淑媛应该颇会作秀,眼中含了苦涩的泪水说:“是的,有时我是以生命作为代价的!”

主持人老乔应该又问:“您研究了这么多年,一定有不少心得和成果吧?”

陈淑媛应该很及时地拿起她的那本书,继续作秀道:"这本《上市公司黑幕揭秘》是我刚出版的一本书,记录了我对类似怒潮股份这样公司的剖析。我愿做一名园丁,在中国股市和金融的花园里耕耘,随时都要义无反顾地铲除那些滥竽充数,甚至欺害人民和国家的残花败柳!"

而后,按照节目脚本编排,主持人老乔应该客气道:"谢谢陈总能够光临我们的节目!"最后,陈淑媛得意地笑了。此时,她应该忘记了《上市公司黑幕揭秘》的真正作者是常太平。

但是,令主持人老乔始料不及的是陈淑媛却没有按照节目脚本的安排这样表演,而且她竟然在亿万观众面前自己把自己给卖了!

当主持人老乔以很钦佩的语气说"陈总,您研究上市公司的问题,是不是面临着很大的压力"的时候,陈淑媛却突然忘掉了炒作那本《上市公司黑幕揭秘》的事情,她竟在脑海里浮现出了她还从未谋过面的常太平的身影。

她把常太平想象得很英俊、很高大、很威猛,而不是常太平真正那副干瘦而有骨感的清秀模样。

陈淑媛沉吟了许久,面部表情异常复杂,也说不出她是悲伤,还是羞愧,也可能她既悲伤又羞愧。只见她拿起了常太平的著作:《上市公司黑幕揭秘》,她一字一顿地说:"其实,人是一个非常复杂的动物,比如说我,这本书虽然写着我的名字,但是,它的真正作者却是常太平先生!常太平先生还有一篇很有才气的经济分析报告,叫《金融大厦的背后》,直揭了怒潮公司的老底!"

陈淑媛话一出口,吃惊的不光是主持人老乔,守在电视机旁的骆雪立刻从老公的怀里跳起来,那杯清茶也被碰倒在茶几上,董大为没有接住,那杯子还是轱辘到地上,"啪"的一声摔碎了,茶水把茶几和地板全都弄湿了。

董大为埋怨道:"老婆,你怎么一惊一乍的!"

骆雪没有回答老公的话,却继续叫道:"陈姐怎么这样说!这样一来,她就要从一个英雄人物,滑落到有争议人物去了!"

董大为注视着电视,只见陈淑媛神色抑郁,继续说:"可常太平先生,现在，已经……离开我们了！虽然他的身上有这样的毛病，有那样的缺点，甚至可能犯了一些错误，但是，真正发现怒潮黑洞的第一人是他，而不是我，从客观上说，他应该……能够算得上一个英雄人物，因为，他为了这本书……付出了生命的代价！”

骆雪诧异道：“真不明白，陈姐这么聪明个人，这个时候干嘛把常太平说出来！那常太平人缘不好，口碑极差，却在这个时候把自己和他搅和到一起，光辉形象就难有光辉了！”

董大为看一眼电视里的陈淑媛，再看一眼爱妻骆雪，说：“我自打和陈淑媛闯了一次市委大楼，仿佛立地成佛，实现了人生的顿悟，我对你这观点倒不赞成了！”

骆雪白了一眼老公，嗔怪地问：“那解释解释陈姐翻自己的盘有什么目的？”

董大为直截了当：“没有目的，只是为了她自己的良心！”

骆雪惊异道：“照你这么说，她这么翻盘，倒是她人格的升华？”

董大为玩笑道：“我认为，陈淑媛同志现才真正升华为一个高尚的人，成了一个真正的脱离了低级趣味的人！”

电视台的主持人老乔见陈淑媛情绪激动竟然在这样重要的场合走了题，而且竟然把自己最不足道的东西在这种场合公之于众，以为陈淑媛一定是高兴糊涂了，一定是乐疯了，乐到忘乎所以，疯到不计后果！

老乔急忙插嘴，打断了陈淑媛：“陈总过谦了！这本书里不是凝结了您更多的心血吗？您的员工孟亚男不是也为此付出了美丽的生命吗？陈总您不是也险些有生命的危险吗！？”

陈淑媛听老乔这样一说，自己停顿了片刻，望一眼为难的老乔，明白了老乔的意思，但是她却没有顺着老乔的杆子爬下来改口，继续义无反顾地说：“今天，我就在这里，要向那些为捍卫真理、伸张正义付出生命、付出心血的人表示我的敬意！告慰写书的常太平，悼念我妹妹一样的同事……孟亚男！如果没有他们，就没有我陈淑媛……”陈淑媛说到此处竟然泣不成声了。

主持人老乔见陈淑媛语塞而又失态,赶紧见好就收,把镜头切换成自己的大特写,用深沉的话结束了节目:“社会主义市场经济是以信誉为基础的,诚信不但是一个国家文明与进步的标志,而且也是生产力。让我们每一个共和国的公民,人人从我做起,捍卫诚信。我们呼唤京都市经济社会诚信水平能够尽快提升,也呼唤金融体制的进一步完善,以适应京都市进入 WTO 和应对国际竞争的需要!”

六十二、“英雄”落伍

一贯老谋深算的郝逍遥看罢《呼唤诚信》这台电视节目后，竟大张了老嘴，把个小瘦脸拉得老长老长的。令他惊诧的是堂堂一个把农业和科技完美结合的旗帜般的怒潮集团怎么可能是利用种种手段提供虚假财务信息，欺蒙银行和股民、骗取贷款和拉高股价的大骗子呢？

自己才给怒潮股份新增贷款不到两个月，如果陈淑媛反映的情况属实，那么，自己岂不完蛋了！他怎么面对发达银行一个个猴精猴精的员工和办事死板的洋鬼子上司呢！而且，在电视台上播放这样一个节目肯定不是陈淑媛之流的个人行为，必然是某种政治倾向的象征！

郝逍遥怀着忐忑的心情上了班，他满脑子盘算的都是怎么应对自己因怒潮问题给发达银行带来的贷款损失，进而怎样保住自己高薪的位子。

在办公室的桌子上放着一份总行批转下来的中央银行的红头文件，内容是要求金融部门停止对怒潮企业办理新增和转期贷款业务，并尽快落实银行债权，保全国有资产。文件后面还附了陈淑媛发表在《京都金融内参》上的标题为《关于怒潮企业资不抵债情况的情况反映》，一篇洋洋数千字的文章。

郝逍遥不觉眼前发黑，脊背上开始冒出冷汗来，甚至心情沮丧简直到了绝望的程度。停止对怒潮贷款无异于给他自己的职业生涯敲响了丧钟，他开始为自己的位子真正地担忧了。

他恨自己，更恨兰宛茹，也恨陈淑媛，这两个女人一个骗，一个揭，看来自己在金融界的一世英名就有可能葬送在这两个女人手里了！

郝逍遥正沮丧间，办公桌上的电话铃响了，是郭安邦通知他下午到总行开会。

那郭安邦自打听到了孟亚男的死讯，情绪一直低落。一连几天，他都继续到他与孟亚男初次相见的京枫茶馆，继续坐在他曾经与孟亚男相对而坐的座位上独自沉思，望着空空如也的对桌，望着窗外静静流淌的护城河，想着美丽姑娘孟亚男的美貌，回味着她充满磁性的哑嗓，他只是默默地流泪。

唉，想当初，该说的没有说，是错误；不该说的一通瞎说，也是错误。但是，时光一去不复回，没有改错的机会！这就是人生的现实！

郝逍遥接着郭安邦的电话，诧异地问："什么事情这么重要，非让你这董事长的大秘亲自通知？是不是怒潮的事情？"

郭安邦在电话对面苦笑一下，含糊着："是，也不是！"

郝逍遥继续追问："什么意思？"

郭安邦阴沉地答道："梁董事长下决心让位了，今后，发达银行的外资股份要大大超过百分之五十一了！"

"梁董事长是为怒潮的事情退位的？"郝逍遥惊愕了，心想：总行一把手为怒潮两个亿的贷款损失而辞职，自己作为当事人和直接领导，怎么是好？他可不愿意自己扔掉自己的位子！这位子，可就是大把大把的人民币呀！

郭安邦沙哑着嗓子，模棱两可道："是也不是。您来了就知道了！"

结果，郝逍遥同志不幸猜中了，下午的会上，梁董事长没有任何客套话，上来就宣布了董事会的决议。

第一项决议是同意美国A银行、中国最大的民营企业B公司入资发达银行。第二项决议是梁董事长宣布由于中方国有股本减少和个人原因，辞去董事长及行长职务。第三项决议是拟辞聘郝逍遥的京都分行临时负责人职务，由安娜女士出任京都分行行长一职。

郝逍遥听说发达银行要罢免自己京都分行临时负责人的职务，还没有听清下面再给他任什么新职务时，却见梁董事长带头，全部的洋鬼子和假洋鬼子都举起了手。罢免他而改任安娜当发达银行京都分行行长一职的决议就这么轻而易举地通过了。

郝逍遥按照计划经济国有企业的老思路想：这官罢就罢吧，改任到安娜的部门当个老总,没有工作压力,一年上百万人民币拿着,岂不更好!?

会后,郝逍遥没有去追已经辞职的梁董事长,而是拦住了会说中国话的新加坡人安娜。郝逍遥首先祝贺了安娜的就任,而后,郝逍遥颇为严肃认真地问:“我的新职务怎么安排呀?”

新上任的安娜行长诧异地望着被迫离任的郝逍遥,似乎不明白郝逍遥说出话的意思。郝逍遥心里本来不痛快,便心里骂道:装什么丫头的!我问给我再安排个什么职务,丫还装听不懂!

但是,郝逍遥的愤怒没有写在脸上,只是刻在心里,他继续理直气壮地问安娜:“我不当行长了,你们让我干什么?”

安娜似乎明白了郝逍遥的意思,耸耸肩,摊开两臂:“那是你的自由!”

郝逍遥恍然大悟:“我被你们开除了!他妈的!”

安娜睁着秀丽的眼睛不解地望着郝逍遥:“银行要支付你违约金的,之后,你是自由的。这里没有合适的岗位,你有本事,哪里不能够干事业!”

郝逍遥高声喊道:“这就是你们他妈的国际惯例?”

安娜解释着:“银行和职员是合同规定的雇佣关系!我们没有党组织,没有谁会给谁安排什么!离开银行,不愿意继续工作的,可以在社会上申请到救济。”

郝逍遥一个在国有银行呼风唤雨几十年的老革命,遇到了现在的新问题,想哭又不好意思哭,想笑又没有道理笑,只有看着大家包括安娜都走了,自己还无言地一个人呆立着。

但是,郝逍遥毕竟是郝逍遥,他遇上了人生的挫折却没有起自杀的念头,晚上,喝了N杯咖啡,抽了X颗烟,吐了Y个烟圈之后,他擦干心中的血和泪痕,抹去眼角的老泪,竟然诗兴大发,写出了一首颇具阳刚之气的励志诗,大笔一挥,题名为《男子汉宣言》,副标题更为现实主义:“为遭遇怒潮事件而作”:

只要在呼吸,
就要挺着胸;

生要作人杰，
死亦为鬼雄。
“男子汉”，
定无愧这名称。

只要没有死，
就要去抗争；
让所有对手，
在脚下爬行。
“男子汉”，
要不辱这名称！

六十三、罪有应得

京都市的北部有山有水，风水极佳，座落着许多古墓。在一座依靠皇帝老儿之墓建造的民间陵园里，新耸立起了两块青色的石碑，一块石碑上，中间写着四个大字："心形共丽"，抬头位置写着："孟亚男"，落款位置是日期："1979-2003"；另一块石碑的文字布局相同，写着："天地明鉴"、"常太平"、"1965-2002"。一个高个女人，为两块墓碑摆放了鲜花，在常太平墓前默默祷告之后，便久久地伫立在孟亚男的墓前，无言地落泪。

就在陈淑媛无言哭泣的时候，在从莫斯科飞往北京的飞机上，有一个戴手铐的中国人。他便是因被欺骗而心理扭曲、因心理扭曲而误入歧途的贾好运。他在谢云的帮助下来到莫斯科，在去往咯山的火车上，晚上睡觉时被人施了迷魂气体，酣睡之中，竟丢了随身携带的三万美元。经俄方乘警查证，盗钱者极可能是两个上车又下车的中国人！丢钱之后，他在咯山偏偏又没有找到接应人——谢云，谢云的手机也永远地打不通了。贾好运当然不会猜想有可能是谢云那厮在俄罗斯火车上偷了他的钱，更不会设想谢云那厮再会飞回京都市盗走侯山的银票又提走白金钻戒。

终于，坎坷的贾好运举目无亲、语言不通；倒霉的贾好运身无分文、没吃没喝；软弱的贾好运走投无路、欲死不能。再三犹豫，犹豫再三之后，贾好运只得到莫斯科的中国大使馆投案自首了。现在，他正被公安人员押解回京，等待着他的，只能是法律的审判。

贾好运悲剧的导演者，参股银行的赖主任，现在，也不舒服。

中央银行关于怒潮问题的文件和市委领导在陈淑媛发表于《京都金融

内参》情况反映上的批示，也摆上了参股银行赖主任大办公桌的案头。他掐着脑门子，脊背上也开始淌冷汗了，他逼着贾好运放给怒潮股份的那四个亿贷款还没有收回来！

在陈淑媛的短文《立即停止给怒潮集团发放贷款》刚一出来之时，他已经意识到了怒潮的危险，他也已经要求贾好运收回贷款；因为，之后他见怒潮形势向好，他又被利益驱使得徘徊和寡断了，他又对吴力下达了新政策："暂不支持，适当收回贷款本息"，眼前这四个亿的贷款危在旦夕，自己已经铸成了大错，再加上侯山丢票事件，他主任的位子真的开始摇摇欲坠了！

但是，想到自己还可以通过加大对侯山丢票事件的处罚，通过开除侯山行级、撤销吴力行长职务来冲淡总行有可能对自己的处理！还可以下定决心、排除万难、千方百计地一搏，以保住自己辛辛苦苦弄到的值四十五万人民币主任位子！他才得以聚拢了自己的精神头，再读了一遍文件和市委领导同志的批示。

而后，他像赎罪一般地行动起来，马上召开了参股银行京都管理部中层以上干部包括支行行长参加的会议，传达和学习了文件及市委领导同志的指示精神。之后，他拿出当中央银行处长时就已经炼就的提炼文章主题的功力，总结道："市委领导同志站得比我们高，看得比我们远，明确批示：'停止贷款，保全资产！银行要以此为鉴，查找体制与管理方面的问题；经济部门要加大修复商业信誉工作的力度；全社会，包括小学教育，都要把诚信作为国民素质教育的重要一环，以增强我国的国际竞争能力！'领导同志不是就怒潮事件来谈怒潮事件的，而是从国民素质、社会经济环境、金融体制三个层面进行了指示，同时也认为怒潮事件产生的根源来自以上这三个层面上。我个人理解，这最高层次上的问题是国民素质的问题，比如：任人唯亲，而不用人唯贤的痼疾；比如，把岗位作为待遇，而不作为责任的陋习。这方面，我们参股银行做得是好的，没有或少有这方面的问题。中层次上的问题是经济社会缺乏诚信环境，比如，有人为了拉存款，就承诺给人家贷款，而后存款来了，贷款又给不了。这就是社会缺乏商业信誉的问题，在这方面，我们参股银行做得也不错。"

赖主任正就领导指示谈得津津有味、口若悬河的时候，人力资源部阮总小跑着上来了，悄声对赖主任说："赖主任，先别谈诚信了，没有想到，贾好运出大事了！"

那阮总虽然有意压低声音说话，但是，由于离着话筒太近，因此，他的话依然传遍了会场。由于贾好运被赖主任以行长之位诱来，又因不甘于被玩弄而泡病在家的事情大家都当成趣事烂熟于心，再由于赖主任平日里群众基础极差，因此，见赖主任口口声声大谈诚信的关键当口，却被阮总以贾好运的事由打断，这无异于抽了赖主任的嘴巴一般，大家感觉出了开心、滑稽和好笑。于是，阮总的话音才落，全场便哄堂大笑起来。这其中，齐副主任是最先笑出来的，而且，也笑得最开心了。

赖主任见大家笑，自己却有点莫名其妙，而自己已经准备讲话了，见大家还在笑，便恼羞成怒，厉声喝道："严肃！严肃！这么重大的事情你们还笑！"断喝之后，见会场上鸦雀无声了，赖主任便对阮总说："我讲完话再说贾好运的事情！无非是病重病死的！"他对贾好运的这一趟俄罗斯之旅，依然一无所知。

阮总无奈，只得悻悻下了讲台，一路小跑着出去了。

赖主任又重新聚集精神："我刚才讲到什么地方了？"

吴力讨好地提醒："您讲到怒潮事件产生的第二个根源：社会缺乏诚信了！"经过与贾好运的位子之争，又有了中国F集团二十个亿的大笔财政性存款，拿了"敢斗奖"的吴力，自以为已经成了赖主任的红人。同时，又由于赖主任在对侯山丢票事件的处理上，还一直没有对吴力采取措施，而且态度暧昧，因此，吴力便更进一步地以赖主任的心腹自居了。他哪里明白，他的领导——赖主任正准备抛出他这个小行长以求自保呢！

赖主任继续讲话："说到诚信你们都笑了，笑得也对，那个贾好运就不诚信，他明明是对管理部安排的工作不满，而却谎称有病，泡在家里不来上班！这哪里还像个共产党员嘛！"

赖主任的话音未落，会场下便传来了嘈嘈切切的议论之声。赖主任这是强奸了民笑呀！刚才大家是笑他赖主任自己不诚信却大谈诚信，不像个共产党员，而不是笑贾好运因为领导不诚信而迷失得自己也不诚信，而不像个共产党员！

赖主任正准备就怒潮的贷款问题展开来讲讲的时候，没有想到那阮总又一路小跑着上了台。这次阮总怕话筒再放大自己的声音，索性附在赖主任的耳边说："赖主任，您还是先去吧，刚才是总行监察室主任打电话，现在是总行林行长亲自打电话过来了，让您马上过总行去呐！"

赖主任见事情似乎紧急，便很不情愿地望一眼身边的齐副主任，说："现在由齐副主任具体布置查找我们管理上的漏洞，清收怒潮贷款的工作。"说罢，意犹未尽地下了台去。

齐副主任笑呵呵地走上台来，一语双关地说："你放心下去吧，我会带好大家的！"

赖主任怎么也想不到，他这次下得台来，他这一辈子就再也上不了这个讲台了。

林行长个子不高，圆脸黑皮肤，戴一副很朴素的塑料框眼镜，年纪已经是六十开外了。他是延安时期的红小鬼，也是中国留学苏联学经济管理的少有的人才。见赖主任一脸媚笑着进了自己的办公室，林行长客气地放下手中的工作，让赖主任坐在沙发上，并招呼楼层的服务小姐给赖主任沏上一杯茶。

赖主任则拿出一副受宠若惊的样子，很局促不安地很崇敬地望着林行长。

见了赖主任的局促模样，等楼层的服务小姐出去后，林行长则端着自己最普通的瓷杯也坐在了沙发上，坐在了赖主任的身边。

赖主任见行长大人与自己同坐，很想说几句客气或感激的客套话，但是，盘算了半天，没有找到合适的词，只得面带感激之色地微笑着静坐，没有吱声。

林行长轻轻喝了一口茶，微笑着开口了："很忙吧？"

"正开会，组织大家学习市委领导的批示精神呢！"赖主任答道，他现在才想起，他进门时，应该先跟林行长道歉自己的迟到。但是，现在再道歉似乎已经晚了。

“这就对了！京都管理部虽然是经营部门，但是，也不能够只关心指标，不关心人呐！否则，欲速而不达！”林行长和蔼地说着。

赖主任听林行长这么说，心想，一定是贾好运通过那个原来不管事的、现在已经退休在家的赵副行长把自己没有得到行长位子的事情又到林行长这里告状了。心里骂着贾好运是个王八蛋，嘴上却说：“林行长，您指示得对！”

林行长见赖主任心情已经平静下来，没有了刚才那种局促不安的表情，便把话转到正题上来：“那个贾好运的案子，怎么引起的？”

赖主任见林行长问起贾好运，便不假思索地把在电梯里已经准备好的话说了出来：“我原来是说给他一把手，现在也想给他一把手，只是他的能力实在太差了，我们这个一把手怎么给他嘛？我也是对参股银行的事业负责嘛！”

林行长见赖主任对贾好运盗取客户存款外逃案居然一点不知，还在围绕着是否给贾好运位子的问题兜圈子，怒火立刻冲到了头顶，他站起身的同时，愤怒地把茶几一拍，自己和赖主任杯子里的茶水都被震得洒了出来。同时，林行长把齐副主任已经调查落实清楚的箭楼支行对公司客户存款亏空二百万的报告重重地摔在赖主任的眼前，说：“连齐副主任都知道你们在人员招聘和员工使用、业务开拓方面有问题，才酿成现在的大错！”

赖主任没有看桌上的材料，他并不知道贾好运已经外逃，也不知道齐副主任背着他发现了箭楼支行的存款盗取案，他还以为那只是领导发泄怒火的方式呢，他依然不明白林行长为什么突然变得这样怒不可遏，于是，他也不敢再在沙发上坐着了，像火燎了屁股一般也站起来，心想：这他妈贾好运还真有一点本事，跟林行长这样铁！一个“正”和“副”的问题，竟然把个总行大行长气成这个样子！早知道这样，不如把个支行行长的位子给他得了，也许，这时的贾行长早已经兢兢业业地挖开了国商银行的墙角，存款和贷款也早已经达到几十个亿了呢！

赖主任这样想着,老实了许多地说:“我在对贾行长职务的问题上的确存在着没有诚信的问题,我需要检讨!”

林行长在办公室的地毯上来回踱着快步,见赖主任如是表白,继续喝道:“你就是这样对待党的事业的!你就是这样做人的!我问你,怒潮股份的事情,又是怎么回事!《立即停止给怒潮集团发放贷款》的短文一出,我就批了,让你清收贷款,你居然按兵不动!到现在,居然还有四个亿的贷款!”

赖主任没有想到自己骗一把贾好运竟然被林行长提升到党的事业和做人的高度来认识了,同时,又把怒潮贷款的事情搅和出来,便辩解道:“林行长,我现在同意拿掉吴力让贾好运同志接替行长职务!怒潮贷款也是贾行长推荐办的!”赖主任以为贾好运和林行长关系密切,把怒潮贷款推给贾好运则可以冲淡自己的责任,至少现在可以少挨几句骂。

林行长突然停下脚步,目视着赖主任,眼中那一贯的慈祥已经全部变成了严厉,只是这次他却没有怒喝,而是声音很低沉,一字一顿地说:“贾好运盗取公款、畏罪潜逃案,你难辞其咎!”

此时,在林行长的心里已经对赖主任的工作和为人形成了既定的看法,并很快在心里由这看法形成了下一步对赖主任的处理意见。

“贾好运盗取公款?外逃了?”赖主任惊呆了,他现在才明白林行长找他来的原因,他现在才明白为什么林行长对自己这样怒不可遏,原来,自己刚才对贾好运职务的辩解都成了对贾好运外逃原因的探源!自己把自己给交代出去了!早知道如此,自己断断不能够这样说呀!应该说,自己早就看出贾好运心怀叵测,才英明果断地冒着挨骂、得罪人的风险没有让他当行长的!那怒潮股份的四个亿贷款也是贾好运欺骗领导的结果!

此时,林行长的心情已经平静下来了,他平稳地说:“中国驻俄罗斯大使馆,通过公安部通知了我行,贾好运携款外逃,在火车上被犯罪团伙偷了钱,也没有了一个叫谢云的同伙的接应,在走投无路的情况下,向我们大使馆投案自首了!那个谢云本是犯罪分子,箭楼支行侯山丢票案,他也是主犯。人也已经抓获。贾好运与谢云有没有勾结,还要等公安机关裁定。现在,总行保卫部的人和公安部的同志一起在俄罗斯,正在把贾好运押解回京!怒潮集团的二百万存款也形成了损失!”

赖主任听了林行长的话,腿上已经一点力气都没有了,他怕当着林行长的面瘫坐在地毯上,便赶忙用手撑住沙发扶手,就近瘫坐在沙发上。赖主任一脸羞红,臊眉耷眼地低着头,大口地呼着气。

他见林行长重新坐回办公桌后,拿起了刚才正在批阅的文件继续工作了,赖主任才明白:这等于下了逐客令。于是,他只得无力地站起身,忍住了头晕目眩,尽量把自己嗓音放低放细,低三下四地试探着问:“管理部一连出了侯山丢票案,怒潮骗贷案,贾好运盗取公款外逃案,只处理一个支行行长吴力,恐怕说不过去。”

林行长见赖主任如是说,只是默默地看着他,没有开口。赖主任见林行长没有开口,自知自己的处理力度还不够,便又试探道:“我除了免去吴力职务,还准备对我自己进行通报批评并罚款三千元!”

林行长依然没有开口,只是看着自己办公桌上的文件,无声地笑笑,感觉赖主任的意见与自己心里形成的处理结果还相去甚远。

赖主任见这样的处理林行长还不认同,便自知大势不好,但是,也是事到临头躲不过,人生在劫难得逃,赖主任咬了咬自己满口有黑牙缝的牙齿,把自己放到了自认为的最差的地步:“为了平民愤和对党的事业谢罪,我甘愿在参股银行做一个主任级巡视员,辞去主任实职!”

林行长抬起了头,终于一字一顿地开口了:“我们是股份制商业银行,全部岗位都是实职,要么有位子,要么没有位子。”

赖主任木然而后愕然:“我为参股银行创造了辉煌的业绩,总不能够把我开除吧!”偌大的一个大主任,挺老的一个大男人,面对饭碗要丢的时候,赖主任居然咧开大嘴,龇出有黑黑牙缝的牙齿,痛哭流涕起来了。

见赖主任哭起来,那哭声给安静的办公室带来了从未有过的噪音,林行长只得抬头望一眼他,而后冷冷地说:“你的工作安排,需要总行党组研究后才能够决定。现在,你先把京都管理部的工作与齐大同同志办理一下交接。”

六十四、改革维艰

就在《呼唤诚信》节目播出的几天后，为了应对怒潮事件，国商银行也有了动作，营业部的新行长——原总行人力资源部的于主任走马上任了。

他首先进行了他所熟悉的人事改革，把在总行搞的末位淘汰演变成营业部全员进行上岗考试，下达指标淘汰冗员五百名。同时，大幅度地提高了全员的工资水平，希望向有外资进入的发达银行看齐，员工的工资收入普遍翻了翻。改革的结果是这被淘汰的五百名冗员堵在他的办公室外，齐声高呼无比嘹亮的革命口号：

“我们为国商银行贡献了青春，国商银行就应该养我们的老！”

“不续签劳动合同就要按照工龄给予经济补偿！”

“我们是共产党员，怎么能够让我们脱离党组织！”

“为什么有后台有背景的不下岗，只有老百姓下岗！”

“凭什么干一样的活，在岗人员的工资却比原来翻了几番！”

“革命群众不要假改革！要改革就要动真格的！”

以至于那于行长不但没有办法工作，甚至不敢到办公室来上班了！为了躲避下岗群众的围堵，于行长赶紧买了去美国的飞机票，到美国花旗银行考察去了。

谁也没有想到，请愿的群众领袖居然是天竺支行信贷科的原科长关卫兵！他在科长考试中名列支行最后一名，按照规定，便自动下岗了。在这下岗的五百人中，他关卫兵居然是职位最高的！真可谓兔子急了也咬人，在革命群众的坚决拥护下，肉了吧唧的关卫兵这次终于刚烈了一把，痛下决心，当了群众领袖。

于行长临行前还完成了两项人事变动，一是任命董大为为怒潮案件领导小组组长，国商银行对怒潮企业的第二次调查还没有进行，便直接进入资产保全程序，要不惜一切代价地追缴国商银行在怒潮企业中的不良贷款。二是，让董大为最不喜欢、最惧怕，也最可能妨碍他推行新政的一个对手杨兰兰离开了信贷管理部，董大为正得意时，却发现：原来人家杨兰兰已经成了自己的领导——她已经调总行信贷业务部当副处长去了！而且，直接分管的，就是他董大为！！

董大为依然不甘寂寞，根据怒潮事件总结银行贷后管理上的漏洞，又写了一篇洋洋三万言的论文：《构建国商银行贷后管理新框架》，为国商银行设计了全套改革方案。

他把文章兴冲冲地送给了项羽，再踌躇满志地送给葛副行长，只有于行长，由于人生，而没有大胆地贸然呈送了去。但是，文章压在项羽和葛副行长那里，便一直没有了下文。

董大为没有时间揣摩于行长的改革是真是假，被任命为怒潮案件领导小组组长之后，他立刻给在法院执行厅工作的宋大和同志联系。他想请法院的宋大和帮忙，优先帮助国商银行追缴怒潮那九个亿的不良贷款。

宋大和是原总行贾好运处长的同学，又是骆雪同事的老公，大家一说二摆、一穿两串地便都搞熟了。但是，没有想到是对董大为的盛情邀请，法院的宋大和同志居然推脱了，说京都市各家银行已经排着队给他买好飞机票了！全部是查封怒潮资产去！！

被宋大和搞得思绪不定的董大为，又用电话找到了陈淑媛。陈淑媛此时早已经媳妇熬成了婆，是愁苦少快乐多了！自打《呼唤诚信》一播出，她顿时成了著名企业家。

一会儿一家报纸采访她的英雄事迹，一会儿是一家杂志要挖掘她成长的光辉路程。她只是淡淡一笑，一概回绝了："我只是一个俗人，也要吃喝；我也是一个商人，也要利润！揭露怒潮公司老底，只是我执著地去说真话，个性使然，没有什么可说的！何况，对兰宛茹，现在也还没有一个定论！"

陈淑媛的不快也还有，就是虽然老冤家兰宛茹的骗局已经被揭穿，怒潮集团必倒无疑，但是，兰宛茹不但没有去卖红薯，却依然好好地生活在这个世界上，因为，她三十个亿的贷款都有合法的贷款合同，目前还只承担民事责任，杀人越货、金融诈骗的行为却还没有足够的证据，还不够马上逮捕的条件，甚至，兰宛茹起诉她陈淑媛侵犯怒潮名誉权的诉状都还居然有效。因此，陈淑媛不但担心着自己的人身安全，而且还担心着法院的传票呢!!

但是，董大为打来电话的时候，正是陈淑媛心情最阳光灿烂的当口，因为，秦鸣消失几日之后，又回到了她的身边来了，而且一口咬定是在朋友家害了几天病，并且还真的找了一个人来专门作证。

其实，那兰宛茹见陈淑媛已经揭穿了自己的老底，现在，唯一的希望就是别被弄成刑事犯，蹲监入狱，好苟延一口残喘，以期东山再起。因此，留着秦鸣已经没有价值，但避免出事，便对这个英俊男人进行了威胁、利诱，希望他入伙，为己所用。那秦鸣也自知自己一个人，单打独斗地不好混饭吃，而陈淑媛那里也只能够骗一天算一天，不是久留之地，所以，也就甘愿入伙，为兰宛茹卖命了。因此，秦鸣发誓不再跟怒潮公司做对，兰总也同意不向陈淑媛揭露秦鸣卖主求钱的丑陋嘴脸。于是，这个英俊男人又获得新生了。

此时，陈淑媛听了董大为一块吃饭的邀请，话语立刻热情洋溢了："好呀！晚上咱们好好庆祝我们的胜利！另外，你知道那本《上市公司黑幕揭秘》卖了多少本吗？"

董大为对书的经销一窍不通："卖多少？"

"首印的十万册，一个星期就卖光了！我准备再加印五万册！"

董大为想到《呼唤诚信》那台节目，故意问："你怎么在电视上打自己的嘴巴，居然说这本书不是你自己写的？"

"真不是我写的，本来我上次就应该跟你和雪儿说，可秦鸣偏给我安上个作者名！"陈淑媛叹口气，"但是，后来一想，人家命都没有了，我再盗人家名，我能够安心吗！而且，孟亚男的死，太刺伤我了！"提到孟亚男，陈淑媛的话音有些变，伤感之情仿佛也顺着话筒荡漾到董大为的心里。

"听说你给了她父母几十万？还给她和常太平都买了墓地？"董大为问起了孟亚男的事情。

陈淑媛叹口气,有意转移了伤感的话题:“不是出书赚了钱嘛！人生一世,入土为安吧。”

董大为赞叹道:“你真行！不愧是个知名女老板！好人！可是,本想利用我这小组长的职权假公肥私一次,既然你陈总又发财了,那今晚可得找个好地方宰你一刀!”

“好,一言为定,咱们今晚吃极品海鲜！你可得带着雪儿,我早就答应送她一件衣服,这回发了点小财,秦鸣和我一起去买的,晚上让雪儿试试!”

六十五、最后的"拉存款"

陈淑媛送给她雪儿的衣服,是一件白色的裘皮短款大衣。

银狐毛,雪白色中很秩序地夹杂着星星点点的黑色,挺括而飘逸,水落在毛皮上的时候,一下就滑落了,不会留下一点痕迹。衣服本来就华贵雍容,再被骆雪的美丽一衬,衣服越发显得贵重,美女也越发显得可人了。

这下可把那被爱妻讥为老且丑的丈夫乐坏了,董大为美得就差往嘴里抹擦口水了。骆雪却感到不知所措:"这得一两万吧?太贵重了!我怎么好意思要!"

"我许过的愿,我一定得还呐!而且,没有你们夫妻两个,哪里会有我的今天!"陈淑媛看了骆雪,再审视着大衣。

秦鸣说:"这还是我的眼力呢!"

"我可感觉有受贿之嫌!"董大为半开玩笑,半认真地说。

"受贿?得了吧!既然这东西给不给都一样,我为什么要破费呢?既然是我主动送的,因此,你又何来受贿?"陈淑媛一叹三问。

董大为见老同学如是说,便为老婆做了主,对骆雪说:"得得,老婆,那就收下吧!感谢你陈姐就是了。"自打闯了市委大楼,他仿佛在炼狱中再生了一般,闯劲儿足了,自信心多了,人也开朗了;甚至,在骆雪面前也是拿主意的时候多,唯唯诺诺的时候少了。

这边董大为、陈淑媛们正兴高采烈的时候,餐厅里又进来几个人,他们直接进了二楼早已经预定好的兰花厅包间,这里也曾经是兰总与韩小飞推杯换盏的地方。走在最前面的人,中等个头,腿短身子长,走起路来晃晃荡荡的。这便是参股银行京都管理部尚未免职的主任——赖崃籁同志。

走在最后的男人,个子不高,胖墩墩的,面皮黝黑,眼大而无神,满头是与年龄不相称的花白头发。他就是参股银行箭楼支行的现任行长,吴力。

中间走着的三个人都是毛头小伙子,他们便是参股银行已经进行了多次公关却依然没有收获的大客户:中国Y集团公司财务部的大员们。

赖主任今天格外慷慨大方,指示吴力点鲍鱼要鱼翅,自己则叫大闸蟹喝人头马,对花钱一点都没有含糊!赖主任对三位年轻的客人也极尽讨好之能事。

吴力见自己的领导如此这般的热情,也不甘示弱,一会儿给这个毛头小伙儿敬酒,一会儿向那个毛头小伙儿媚笑,心里想着中国Y集团公司的存款,可嘴上却对存款只字不敢提及,他怕人家年轻人烦,用欲擒故纵的手段,只是大谈忘年的革命之友谊。

其实,赖主任何尝不想像玩弄贾好运一样居高临下地对待三个毛头小伙子,但是,理性不准许他这样做。他现在的处境有多危难!总行的林行长显然已经对他形成了不良看法,很有可能因为箭楼支行的三桩案子把自己给免职!而且,这几天税务局还在京都管理部查账,万一找出一点偷税的瑕疵,他就更危了!为了避免这种事情的发生,他赖主任要在在位并交接工作的有限时间里,要像吴力在自己手下通过拉存款维持住了位子一样,也拉他二三十个亿的存款来,使林行长为了参股银行的经济利益而想动又不敢动自己,从而维持住自己的主任位子,保住那每年四十五万元的年薪!

赖主任不住地给年轻人们夹菜,并指着鲍鱼说:“再吃一个!这玩意,壮阳的!你们年轻人多吃,多多地吃!”

平头小伙子笑道:“赖主任,吃多了这壮阳的玩意,我那火往哪里出去?”

赖主任讪笑着:“往哪里出?往哪里出?”他竟一时为平头小伙子的火想不到出处了。

一个长发小伙子玩笑道:“让吴行长帮助找一个!据说他们支行有一个叫仇洋的女孩儿特漂亮!”

赖主任对吴力指示道:“有这么一个女同志吗?那你帮助三位领导介绍介绍嘛!”

吴力苦笑一下，心说：那仇洋本是个金枝玉叶，是你们这群毛头小子惦记的女孩儿吗？要不是为了你们手中那一点烂存款，我他妈都不搭理你们！但是，吴力的脸上则掩饰着心中所想，嘴上敷衍着：“好说，好说，只要三位领导能够把基本户开在我们支行，把资金从国商银行转过来，她仇洋一定会嫁给你们其中一人！到时候，三位领导可别自己打架哟！”

几个人正热热闹闹地聊着，服务小姐开了门，来送三文鱼了。

赖主任望着刚摆上的绿色芥末，热情介绍着：“这日本芥末可辣，你们三位领导吃时可要当心！”

三个毛头领导还没有来得及品尝三文鱼蘸日本芥末滋味的时候，只听得门外吵吵嚷嚷起来：

“警察来了！”

“抓人啦！”

“这么英俊的一个大男人怎么是坏人？”

三个毛头领导一听，年轻人好事的原形立刻显露无遗，他们为了满足好奇心，置拉存款的大主任和大行长于不顾，便立刻冲了出去。赖主任和吴力见状，出于无奈也只得陪着三个毛头领导出来看热闹。

原来赖主任在二楼单间大谈为客户找对象之事的时候，陈淑媛四人在大厅里已经是酒足饭饱，吃了个舒舒服服，聊了个心满意足，准备买单走人了。没有想到，两个男人却突然出现在他们的餐桌前，一左一右地站到了秦鸣的身后。白脸男人问：“你叫秦鸣？”

秦鸣本能地站起来说：“是。”可刚站起来，身体就又被黑脸男人强行按在了椅子上：“我们是公安局的！跟我们走一趟！”同时，白脸男人则拿出警官证，在秦鸣的眼前，晃了一下。

秦鸣听说面前的两个男人是警察，立刻吓白了英俊的小脸，腿也开始瑟瑟发抖了，结结巴巴地说：“我没有犯法！你……们凭什么抓我！”

白脸便衣不由分说，立刻摸出了手铐子，瞬间便铐住了秦鸣的双手。陈淑媛半天才醒过闷儿来，疯狂地站起身，扑向她的秦鸣，把秦鸣紧紧地抱在了自己的怀里，颤着嗓音问：“秦鸣，你干了什么？”

那秦鸣在陈淑媛的怀里反而镇静了许多,安慰着被他玩了个底儿掉的女人:“没什么! 可能是哪个哥们儿犯事,乱咬我!”

黑脸便衣一把拉开了陈淑媛:“不许妨碍公务!”

白脸便衣则顺势把秦鸣提拉起来,准备拖秦鸣出门。

此时的秦鸣倒来了爷们儿劲,大叫道:“放开! 老子自己走! 就是枪毙,也犯不上用你们拖!”

白脸便衣见秦鸣张狂,便一声断喝:“放老实点!”

黑脸便衣把秦鸣一推:“走!”

秦鸣被推了个趔趄,只得在两个便衣警察的前面乖乖地往外走。董大为急忙冲到便衣警察跟前,尽量客气和礼貌地问:“你们把秦总带走多久? 我们能够做些什么? 你们也应该跟我们说一声!”

白脸便衣见董大为倒是合作的态度,再看一眼也走上来的美女骆雪,便用公事公办的语气回答:“需要家属和单位的时候,我们自会通知你们!”

陈淑媛则继续不依不饶地追着:“你们凭什么把他带走? 你们凭什么把他带走? 你们知道我是谁吗? 我叫陈淑媛! 他是我的爱人!”此时的陈淑媛已经没有了在电视里揭露怒潮欺诈时的镇定自若,她的言语和行动都开始神经质,甚至完全混乱了。

两个便衣警察径直带着秦鸣出了门,直接把秦鸣塞进了停在门外的警车,而后自己也上了去。警车不等车门关上,便呼啸着警笛,立刻开走了。

参股银行赖主任一行看着警车远去了,便又都回到了自己二楼的单间。

赖主任评价道:“这个叫陈淑媛的,也不是什么好女人! 你看她与那被抓人的关系! 自己说是爱人。但我看,却母子不像母子,夫妻不像夫妻,姐弟不像姐弟,同事不像同事的!”

平头小伙子猜测道:“肯定是靓仔傍富婆!”

吴力若有所思:“陈淑媛这个名字很耳熟!”而后惊叫道:“莫不是在电视上揭露怒潮骗局的那个女人!”

赖主任也如梦方醒:“对对,是她! 就是那个陈淑媛!”说罢,赖主任敬了三位青年领导一杯酒，颇为解恨地说："没有想到她也有今天！这个女人给我们参股银行带来多少麻烦！如果有银行领导下来，很大因素都因为她！"

赖主任话音未落，自己的手机却响了。电话的对面是语调平和的齐副主任："赖主任吗？"

赖主任心怀不满地回答："我是。有事，你说。"

齐副主任很和蔼地说："赖主任，我本来想明天再跟你说，但是，想事情重大，还是提前告诉你！"

赖主任见齐副主任吞吞吐吐的，便知道没有好事，但是，无论发生什么，也得挺着呀！这就是人生！于是，他故作平静之声："你说。"

齐副主任慢条斯理地通报："税务局查出问题了！"

赖主任心里"咯噔"一下："什么问题？"

"发奖金逃漏个人所得税的事情，被发现了！税务局要罚款我们管理部二百五十万呐！"

真是屋漏偏逢连阴天，看来，这是天要灭赖呀！赖主任的心和腿都开始冰凉了！

电话对面的齐副主任此时倒似乎没有体恤赖领导的意思了，继续通报着，而且话语也变得严肃起来："另外，你和吴力的任免令，总行已经下达了！"

赖主任冰凉的心听到任免二字，又由于血液循环加快，突然热起来："给我任了什么新职？"

齐副主任用矜持的语气，尽量平和地传达道："免去参股银行京都管理部主任职务……"

赖主任打断齐副主任的话迫不及待地问："改任什么？"

齐副主任一字一顿地传达："改由箭楼支行任派，括弧，一般行员，括弧！"

赖主任惊愕道："我成一般员工了！工作还要吴力安排？"

齐副主任继续严肃认真地传达："总行决定撤去吴力箭楼支行行长职务，并提前终止劳动合同！"

“吴力被开除了!?”赖主任叫出了声。

齐副主任冷静地说:“同时,总行决定给予你和吴力行政记过处分!”

赖主任听罢,好久没有说话,齐副主任出于对老领导的客气,也一直没有好意思挂断电话。沉吟之后,赖主任有气无力地问:“那箭楼支行谁当行长,谁给我安排工作?”

齐副主任回答:“我们新的班子研究决定,由箭楼支行原来的黄行助任行长,安排人力资源部的阮总过去任副行长。阮总虽然是降职使用,他倒态度很好,愿意到基层去锻炼。你的工作将由箭楼支行黄行长或者阮副行长安排。”齐副主任见赖崃籁同志还没有挂断电话的意思,便说:“听说吴力和你在一起,你通知他明天到管理部办手续,并提走人事关系档案!”随后,齐副主任安慰了几句,就主动把电话挂断了。

赖崃籁同志的脑海里好久都回荡着齐副主任的话:“免去参股银行京都管理部主任职务,改由箭楼支行任派,括弧,一般行员,括弧!”再看着眼前的山珍海味,他突然醒过闷儿来:自己已经没有了签单权,吴力也没有!何况自己现在已然不名一文,还拉存款有什么用!

这样一想,赖崃籁同志赶紧起身,穿衣拿包,对大家说:“管理部有急事找我回去,你们慢慢吃着,我先撤!”说罢,赖崃籁同志不管三七二十一,转身丢了吴力和三位现在已经没有必要再以领导待之的毛头小子,大步流星地溜了出来。

那吴力已经从赖主任的电话里听出了一点眉目,也撇下三位年轻的领导追出来,他在极品海鲜餐厅的大门口才追上了赖崃籁同志,急不可耐地问:“你我都被免职了?”

赖崃籁同志见骗不过精明的吴力,只得勉强点点头。吴力的花白头发此时仿佛根根都直立起来,惊问:“为什么?”

赖崃籁同志露出黑牙缝,诧异了:“你还不知道为什么?!”

吴力感叹着:“我那里是出了几个案子,但是,我的个人存款已经有了三十个亿!我给参股银行带来多少利润呀!”

赖崃籁同志也正好找到了撒气桶:“你不但是撤职,而且是背着记过处分被提前解除了劳动合同！”赖崃籁同志说罢，感觉还不够解气，继续刺伤着吴力：“黄行助要接替你的职务，阮总任副行长协助他工作。他们也熟悉你的客户！齐副主任聪明着呢，他不会让你的存款跑了！而且，有存款有什么用，你背个处分，哪家银行还敢要你？”

吴力像个泄了气的皮球，矮胖的身体摇晃了几下，最终还是坚持住了，没有倒下去，他高声追问已经走出二十几米的赖崃籁同志：“今天的账怎么结，好几千块钱呢！”

赖崃籁同志已经钻进了他明天就要交公的奥迪车，甩出一句：“你的客户，你看着办吧！”

吴力傻了眼，赖崃籁同志在自己临死的时候还要宰自己一刀！新仇旧恨立刻涌上了心头，如果不是赖崃籁同志溜得快，只和人斗心眼，还从来没有和人动过手的吴力，也肯定得照定赖崃籁同志的老脸咬上一口，以解心头之恨。但是，望着远去的奥迪车，眼看这解气的一口无从下嘴，吴力只得望着奥迪车远去的后影大骂道：“赖崃籁，我操你妈！”

吴力在极品海鲜餐厅的门口站了许久，才被小风吹醒了。他心想：自己已经和参股银行没有了关系，还管参股银行的形象有何用？自己为什么现在还要买这几千块钱的单！于是，他也转身就走。但是，没有走出几步，就又停住了。因为，他想起来，他的手包还放在餐厅的单间里没有拿出来！那里面有信用卡、有汽车钥匙、还有现金几千块。

吴力只得又让赖崃籁同志玩了一把，硬着头皮回到了三个毛头小伙还在吃喝的单间，谁让自己的手段没有那个赖崃籁同志老辣呢！

三个毛头小伙子并没有在意赖主任和吴行长的诡秘行动，更没有在意这两个银行领导所遭遇的人生挫折，他们依然兴高采烈地边吃喝边聊天。在吴力进屋的时候，他们正聊到在参股银行找对象的事情，见吴行长进来了，谁也不在乎吴行长的臊眉耷眼和鬼鬼祟祟。平头小伙儿叫道：

“吴行长，咱们一言为定，明天把你们支行那个仇洋介绍给我！”

长发小伙儿已经有了醉意，走到吴力身边，口吃着：“吴行长，别听他的，在存款的问题上，他说了不算，我说了算！把仇洋介绍给我！”

此时,吴力的情绪已经由心灰意懒演变成绝望,听了两个小伙子的话,这种绝望的情绪便立刻又由绝望转化成恼羞成怒,那由于没有能够咬上赖崃籁老脸一口而积攒下来的怨气,终于找到了发泄的地方。只见那吴力听到三个已经对自己没有用途的食客的醉言醉语,便以有生以来少有的勇气拍桌而起,怒喝道:“你们丫头的也不撒泡尿照照,除了管两个臭钱,你们还有什么! 老子我凭什么伺候你们!”

三个刚才还被视为领导、被参股银行的大主任、大行长待如上宾的毛头小伙子,被吴力这突然而反常的举措搞得不知所措了,都大睁着醉眼说不出话来,见吴力拿着包和衣服要走,平头小伙子才醒过闷儿来,赶紧结结巴巴地说:“你们参股银行不要存款没有关系,有的是银行要! 但是,今天的账你得先结了!”

吴力夺路而出,冷笑着甩下一句话:“等着吧! 赖主任马上就回来! 他会亲自结账!”

吴力在楼梯口遇到了服务小姐,那服务小姐似乎看出了此中的一点眉目,追上两步问吴力:“先生,你们的账还没有结!”

吴力指指单间说:“中国 Y 集团的人都在,他们是管钱的领导,有的是钱! 账,由他们结!”

吴力说罢,用比赖崃籁更快的速度出门上车,很快就消失在国际大厦的光辉里了。在车里,吴力无言地流泪了,他反复念叨着:“我他妈早生华发,我他妈的容易吗!”

六十六、正义之声

陈淑媛动用自己全部的社会关系终于找到了她那未婚爱人的下落。原来,那秦鸣背着她,犯了重罪,协助他一个叫谢云的哥们儿盗窃了侯山携带的银行承兑汇票,并用这张银票到海南一家珠宝公司购买一千万元白金钻戒,而且分得了一部分赃物。由于谢云还没有外逃便在哈尔滨市被擒,秦鸣便被招了出来,于是,便有了秦鸣在极品海鲜餐厅被抓的一幕。为此而倒霉的,还有侯山,他被赖主任毫不迟疑地开除了。

在公安局,陈淑媛问一个姓施的警官:“秦鸣还能不能出来?”

施警官就是负责常太平案件侦破的人,他魁梧高大,黑油油的皮肤、浓眉大眼的。听陈淑媛这样问,他苦笑一下:“他这罪,不毙也得蹲二十年!”

陈淑媛争辩道:“秦鸣是受蒙蔽的,只是个从犯!”

施警官再苦笑一下:“如果真是这样,十五年也许能够出来!”

陈淑媛说:“秦鸣经常干好事!比如,他帮助我揭开了怒潮骗局,挽救了巨额国家财产!”

施警官说:“陈小姐,我是警察,不管审判那一段!如果秦鸣真有什么事迹,你可以提供给律师,法院审判时,也可能会参考。”

陈淑媛连声说:“好好,我去准备他的事迹。”

施警官有话在嘴里转了半天没有好意思说出口,但是,最后终于还是没有憋住:“陈小姐,我说句笑话您别介意。那雷锋都是一点一滴积累出来的,我就不相信这个秦鸣平日里是个雷锋,突然就成为一个金融盗窃、诈骗犯!我看,你还是应该重新琢磨一下他的言行!想想他背着你,还做了什么事情没有!我看,还是你看错他啦!”

陈淑媛见施警官如是说,想发火,但还是控制住了自己的愤怒:如果不是托朋靠友的,人家施警官也不会跟自己说这些!

于是,她只好无言地转身,苦涩着,悻悻地走了。

施警官望着陈淑媛孤独而去的背影,摇摇头,苦笑一下,悄声自语:“一个为情所惑的女人!真蠢、真可怜!有名有钱也没用,还是可怜!”

二〇〇三年的五月,到了怒潮集团状告陈淑媛侵犯其商誉,而法院审理、开庭的日子。此时,京都市的街头,迎春花还顽强地残留着几许灿烂,艳丽的桃花却因为透支了过多的艳丽早早地凋谢了,路旁的槐花则正当时,一束束的,洁白而芬芳地开放着。

由于怒潮公司的贷款欺诈,已经成为家喻户晓的事情,出庭双方谁是谁非不言自明。但是,兰宛茹一伙还在,还有强大的经济、人力实力,因此,本案的胜败依然是一个悬念。

陈淑媛也依然忐忑,如果自己真的败诉,性命虽不必担忧,可自己赖以生活的大半辈子的积蓄,怕是难以保全。但是,陈淑媛还不知道,就在她最心潮难平的昨天,命运之神终于向她倾斜了:国商银行的段主任死了,这个老疯子偷拍的录像带《偷窥》终于得以见了天日。

这个被常太平贬斥为有窥阴癖的老疯子,为了使自己的“杰作”《偷窥》的画面更丰富更美好,打算加入迎春花怒放的外景和含苞绿树喜鹊闹的特写。为了拍下这人间的美景,神志不清楚的他,趁少妻杨兰兰不在家的时候,居然站在自家的窗台上,忘乎所以地抓拍特写镜头。突然,一个没留神,竟从自家八楼的窗户上跌了下来,自己立马呜呼了老命,他那心爱的摄像机也和他一起粉身碎骨了。一个荒谬的人就这样荒谬地结束了自己的一生。

就在杨兰兰为自己这个疯丈夫的死依然伤感的时候,住在楼下的那个经常约常太平打牌、非鸡鸣狗盗之事不干的于胜利却找上门来了。因为,于胜利知道段笑银作品《偷窥》的内容,那里面得收集了多少银行人士的浪漫情怀呀?每一个镜头拿给相关人士,在出钱与暴露隐私的选择中,还不能够卖他(她)一个好价钱嘛!因此,于胜利满脑子里想的都是怎么能够不花钱或者少花钱而拿到段笑银的全部录像资料。

杨兰兰依然秀气，但却没有往日的水灵和风韵，皮肤灰黄，一脸凝重。自打离开营业部，现在的杨兰兰已经算是事业有成了，她已经接任了总行贾好运的位子，只是她是真正的处长，而不是像贾好运一样副处长主持工作。她终于成了国商银行总行学历最低、年纪最轻的正处长，实现了她人生这一阶段的辉煌。

于胜利进门的时候，那杨兰兰正坐在一个美轮美奂的战国式老榆木桌旁发呆。这是一个条形桌，桌面是一块老榆木的整板做的，桌腿也是用与桌面一样薄厚、一样质地的老榆木的整板制成，从桌面的边缘光滑而圆润地连接起来，呈流线型一直到地面，桌腿接地处，还外卷着圆形，使得整个桌子的外形古朴、俭约。

于胜利则面做悲哀状，一言不发地进了屋，从衣兜里摸出一个白皮信封，递给杨兰兰，那信封里装着两百块钱。见杨兰兰在这种场合竟不知所措起来，于胜利便解释道："段主任是我父亲的生前好友，也总关怀我，我这是送一个花圈！"

杨兰兰见于胜利这么说，鉴于自己与其父于主任的关系，鉴于没有其父于主任的关照自己就没有现在的精神和物质上的收获，于是，只得把白包收了，感情复杂、有一点怪不好意思的劲儿，请于胜利沙发上就座。

于胜利见屋里设了段笑银的灵位，便没有坐，而是在段笑银的遗像前鞠了一个躬，而后对杨兰兰试探着问："段主任生前与我同拍了很多录像，不知道还在吗？"

杨兰兰听到录像二字，便神经质地战栗一下，随即假意呜咽起来："他如果不是喜欢摄像，何至于这么走呀！"

于胜利心说：你个小女子如果要知道老疯子拍的是什么，恐怕就不哭了！早就另寻高枝去了！当然，于胜利打死也不会知道其实杨兰兰早就另有高枝了！而且，于胜利打死也不想知道杨兰兰现在的高枝是谁！因为，他一旦知道了，就要面临如此尴尬：对年龄比他还小的杨兰兰，这个"妈"字，他怎么叫得出口哟?!

但是，于胜利为了获得那些录像带，他还是克制住自己的大实话，赶紧假模假式地安慰："您节哀顺变！段主任没有完成的作品，我做后期加工，制好了送给您，作纪念！也算他后半生的一种价值实现。"

杨兰兰听于胜利说得在理，便用餐巾纸擦干泪水："他那些东西，我正准备给烧了！在门外的垃圾桶里，恐怕脏了，不知道还能不能要？"

于胜利一拍大腿："哎哟喂！您可别烧哇！"心说：早知道这样，我何必还花两百块钱送白包呢！直接到你们家门口捡破烂不就完了吗！但是，钱已经给出去，实在不好意思再要回来，于胜利只得急忙出门，把房门外堆放的段笑银乱七八糟的遗物整理了一遍，把所有的录像带子悉数抱走了。他和秦鸣是生意场上的朋友，他也认识陈淑媛，他准备把带子拷贝几盘，卖给秦鸣或陈淑媛去，他想他一定可以赚一笔大钱。

怒潮集团诉陈淑媛损害名誉案，要在中央商务区法庭进行公开宣判，陈淑媛是提前来到法庭的。

虽然还不到开庭的时间，可不大的法庭里，就已经来了近百人。由于陈淑媛现在已经成了热点人物，成了著名企业家，再加上诉讼成败的悬念值得大炒特炒，因此，这个小小的民事审判，依然吸引来了许多媒体的记者和看热闹的人。人们把个不大的区级法庭挤了个水泄不通。

董大为、骆雪，还有牛蓓薇处长也都自愿而准时地赶来了。董大为远远地望见陈淑媛，没有过来寒暄，而是远远地高举起手臂，手指做了个代表胜利的"V"字。

董大为没有想到，在法庭的卫生间里，居然碰上了穿着威严法官制服的宋大和。应该说，宋大和在查封怒潮公司分布在全国的资产工作中尽心尽力，也帮了董大为的大忙，因此，董大为见了宋大和亲切地拍了他的肩膀，诧异地问："老宋，你把怒潮的资产都查封完了？怎么从执行庭跑出来当法官了！"

宋大和笑了，摊开湿着的手以表示不能够热情握手的歉意："人不是都得进步嘛！我的理想就是当法官呐！"

董大为来不及说客套话，便赶紧只奔本案的结果："你可得给我们一个公正的判决！"

宋大和又笑了："董总，您这是说哪里话！在法院里，公正是不需要提醒的！"

董大为欣喜地问："你是说陈淑媛肯定赢！"

宋大和犹豫着说："这案子吗？怎么说呢？要是在兰宛茹没有暴露之前审，陈淑媛必输无疑；要是兰宛茹成为刑事案犯之后审，陈淑媛必胜无疑。但是，现在，正是两不靠的时候，兰宛茹依然势力强大，非陈淑媛个人能力能比！兰宛茹还会不会玩什么把戏，那个被大价钱请来的叫章朗的大律师怎么辩护，还很难说了！"

董大为不满道："我亲眼所见，假的就是假的，怎么可能成真的？兰宛茹那帮子人，抓起来判死刑都够了，还搞什么民事审判！"

宋大和解释道："这就看公安机关的速度了。如果刑事犯罪一成立，该抓的抓了，没有抓的，我想也不敢来了。但是，目前怒潮一伙还有民事权利，他们现在也没有撤诉，我也只好履行这法律程序了！"

开庭的时刻终于到了。

陈淑媛准时站到了被告席上。她没有请律师，自己既是被告又是被告辩护人。她扫一眼法庭里熙熙攘攘的人们，再深情地望望董大为、骆雪，还有牛蓓薇，用一抹微笑把自信写满了春天一样充满朝气而略施了粉黛的脸。

宋大和作为本案的审判员走上来了。一个穿着整齐的女书记员也上来了。可让人奇怪的是，原告席上和原告辩护席上，却依然冷落，不见一个人影。准备直接进入战斗的陈淑媛只好重新稳定一下自己的情绪，重新翻看了自己手头的材料。

她虽然不认识宋大和，也不知道董大为对本案的摸底情况，但是，现在，见兰宛茹一伙居然无人应战，尤其那个能够把死人说活的律师——章朗也没有来，她便坚定了自己的信心，也就没有了这几天来的忐忑，她相信此役自己是必胜者。兰宛茹再手握巨资、再诡计多端、再欺世盗名，章朗再能言善辩、再利令智昏、再不辨是非，也不可能在光天化日之下，在中国的朗朗晴空里，指鹿为马、颠倒黑白。因为，她明白，现在不但社会的力量向着自己，而且组织的力量也已经完全站在自己这边了。

陈淑媛独自思索着，宋大和看着时钟耐心等待着，时间一分一秒流逝着，却还是没有原告方的一个人影。

法庭上的新闻记者们开始着急、坐不住了。有人索性开始向陈淑媛采访了：

"陈总，您认为怒潮欺贷案，是兰宛茹个人的问题，还是京都市金融体制的问题？"

"您目前的人身安全还有没有问题？"

还有记者问法官宋大和："听说，最早发现怒潮欺诈行为的常太平先生之死是怒潮公司一伙人干的。请问，司法机关目前有线索了吗？"

"怒潮股份的财务虚假问题实际已经涉及刑事问题，目前的这个民事纠纷还有审判的必要吗？"

宋大和见时间已过而且人声嘈杂，便板着面孔，敲一下桌子，大声说："肃静！"见法庭里安静下来，宋大和接着说："开庭时间已到，下面按照程序，首先由被告陈述意见。"

陈淑媛把早已经准备好的陈述材料摘要宣读了一遍，陈淑媛陈述完毕，原告却依然未到。

大家正嘈杂四顾的时候，突然，法庭外面人声嘈杂起来。

陈淑媛和法官都以为怒潮公司有人赶来了，所有的人都扭头外望，但是进来的不是兰宛茹，也不是朱副总、丁博士，而是两个电视台的记者，扛着沉重的摄像机挤进来，最前面的便是《呼唤诚信》的主持人老乔。他抽出一只手对宋大和及陈淑媛比划着：继续！继续！

面对摄像机的镜头，陈淑媛不但没有紧张，反而更加振作起来。她把陈述材料简要地归纳了一下，而后，抑扬顿挫地说："我的结论是：怒潮集团通过提供虚假财务信息骗取银行贷款是事实，不存在本人侵犯该公司名誉权的问题。我相信法庭会给予一个正确的判决，我相信正义也会给我一个正义的回答！"

董大为、骆雪和牛蓓薇带头鼓起了掌，法庭上的人们也应和着鼓了掌。就在大家的掌声还没有落去的时候，原告辩护席上不知在什么时候坐上一个人来！他身高八尺、一表人才。

来人等大家掌声一落，突然神情严肃地发言了："我叫章朗，是原告的律师。我对正义的看法与被告不同！"

章朗一开口，整个法庭立刻人声嘈杂起来。宋大和只得再敲桌子，大喊："肃静！"

待人声一落，章朗索性站起身："正义是有倾向性的，是有角度的。从我的角度来说，虽然我的原告在舆论导向和行政权力方面处于劣势，但是，为了原告已经预付的律师费，帮助原告打赢官司，获得我后期的律师费，就是我的正义！因此，我请问原告，你认为怒潮集团的财务信息与事实不符，你有什么证据吗？如果没有证据，那就是侵犯我的原告权益！"

陈淑媛面对突然出现的章朗没有任何思想准备，便不假思索地脱口而出："电视节目及领导批示都在，还需要什么证据？"

章朗冷笑了："舆论和行政批示不能够替代法律的证据！"

陈淑媛本以为在原告及其辩护人均未到场的情况下，在众多媒体的倾向性的影响下，法官会草草进行缺席审判，精神已经放松了。但是，没有想到半路会突然杀出一个章朗来，而且这个章朗还会这样认真地按照程序发问，并以打赢官司为后快！她揭露兰宛茹的材料很翔实，但是，却没有对材料真实性进行论证的准备，一时竟语塞起来。

章朗得意了："如果怒潮公司负面材料没有曝光之前，你那《立即停止对怒潮公司发放贷款》的文章，侵犯商誉是必然成立的，因为，是你使怒潮公司资金链断裂，并引起其经营上的连锁负面反应。现在，虽然经过你的努力，电视台播出了你的这些材料，市委领导也有批示，但是，这些还只是舆论的导向，依然不是证据！法庭需要证据，确凿的证据！"

在章朗的追问下，没有任何庭辩经验的陈淑媛竟被憋红了脸，心急如焚、怒火中烧，但却依然无话可说。章朗见状，笑眯了眼，宋大和则一脸茫然，整个法庭一会儿鸦雀无声，一会儿便又嘈杂起来。看来，这陈淑媛还真有赢了道义，而赢不了官司的可能！

“我有证据！”坐在听众席上的董大为突然站起来，发话了。

宋大和眼睛一亮，赶紧大声说：“呈给本庭！”

董大为在爱妻骆雪惊异的眼神中，在电视台摄像机近距离拍摄的强光映照下，镇静地走出听众席，没有半点徘徊、没有半点犹豫地走上来。他缓步来到法官席前，把一沓厚厚的调查报告材料递给宋大和，平静地说：“我是国商银行怒潮调查小组的组长，叫董大为。我亲自到怒潮集团所属的美丽湖厂区和其他厂区进行过现场调查，证明怒潮公司的财务数据与事实不符。这是盖着银行章的调查报告。同时，我以一个共产党员的良知、一个国有商业银行职员的职业精神证明，陈淑媛同志的材料是真实无误的。”

章朗不屑了：“你那只是银行的内部材料，还不足以作为证据！”

董大为见章朗如此张狂，突然转过身，从包里摸索一下，而后对着法庭里黑压压的听众，对着摄像机的大灯，拿着一盘录像带，高高地举起手臂，大声说：“怒潮一伙，不但通过提供虚假财务信息骗取银行巨额贷款，而且，他们还利用卑鄙的手段公然拉拢国家公职人员！在我赴美丽湖调查期间，那个朱副总送八万元现金卡给我，被我拒绝了。之后，他们竟然用最卑鄙的手段给我制作了这盘淫秽录像！以此要挟我！”

董大为话一出口，全场立刻哗然。有个女记者，尖锐而刻薄地问：“请问，您的裸体是真实的吗？”

其他记者也七嘴八舌起来：“女角是谁？不会是兰宛茹吧！”

“真干了没有？如果没有，怎么录淫秽录像？”

“您怎么搞到这盘带子的？”

“您的太太怎么看待您的裸体？”

面对众多提问，董大为答也不是，不答也不是，他倒真没有想到自己的举动会使自己如此尴尬，老脸立刻憋红了，他结巴着：“我愿意把这盘带子，提供给法庭，作为证据！”

董大为话音未落，爱妻骆雪已经冲将上来，一把夺了董大为手里的带子，红着脸蛋，气冲冲地娇嗔道：“老公！没有我的同意，你怎么能够把自己的裸体公之于众！而且，这也不是地方！”拿了带子，转身而去，立刻就躲进人海里了。

董大为没有想老婆当众给自己难堪，才明白自己在爱妻的眼里，原来自己始终、永远应该是一个听命于老婆的男人！他被弄得羞愧难耐，只得尴尬地强辩道：“我饭碗都不怕丢，曝光一下裸体算什么！”

小两口的隐私纠纷，让法庭上的人们突然从诉讼的紧张回到亲情的轻松中，不觉都笑了起来，那笑声轰然而起不久便又戛然而止了，因为，谁都明白：审判还没有个结果，现在，还不是轻松欢笑的时候。

宋大和给董大为找了台阶：“本庭只需要证明陈淑媛材料的真实，骆雪同志说得对，带子与本案无关！可以另案处理！”

章朗则顺势顽强进攻：“我的原告如果真正存在行贿、敲诈行为，也与名誉权案无关！录像带不能够作为证明被告材料真实的证据！”

终于，听众席上的牛蓓薇坐不住了，她大喊一声：“我还有证据！”她“呼”地站起身来，白白的脸通红通红的，大声说：“我是证券监管委员会的，叫牛蓓薇。原来是扩股审批处的处长，现在是证券监管委员会专案调查小组组长。我这里也有因查实怒潮财务数据虚假不予扩股的文件！我可以代表证券监管委员会证明，陈淑媛同志的材料是完全真实的。”

章朗见了代表政府和证券权威部门的牛蓓薇突然站出来作证，自己一时也不知所措，也语塞了。

法庭外面突然又人声嘈杂起来，大家以为是原告亲自赶过来，又要再耍花招了。都把眼神聚焦到了门口，摄像机也把镜头对准了人们在大门处留下的一条人缝。

可进门来的却是一个圆头圆脑的小伙子。他气喘吁吁地钻过人群，径直跑了上来。他一边喘着粗气一边大呼：“我叫于胜利！我这里又有一盘怒潮公司杀人灭口的录像！那常太平原来是被朱副总光着屁股扔到楼下摔死的！是他杀而不是自杀！姓段那老疯子偷拍的，千真万确！我复制了好几盘，刚刚毛片卖两盘了！”

宋大和豁然开朗，他知道此案的转机来了，兰宛茹一伙缺席出庭的原因已经不言自明！那兰宛茹即将丧失民事行为能力！如果判即将丧失民事行为能力人的相关经济案胜诉，那是不可想象的事情！但是，眼前的司法程序还必须走完。于是，他板着面孔，严肃地问陈淑媛："被告，他也是你的证人吗？"

陈淑媛见过于胜利，知道他那录像带的重大意义，但是，却不敢断定真伪，她疑惑着没有说话。

于胜利三步并两步，跑到了陈淑媛身边，高声说："丫兰宛茹还告个狗屁状！我从段笑银老疯子那儿，还找到怒潮的第二个犯罪线索呢！"

陈淑媛见于胜利如是说，开始相信录像带的真实性了，便急不可待地夺过录像带，强压冲动的情绪，颤抖着声音问："什么材料？"

"段疯子还录下了怒潮三个人堵上常太平家门的镜头！朱副总、兰宛茹，还有一个秃顶的人！原来段疯子没有疯之前就开始偷窥了！"

陈淑媛听了大喜，一把扬起手里的录像带，向宋大和说："怒潮主要高层领导人已经全部涉及刑事案啦！"

听陈淑媛这么一说，记者们立刻闹翻了天：

"陈总，你们怎么掌握的这些线索？"

"公安机关是否开始行动了？"

宋大和见状，一拍桌子，高声叫："肃静！刑事证据可速交公安局，由他们立刻提起刑事诉讼，由中院刑事庭审理、判决！与民事庭受理的本案无关！"而后，盯住于胜利说："请你退下！"

于胜利被法官宋大和的威严震慑了，吭哧道："合着，我这证据没有用！我还想卖陈总一万块呢！"

宋大和见于胜利退到听众席了，便依照法律程序，没有经过休庭商议，果断地对诉讼侵犯商誉案进行了缺席宣判："根据中华人民共和国民事诉讼法规定，判决如下：原告怒潮集团公司诉被告陈淑媛侵犯商誉一案，本院不予支持。本案诉讼费全部由原告支付。"

面对这个预期而来却又来之不易的宣判结果，整个法庭里的人们，依然回报以热烈的掌声。

章朗嘀咕一声:“我本来就知道赢不了,不就为多拿几个钱嘛!”说罢,赶紧夹着包,像来时一样悄没声地溜走了。

宋大和怕被记者缠住问个没完没了,赶紧与书记员一起离席退场;董大为、骆雪跑了上来向陈淑媛祝贺,但是,董大为、骆雪还没有来得及开口,记者们就已经把陈淑媛围上了。

此时的陈淑媛呆立在被告席上,没有说出一句话,两只大眼睛木呆呆的,仿佛进入了另一个世界,仿佛对沸腾的人群没有了一丝一毫的感觉了。见证券监管委员会的牛蓓薇处长挤上来了,她才终于有了生气,一双大眼睛里突然大滴大滴地流淌出了泪水。

牛蓓薇见陈淑媛激动得哭了,自己眼镜片后面的眼睛里也立刻湿润起来。陈淑媛始终没有说话,牛蓓薇也一直没有开口,但是,两个老姑娘对视了片刻,却不顾在场之人的众多与嘈杂,都情不自禁地走上前,与对方拥抱起来。她们心中的事业滋味,她们心中的婚恋甘苦,恐怕只有她们自己才能够明白,也只有她们自己才能够体会!

骆雪率先鼓起了掌,而后是董大为,马上在场的人们全部再次鼓起了掌,似乎只有这掌声才最能够表达现在大家心底的声音了。

此时,正义像空气一样,立刻充满了整个法庭,洋溢进了在场全体人员的心里,就连于胜利也摸一摸脑袋,竟忘了再讹陈淑媛一万块钱,傻乎乎地走了。他还要到外面卖拷贝的带子,最早那两盘,他一盘卖了五千块钱呢!

六十七、穷途末路

就像那曾经灿烂的桃花一样，近来兰宛茹的身体感到了疲惫，她的心也仿佛随着春天的桃花一起无奈地凋谢了。就在陈淑媛在法庭等待着与她决战的时候，她和她的丁博士虽然没有阻止章朗继续出庭，但是，他们自己却都已经沉沦得顾不上到法庭向陈淑媛的侵犯商誉行为讨说法了。因为，此时，他们自己最清楚：再怎么瞒天过海，假的也确实真不了了！

还是在法院开庭的那一天，还是一个冷冷清清的晚上，还是一高一矮两个男人，中间夹着一个红衣女人，漫步在京都市的金融街街头。

这里曾经是他们的辉煌之处，他们的怒潮品牌，他们的企业大厦就是依靠这里源源不断的供血，搭建起来的。

矮个的丁博士领着大家走进金融街上的日本料理餐厅，在身着和服的中国小姐引导下，进了雅间。

虽然怒潮的老底已经被暴露在光天化日之下，虽然他们已经是穷途末路，但是，吃饭的钱，潇洒的钱还有的是，海吃人间美味，依然不算什么大事。只是有足够多的钱吃人间美味，这是一个庸人的追求。兰宛茹是有“上天摘日”的抱负，是有“叫海做天”的野心的女人。因此，望着满桌的日本美食，她着实是没有一点胃口。

见兰宛茹长久的沉思无语，丁博士给自己还一直没有登记的夫人夹了一块日本三文鱼，劝慰道：“兰总，吃一点，身体最要紧！”丁博士始终称兰宛茹为兰总，因为，他与她苟合到一起的时候，她已经就是大名鼎鼎的兰总了。他此时依旧是胖墩墩的，圆头圆脑，戴着眼镜，一副书生模样。

高个的朱副总也依然留着大背头，见丁博士开口劝兰总了，自己才开了口："我们海外还有公司，还有钱，即便不能够东山再起，也可以学学韩小飞，当当海外寓公呀！"

丁博士掏出了一颗红心："明天我们把结婚证办了，凭我们现有的财产，在美国也可以舒舒服服地活着了！"

兰宛茹自幼就是个男子性格，巾帼豪强当惯了，没有想到在自己人生失落的危难关头，自己身边的两个男人，竟然对自己依然这么忠心耿耿的，已经被折腾得心力交瘁的她，此时竟低了头，无言地落起泪来。

丁博士为了他的兰总能够心情舒畅，赶忙转移话题："陈淑媛那个相好的死了！"

朱副总也补充道："我本来还想去灭他，可秦鸣那小子，在局子里只几天就扛不住了，自己死了。据说解剖之后发现，是突发了心脏病！倒省了我们的事！"

兰宛茹听了，脸上才露出了一丝微笑。丁博士见了，赶紧想巩固住他兰总的好心情，顾不得对面的朱副总看着，把身体贴近身边的兰宛茹，把个大老总揽在了自己的怀里。

朱副总见人家两口子亲热起来，正不知如何是好，恰巧他自己的手机响了，赶忙顺势溜了出去。

见朱副总走了，丁博士索性让兰宛茹躺在了自己的怀里，热烈地亲吻她，以期兰宛茹忘却了眼前的烦恼。两人正无限深情、欢快苟且的时候，兰宛茹的手机也响起来。是兰贺打来的。

他没有任何寒暄和问候，劈头就说："姐，我老婆被逮起来了！！"

兰宛茹不相信自己的耳朵："什么？什么？你说什么？汪怡然被逮捕啦？她可是怒潮股份的董事长！他们有什么说法？"

兰贺解释道："是被人民法院拘传的，说她的股份公司涉嫌提供虚假财务信息！"

"没有王法！没有王法！我找魏市长，告他们去！"兰宛茹声嘶力竭地大叫，此时，她再没有了掌管几十亿资产的老总做派。

对面的兰贺苦笑几声，无奈地说："听说，魏市长已经被双规了，自身难保！找他还有什么用途！”兰贺停顿片刻，一派沮丧的腔调：“姐，我感觉形势不妙啊！听公安的那个哥们儿说，公安局专门成立了一个专案组，弄完了股份公司，恐怕就要往你这儿来了！如果把你往刑事案件上扯，可就麻烦啦！”

听弟弟这么说，兰宛茹的情绪坏到了极点，不耐烦地打断兰贺的话：“你不用管这么多！他们不能够把你一个书呆子怎么样就行了！张梦天、谢云那边没有找出你的事，公安局是没有道理找你了！”兰宛茹说罢，就不耐烦地挂断了电话。

兰宛茹努力忘却兰贺带来的坏消息，她在丁博士的怀里安静了片刻，但是，终于没有忍住，又挣脱丁博士坐起身来，带着惊恐的语气问：“他们会不会马上以金融诈骗罪公诉我们？否则，这三十几个亿的贷款窟窿，他们怎么跟老百姓交代！”

丁博士倒是与他的兰总心心相通：“所有贷款都签的是合法合同。政府只能一时拿我们没有办法。他们证据一收集齐，只以提供虚假财务信息找我们的麻烦，就够我们一受的！”

兰宛茹依然继续着自己的思路：“就怕他们往刑事上拉！如果给我们定一个金融诈骗罪，可跟韩小飞不同！他钱少，而我们是三十几个亿！这么多钱，我们跑到哪里都会被引渡回来！”

丁博士依然和兰宛茹的想法一致，他最担心的也是被弄成刑事问题，这样一来，恐怕要小命不保了。但是，见兰宛茹忧心忡忡，自己索性违心安慰着：“定刑事罪？他们上哪儿找证据去呀！”

丁博士的话音未落，兰宛茹的手机又响了，还是兰贺。这回兰贺的话语已经是惊慌失措了：“姐，这回全完了！朱副总杀人，让人家录了像啦！！”

兰宛茹呵斥道：“我不信！慢慢说！”

兰贺依然惊恐：“真的，一个小坯子拿来的带子！我看了，朱副总把一个光屁股的人丢下楼摔死了！里面还有你和丁博士呢，不过倒没有什么事！”

兰宛茹大喝：“快把小坯子扣住！”

兰贺无奈道：“没用！他说他是从一个姓于的人手里买的。姓于那人已经把带子又卖给陈淑媛了！还是赶紧安排朱副总出去吧！”

兰宛茹绝望地咆哮道:“行啦! 你什么也不要管,再也不要给我打电话啦!”喊罢,立刻挂断了电话。

兰宛茹和丁博士正惊魂未定的时候,朱副总阴沉着脸回来了。可以清楚地看到,他的额头上,已经布满了刚刚沁出的汗水。不等兰宛茹和丁博士问,朱副总便阴沉而急切地说:“兰总,你和丁博士得赶快出去了!”

兰宛茹和丁博士一时还没有搞明白朱副总话的意思:“出去? 到哪里?”

朱副总继续低沉地说:“美国,加拿大,都可以。越快越好!”

兰宛茹和丁博士不知道又出了什么事情,都心惊肉跳了,异口同声地惊问:“怎么了?!”

朱副总喝了一口酒,稳了稳自己的情绪:“我维护了多年的那个警察兄弟刚才透消息给我,常太平的事情发了! 有一个老疯子给我拍了片子,陈淑媛交给了公安局!”

丁博士立刻站起来:“我操! 这回我们可真成刑事案了!”

朱副总镇定了一下,低沉而沙哑着喉咙说:“警察兄弟说,那带子,对你们倒没有什么。一切都我自己扛着就行了!”

兰宛茹“腾”地起立,叫道:“博士,赶快把你在美国花旗银行保险箱的钥匙给朱副总,让他马上走!”

朱副总见兰宛茹和丁博士都站起来,自己则坐下了,嘴上苦笑着,眼睛里却淌出了泪水。男儿有泪也得弹呐!

兰宛茹见状,赶紧走上去,拍拍朱副总的肩膀,轻轻地揉捏着说:“老弟,你得马上走了! 就买今晚的飞机票! 这里我扛着。”

朱副总的脸上继续挂着好像是凝固了的苦笑,说:“我已经是目标了。想走,早不及了! 也许现在公安正在对我动手,也许公安是希望同时牵出你们,在等待! 趁这个空当,我还有件事得办,杀一个是杀,杀两个也是杀!”说话的时候,朱副总的眼里阴森森的,溢散着凶光,让丁博士都感到了恐惧。

丁博士惊叫:“你要弄死陈淑媛!”

朱副总没有正面回答:“博士,你带兰总快出去! 现在你们还不是共产党的刑事目标,可再等,就难说了!”

兰宛茹真想拥抱并亲吻跟着她出生入死的朱副总，但是，她没有，这必然是在中国，她兰宛茹还有骨子里的矜持，尤其现在还当着丁博士的面。

她在朱副总的身边，无言地坐下来，从自己的小挎包里，拿出一张信用卡，递给朱副总，轻声说："这里美元、人民币都有，我希望在美国见到你！"

朱副总像个英雄人物一般地笑笑，他此时的笑已经是轻松的了："兰总，我吃你穿你用你这么多年，钱足够用了！卡，你们自己带着！"说罢，朱副总又把信用卡塞给了兰宛茹。

兰宛茹则坚持着："你一定要拿着，否则，当姐姐的……心，不安呐！"兰宛茹说这话的时候，很亮的大眼睛里，也盈满了泪水。

朱副总见了，只好收了卡，与兰宛茹和丁博士各自紧紧地握了手，独自从日本料理的雅间走了出来，他一句话也没有说。他们就这样，各自都像个大英雄一般地诀别了。

朱副总快步来到了停车场，开起了他白色的奥迪车。他先找了个邮筒，把兰宛茹的卡装在信封里，封好投进了邮筒。那信封上面有亦萍的名字和地址。原来，那个四处招蜂惹蝶的美女，真正的本主、床上的常客，其实是他朱副总！！

而后，他驱车上了西二环，再向东走，直接杀奔怀密方向而来。那里，有陈淑媛的小别墅！

朱副总走后，兰宛茹问："我们还有明天吗？"

丁博士沉默了良久，低声说："要看出境时的运气了！即便出去了，在海外也要隐姓埋名，地球并不大，共产党厉害着呢！"

兰宛茹听丁博士如此估计了形势，好久都是低头无语。

不知沉默了多久，兰宛茹颤抖着声音，低低地对丁博士说："可惜，我没能为你生个孩子！"

丁博士把兰宛茹搂进怀里，双手抚摸着她的头，什么也没有说，眼泪却扑簌簌地流下来，把厚厚的眼镜片都沾湿了。

又不知过了多久，两人沉默够了，兰宛茹起身，叫了几大杯日本清酒。一对没有办结婚手续的老夫老妻，便无言地开怀痛饮起来。

他们直喝到日本料理餐厅没有了客人，豪饮到混淆了世界的虚幻与真实，直到服务小姐叫醒了他们，才知道天已经大亮，他们在这里混了个通宵，人家对他们已经是忍无可忍了。

两人相拥着出了餐厅的门，摇摇晃晃的一对醉鬼，谁想到他们也曾有过呼风唤雨的辉煌？

兰宛茹和丁博士东倒西歪，已经没有精力去开停在停车场的那辆雪白色的宝马轿车，两人打了个出租车。可车刚走没几米，便被司机哄下来："我闻不了你们身上这酒味儿！太恶心啦！"

突然，兰宛茹的手机响了。虽然号码陌生，但她希望是朱副总打来的。她用平和的语调问："谁？"

对面传来一个陌生男人的声音："兰总吗？我是爱农银行大山支行的胡京洪呀！"

兰宛茹一听"银行"两个字，就知道是讨债的小鬼，劈头就说："胡行长，你们那五百万利息，我本来早就想还！但是，陈淑媛一伙人以整垮怒潮企业为快！事到如今，我怎么还呐！"

胡京洪一心想着在怒潮大厦彻底倒塌之前，弄一点钱回来，便违心恭维着："我知道您兰总是被委屈的，也是讲信誉的！我也知道您还有实力，不是一个空壳！"

兰宛茹知道胡京洪是想通过给自己戴高帽而讨回一点小钱，便狡黠地一笑："那胡行长，您就等我几天好了！"

对面的胡京洪见兰宛茹顺杆爬下来想溜，赶紧说："别别，您别让我等了！我知道通过法院也拿不回什么来！我只希望您看在老面子上，能够从怒潮家具那里给我想一点办法！"

兰宛茹支吾着："行行，我想想办法！"便挂断了手机。可没有走几步，她的手机却又响了，兰宛茹低头查看，见不是刚才胡京洪的号码，才接了。她依然期盼着朱副总的声音。但是，对面又是一个陌生男人的声音："兰总，我是郝逍遥！"

兰宛茹惊讶了："怎么是你？"并好奇而幸灾乐祸地问，"你不是被发达银行开了吗？"

郝逍遥在电话对面支吾两声："咳，跟您一样，受迫害！"支吾过后，爽朗地说："兰总，我现在已经调到国有商业银行爱农银行的营业部当工会主席了！副局级！！"

兰宛茹已经无心再关心人间俗事了，敷衍着："恭喜恭喜！"

郝逍遥见自己的话似乎有了效果，赶紧开门见山："古典家具那些资产，能不能给我们爱农银行大山支行呀！我们大山支行那六千万，表面上是从参股银行转来的，可原来，实际上就是古典家具的欠款！"

兰宛茹一听郝逍遥这么说，心里骂道：你才叫自作自受呢！可嘴上依然有涵养："郝总，不，现在应该叫你郝主席了！你神通广大，你只管找兰贺要好了！只是记住：他是独立法人，我兰宛茹今后是好是坏，他跟我兰宛茹都没有关系！"兰宛茹说罢，关掉了手机，并顺手把手机丢到了身旁的垃圾筒里。

丁博士见了，正准备说什么，自己的手机却也响了，他只"喂"了一声，便也把手机关了，并且学着爱侣的模样，以更潇洒的姿势把手机扔进了垃圾筒。他用手摸了一下自己的秃头，对爱侣做了个鬼脸，笑一下："还是郝逍遥那个老东西！让他见垃圾去吧！"

终于，一对落难的英雄拦到了第二辆出租车，东倒西歪地钻了进去。这回司机没有轰他们下车，他们终于碰上了好说话的、不怕醉鬼酒气的好司机，并按照他们的吩咐，一踩油门，把车飞快地开走了……

从此，兰宛茹和丁博士便在这个世界上消失了。

有人说他们在一架民航飞机上，在电影《泰坦尼克号》插曲：《我心永恒》的音乐声中，用汽油纵火自焚，并导致了飞机的失事。

有人说，在一场森林大火之后，发现了一男一女两具被烧焦的相拥的尸体，尸体旁还有一台同样被烧焦的录音机，推断是他们，只是尸体被烧得已经无法用 DNA 技术进行辨认了。

还有人说，他们已经双双外逃，像韩小飞一样，在地球的某个角落过起了隐居生活，只是也无从考证了。

两个金融诈骗的巨鳄，为京都市各家银行留下了无数笔无法归还的贷款，留下了一堆烂摊子之后，便从这个现实社会中消失得无影无踪了。

六十八、狗急会跳墙

再说那朱副总诀别了兰宛茹和丁博士，驾起他的白色奥迪车，径直上了京都机场高速路，一路西行，杀奔怀密县，直扑陈淑媛的小别墅。

这条在白天只需一个小时即可到达的路，由于天黑加心急，他朱副总居然走了一个多小时，眼看时间已经是晚上十一点多了，还没有赶到。四周依然是一片漆黑，不见一点熟悉的山形树影。朱副总开始犯懵了，只得路边停了车，钻出车来，四下查看，同时，期望遇上个人，问问路。

但是，京都初春的夜晚，还是凉风习习的，没有鸟鸣，也没有虫叫；山里面没有路灯，月光也不够明亮；除了四周黑乎乎的山夜，看不到一个活动的影子。

朱副总倒是不知道什么是害怕之人，但还是把白色奥迪车座位底下的弹簧刀抽出来，别在了自己的腰里。

“操他妈，我这是跑什么地方来了！”朱副总暗自骂自己，他必须在今天晚上行动。因为，他明白，公安局留给他的自由时间不会很多了。陈淑媛那盘《偷窥》的带子，很快就可以帮助公安局锁定自己这个目标，而且，弄不好现在那张追捕自己的天罗地网已经撒开了。只是尚未找到自己的行踪罢了。

其实，他朱副总并不怕死，想当年他在天高皇帝远的农村为了一点田地与邻居械斗的时候，他用砖头活活砸开了隔壁老头的脑壳，白花花的人脑子弄脏了自己衣服、自己的手，他当时就已经顿悟了人的生与死的差别！由生到死，其实只是从喧闹转为安静，从痛苦变为安详，真的没有什么！他就是以砸开脑袋、迸出脑浆的方式帮助隔壁老头完成这个转变的！当然，他自己也体会了死亡，也差点完成了这个转变。因为，隔壁家的另一个男人也用镐头砸进了自己的肩膀。最后，是兰总救了他的命，并使他免于刑事诉讼，并学了一身武功和管理企业的知识。

终于，在朱副总的视野里，远远的出现了一盏灯光；而后，他的耳畔又传来了“突突突”的柴油发动机的声响。一辆拖拉机驶过来了，朱副总上前拦了路，问拖拉机上一男一女两个黑影：“怀密县在哪个方向呢？”

拖拉机上是一对贩菜回来的农民，他们是无钱一身轻，根本没有因为有人拦车而慌张，男人停了车大声回答：“黑灯瞎火的，你走过啦！京密路上该下桥的地方你没有下桥，这儿，已经出了京都市啦！”

朱副总道声“谢了”，而后小声骂自己：“真他妈糊涂！这回让那女人多快活了一会儿！”说罢，倒车，顺着原路往回赶来。

陈淑媛自打被抓了秦鸣、死了孟亚男，空荡荡的别墅里只有她自己和小保姆居住了。自打给公安局的施警官送上了《偷窥》那盘带子，她就总感觉别墅庭院的周围似乎总有响动，仔细听时，也似乎是人悄悄行走的脚步声，但再一听，准备确认时，那声音却又没有了！陈淑媛即便胆大，听了这声音再加上收了带子的施警官屡次三番地提醒她注意人身安全，也不免开始有了恐惧心。

于是，她把小保姆叫到楼上来住，希望有人陪伴而减少恐惧感。

骆雪打电话来过，听说这事之后，说：“陈姐，小保姆跟您一起住有什么用？她能够保护您吗？我建议您还是到城里国际大厦的办公室里凑合一阵！”

陈淑媛不屑地说：“为怕兰宛茹，我就连家都不敢回了？而且，她兰宛茹什么时候不被抓我就什么时候不能回家？不行！”

骆雪又说：“那我陪陈姐住去！”

陈淑媛笑了：“这么聪明个人，怎么也糊涂了！你陪我住，不但保护不了我，弄不好还招色狼来了！”

骆雪继续建议：“那我和大为一块过去陪您？”

董大为听了，一把抢过电话说："兰宛茹没有对你人身侵害的胆子！另外，你就放弃资产阶级生活方式，卖了别墅，在城里买套公寓房住着，不就一劳永逸了嘛！"

结果弄了老半天，董大为不但自己没有过来，连老婆也没有放过来，偌大的一个庭院别墅，依然是陈淑媛形单影只地守着一个小保姆住。但是，陈淑媛还是做了防护措施，她按照原来的设想，在院墙上安装上了电网，好在自己的卧室窗户上早就有防盗窗，陈淑媛便又在自己卧室的木门上，再安了一个防盗铁门。这样就踏实了，料她兰宛茹也奈何不了她陈淑媛什么了！

今晚月亮不亮，没有星星，陈淑媛吃罢晚饭，在院子里散过步，便上楼开始在书房里写稿子了。京都市一家媒体要评选2002年对京都最有震撼力人物，把她列为备选人物，要她写一个个人传记和揭露怒潮虚假财务信息的事迹。

时针已经滴答滴答指向十一点了，陈淑媛还在写。

小保姆在房间里已经发出了轻微的鼾声，陈淑媛抬头看了一下表，已经十二点了。她站起身，梳理了一下头发，伸展了一下双臂再坐下，继续写。

就在陈淑媛坐下身子，还没有拿起笔的时候，楼下却传来了门铃声。

小保姆率先从隔壁房间里跑出来，惊慌失措地大叫："坏人来了！大姐，你赶快藏到卧室去，那里有铁门，他们怎么不了你！"

陈淑媛听到门铃声，也下意识地站起身来，见了小保姆的惊慌失措，自己反倒平静下来，笑一笑，说："别怕，坏人才不会敲门呢！"

小保姆继续大惊小怪："那可说不准，他们要是先装好人，而后骗开我们的门，再来杀我们……"

陈淑媛听小保姆这样说，心里也开始打鼓，但是，脸上却依然平静，嘴上也很沉稳："走，我跟你一块下楼，看看到底是谁？"

那小保姆本是没有见过世面的农村小妞，此时心里打鼓，腿也迈不动，但是，又不敢说不去，便畏畏缩缩地躲在陈淑媛的身后。陈淑媛见了，笑道："你怕什么？即便是坏人，也是冲我来的！我出去了，你还有什么事情？"

门铃又响了，那声音在寂静的夜空中显得格外刺耳。陈淑媛只得披上一件长睡衣,准备下楼,小保姆却突然拉住了陈淑媛,哭了起来:“我怕!陈阿姨,您还是不要出去!”

陈淑媛见小保姆似乎已经吓破了胆,连挖苦带安慰道:“行啦!你还和我做伴呢!我还没有怎么着,你都吓死了!隔着大门你还怕别人开枪不成!中国,还没有那么邪乎呢!”

陈淑媛毅然独自出了楼,打开院灯,向庭院的大门走来。

那小保姆则躲在楼上的窗户旁,望着陈淑媛的背影,浑身瑟瑟地发抖。

陈淑媛来到大门口问:“谁呀?”

外面一个陌生的男人问:“你是陈淑媛吗?”

陈淑媛平静地回答:“我就是。”并反问道,“你找我有事吗?”

“我姓胡。”外面的男人说。

陈淑媛警惕了,惊叫起来:“你姓胡?我不认识你!深更半夜的,你想干什么?”

“陈女士,你别误会!我是X派出所的所长,已经在你们家门口蹲守好几夜了!”胡所长解释道。

“胡所长?蹲守?”陈淑媛诧异了。

“你不信,看,我这里有工作证!”胡所长说罢,真的到兜里摸工作证了。这时,从胡所长的身后,又出现了一个高大的人影。这个人走上来,对陈淑媛轻声说:“陈小姐,你还认识我吗?”

陈淑媛从门上的送信孔向外望去,见是一个魁梧高大,浓眉大眼的男人。他见陈淑媛满脸的疑惑,又轻声自我介绍道:“我姓施!”

陈淑媛惊喜了:“施警官!怎么是你?”

施警官示意陈淑媛不要高声说话,而后又轻声说:“我跟你说过,你要相信我们干警的智慧和能力!有一网打尽的可能,我们就不会先抓一个两个!”他想告诉陈淑媛秦鸣的死讯,但是,在这种场合又感觉不妥,话在嘴里转了好几个圈,终于没有说出口。

此时,胡所长真的把自己的工作证从门缝里塞进来,同时,解释道:“察觉怒潮涉嫌杀人,公安局已经成立了保卫你的小组,几个人轮守,我是组长。

今天晚上,怒潮的朱副总向这个方向来了,也可能还有其他嫌疑人,可至今没有发现他的影子。见你一直亮着灯,我们来查询一下!"

施警官又说:"我试过你的院墙电网,还行!有电!"

陈淑媛见到了施警官,看了胡所长的工作证,再听两位公安同志这么一说,精神放松了,心也立刻热了,眼泪马上便流了出来,见过风浪的她,此时,竟不能够控制自己的感激之情了,颤抖着声音连声说:"感谢!感谢你们!你们进来坐!进来坐!"陈淑媛说着就要开大门。

胡所长立刻在外面阻止:"不要开门!我们进去,坏人就不敢来了。你尽早休息,要像往常一样,避免打草惊蛇!"

陈淑媛僵在门口,不知如何是好。胡所长继续说:"给你一部对讲机,万一有问题,直接喊我们!"

于是,陈淑媛从送信口,接过了一台小型对讲机,并按照胡所长的安排,上了楼,招呼依然惊恐万状的小保姆,进了屋。

小保姆听说外面是公安局的同志,立刻转忧为喜:"原来这几天,我们听到的人声,准是公安局的人搞出来的!他们为什么早不告诉我们呢?"

陈淑媛爽快地回答:"抓坏人,不打草惊蛇更重要!"而后,话语轻松地吩咐道:"我们各就各位,睡个踏实觉吧!"

陈淑媛进了屋,关上铁的防盗门,熄了灯,舒舒服服地躺在床上,正准备享受公安干警给自己带来的安宁时,突然,听到隔壁的小保姆声嘶力竭地大叫起来:"哦——坏人来啦!!!"那声音好可怕,直钻耳膜,撕心裂胆!

陈淑媛一下坐起来,怕小保姆又是庸人自扰,便怔怔地听着。那小保姆的惨叫声立刻又传了来:"哎哟,我的耳朵掉下来啦!!"

陈淑媛赶紧对着对讲机大叫:"坏人进来啦!抓坏人呐!"话音未落,却有一个男人阴阳怪气的声音传进来:"陈总,别喊啦!快开门,救救你的小保姆吧!"

小保姆也在门外尖声叫着:"哎哟哎哟,饶了我吧,我的耳朵受不了啦!"

听到小保姆的叫声,一股热血涌上心头,并瞬间灌满全身,陈淑媛突然不知道了什么是害怕,也忘记了什么是恐惧,她穿着睡衣就跳下床来,毅然打开了自己卧室的木门。

只见铁门外，一个高个有棱角的男人一手抓着被反剪了双臂的小保姆，一手拿着一把滴血的弹簧刀。那小保姆依然龇牙咧嘴地惨叫着，她的耳朵已经被朱副总割掉了一块，鲜血顺着脸流淌着。

陈淑媛愤怒地大叫："放开她！冲我来！"

朱副总狞笑着："放开她？你能从铁门里出来吗！"

陈淑媛冲到铁门边，继续愤怒地大叫："对女人撒野，算什么男人！"

朱副总恶毒地说："你那傻男人，在我手里，还不如这个小保姆呢！我刚一按倒他，他就把你陈总卖了！"而后，朱副总嬉皮笑脸道："你怎么就这么没有眼力，偏要找那么个绣花枕头！他干那事也不怎么样吧？能硬吗？那点精子早给狐狸精啦！"

陈淑媛被眼前的这个凶恶汉子气懵了头，完全忘记了朱副总说话气她的目的就是诱她出来。只见那陈淑媛如发疯的母狮一般，拉开铁门就向朱副总疯狂地扑去，想用自己的双手夺下朱副总那把滴血的刀。

那朱副总见陈淑媛中了自己的引蛇出洞之计，只拉着小保姆轻轻一闪，便把个陈淑媛晃了过去。而后，对扑空的陈淑媛，冷笑一声："我知道外面有警察，我还知道你墙上的铁丝有电，但是，我跳你这墙，像燕子一样轻！他们在外面，傻B似的，什么也听不到！也救他妈不了你！"朱副总没有想到刚才陈淑媛的大叫不是对着窗户而是对着对讲机喊的。

陈淑媛聚集了力量，再次冲向朱副总。那朱副总拉着小保姆又是一闪，同时，把自己的脚伸到陈淑媛跑过的两腿之间，就势向后一勾，那陈淑媛立刻扑倒在地，嘴里也立刻冒出了鲜血，脸也立刻失去了往日的矜持，因愤怒而扭曲了。

朱副总见状，没有心思再玩猫抓老鼠的游戏了，撇下小保姆，饿狗扑食一般扑向趴在地上的陈淑媛，在陈淑媛的后背上举起了那把滴血的弹簧刀，就想一下刺进这个女人的后心。

但是，朱副总的刀却始终没有落下去，一个魁梧的大汉抓住了他举刀的手，把带血的刀子夺了下来；同时，另一条汉子，立刻反剪了朱副总的双臂，像原来他擒住秦鸣一样,被两个来人按在了地上!

胡所长对朱副总冷笑一声:"没想到我们这么快就知道上来!也没有想到我们上来得这么快!对吗?"

朱副总趴在地上也是一个嘴肯泥,他挣扎着侧过脸来,没有理会胡所长的嘲弄,带着吐沫和地上的泥对陈淑媛大叫:"姓陈的,你丫别高兴!你丫还不知道呐,秦鸣跟个小妖精——亦萍都搞了半年啦!你丫是让秦鸣玩了!你丫还被秦鸣卖了!我看,你丫生还不如死呢!"

施警官看了一眼陈淑媛:"看,秦鸣没有交代,他倒帮助说了!"而后,拿起那一沓子陈淑媛还没有写完的传记草稿,问陈淑媛道:"陈小姐,这纸没有用了吧?"

小保姆已经恢复了理智:"那可是陈阿姨的传记!要评'京都最具有震撼力人物'的!"

陈淑媛打断小保姆的话,朱副总和施警官的话让她对秦鸣的人品产生了顿悟,此时,她终于确信了自己对秦鸣勾引其他女人而对自己不忠的怀疑。

此时的陈淑媛,没有什么痛苦的表情,却果断而坚决地对施警官说:"现在,我已经不需要这些东西了!"而后,自言自语道:"陈淑媛原来只是一个普通人陈淑媛!陈淑媛原来只是一个商人陈淑媛!陈淑媛何必要当什么明星或者伟人呢!"

施警官不等陈淑媛话音落下,已经把陈淑媛的书稿团成一个团,一下子塞进了朱副总张开的大嘴里:"说够了没有?你先念念陈总的传记,到局子里再交代去!"

尾声

国商银行营业部于行长的死，为已经在总行任了副行长的刘严鹏找到了重新兼任营业部行长的借口和机会。他把董大为、郭安邦同时邀请到了总行。

董大为自打和郭安邦京枫茶馆一别，还没有和他见过面。听说过他为了美女孟亚男的死总去京枫茶馆流连、独自落泪的事，因此，见到了一脸苦涩的他，只是笑笑，压根就不再敢提起死去的美女孟亚男了。

现在，郭安邦的事业也上了一个新台阶，他先被调到骆雪所在的信贷业务部任了一个部门经理，在不到三个月的时间里，他居然研发出了一套《企业财务虚假信息识别系统》，并在发达银行全辖推广使用了。因此，他很快就坐上总行信贷审查部总经理的位子，年薪也已经高达一百万人民币，马上就要赶上那个新加坡美女——安娜行长了。

故地重游，郭安邦真的是思绪万千，想总行人力资源部于主任那令人胆寒的微笑，他只得用不停的苦笑和摇头，来表达自己复杂而难对人道的思绪。

秘书说刘行长正用可视电话和外宾谈国商银行合资的事情，让他们稍等片刻。董大为和郭安邦只得在办公室会客厅的沙发上坐了下来。

董大为拿过了一摞厚厚的报纸，翻看起来，报纸虽然旧了，新闻也已经成为旧闻，但是，他依然对感兴趣的内容浏览起来：

第一份报纸有两则消息："2003 年 6 月，国家有关部门决定由中国 G 集团公司对怒潮股份实施兼并，并准许怒潮股份公司在股市上复牌。这一举措挽救了无数个怒潮股份公司的股民，同时，也使部分银行债权得以重新落实。2003 年 6 月，中美合资的“天诚”会计师事务所因提供虚假财务报表审计被吊销营业执照，停业整顿。”

第二份报纸报道：“2003 年 6 月，原怒潮集团朱副总以故意杀人罪、诈骗罪被京都市中级人民法院判处死刑，立即执行。2003 年 7 月，原远东国际商贸公司总经理谢云以盗窃、诈骗罪被哈尔滨市中级人民法院判处死刑，立即执行。原京都市远东投资公司总经理张梦天以故意杀人罪、诈骗罪被提起公诉，鉴于其有认罪表现，被京都市中级人民法院判处死刑，缓期两年执行。2003 年 7 月，原参股银行箭楼支行副行长贾好运以贪污公款罪被提起公诉，鉴于其归还了大部分赃款，被京都市中级人民法院从轻判处有期徒刑十年。”

看到总行领导的如此命运，董大为不禁摇头叹气了。郭安邦见状，也拿过报纸来看：

“2003 年 7 月，B 省 C 市魏市长因涉嫌怒潮受贿问题被免去党内外一切职务，刑事问题交由司法机关继续审查。”

董大为忽然叫道：“有陈淑媛的消息了！”

郭安邦问：“她怎么了？”

董大为指着报纸，一字一顿地念道：“2003 年 7 月，陈淑媛在主动放弃评选的情况下，依然被知名媒体追补为‘2002 年度京都市最具震撼力人物’。”

忽然，办公室的门开了，刘行长迎出来。寒暄之后，他直截了当地问：“你们听说了吗？营业部的于行长死了！是在美国考察花旗银行时，出了车祸。”

在董、郭唏嘘感叹的时候，刘行长把他们让进办公室，把他重新回营业部继续当行长以及马上推行董大为那套贷后管理的新办法和郭安邦的《企业财务虚假信息识别系统》的计划说了。而后，刘严鹏拍着郭安邦的肩膀，希望他能够到国商银行营业部来任副行长。

见郭安邦沉默不语，刘严鹏继续说：“我知道，这对你来说，挺难的！一来国商银行曾经出过孔行助那样的人，也曾经有过老于那样的人，你看不惯！二来，我们还要面对怒潮公司制造的一个烂摊子；三来，我这里的一个常务副行长比你那边的总经理工资低得多！但是，历史发展是有阶段性的，你应该准许某人某组织在某阶段做出今后看来不恰当的事情！而且，我们是民族的金融产业和民族的银行品牌，希望……”

郭安邦不等刘严鹏把话说完，却突然打断刘严鹏的话，嗓子颤着音连声说：“谢谢刘行长！其实……”话说到后面，郭安邦的嗓音竟然有些哽咽了。郭安邦为了控制自己激动的情绪，避免因失态而失礼，赶紧起身，走到了窗前，对着高楼林立的金融街凝望了一会儿，待自己情绪稳定了，才转过身，重新坐回沙发上，说：“行，我愿意回来！”

刘严鹏笑了，又拍着董大为的肩膀说：“我想，由你们两个和我组成国商银行营业部体制改革领导小组，比照国外商业银行和发达银行的机制、模式进行彻底改革。彻底杜绝任人唯亲，而不用人唯贤的痼疾，尤其要避免形式主义，要对国有商业银行包括人事改革在内的整个体制，进行大胆的全面改革。”

董大为直接说出了自己的隐痛：“可项总那边……”

刘严鹏似乎看透了董大为的心思：“项羽同志已经提出调离了！这回，你就甩开膀子跟你老婆他们、跟洋鬼子们竞争吧！”

董大为狐疑着：“他怎么会走呢？他说银行工资高，他要干到退休的吗？”

刘严鹏笑了：“人除了工资，不是还要发展嘛！这就是市场经济，有竽你就吹，滥竽也充不了数！”

董大为和郭安邦都笑了。

郭安邦心说：我要是滥竽，人生就没有这么大的波折了。承受了人生的磨难，不就是想吹我的竽吗？

董大为想：我早就有竽，只是一直让人压着，没有机会吹呀！

2002年12月至2003年10月12日，前后共四稿，北京市青岛嘉园。